Bayview

Bayview

D1053696

BESTSELLER

Biblioteca

NORA ROBERTS

Polos opuestos

Traducción de
Sergio Lledó

DEBOLS!LLO

Título original: *Sacred Sins*
Primera edición en esta presentación: octubre, 2015

© 1987, Nora Roberts
Todos los drechos reservados
Publicado por acuerdo con Bantam Books, un sello de
The Random House Publishing Group, una división de Random House Inc.
© 2013, Penguin Random House Grupo Editorial, S. A. U.
Travessera de Gràcia, 47-49. 08021 Barcelona
© 2013, Sergio Lledó Randó, por la traducción

Printed in Spain – Impreso en España

ISBN: 978-84-9062-753-2 (vol. 561/54)
Depósito legal: B-18867-2015

Compuesto en M. I. maqueta, S. C. P.
Impreso en Novoprint
Sant Andreu de la Barca (Barcelona)

P 627532

Penguin
Random House
Grupo Editorial

A mi madre:
gracias por animarme
a contar esta historia

1

15 de agosto. Otro más de una sucesión de días de sudor y cielos caliginosos. No había cúmulos de nubes ni brisas suaves, solo una capa de humedad tan espesa que casi se podía nadar en ella. Los partes meteorológicos de las seis y las once anunciaron consternados que la cosa no quedaría ahí. La ola de calor avanzaba imparable hacia su segunda semana y se convertía en la noticia estrella de la ciudad de Washington D.C., sumida en el letargo de aquellos interminables últimos días del verano.

El Senado estaba de vacaciones hasta septiembre, así que Capitol Hill se movía a paso lento. El presidente se relajaba en Camp David antes de su aclamada visita a Europa. Sin los vaivenes diarios de la política, Washington se transformaba en una ciudad de turistas y vendedores ambulantes. Al otro lado del Smithsonian un mimo actuaba ante una multitud que se había detenido allí, más por darse un respiro que por apreciar su arte. Los delicados vestidos de verano se marchitaban mientras los niños lloriqueaban pidiendo helados.

Jóvenes y mayores acudían al parque de Rock Creek para protegerse del calor al amparo de la sombra, o dándose un baño. La gente bebía litros y litros de agua y de refrescos;

también cerveza y vino, pero con mayor discreción. Las botellas desaparecían misteriosamente cuando pasaba la policía del parque. La gente se enjugaba el sudor y achicharraba salchichas en sus picnics o barbacoas mientras miraba a bebés en pañales gatear sobre la hierba. Las madres gritaban a sus hijos que se alejaran del agua, que no corrieran cerca de la carretera, que tirasen el palo o la piedra que acababan de coger del suelo. Como de costumbre, la música de las radios portátiles sonaba a un volumen alto y desafiante: los locutores hablaban de temas candentes y anunciaban temperaturas cercanas a los cuarenta grados.

Entre las rocas del riachuelo se congregaban pequeños grupos de estudiantes que discutían sobre el devenir del mundo, mientras otros, más interesados en el devenir de su bronceado, permanecían tumbados sobre la hierba. Los que disponían de tiempo y dinero para la gasolina habían huido a la playa o las montañas.

Algunos universitarios tenían energía incluso para jugar al *frisbee*, y los hombres, desnudos de cintura para arriba, mostraban un moreno impecable en sus torsos. Una joven y hermosa artista pasaba el tiempo dibujando sentada al pie de un árbol. Uno de los chicos, cansado de intentar sin éxito que se fijara en esos bíceps que había trabajado durante seis meses, optó por derroteros más obvios. El *frisbee* cayó con un ruido sordo sobre el cuaderno de la chica, y cuando esta alzó la vista con fastidio, el joven se acercó hasta ella corriendo. Sonrió a modo de disculpa, con la intención de encandilarla, o al menos eso esperaba.

—Lo siento. Se me ha escapado.

La artista se apartó el pelo de la cara y le tendió el *frisbee*.

—No pasa nada.

Volvió a su dibujo sin tan siquiera dirigirle una mirada.

Pero si algo tienen los jóvenes es empeño. Se agachó junto a ella y miró su dibujo. No tenía ni la más remota idea sobre arte, pero de alguna forma tenía que seducirla.

—Eh, ese dibujo es muy bueno. ¿Dónde estudias?

La chica reconoció la táctica y empezó a pensar cómo quitárselo de encima, pero lo miró el tiempo suficiente para apreciar su sonrisa. Tal vez fuera poco sutil, pero debía reconocer que era mono.

—Georgetown.

—¿En serio? Yo también. Hago el curso de introducción al derecho.

Su compañero se impacientó y lo llamó desde el otro lado.

—¡Rod! ¿Vamos a por esa birra o qué?

—¿Vienes mucho por aquí? —preguntó Rod, ignorando a su amigo.

Nunca había visto unos ojos castaños tan grandes como los de esa artista.

—De vez en cuando.

—¡Rod, venga ya! Vamos a tomar esa cerveza.

Rod miró a su sudoroso amigo entrado en carnes, y después volvió la vista a los fríos ojos castaños de la artista. Ni punto de comparación.

—¡Luego nos vemos, Pete! —gritó, y lanzó el *frisbee* a lo alto, casi sin mirar.

—¿Has terminado de jugar? —preguntó la artista al observar la trayectoria.

El joven sonrió y le tocó las puntas del pelo.

—Depende.

Pete maldijo y salió en busca del disco. Acababa de pagar seis pavos por él. Esquivó a un perro con el que estuvo a punto de tropezar y bajó una cuesta a trompicones, esperando que no cayera al río, porque las sandalias de cuero le habían costado mucho más. Soltó un taco al ver que el *frisbee* se dirigía hacia el agua, pero al final dio en un árbol y acabó perdiéndose entre los arbustos. Pete apartó las ramas y se abrió camino, sudando a chorros y pensando en la Moosehead bien fría que le esperaba.

El corazón se le detuvo un instante y después bombeó toda la sangre directamente a su cabeza. No le dio tiempo a recobrar el aliento para gritar. Echó todo el almuerzo: un paquete de Fritos y dos perritos calientes. El *frisbee* había caído a menos de un metro del agua. Allí descansaba, nuevo, rojo y resplandeciente, encima de una mano blanca y fría que parecía querer devolvérselo.

Se trataba de Carla Johnson, una estudiante de teatro de veintitrés años, camarera a tiempo parcial. La habían estrangulado unas doce o quince horas antes con un amito de sacerdote. Blanco, con los bordes dorados.

El detective Ben Paris acabó el informe del homicidio de Johnson y se derrumbó sobre su escritorio. Había tecleado los hechos con solo dos dedos, al estilo metralleta. Pero seguía teniéndolos en la cabeza. No había agresión sexual, ni robo aparente. El bolso había aparecido bajo el cuerpo, y contenía veintitrés dólares con setenta y seis centavos y una Master-Card. Su dedo todavía conservaba un anillo de ópalo que podría haberse empeñado por unos cincuenta dólares. No había móvil del crimen ni sospechosos. Nada.

Ben y su compañero habían pasado la tarde hablando con los familiares de la víctima. Pensó en lo desagradable que resultaba aquello. Necesario, pero desagradable. Todos habían dado las mismas respuestas. Carla quería ser actriz. Los estudios eran su vida. Había salido con chicos, pero nada serio; se dedicaba en cuerpo y alma a una ambición que jamás lograría alcanzar.

Ben repasó de nuevo el informe y se detuvo unos instantes en el arma del crimen. El amito del sacerdote. Junto a él habían encontrado una nota. Hacía unas horas que la había leído, arrodillado junto a la víctima: «Sus pecados han sido perdonados».

Amén, murmuró Ben antes de exhalar un hondo suspiro.

Aquella noche de mediados de septiembre Barbara Clayton cruzó por el césped de la catedral de Washington a la una de la madrugada. Hacía una brisa cálida y las estrellas refulgían, pero ella no estaba de humor para disfrutarlo. Iba maldiciendo en voz baja mientras caminaba. Una estrella fugaz pasó dejando una estela brillante en el cielo y ni tan siquiera se percató.

Como tampoco lo hizo el hombre que la vigilaba. Había estado esperándola. ¿No le habían dicho que permaneciera atento? ¿No estaba a punto de reventarle la cabeza por la presión de la Voz, incluso a pesar de atenderla? Era el elegido para soportar tanto esa carga como su gloria.

Dominus vobiscum, murmuró mientras apretaba fuertemente la blanca y suave tela del amito de sacerdote.

Y en cuanto acabó con su cometido sintió el cálido torrente de poder que salía de sus entrañas. Su sangre bullía. Estaba limpio. Y también ella lo estaba. Le pasó el pulgar despacio y con delicadeza por la frente, los labios y el corazón, haciendo la señal de la cruz. Le dio la absolución, pero apresuradamente. La Voz le había advertido que muchos no comprenderían la pureza de sus obras. Abandonó el cuerpo de la mujer entre las sombras y se puso en camino con los ojos velados por lágrimas de gozo y locura.

—Los periodistas se nos están echando encima con este caso —dijo el comisario Harris dando un golpe sobre el periódico que había abierto encima del escritorio—. Toda la maldita ciudad está aterrada. Cuando me entere de quién ha estado filtrando noticias del caso del cura a la prensa...

El comisario dejó en suspenso la diatriba y se controló. Normalmente nunca estaba tan cerca de perder los papeles. Se dijo que aunque estuviera en un despacho seguía siendo un policía, uno de los mejores. Y un buen policía nunca perdía el control. Dobló el periódico para ganar tiempo y repasó con la mirada al resto de los agentes que había en la sala. Varios de los mejores, admitió Harris. No habría permitido que fuera de otro modo.

Ben Paris jugueteaba con un pisapapeles Lucite apoyado en una esquina del escritorio. Lo conocía lo suficiente para saber que le gustaba tener algo en las manos mientras pensaba. Joven, reflexionó Harris, pero curtido, tras diez años en el cuerpo. Un policía serio, aunque se saltara a veces el reglamento. Sus dos menciones al valor estaban más que merecidas. En los momentos de tranquilidad incluso le divertía verlo como la versión que haría un guionista de Hollywood de un policía secreta: rasgos marcados, complexión fuerte, moreno, fibroso. Se apartaba de la norma con su cabello demasiado largo y abundante, si bien se lo cortaba en una de esas pequeñas peluquerías de moda de Georgetown. Tenía unos ojos verdes claros que no pasaban por alto ningún detalle de importancia.

Ed Jackson, el compañero de Ben, estaba sentado en una silla con sus enormes piernas extendidas. Sus casi dos metros de altura y más de cien kilos de peso eran suficientes para intimidar a un sospechoso. Tal vez por capricho, o quizá por moda, llevaba una barba tupida, tan rojiza como su rizada melena. Sus ojos eran azules y de mirada amable. Un hombre capaz de acertar al águila de una moneda de cuarto de dólar con el arma reglamentaria de la policía.

Harris apartó el periódico, pero no se sentó.

—¿Qué tenemos?

Ben se pasó el pisapapeles de una mano a otra antes de soltarlo.

—Aparte de la complexión y del color de piel, no hay nada que vincule a las dos víctimas. No tenían amigos en común, ni frecuentaban los mismos sitios. Ya ha visto el informe de Carla Johnson. Barbara Clayton trabajaba en una tienda de ropa, estaba divorciada y no tenía hijos. Su familia es de clase obrera y vive en Maryland. Hasta hace tres meses salía en serio con un chico. La relación se enfrió y él se mudó a Los Ángeles. Estamos investigándolo, pero parece que está limpio.

Se llevó la mano al bolsillo para sacar un cigarrillo y vio que su compañero lo miraba.

—Ese es el sexto —dijo Ed con calma—. Ben está intentando bajar del paquete diario —explicó para después seguir él mismo con el informe—. Clayton pasó la noche en un bar de Wisconsin. Algo así como una noche de chicas con su compañera de trabajo. Su amiga dice que se fue alrededor de la una. Encontraron su coche averiado a un par de manzanas del lugar de los hechos. Por lo que parece, tenía problemas con la transmisión y ella decidió seguir a pie. Su apartamento está a menos de un kilómetro de allí.

—Lo único que las víctimas tenían en común es que eran mujeres, rubias y blancas. —Ben aspiró el humo con fuerza, dejó que llenara sus pulmones y exhaló—. Y ahora, que están muertas.

En su jurisdicción, pensó Harris, tomándoselo como algo personal.

—El arma del crimen, el pañuelo del cura.

—Amito —apuntó Ben—. No parecía muy difícil de rastrear. Nuestro hombre usa el de mejor calidad: seda.

—No lo compró en la ciudad —continuó Ed—. Al menos no durante el pasado año. Hemos revisado todas las tiendas de efectos religiosos y todas las iglesias. Sabemos que hay tres tiendas en Nueva Inglaterra que venden amitos de ese tipo.

—Las notas estaban escritas en papel corriente del que venden en cualquier baratillo —añadió Ben—. No hay manera de seguirles la pista.

—Dicho de otra forma: no tenéis nada.

—Dicho de cualquier forma —repuso Ben, aspirando una nueva bocanada de humo—: no tenemos nada.

Harris observó a sus hombres en silencio. Tal vez le habría gustado que Ben llevara corbata, o que Ed se recortara un poco la barba, pero eso era una cuestión personal. Se trataba de sus mejores hombres. Paris, con su atractivo despreocupado y su aparente pasotismo, tenía la intuición de un zorro y una inteligencia penetrante como la hoja de un cuchillo. Jackson era tan meticuloso y eficiente como una institutriz solterona. Se tomaba los casos como un rompecabezas, y nunca se cansaba de dar vueltas a las piezas.

Harris aspiró un poco de humo del cigarrillo de Ben y se recordó que había dejado de fumar por su propio bien.

—Volved y hablad de nuevo con todos ellos. Quiero un informe sobre el ex novio de Clayton y la lista de clientes de las tiendas de efectos religiosos. —Harris miró el periódico una vez más—. Quiero atrapar a ese tipo.

—El Sacerdote —murmuró Ben al tiempo que echaba un vistazo al titular—. A la prensa le encanta poner nombres a los psicópatas.

—Y que aparezcan en portada —añadió Harris—. Saquémoslo de los titulares y metámoslo entre rejas.

La doctora Teresa Court bebía el café mientras ojeaba el *Post*, aturdida tras una larga noche de papeleo. Ya había pasado una semana completa desde el segundo asesinato y el Sacerdote, como la prensa lo llamaba, seguía suelto. Leer lo que decían de él no era la mejor manera de empezar el día, pero le interesaba profesionalmente. Tampoco es que fuera inmune al asesinato de dos mujeres en la plenitud de sus vidas, pero estaba acostumbrada a observar los hechos y diagnosticar. Llevaba toda la vida haciéndolo.

Su vida laboral era un compendio de problemas, dolor y frustraciones varias. Para compensarlo, procuraba mantener su espacio personal organizado y simple. Al haberse educado con las comodidades que ofrecen la riqueza y la cultura, le parecía lo más normal del mundo tener un grabado de Matisse en la pared y cristalería Baccarat sobre la mesa. Prefería los pasteles y los trazos limpios, pero de vez en cuando se sentía atraída por algo más discordante, como el óleo abstracto de líneas enérgicas y colores chillones que tenía colgado sobre la mesa. Era consciente de que necesitaba tanto la crudeza como el refinamiento, y era feliz con ello. Seguir siendo feliz era una de sus principales prioridades.

El café se le había quedado frío, así que lo apartó con la mano. Un momento después hizo lo mismo con el periódico. Le habría gustado saber más acerca del asesino y de las víctimas, conocer todos los detalles. Entonces recordó ese viejo dicho: «Ten cuidado con lo que deseas, porque puede hacerse realidad». Echó un vistazo al reloj y se levantó de la mesa. No había tiempo para comerse el coco con una noticia del periódico. Tenía que atender a sus pacientes.

El otoño es la estación en que las ciudades del este de Estados Unidos disfrutan de su máximo esplendor. En verano son un horno, y en invierno se paralizan y se vuelven sombrías, pero el otoño les confiere cierta dignidad con su explosión de colores.

Eran las dos de la madrugada de una fría noche de octubre,

y Ben Paris se descubrió completamente despierto de repente. No merecía la pena preguntarse qué lo había despertado y alejado de ese interesante sueño en el que aparecían tres rubias. Se levantó, se acercó desnudo hasta el armario y palpó en busca de los cigarrillos. Veintidós, contó para sí.

Encendió uno y dejó que el familiar sabor acre colmara su boca antes de ir a la cocina a preparar un café. Encendió únicamente el fluorescente del fogón y aguzó la vista a la caza de cucarachas. No vio nada sospechoso colándose entre las grietas. Prendió el fuego en que había puesto la cafetera y se quedó pensando en el buen resultado de la última desinsectación. Al coger la taza, tiró varias cartas de hacía un par de días que todavía no había abierto.

A la fría luz de la cocina sus facciones se veían duras, incluso peligrosas. También es cierto que estaba pensando en un asesinato. Su cuerpo al desnudo, flexible y anguloso, era tan delgado que habría parecido esquelético sin las sutiles curvas de su musculatura. El café no le quitaría el sueño. Cuando tuviera la cabeza despejada, su cuerpo respondería sin vacilar. Las interminables noches de vigilancia policial lo habían entrenado para ello. Una gata esmirriada de color ceniciento saltó sobre la mesa y se quedó mirándolo mientras fumaba y bebía el café. Cuando se percató de que estaba distraído, la gata dio por perdida su ración de leche nocturna y empezó a asearse.

El caso no había avanzado nada desde el descubrimiento del primer cadáver. Y cualquier atisbo de pista se había esfumado tras las primeras pesquisas. Un callejón sin salida, pensó Ben. Cero. Nada.

Como cabía esperar, se produjeron cinco confesiones en un solo mes. Todas ellas a cargo de perturbados con ansias de protagonismo. Habían transcurrido veintiséis días desde el segundo asesinato y no tenían nada. Y Ben sabía que cada día que pasaba el rastro era más difícil de seguir. Cuando la prensa dejaba de dedicar atención a un caso el personal empezaba a relajarse. No le hacía ninguna gracia. Encendió otro cigarrillo con la colilla del primero y pensó en la calma que precede a la tempestad. Contempló la fría noche iluminada por una media luna y se quedó allí, obnubilado.

El Doug's estaba a unos ocho kilómetros del apartamento de Ben. Ya habían apagado las luces del pequeño club, los músicos se habían marchado y el suelo estaba fregado. Francie Bowers salió por la puerta de atrás y se puso el jersey. Le dolían los pies. Sus dedos parecían querer salirse de las playeras después de seis horas soportando unos tacones de diez centímetros. Al menos las propinas habían merecido la pena. Una camarera de coctelería se pasaba todo el tiempo de pie, pero si tenía buenas piernas —y ella las tenía—, las propinas no tardaban en llegar. Se dijo que con un par de noches más como aquella podría pagar la entrada para ese pequeño Volkswagen. Y se despediría del engorro que suponía el autobús. No había nada que deseara más que ese coche.

Francie sintió una pequeña punzada en el empeine. Hizo una mueca de dolor y miró en dirección al callejón. Le ahorraría casi quinientos metros, pero estaba oscuro. Avanzó un par de pasos hacia la farola hasta que se convenció. No pensaba caminar ni un paso más de lo necesario, por más oscuro que estuviera.

Él la había estado esperando durante un buen rato; estaba seguro de que ella aparecería. La Voz le había anunciado la llegada de una de las descarriadas. Se dirigía hacia él a toda prisa, como si no pudiera esperar más para recibir la salvación. Hacía días que rezaba por ella, por la purificación de su alma. Tenía el momento del perdón casi al alcance de la mano. Él no era más que un instrumento.

Empezó a sentir una presión en la cabeza que pronto se extendió al resto del cuerpo. Le pareció henchirse de poder. Rezó escondido entre las sombras hasta que la chica pasó ante él. Actuó con rapidez, ya que era misericordioso. Francie solo tuvo un instante de sobresalto antes de que él le apretara el amito fuertemente alrededor del cuello. Dejó escapar un hililo de voz líquido al quedarse sin aire. Después, el terror se apoderó de ella y soltó el bolso de lona para aferrarse a la tela con ambas manos.

A veces su poder era extraordinario y podía soltarlas con rapidez. Sin embargo, el mal que habitaba en aquella mujer suponía un desafío. La chica se agarraba a la seda y tiraba de sus guantes con mucha fuerza. Al ver que oponía resistencia la levantó a pulso, pero ella continuó forcejeando. Uno de sus pies alcanzó una lata y la hizo rodar por el suelo. El sonido retumbó en su cabeza hasta que estuvo a punto de gritar para silenciarlo.

Luego el cuerpo de la mujer quedó exánime y el viento de otoño secó las lágrimas que brotaron de sus ojos. Reposó su cuerpo con cuidado sobre el asfalto y le dio la absolución en la antigua lengua. Dejó una nota enganchada a su jersey y la bendijo.

Ahora ella estaba en paz. Y también él, al menos por el momento.

—No hace falta que nos matemos por el camino —dijo Ed con voz serena al ver que Ben cogía la curva a ochenta por hora con el Mustang—. La chica ya está muerta.

Ben puso segunda y tomó la siguiente calle a la derecha.

—Fuiste tú quien destrozó el último coche. Mi último coche —añadió sin mala intención—. Solo tenía ciento veinte mil kilómetros.

—Aquello era una persecución a toda velocidad —masculló Ed. El Mustang se tambaleó al pasar por un bache, y Ben recordó su intención de revisar la suspensión—. Y no nos matamos.

—Contusiones y magulladuras —repuso él, saltándose un semáforo en ámbar y metiendo la tercera marcha—. Contusiones y magulladuras múltiples.

Ed sonrió al recordarlo.

—Pero los cogimos, ¿no?

—Estaban inconscientes. —Ben frenó en seco junto a la acera y se metió las llaves en el bolsillo—. Y tuvieron que ponerme cinco puntos en el brazo.

—Quejas, quejas y más quejas.

Ed salió del coche bostezando y se quedó de pie en medio de la acera.

Apenas había amanecido y hacía tanto frío que sacaban vaho por la boca, pero ya había gente congregada alrededor de la escena. Ben se ajustó el cuello de la chaqueta con unas ganas enormes de tomarse un café y se abrió paso entre los curiosos para llegar hasta el cordón policial del callejón.

—Qué ruin.

Ben saludó al fotógrafo de la policía con la cabeza y echó un vistazo a la víctima número tres. Según sus cálculos, tendría entre veintiséis y veintiocho años. Llevaba un jersey de poliéster barato y las suelas de sus playeras estaban tan gastadas que no se veía el dibujo. De sus orejas colgaban unos pendientes bañados en oro. El maquillaje bajo el que se ocultaba su rostro no concordaba con el jersey de grandes almacenes y los pantalones de pana.

Ben encendió el segundo cigarrillo del día y escuchó el resumen del policía de uniforme que lo acompañaba.

—Un vagabundo la encontró. Lo hemos metido en un coche patrulla hasta que se le pase la borrachera. Al parecer estaba rebuscando en las basuras cuando la vio. Salió corriendo del callejón cagado de miedo y por poco no se mete debajo de mi coche.

Ben asintió mientras contemplaba la perfecta caligrafía de la nota enganchada al pecho del cadáver. Sintió una furia y una frustración tan arrebatadoras que cuando empezó a aceptarlo apenas si pudo darse cuenta. Se agachó y recogió el desmesurado bolso de lona que la chica había tirado al suelo. Un puñado de billetes de autobús emergía de él.

Tenía un largo día por delante.

Seis horas más tarde llegaron a la comisaría. El departamento de Homicidios no tenía el sórdido atractivo de Antivicio, pero estaba casi tan limpio y ordenado como una comisaría de barrio residencial. Hacía dos años que lo habían pintado de un color que Ben calificó como beige de apartamento. Las baldosas del suelo sudaban en verano y mantenían el frío en invierno. Por más que los bedeles se esmerasen con el ambientador de pino y pasaran el paño, las salas seguían oliendo a humo estancado, filtros de café y sudor diario. Es cierto que habían hecho un bote y encargado a uno de los detectives que comprase plantas para poner en los antepechos de las ventanas. No habían muerto, pero tampoco florecían.

Ben pasó por delante de un escritorio y saludó al detective Lou Roderick, que estaba escribiendo un informe. Se trataba de un policía que se tomaba los casos con mucha seriedad, como un contable que revisa los impuestos de su empresa.

—Harris quiere verte —dijo Lou consiguiendo mostrar comprensión sin levantar la vista del papel—. Acaba de salir de una reunión con el alcalde. Y creo que Lowenstein tiene un mensaje para ti.

—Gracias. —Ben vio que Roderick tenía una barrita de Sneakers en el escritorio—. Oye, Lou...

—Ni lo pienses —contestó Roderick, siguiendo con su informe sin perder el ritmo.

—Menudo compañerismo —murmuró Ben, y fue a ver a Lowenstein.

Se quedó pensando en lo diferentes que eran esos dos policías. Ella trabajaba a base de arrebatos, de manera intermitente, y estaba más cómoda en la calle que delante del escritorio. Ben respetaba la precisión en el trabajo de Lou, pero si tenían que cubrirle las espaldas prefería a Lowenstein, una mujer a quien le resultaba imposible ocultar que tenía las mejores piernas del cuerpo de policía, ya fuera de traje o con vestido. Ben les echó un vistazo antes de sentarse en una esquina de su escritorio. Qué lástima que esté casada, pensó.

Se quedó jugueteando con los papeles del escritorio mientras esperaba a que terminara de hablar por teléfono.

—¿Cómo va eso, Lowenstein?

—El triturador de basura de mi cocina vomita comida y el fontanero me pide trescientos dólares, pero no pasa nada, porque mi marido va a arreglarlo. —Puso un folio en la máquina de escribir—. Así solo acabará costándonos el doble. ¿Y tú, qué tal? —Le dio un manotazo para evitar que le quitara la lata de Pepsi que tenía sobre el escritorio—. ¿Hay algo nuevo sobre el cura?

—Un cadáver —dijo sin que pareciera afectarle realmente—. ¿Has ido alguna vez a Doug's, ese sitio que hay junto al canal?

—No tengo una vida social tan ajetreada como la tuya, Paris.

Ben resopló y cogió la enorme taza que hacía de lapicero.

—Trabajaba de camarera en una coctelería. Veintisiete años.

—No dejes que te afecte. No sirve de nada —murmuró Lowenstein, que le pasó la Pepsi al ver la cara que ponía. Un asesinato siempre acababa afectando—. Harris quiere veros a Ed y a ti.

—Sí, ya lo sé. —Le dio un largo trago, dejando que la cafeína y el azúcar se mezclaran en su cuerpo—. ¿No te han dejado un mensaje para mí?

—Ah, sí. —Puso una sonrisa socarrona y rebuscó entre sus papeles hasta que encontró la nota—. Te ha llamado Bunny. —Al ver que no reaccionaba ante el tono agudo y aterciopelado de su voz lo miró alzando una ceja y le dio la nota—. Quería saber a qué hora la recogerás. Parecía toda una monada, Paris.

Ben se metió la nota en el bolsillo y sonrió.

—Es toda una monada, Lowenstein, pero la dejaría al momento si quisieras ponerle los cuernos a tu marido.

Lowenstein vio que se iba sin devolverle la lata, rió y siguió con la redacción del informe.

—Han puesto mi piso en venta. —Ed colgó el teléfono y echó a caminar junto a Ben hasta el despacho de Harris—. Cincuenta mil dólares. Por Dios bendito.

—Las cañerías están mal. —Ben bebió el resto de la Pepsi y la tiró a una papelera.

—Sí. ¿Hay algún piso libre en tu bloque?

—El que sale de allí lo hace con los pies por delante.

A través del grueso cristal de su despacho se veía al comisario Harris hablar por teléfono. Se conservaba bien para ser un hombre de cincuenta y siete años que había pasado los últimos diez detrás de un escritorio. Su fuerza de voluntad le obligaba a correr para engordar. Su primer matrimonio había sucumbido por culpa del trabajo; el segundo por culpa de la bebida. Ahora Harris se había desembarazado de sus mujeres y del alcohol y se dedicaba exclusivamente al trabajo. No todos los policías de su comisaría le tenían aprecio, pero sí lo respetaban. A Harris le gustaba que fuera así. Alzó la vista y les hizo señas para que entraran.

—Quiero los informes del laboratorio antes de las cinco. Quiero saber de dónde ha salido hasta la última pelusa de ese jersey. Haced vuestro trabajo. Y dadme algo con lo que yo pueda hacer el mío. —Colgó el teléfono, se volvió hacia la cafetera y se sirvió un poco de café. Habían pasado cinco años y todavía deseaba que fuera whisky—. Contadme algo de Francie Bowers.

—Llevaba trabajando casi un año en Doug's. Vino a la ciudad de Washington desde Virginia en noviembre. Vivía sola en un apartamento de la zona noroeste. —Ed cambió el pie de apoyo y repasó sus notas—. Se casó dos veces y ninguno de ambos matrimonios duró más de un año. Estamos investigando a sus dos ex. Trabajaba por la noche y dormía durante el día, así que los vecinos no sabían mucho de ella. Salía del trabajo a la una de la madrugada. Parece que atajó por el callejón para llegar a la parada de autobús. No tenía coche.

—Nadie oyó nada —añadió Ben—. Ni vio nada.

—Preguntad de nuevo —dijo Harris simplemente—. Y encontradme a alguien que oyera o viera algo. ¿Algún dato más acerca de la número uno?

Ben se metió las manos en los bolsillos, disgustado con la idea de que se nombrara a las víctimas por el número.

—El novio de Carla Johnson está en Los Ángeles. Tiene un papel secundario en un culebrón. Está limpio. Parece ser que la chica tuvo una discusión con uno de los estudiantes el día antes de que la mataran. Los testigos dicen que la cosa se puso muy caliente.

—El chico lo admitió —continuó Ed—. Habían salido un par de veces y ella no quería verlo más.

—¿Coartada?

—Dice que se emborrachó y se enrolló con una estudiante de primero. —Ben se sentó en el reposabrazos de una silla, encogiéndose de hombros—. Están prometidos. Podemos hacerle venir otra vez, pero no creemos que tenga algo que ver en esto. No hay nada que lo relacione con Clayton, ni con Bowers. Cuando revisamos su historial vimos que era el típico chaval americano de familia bien. Un fiera del atletismo. Pensaría antes en Ed como psicópata que en ese universitario.

—Gracias, compañero.

—Bueno, investigadlo de nuevo de todas formas. ¿Cómo se llama?

—Robert Lawrence Dors. Tiene un Honda y viste con polos de hilo. —Ben sacó un cigarrillo—. Mocasines blancos sin calcetines.

—Roderick puede traerlo.

—Un momento...

—Voy a asignar un destacamento especial para este caso —dijo Harris parándole los pies a Ben y sirviéndose otra taza de café—. Roderick, Lowenstein y Bigsby trabajarán con vosotros. Quiero que me traigáis a ese tipo antes de que mate a la próxima chica que se le cruce caminando sola por la calle. —El tono de su voz era sereno, razonable y resolutivo—. ¿Tienes algún problema con eso?

Ben se acercó hasta la ventana y miró afuera. Era algo personal y ya sabía a lo que se avenía.

—No, todos queremos cogerlo.

—Incluido el alcalde —añadió Harris con la pizca justa de acritud—. Quiere tener algo positivo que dar a la prensa para finales de semana. Hemos llamado a una psiquiatra para que nos haga el perfil.

—¿Una loquera? —Ben se dio la vuelta, a punto de echarse a reír—. Venga ya, comisario.

A él tampoco le hacía ninguna gracia, así que habló con frialdad.

—La doctora Court ha accedido a cooperar con nosotros, a petición del alcalde. No sabemos qué aspecto tiene el asesino. Tal vez vaya siendo hora de que averigüemos su forma de pensar. Llegados a este punto —precisó mirándolos a ambos a los ojos—, estoy dispuesto a consultar incluso una bola de cristal, si nos da alguna pista. Volved a las cuatro.

Ben se disponía a añadir algo, pero captó la advertencia que Ed le hacía con la mirada. Salieron sin decir más.

—Tal vez sería mejor llamar a una vidente —murmuró Ben.

—Qué cerrado eres.

—Soy realista.

—La mente humana es un misterio fascinante.

—¿Ya has estado leyendo otra vez?

—Y los que saben comprenderla pueden abrir puertas contra las que los profanos no hacen más que golpearse.

Ben suspiró y tiró el cigarrillo al suelo del aparcamiento mientras salían de la comisaría.

—Mierda.

—Mierda —dijo Tess al mirar por la ventana de su despacho.

Había dos cosas que no tenía ganas de hacer en ese momento. La primera era luchar contra el tráfico bajo esa lluvia fría y desagradable que empezaba a caer. La segunda verse involucrada en la cadena de homicidios que asolaba la ciudad. Tendría que enfrentarse a lo primero, porque el alcalde y su abuelo la habían presionado para que hiciera lo segundo.

Ya tenía suficientes casos en la cartera. Con un poco de tacto podría haberse negado a ayudar al alcalde y hacerle ver que lo lamentaba mucho. Pero su abuelo era otra historia. Cuando estaba con él, nunca se sentía como la doctora Teresa Court. Después de cinco minutos de conversación, su cuerpo dejaba de ser el de una mujer de un metro sesenta con un título universitario enmarcado en negro a sus espaldas. Volvía a ser esa niña flacucha de doce años, abrumada por la personalidad del hombre a quien más quería en el mundo.

¿Acaso no era cierto que había conseguido ese diploma enmarcado en negro gracias a él? Gracias a su confianza, pensó, gracias a su apoyo, a su ilimitada capacidad para creer en ella. ¿Cómo iba a negarse a poner su talento a su servicio? Porque para manejar su extensa lista de pacientes necesitaba al menos diez horas diarias. Tal vez había llegado el momento de ser menos obstinada y buscarse un compañero de trabajo.

Tess echó un vistazo en torno a su consulta de tonos pasteles, con esas antigüedades y acuarelas que había escogido a conciencia. Suyas, se dijo. Todas y cada una. Y entonces miró el alto archivador de roble de los años veinte. Estaba hasta los topes de historiales de pacientes. También esos eran suyos. No, no pensaba trabajar con ningún compañero. Le faltaba un año para cumplir los treinta. Tenía sus propias prácticas, su propia consulta y sus propios problemas. Y así era exactamente como quería que continuase.

Sacó del armario su gabardina forrada de visón y se la enfundó. Y sí, por qué no, tal vez ayudara a la policía a encontrar a ese hombre que salía todos los días en los titulares de los periódicos. Podía ayudarlos a encontrarlo y detenerlo y, como recompensa, él recibiría la ayuda que necesitaba.

Cogió su bolso y el maletín, atiborrado de casos que tenía que solucionar esa misma tarde.

—Kate —dijo Tess cuando salió al recibidor, subiéndose el cuello del abrigo—, voy a ver al comisario Harris. No pases ninguna llamada, a no ser que sea urgente.

—Debería ponerse un gorro —contestó la recepcionista.

—Tengo uno en el coche. Nos vemos mañana.

—Cuidado con la carretera.

Tess, que ya pensaba en otra cosa, salió por la puerta buscando las llaves del coche. Podía comprar comida china para llevar camino de casa y cenar algo tranquilamente antes de...

—¡Tess!

Un paso más y habría llegado al ascensor. Tess se volvió y logró esbozar una sonrisa mientras maldecía para sí.

—Frank.

Había conseguido evitarlo durante casi diez días.

—Vaya, señorita. No hay quien te pille —dijo dirigiéndose hacia ella.

Impecable. Esa era la palabra que le venía a la mente cuando veía al doctor F. R. Fuller. E inmediatamente después: aburrido. Llevaba un traje gris perla de Brook Brothers con una corbata a rayas que tenía trazos de esa tonalidad y del rosa bebé de su camisa Arrow. El peinado era perfecto y de estilo conservador. Tess intentó con todas sus fuerzas que no se le borrara la sonrisa. Frank no tenía la culpa de que a ella no le gustara la perfección.

—He estado liada.

—Pues ya sabes lo que dicen de trabajar tanto, Tess.

Apretó los dientes para evitar responderle: «No, ¿qué dicen?», consciente de que él simplemente reiría y le soltaría el resto del cliché.

—Tendré que arriesgarme.

Apretó el botón del ascensor y suplicó que llegara pronto.

—Pero hoy sales antes.

—Tengo cita fuera de la consulta.

Tess miró la hora unos segundos. Tenía tiempo.

—Ya voy tarde —mintió sin reparos.

—He tratado de ponerme en contacto contigo. —Frank puso la palma de la mano contra la pared y se inclinó sobre ella. Otro de esos hábitos que a Tess le parecían detestables—. Cualquiera diría que tenemos la consulta puerta con puerta.

¿Dónde diablos estaba el ascensor cuando una lo necesitaba?

—Ya sabes lo difícil que es compaginar la agenda, Frank.

—Por supuesto que lo sé. —Le mostró su sonrisa de anuncio de dentífricos, y Tess se preguntó si creería que su perfume la ponía caliente—. Pero todos necesitamos relajarnos de vez en cuando, ¿verdad, doctora?

—Cada uno a su modo.

—Tengo entradas para la obra de Noel Coward que hacen en el Kennedy Center mañana por la noche. ¿Por qué no nos relajamos juntos?

La última vez, la única, que había accedido a relajarse con él tuvo suerte de escapar con la ropa puesta. Y lo que era peor, se dijo Tess, el preámbulo a ese tira y afloja fueron tres horas de aburrimiento mortal.

—Es todo un detalle que pienses en mí, Frank —mintió de nuevo sin dudar—. Me temo que ya tengo plan para mañana.

—¿Por qué no hacemos...?

Las puertas del ascensor se abrieron.

—Lo siento, llego tarde —dijo con una sonrisa desenfadada al tiempo que entraba—. No trabajes demasiado, Frank. Ya sabes lo que dicen del trabajo.

El tráfico y la lluvia le hicieron emplear casi todo el tiempo que le quedaba conduciendo hasta la comisaría. Lo curioso era que, aunque había pasado media hora bregando con la carretera, estaba de buen humor. Tal vez fuera porque había escapado de Frank sin problemas. Si hubiera tenido agallas, le habría dicho simplemente que era un capullo, y ahí se acabaría la historia. Pero Tess continuaría usando el tacto y las excusas hasta que se cansara de verse acorralada. Cogió un sombrero de felpa del asiento de atrás y se recogió el pelo. Se miró en el retrovisor y arrugó la nariz. No tenía sentido arreglarse más. Con esa lluvia sería una pérdida de tiempo. Además, seguramente habría un lavabo de señoras donde hurgar en su bolso de los mil trucos, y podría salir de él con un aspecto digno y profesional. Por el momento lo único que conseguiría sería que la vieran empapada.

Tess abrió la puerta del coche, cogió el sombrero con la otra mano y salió corriendo hacia la comisaría.

—Mira eso. —Ben detuvo a su compañero en la escalera de entrada.

Se quedaron mirando cómo Tess saltaba entre los charcos, ajenos a la lluvia.

—Bonitas piernas —comentó Ed.

—Joder. Son mejores que las de Lowenstein.

—Puede —dijo Ed pensándolo un momento—. Es difícil decirlo con la lluvia.

Tess, que seguía corriendo con la cabeza gacha, subió los escalones apresuradamente y chocó contra Ben. La oyó maldecir justo antes de que la tomara por los hombros y la apartara un poco para verle bien la cara.

Merecía la pena mojarse por ella.

Elegancia. Eso fue lo primero que vino a la mente de Ben, a pesar de verla chorreando de agua. Tenía unos pómulos marcados y afilados que le hacían pensar en las doncellas vikingas. Su boca, suave y húmeda, le recordaba otras cosas. Era de piel pálida, con el toque justo de rubor. Pero fueron sus ojos los que le hicieron olvidar el chiste fácil que estaba a punto de hacer: grandes, de mirada fría, solo un poco enojados. Y violetas. Ben pensaba que ese color le estaba reservado únicamente a Elizabeth Taylor y a las flores silvestres.

—Perdón —consiguió decir Tess cuando recuperó el aliento—. No le había visto.

—Ya. —Ben quería seguir mirándola, pero logró recuperar la compostura. Tenía una reputación mítica con las mujeres. Exagerada, pero basada en hechos—. No me extraña, corriendo a tal velocidad. —Le gustaba sentirla en sus manos mientras veía cómo la lluvia mojaba sus párpados—. Podría encerrarla por agresión a un agente de policía.

—La señorita se está mojando —dijo Ed.

Hasta ese momento Tess solo se había percatado de la presencia del hombre que la sujetaba y la miraba como si acabara de salir de una nube de humo. Tuvo que obligarse a desviar la mirada y luego a alzar la vista. Se encontró con un hombretón empapado de ojos azules risueños y una mata de pelo rojizo chorreante de agua. ¿Dónde estaba, en una comisaría de policía o en un cuento de hadas?

Ben abrió la puerta, pero siguió sujetándola con una mano. Aunque la dejaría pasar, no tenía intención de dejarla escapar. Todavía no.

Una vez en el interior Tess volvió a fijarse en Ed, se convenció de que era real, y miró a Ben. También él lo era. Y seguía agarrándola por el brazo. Arqueó una ceja, divertida con la situación.

—Agente, le advierto que si me arresta por agresión presentaré cargos por brutalidad policial. —Cuando lo vio sonreír algo se agitó en su interior. Vaya, pensó, no era tan inofensivo como parecía en un principio—. Ahora, si me disculpan...

—Olvide lo de la denuncia —dijo Ben todavía con la mano en su brazo—. Si necesita que le retiren una multa...

—Sargento...

—Detective —la corrigió—. Ben.

—Detective, tal vez le tome la palabra en otra ocasión, pero ahora mismo llego tarde. Si quiere usted ser de ayuda...

—Soy un empleado público.

—Entonces podrá soltarme el brazo y decirme dónde puedo encontrar al comisario Harris.

—¿El comisario Harris? ¿De Homicidios?

Tess advirtió su reacción de sorpresa y recelo, y también que liberaba su brazo. Intrigada, se quitó el sombrero y lo miró de medio lado. Su melena rubia platino le cayó sobre los hombros.

—Exactamente.

Ben contempló el movimiento de sus cabellos antes de mirarla a la cara de nuevo. No le cuadraba. Y las cosas que no cuadraban le resultaban sospechosas.

—¿Doctora Court?

Siempre es difícil contestar con gracia a la grosería y al cinismo. Tess ni se preocupó por intentarlo.

—Acierta de nuevo, detective.

—¿Una loquera?

—¿Un madero? —preguntó ella, devolviéndole la mirada de estupor.

Probablemente si Ed no hubiera prorrumpido en una carcajada, cualquiera de los dos habría añadido algo cercano al improperio.

—Fin del primer asalto —dijo Ed tranquilamente—. El despacho de Harris es un rincón neutral.

Esa vez fue él quien la agarró del brazo y le mostró el camino.

2

Ben y Ed acompañaron a Tess a través de los pasillos, uno a cada lado. De vez en cuando se oían gritos, o puertas que se abrían y se cerraban de golpe. Los teléfonos sonaban en todas partes al unísono; parecía que nadie los atendiera. Y para darle un toque más lúgubre, la lluvia repicaba contra los cristales. Un hombre en mangas de camisa y con mono de trabajador secaba con una fregona un charco que había en el suelo. Un fuerte olor a desinfectante y a humedad impregnaba el aire.

No era la primera vez que estaba en una comisaría de policía, pero sí la primera que se sentía tan intimidada. Ignoró a Ben y se centró en su compañero.

—¿Siempre vais juntos a todas partes?

El simpático Ed sonrió. Le encantaba la voz de Tess porque sonaba grave y refrescaba como un sorbete en una calurosa tarde de domingo.

—Al comisario le gusta tenerlo vigilado.

—Me lo creo.

Ben giró bruscamente hacia la izquierda.

—Por aquí, doctora.

Tess lo miró de reojo y lo adelantó. Él olía a lluvia y a jabón. Al entrar en las oficinas vio que dos hombres se llevaban a un adolescente esposado. Había una mujer sentada en una esquina que lloraba en silencio y que sostenía una taza con las dos manos. Desde el vestíbulo llegaban ruidos de discusiones.

—Bienvenida a la realidad —dijo Ben al tiempo que alguien vociferaba insultos.

Tess se quedó mirándolo fijamente durante un buen rato y decidió que era un payaso. ¿Qué pensaba, que había ido a tomar té con pastas? Aquello era una fiesta de cumpleaños comparado con la clínica en la que prestaba servicios una vez a la semana.

—Gracias, detective...

—Paris. —Algo en su interior le decía que se burlaba de él—. Ben Paris, doctora Court. Este es mi compañero, Ed Jackson. —Sacó un cigarrillo y lo encendió mientras observaba sus movimientos. En el interior de aquella lóbrega comisaría se la veía tan fuera de lugar como una rosa entre un montón de basura. Pero eso era asunto de ella—. Trabajaremos con usted.

—Qué bien —dijo Tess al tiempo que pasaba ante él esbozando la sonrisa que reservaba para los dependientes impertinentes.

Ben abrió la puerta antes de que ella pudiera llamar.

—Comisario... —Esperó a que Harris despejara los papeles de la mesa y se levantara—. Le presento a la doctora Court.

Harris no esperaba que fuera mujer, y mucho menos tan joven. Pero ya había tenido a sus órdenes a suficientes mujeres, entre ellas bastantes agentes novatas, así que la sorpresa no le duró mucho. El alcalde la había recomendado. Había insistido en que contaran con ella, se corrigió Harris. Y el alcalde, por más que lo incordiara, era un hombre inteligente que cometía pocos errores.

—Doctora Court. —Le tendió una mano descubriendo que las de ella eran suaves pero firmes—. Me alegra que haya venido.

Tess no estaba muy convencida de que aquello fuera cierto, pero no era la primera vez que se encontraba en esa tesitura.

—Espero poder ayudarles.

—Siéntese, por favor.

Al quitarse el abrigo notó unas manos en los brazos. Volvió la vista y vio que Ben estaba detrás de ella.

—Bonito abrigo, doctora —dijo acariciando el forro del guardapolvos mientras la ayudaba a quitárselo—. Debe de sacar bastante con esas sesiones de cincuenta minutos.

—Nada me divierte más que timar a mis pacientes —respondió ella en el mismo tono de voz susurrado.

Estúpido arrogante, pensó mientras se sentaba.

—Es probable que a la doctora Court le apetezca un café —apuntó Ed. Campechano como era, dirigió una amplia sonrisa a su compañero—. Parece que se ha mojado por el camino.

Tess se vio obligada a devolverle la sonrisa al advertir el brillo de sus ojos.

—Si pudieran traerme un café, sería genial. Solo.

Harris miró el poso que había quedado en la cafetera y cogió el teléfono.

—Roderick, traiga café. Cuatro. No, tres —dijo Harris, corrigiéndose al mirar a Ed.

—Si hay agua caliente...

Ed se llevó la mano al bolsillo y sacó una infusión en una bolsita.

—Y una taza de agua caliente —añadió, torciendo el gesto en una especie de sonrisa—. Sí, es para Jackson. Doctora Court... —El comisario no sabía qué le parecía tan divertido a la psiquiatra, pero supuso que tenía que ver con sus dos hombres. Mejor sería que entraran en faena cuanto antes—. Agradeceremos enormemente cualquier ayuda que pueda ofrecernos. Contará con todo nuestro apoyo para ello. —Lo dijo mirando a Ben, a modo de advertencia—. ¿La han informado brevemente acerca de lo que necesitamos?

Tess pensó en la reunión de dos horas con el alcalde y en la montaña de papeles que le había dado para llevarse a casa. Aquello era cualquier cosa menos breve.

—Sí. Necesitan un perfil psicológico del asesino al que llaman el Sacerdote. Quieren una opinión experta y fundamentada de sus razones para matar y su *modus operandi*. Quieren saber quién es emocionalmente, cómo piensa, qué siente. Con los datos que tengo y los que me entregarán, podré darles una opinión... una opinión —recalcó— de quién es psicológicamente, cómo y por qué actúa de esa manera. Tal vez esa información sirva de ayuda para su detención.

Así que no prometía milagros. Eso relajó a Harris. Miró de reojo y vio que Ben la observaba fijamente y que jugueteaba con su gabardina.

—Siéntese, Paris —dijo secamente—. ¿El alcalde le ha dado alguna información? —preguntó a la psiquiatra.

—Unos datos. Empecé a trabajar anoche en ello.

—También querrá echar un vistazo a los informes.

Harris cogió una carpeta de su escritorio y se la entregó.

—Gracias.

Tess sacó unas gafas de pasta de su bolso y abrió la carpeta.

Una psiquiatra, se dijo Ben una vez más, observando su perfil. Le habría parecido más adecuado imaginarla como jefa de animadoras de un equipo de fútbol universitario. O tomándose un coñac en el Mayflower. No estaba muy seguro de por qué ambas imágenes le parecían válidas para ella, pero así era. La que no le encajaba era la de especialista en enfermedades mentales. Las psiquiatras eran altas, delgadas y paliduchas, de mirada serena, voz serena, manos serenas.

Recordó al psiquiatra que su hermano había visitado durante tres años tras regresar de Vietnam. Josh se marchó siendo un joven idealista con un estado de salud inmejorable. Pero volvió a casa como un hombre trastornado y muy conflictivo. El psiquiatra lo había ayudado. O al menos eso parecía; eso decían todos, incluido él mismo. Hasta que cogió su revólver reglamentario y acabó de un tiro con cualquier oportunidad que le quedara en vida.

El psiquiatra lo llamó «trastorno por estrés postraumático». Hasta aquel momento Ben no se había percatado de cuánto odiaba que pusieran etiquetas a la gente.

Roderick entró con el café, consiguiendo que no se advirtiera su enfado por hacer de recadero.

—¿Están aquí ya los chavales de Dors? —le preguntó Harris.

—En eso estaba.

—Mañana, a primera hora, Paris y Jackson les pondrán al día a usted, a Lowenstein y a Bigsby.

Harris inclinó la cabeza a modo de despedida y echó tres cucharadas de azúcar en su café. Ed hizo una mueca de disgusto desde el otro lado de la habitación.

—¿He de asumir que el asesino tiene una fuerza desmesurada? —preguntó Tess, aceptando la taza de café sin levantar la vista de los informes.

Ben sacó un cigarrillo y se lo quedó mirando.

—¿Por qué?

Tess se bajó un poco las gafas en un gesto que había visto a un catedrático de la universidad. Su intención era amedrentar al interlocutor.

—No presentaban hematomas, ni ninguna otra señal de violencia, aparte de las marcas de estrangulamiento. La ropa estaba en perfectas condiciones y no había signos de forcejeo.

Ben ignoró el café y se centró en el cigarrillo.

—Ninguna de las víctimas era especialmente corpulenta.

Barbara Clayton, la más grande, medía uno sesenta y dos, y pesaba cincuenta y cuatro kilos.

—El terror y la adrenalina te hacen sacar fuerzas sobrehumanas —repuso Tess—. Según los informes, el asesino coge a las víctimas por sorpresa, por la espalda.

—Deducimos eso por la localización y el ángulo de los hematomas.

—Creo que hasta ahí llego —dijo ella en un tono de suficiencia y recolocándose las gafas. No era tan sencillo desmoralizar a un zoquete—. Ninguna de las víctimas pudo arañarle la cara, ya que en ese caso habrían encontrado células de su tejido en las uñas. ¿Me equivoco? —Se volvió hacia Ed deliberadamente, sin darle a Ben tiempo a contestar—. Así que es lo bastante inteligente para evitar marcas comprometedoras. No da la impresión de que asesine esporádicamente, sino que lo planea todo de una manera ordenada, incluso lógica. La ropa de las víctimas —continuó— ¿estaba en desorden, o desabrochada? ¿Había costuras rotas? ¿Les quitaron los zapatos?

Ed negó con la cabeza, admirando su forma de investigar cada detalle.

—No, señora. Las tres iban hechas un pincel.

—¿Y el arma del homicidio, el amito?

—Doblado sobre el pecho.

—Un psicópata ordenado —agregó Ben.

Tess simplemente arqueó una ceja.

—Diagnostica usted muy rápido, detective Paris. Pero antes que «ordenado» yo usaría la palabra «respetuoso».

Harris detuvo la réplica de Ben con solo levantar un dedo.

—¿Puede explicarnos eso, doctora?

—No puedo darles un perfil exhaustivo sin estudiar un poco más el caso, comisario, pero creo que podré hacerles un esbozo general. Es obvio que el asesino es un fanático religioso y, por lo que intuyo, ha recibido instrucción en un seminario.

—Así que ¿se inclina por la teoría del cura?

Volvió a dirigirse a Ben.

—Puede que el hombre haya pertenecido a una orden religiosa, que simplemente esté fascinado por la Iglesia o incluso que la tema como autoridad. El uso del amito es un símbolo, tanto para nosotros como para él, y hasta para sus víctimas. Podría usarlo como muestra de rebeldía, pero lo he descartado a la luz de las notas. Dado que las tres víctimas tienen la misma edad, es fácil pensar que representan a una figura femenina importante en su vida. Una madre, una esposa, una hermana. Una persona con la que tiene, o tuvo, un fuerte vínculo emocional. Tengo la sensación de que esa figura le falló en algún momento por algo referente a la Iglesia.

—¿Un pecado? —preguntó Ben expulsando una nube de humo.

Tal vez fuera un zoquete, pensó Tess, pero no era estúpido.

—La definición de pecado es variable —dijo con frialdad—. Pero sí, se trata de un pecado a sus ojos, probablemente un pecado sexual.

A Ben le repateaba ese análisis impersonal y templado.

—Entonces ¿qué? ¿La castiga a ella a través de otras mujeres?

Tess captó el tono de burla de su voz y cerró la carpeta.

—No. Las está salvando.

Ben abrió la boca de nuevo y luego volvió a cerrarla. Aquello cuadraba a la perfección.

—Eso es lo único que me queda absolutamente claro —dijo Tess mirando a Harris—. Está en esas notas, lo dice en todas ellas. Ese hombre se atribuye el papel de salvador. Al no haber signos de violencia, yo diría que no pretende castigarlas. Si lo hiciera por venganza, obraría de modo cruel y brutal, y querría que se dieran cuenta de lo que estaba a punto de sucederles. En lugar de eso, las mata lo antes posible, les arregla la ropa, coloca el amito sobre el pecho en un gesto de reverencia y deja una nota en la que declara que están salvadas. —Se quitó las gafas y les dio la vuelta, tocando las lentes—. No las viola. Puede que sea impotente, pero lo importante es que una agresión sexual significaría un pecado. Es posible, muy probable, que obtenga algún placer sexual del asesinato, pero el verdadero placer es espiritual.

—Un fanático religioso —dijo Harris en voz baja.

—Por dentro —dijo Tess—. A ojos de todos, seguramente se comporta con naturalidad durante largos períodos de tiempo. Hay intervalos de semanas entre un asesinato y otro, así que da la impresión de que posee cierto nivel de control. Es perfectamente posible que tenga un trabajo, que salga, que vaya a la iglesia.

—La iglesia —dijo Ben, levantándose y paseando hasta la ventana.

—Yo diría que con regularidad. Es su punto de apoyo. Si ese hombre no es un sacerdote, al menos actúa como tal en los asesinatos. Él piensa que está atendiendo a su rebaño.

—Absolución —murmuró Ben—. La extremaunción.

Tess entrecerró los ojos, intrigada.

—Exacto.

Ed, que no sabía mucho de la Iglesia, llevó la conversación a otro terreno.

—¿Es un esquizofrénico?

Tess se quedó mirando sus gafas con actitud circunspecta y negó con la cabeza.

—Esquizofrénico, maníaco depresivo, doble personalidad. Estos términos se aplican muy a la ligera y tienden a generalizar. —No se percató de que Ben se había vuelto y la miraba fijamente. Guardó las gafas en su funda y las metió en el bolso—. Todo desequilibrio psíquico es un problema individual, y la única manera de comprender esos problemas y tratarlos es descubrir su origen.

—Yo también prefiero trabajar con casos concretos —dijo Harris—. Pero la pregunta es inevitable en este. ¿Estamos ante un psicópata?

El rostro de la doctora cambió sutilmente. Impaciencia, pensó Ben, al percatarse de la sutil línea que aparecía entre sus ojos y del rápido movimiento de su boca. La psiquiatra no tardó en recuperar su actitud profesional.

—Si quiere un término general, psicopatía puede servirle. Significa trastorno mental.

Ed se acarició la barba.

—Así que es un loco.

—La locura es un término legal, detective —repuso ella en un tono un tanto pedante al tiempo que recogía la carpeta y se levantaba—. Eso será de lo que hablarán cuando lo detengan y lo lleven a juicio. Comisario, tendré el perfil preparado en cuanto me sea posible. No me vendría mal echarles un vistazo a las notas que colocó en los cuerpos y al arma del asesinato.

Harris, insatisfecho, se levantó. Quería más. A pesar de que ya debería estar escarmentado, le gustaba que hubiera A, B y C, y que los puntos estuvieran conectados por una línea.

—El detective Paris le enseñará todo lo que hay que ver. Gracias, doctora Court.

Le tendió una mano.

—Por ahora tiene poco que agradecerme. ¿Detective Paris?

—Por aquí mismo —dijo él, y le mostró el camino con un rápido movimiento de la cabeza.

Ben la condujo de nuevo a través de los pasillos sin decir palabra, hasta que llegaron al punto de control donde tenían que firmar para poder examinar las pruebas. También ella permaneció en silencio mientras estudiaba las notas y su precisa y prolija caligrafía. Las letras no presentaban alteraciones y eran tan idénticas que prácticamente parecían fotocopias. Daba la impresión de que el hombre que las había escrito no lo había hecho en un estado de rabia ni desesperación. Más bien parecía estar en paz consigo mismo. Era paz lo que buscaba y también paz lo que, a su manera enrevesada, quería otorgar.

—Blanco de pureza —murmuró tras examinar los amitos. Tal vez se tratara de un símbolo. Pero ¿para quién? Apartó la vista de aquellas notas. La estremecían más que la propia arma del asesino—. Por lo visto ese hombre cree tener una misión.

Ben recordó la enfermiza frustración que había sentido tras cada asesinato, pero su voz sonó fría e indiferente.

—Parece muy segura de sí misma, doctora.

—¿Ah, sí? —Se dio la vuelta, lo observó un instante, ponderó las circunstancias y se dejó llevar por su instinto—. ¿A qué hora acaba su turno, detective?

Ben inclinó un poco la cabeza, inseguro de sus movimientos.

—Hace diez minutos.

—Genial —dijo ella poniéndose el abrigo—. Entonces puede invitarme a una copa y contarme por qué odia tanto mi profesión, o por qué me odia a mí personalmente. Le doy mi palabra de que no lo psicoanalizaré.

Tenía algo que resultaba provocador. Una belleza elegante y fresca, una voz poderosa y sofisticada. O tal vez fueran sus ojos, grandes y dulces. Ya lo pensaría más tarde.

—¿Y no me cobrará?

Tess rió y se guardó el sombrero en el bolsillo.

—A lo mejor esa es la raíz del problema.

—Tengo que ir a por el abrigo.

En el camino de vuelta a las oficinas, ambos se preguntaron qué les empujaba a pasar parte de la tarde con alguien que demostraba no aceptarlos en el aspecto personal ni profesional. Pero el caso era que los dos se habían marcado el objetivo de imponerse al otro antes de que acabara el día.

Ben cogió su abrigo y garabateó algo en el libro de registros.

—Charlie, di a Ed que estaré ocupado ampliando miras con la doctora Court.

—¿Has archivado la petición?

Ben movió a Tess para usarla como escudo y se dirigió hacia la puerta.

—¿Archivar?

—Joder, Ben...

—Mañana, en triplicado.

Estaban ya cerca de la salida y no podían oírlo.

—No le interesa mucho el papeleo, ¿eh? —dijo ella.

Ben empujó la puerta y vio que el aguacero se había convertido en llovizna.

—No es la parte más interesante del trabajo.

—¿Y cuál es?

La acompañó al coche, mirándola con aire de misterio.

—Atrapar a los malos.

Lo más curioso de todo era que le creía.

Diez minutos después, Ben y Tess entraban en un bar de luces tenues en el que la música procedía de una máquina de discos y las copas no eran de garrafón. No se trataba de uno de los locales más distinguidos de Washington, pero tampoco de los más canallas. A Tess le pareció el típico sitio en el que los habituales se conocen y solo se aceptan nuevos clientes de tanto en tanto.

Ben saludó al camarero con un gesto, le dijo algo en voz baja a la chica que servía los cócteles y encontró una mesa al fondo, donde la música se oía menos y la luz era más tenue incluso. La mesa cojeaba un poco.

A Ben le bastó sentarse para relajarse. Estaba en su terreno y se sentía como pez en el agua.

—¿Qué bebe? —preguntó esperando que la doctora pidiera un vino blanco con un bonito nombre francés o algo parecido.

—Whisky, solo.

—Stolichnaya —dijo él a la camarera sin dejar de observar a Tess—. Con hielo. —Esperó a que se dilatara el silencio unos diez segundos, veinte. Un silencio interesante, pensó, lleno de preguntas y de hostilidad velada. Por qué no comenzar con un golpe directo—. Tiene unos ojos increíbles.

Tess sonrió y se arrellanó en la silla cómodamente.

—No esperaba que dijera algo tan original.

—Ed dice que sus piernas son bonitas.

—Me sorprende que las viera desde lo alto de la escalera. Son ustedes muy distintos —observó—. Imagino que formarán un equipo impresionante. Pero dejemos eso a un lado, detective Paris. Quiero saber por qué desconfía tanto de mi profesión.

—¿Por qué quiere saberlo?

Tess dio un pequeño sorbo al whisky en cuanto se lo sirvieron y sintió calor en sitios a los que el café no había llegado.

—Curiosidad. Deformación profesional. Al fin y al cabo, los dos trabajamos buscando respuestas, resolviendo rompecabezas.

—¿Le parece que nuestros trabajos tienen algo en común? —Le entraban ganas de reír solo de pensarlo—. Polis y loqueros.

—Puede que su trabajo me parezca tan desagradable como a usted el mío —dijo sin acritud—. Pero, mientras la gente no se adecue a lo que la sociedad clasifica como patrones de conducta normales, ambos seguirán siendo necesarios.

—No me gustan las clasificaciones —respondió Ben inclinando su copa hacia atrás—. No me fío de una persona que se sienta ante un escritorio para examinar el cerebro de otra y luego encasilla su personalidad en un compartimiento.

—Bueno. —Tess dio otro sorbo al whisky y le pareció que la música se transformaba en una melodía ensoñadora de Lionel Richie—. ¿Así clasifica usted a los psiquiatras?

—Sí.

Asintió.

—Supongo que la suya también es una profesión bastante incomprendida.

El peligro se reflejó un instante en los ojos de Ben, que volvieron a la normalidad con la misma rapidez.

—En eso tiene razón, doctora.

El único signo de emoción que mostró Tess fue tamborilear sobre la mesa con un dedo. Él tenía una capacidad asombrosa para la inmovilidad, algo de lo que se había percatado en el despacho de Harris. No obstante, transmitía cierto desasosiego. No era difícil percatarse de que hacía esfuerzos para que no se notara.

—Muy bien, detective. ¿Por qué no se sincera conmigo?

Ben le dio un par de vueltas al vodka y lo puso sobre la mesa sin beber de él.

—De acuerdo. Tal vez la vea como alguien que revuelve entre la basura de amas de casa frustradas y ejecutivos aburridos. Todo se reduce al sexo o al odio a la madre. Responden a las preguntas con más preguntas y nunca se implican. Una vez transcurridos los cincuenta minutos siguen con el siguiente expediente. Cuando alguien necesita ayuda de verdad, cuando está desesperado, nadie se percata. Lo etiquetan, lo archivan y pasan al siguiente paciente.

Tess no respondió nada inmediatamente, porque percibió el dolor oculto tras la ira de Ben.

—Debió de ser una experiencia horrible —murmuró—. Lo siento.

Ben se revolvió en su asiento, incómodo.

—Nada de psicoanálisis —le recordó.

Una horrible experiencia, volvió a pensar ella. Pero no era un hombre que quisiera comprensión.

—Está bien. Mirémoslo desde otra perspectiva. Usted es

detective de homicidios. Supongo que no hace otra cosa que conducir por callejones oscuros y pegar tiros. Esquiva un par de balas por la mañana, le pone las esposas a alguno a media tarde, le lee los derechos al sospechoso y lo encierra para que lo interroguen. ¿Se acerca lo suficiente mi descripción?

Ben esbozó una sonrisa forzada.

—Muy lista, ¿verdad?

—Eso dicen.

Él no era de los que juzgaban a los desconocidos a la ligera. Su sentido innato del juego limpio luchaba con unos prejuicios largo tiempo instalados. Hizo señas para que le trajeran otra copa.

—¿Cuál es su nombre de pila? Estoy cansado de llamarla doctora Court.

—El suyo es Ben —dijo con una sonrisa que hizo que él se fijara de nuevo en su boca—. Teresa.

—No —dijo negando con la cabeza—. Así no es cómo la llaman. Teresa es demasiado común. Y Terry no tiene suficiente clase.

Tess se inclinó hacia delante y apoyó la barbilla sobre las manos.

—Puede que sea buen detective, al fin y al cabo. Me llaman Tess.

—Tess —probó a decir lentamente, y después asintió—. Es bonito. Dime, Tess, ¿por qué psiquiatría?

Se quedó observándolo un momento, admirando la soltura con la que se repantingaba en el asiento. No era una postura indolente, ni desmañada, sino simplemente relajada. Le daba envidia.

—Curiosidad —repitió—. La mente humana está llena de preguntas sin contestar. Yo quería encontrar esas respuestas. A veces, si uno encuentra las respuestas, puede ayudar. Sanar las mentes y aliviar los corazones.

Su respuesta lo conmovió. Pura simplicidad.

—Aliviar los corazones —repitió pensando en su hermano. Nadie fue capaz de aliviar el suyo—. ¿Crees que curando una cosa se apacigua la otra?

—Son lo mismo.

Tess miró a una pareja detrás de Ben que reía a carcajadas mientras compartía un tanque de cerveza.

—Yo creía que solo os pagaban por examinar la cabeza.

Tess esbozó una media sonrisa, pero siguió mirando la escena de detrás.

—La mente, el corazón y el alma. «¿No podéis dar medicina a un ánimo enfermo, arrancar de la memoria una tristeza arraigada, borrar las turbaciones escritas en el cerebro, y con algún dulce antídoto de olvido, despejar el pecho atascado con esa materia peligrosa que abruma el corazón?»

Ben había alzado la vista para mirarla mientras hablaba. Aunque Tess seguía hablando en voz baja, él dejó de oír la máquina de discos, los ruidos y las carcajadas.

—*Macbeth*. —Se encogió de hombros al ver que ella le sonreía—. Los polis también leemos.

Tess alzó la copa a modo de brindis.

—Tal vez tengamos que darnos otra oportunidad.

Cuando volvieron al aparcamiento de la comisaría todavía lloviznaba. Las nubes habían hecho que oscureciera rápidamente, de modo que la luz de las farolas se reflejaba sobre los charcos, y las aceras estaban mojadas y desiertas. Washington era una ciudad madrugadora.

Tess había esperado hasta ese momento para preguntarle algo que le había rondado por la cabeza durante toda la tarde.

—Ben, ¿por qué te hiciste policía?

—Ya te lo he dicho. Me gusta atrapar a los malos.

Tess pensó que había algo de verdad en ello, pero eso no era todo.

—Así que ¿jugabas a policías y ladrones de pequeño y decidiste seguir jugando?

—Yo de pequeño jugaba a los médicos. —Aparcó junto al coche de Tess y puso el freno de mano—. Era más educativo.

—Me lo creo. Y entonces ¿por qué pasaste a los servicios públicos?

Ben podría haber dado una respuesta fácil y evadir la pregunta. Parte de su éxito con las mujeres se basaba en su habilidad para hacer ambas cosas con una sonrisa. Pero por alguna razón esa vez quería decir simplemente la verdad.

—Está bien, ahora me toca a mí citar: «Sin la mano y la espada de los hombres las leyes no son más que papel y palabras». —Ben esbozó una media sonrisa y la descubrió observándolo tranquilamente—. No me entiendo bien con las palabras y el papel.

—¿Y con la espada sí?

—Exacto. —Se inclinó sobre ella para abrirle la puerta. Sus cuerpos se rozaron, pero ninguno de ellos fue consciente—. Creo en la justicia, Tess. Y eso es muchísimo más que papel y palabras.

Se quedó un momento allí sentada, reflexionando. El detective irradiaba cierta violencia, ordenada y controlada. Tal vez la palabra exacta fuera «domesticada», pero era violencia de todos modos. No cabía duda de que había matado, algo que la educación y la personalidad de Tess rechazaban de manera absoluta. Había quitado vidas y expuesto la suya propia. Y creía en la ley y el orden. Del mismo modo que creía en la espada.

No entraba en esa categoría de hombre simple que le había atribuido en un principio. No esperaba descubrir tanto en una sola tarde. Más que suficiente, se dijo, y decidió dejarlo ahí.

—Bueno, gracias por la copa, detective.

Ben bajó del coche al mismo tiempo que ella.

—¿No tienes paraguas?

Tess sonrió afablemente mientras buscaba las llaves del coche.

—Nunca lo llevo cuando llueve.

Ben se dirigió hacia ella con las manos en los bolsillos de atrás. Por alguna razón que no era capaz de precisar se negaba a dejarla ir.

—Me pregunto lo que diría un loquero de eso.

—Tú tampoco tienes paraguas. Buenas noches, Ben.

Él sabía que Tess no era la mujer superficial, sofisticada y resabiada que él había imaginado. Sin darse cuenta, aguantó la puerta del coche hasta que ella se sentó en el asiento del conductor.

—Tengo un amigo que trabaja en el Kennedy Center. Me ha dado un par de entradas para la obra de Noel Coward que hacen mañana por la noche. ¿Te interesa?

Tenía en la punta de la lengua las palabras para negarse a ello educadamente. El aceite y el agua no mezclan bien. Y el placer y los negocios tampoco.

—Sí, me interesa.

Ben no sabía muy bien cómo tomarse que aceptara su proposición, así que simplemente asintió.

—Te recogeré a las siete.

Al ver que cerraba la puerta, Tess bajó la ventanilla.

—¿No quieres mi dirección?

La miró con una sonrisa de suficiencia que ella tendría que haber detestado.

—Soy detective.

Ben regresó a su coche y Tess se descubrió riendo.

A las diez de la noche ya había dejado de llover. Tess, absorta en el perfil en el que trabajaba, no se percató de la tranquilidad, ni de la tenue luz de la luna. No se acordó de comprar comida china para llevar y había dejado a medio comer el sándwich de rosbif de la cena.

Fascinante. Leyó los informes de nuevo. Fascinante y escalofriante. ¿Cómo escogerá a sus víctimas?, se preguntó. Todas eran rubias, de menos de treinta años, menudas y de complexión normal. ¿Qué simbolizaban para él y por qué? ¿Las observaba? ¿Seguía sus pasos? ¿Las elegía al azar? Tal vez el color del pelo y la complexión fueran meras coincidencias. Cualquier mujer que estuviera sola por la noche podía acabar siendo «salvada».

No. Seguía un patrón, estaba segura de ello. Seleccionaba a sus víctimas atendiendo a alguna característica de su aspecto físico y después se las arreglaba para controlar sus rutinas. En tres asesinatos no había cometido un solo error. Estaba enfermo, pero era metódico.

Rubias, cerca de la treintena, de complexión normal o media. Tess se vio reflejada en el cristal de la ventana. ¿No acababa de dar una descripción de sí misma? Se sobresaltó al oír que llamaban a la puerta y maldijo su propia insensatez. Miró el reloj por primera vez desde que se sentó y vio que había trabajado durante tres horas sin parar. Si continuaba dos horas más, tal vez podría entregar algo al comisario Harris. La persona que esperaba en la puerta tendría que darse prisa.

Dejó las gafas sobre la montaña de papeles y fue a ver quién era.

—Abuelo. —El fastidio se le pasó en cuanto se puso de puntillas para besarle con ese mismo entusiasmo que él le había inculcado en la vida. Olía a menta y a Old Spice y tenía el porte de un general—. Estás trasnochando.

—¿Trasnochando? —Su voz retumbó. Siempre había sido

así, ya fuera a través de las paredes de la cocina cuando freía pescado de mercado, apoyando al equipo que se le antojara ese día en un partido, o en el Senado, donde había servido durante veinticinco años—. Acaban de dar las diez. Todavía no estoy como para ponerme una mantita y tomarme la leche caliente, renacuaja. Prepárame una copa.

Ya había entrado y se estaba quitando el abrigo de ese armazón de guardavías de un metro ochenta que era su cuerpo. Tiene setenta y dos años, se dijo Tess mirando su blanca melena alborotada y su curtido rostro. Setenta y dos, y tenía más energía que los hombres con los que ella salía. Y no cabía duda de que era mucho más interesante. Tal vez la razón de que estuviera todavía soltera y no le importara fuese que esperaba demasiado de los hombres. Le sirvió tres dedos de whisky.

El abuelo miró hacia la montaña de papeles, archivos y notas. Esa era su Tess, pensó mientras aceptaba el vaso. Siempre dispuesta a dar el callo para acabar el trabajo. No se le escapó el detalle del sándwich a medio comer. Esa también era su Tess.

—Entonces —dijo dándole vueltas al whisky— ¿qué sabes del maníaco que nos ocupa?

—Senador... —Tess hizo uso de su tono de voz más profesional, al tiempo que se sentaba en el brazo de una silla—. Sabes que no podemos hablar de ese tema.

—Tonterías. Fui yo quien te consiguió el trabajo.

—Por lo cual no pienso darte las gracias.

El abuelo le dirigió una de sus miradas aceradas. Los políticos más avezados se arrugaban ante ella.

—El alcalde me lo contará de todas formas.

En lugar de acobardarse, Tess le ofreció la más tierna de sus sonrisas.

—Pues entonces, que te lo cuente el alcalde.

—Maldita ética —murmuró.

—Fuiste tú quien me enseñó a tenerla.

Resopló, satisfecho del comportamiento de su nieta.

—¿Y del comisario Harris qué me dices? Una opinión.

Tess se sentó un momento, y apoyó la cara sobre las manos, como siempre hacía cuando tenía que reflexionar.

—Es un hombre competente, se controla. Está enfadado y frustrado, y trabaja bajo mucha presión, pero se las arregla para que no se note.

—¿Y los detectives al cargo del caso?

—Paris y Jackson. —Se repasó los dientes con la punta de la lengua—. Me han parecido una extraña pareja, aunque muy compenetrada. Jackson es como un hombre de las montañas. Preguntaba lo típico, pero sabía escuchar muy bien. Da la impresión de ser bastante metódico. Paris... —Vaciló, sin estar muy segura del terreno que pisaba—. Es impaciente, y me pareció más voluble. Inteligente, pero más instintivo que metódico. O tal vez más emocional.

Se quedó pensando en la justicia y en la espada.

—¿Son competentes?

—No sé cómo juzgar eso, abuelo. A simple vista, diría que se entregan a su trabajo. Pero incluso eso es solo una impresión.

—El alcalde confía plenamente en ellos. —Apuró su whisky—. Y en ti.

Tess volvió a dirigir toda su atención a su abuelo y lo miró con expresión seria.

—No sé si tiene motivos para ello. Ese hombre está muy perturbado, abuelo. Es peligroso. Tal vez pueda describir su mente a grandes rasgos, su patrón emocional, pero eso no lo detendrá. Conjeturas. —Se levantó y metió las manos en los bolsillos—. No son más que conjeturas.

—Todo en este mundo es una adivinanza, Tess. Tú sabes que no hay garantías, que no existen los absolutos.

Lo sabía, pero no le gustaba. Nunca le había gustado.

—Ese hombre necesita ayuda, abuelo.

—No es tu paciente, Tess —dijo tomándola por la barbilla.

—No, pero estoy metida en el ajo. —Al ver que el abuelo arrugaba el entrecejo cambió el tono de voz—. No empieces a preocuparte. No voy a extralimitarme.

—Eso me dijiste una vez de una caja llena de gatitos. Acabaron costándome más que un simple traje de los caros.

Volvió a besarlo en la mejilla y le dio el abrigo.

—Y los quisiste a todos y cada uno de ellos. Y ahora, tengo que ponerme a trabajar.

—¿Me estás echando?

—Solo te ayudo con el abrigo —corrigió—. Buenas noches, abuelo.

—Compórtate, renacuaja.

Le cerró la puerta, recordando que siempre le decía lo mismo desde que tenía cinco años.

La iglesia estaba vacía y a oscuras, pero no le costó mucho forzar la cerradura. Ni tampoco le pareció pecar al hacerlo. Las iglesias no se construyeron para permanecer cerradas. Se suponía que la casa del Señor tenía que estar abierta para los necesitados, los que tenían problemas, los que querían rezar.

Encendió las velas: cuatro, una por cada mujer que había salvado, y la última por aquella que no había podido salvar.

Se puso de rodillas y rezó sus oraciones con un hondo pesar. Había veces, aunque solo fuera en ocasiones, que dudaba al pensar en su misión. La vida era sagrada. Había acabado con tres, y sabía que era un monstruo a los ojos del mundo. Si las personas con las que trabajaba llegaran a saberlo lo despreciarían, lo encarcelarían, lo odiarían. Se compadecerían de él.

Pero la carne era efímera. Una vida era sagrada solo gracias a su alma. Era sus almas lo que él salvaba. Y tendría que continuar salvando almas hasta que se equilibrara la balanza. Era consciente de que sus dudas eran un pecado en sí mismas.

Si al menos tuviera alguien con quien hablar. Si hubiera alguien que lo comprendiese, que lo consolara. Una desesperación, caliente y densa, se apoderó de su cuerpo. Ceder habría supuesto un alivio. No había nadie, ni una sola persona en la que pudiera confiar. Nadie compartía su carga. Cuando la Voz callaba, se quedaba absolutamente solo.

Había perdido a Laura. Ella se había perdido a sí misma y, al hacerlo, se había llevado un trozo de él. El mejor trozo. A veces, cuando todo estaba oscuro, cuando todo estaba tranquilo, la veía. Ya no reía. Su rostro, completamente pálido, aparecía lleno de dolor. Encender velas en iglesias vacías jamás borraría el dolor. Y tampoco su pecado.

Laura permanecía en la oscuridad, esperando. Solo se liberaría cuando él completara su misión.

El olor de las velas votivas, el ambiente silencioso de la iglesia y las siluetas de las estatuas lo tranquilizaban. Allí se podía encontrar un lugar para la esperanza. Los símbolos religiosos siempre le habían reportado consuelo y le recordaban sus limitaciones.

Apoyó la cabeza en el reclinatorio y rezó con más fervor. Rezó para poder afrontar las pruebas que estuvieran por venir.

Al levantarse, la luz de las velas parpadeó ante su alzacuellos blanco. Las apagó de un soplido y todo volvió a sumirse en la oscuridad.

3

El tráfico de Washington puede ponerte de los nervios, especialmente cuando te levantas con sueño, desayunas solo un café y atiendes a una cita tras otra. Tess avanzó a paso de tortuga tras un Pinto con el tubo de escape roto hasta llegar a un nuevo semáforo en rojo. A su lado, un hombre con un GMC azul enorme hacía rugir el motor. Se llevó una decepción al ver que ella no se molestaba en mirarlo.

Estaba preocupada por Joey Higgins. Habían pasado dos meses de terapia y todavía no conseguía vislumbrar el problema real, o, mejor dicho, la respuesta real. Un chico de catorce años no tendría por qué sufrir depresión clínica, sino estar jugando a béisbol. Esa mañana Tess había tenido la sensación de que Joey estaba a punto de abrirle su corazón. A punto, pensó dando un suspiro. Pero no conseguía franquear la muralla. Cimentar su confianza y su autoestima era como construir una pirámide. Pasos agónicos, uno tras otro. Si alcanzase el punto en el que el chico confiara plenamente en ella...

Luchaba por atravesar la ciudad con cargo de conciencia por ese adolescente huraño de amarga mirada. Y había tantas otras cosas... Demasiadas.

Tess sabía que no tenía por qué sacrificar la hora del almuerzo para entregar el perfil del asesino al comisario Harris.

Tampoco estaba obligada a trabajar en ello hasta las dos de la madrugada, pero no había podido evitarlo.

Algo en su interior la empujaba a hacerlo. No era capaz de decir si se trataba de su instinto, de una corazonada o simple de superstición. Lo único que sabía era que se había involucrado tanto con ese anónimo asesino como con cualquiera de sus pacientes. La policía necesitaba toda la ayuda que ella pudiera ofrecerle para comprender sus motivos. Comprender al asesino era indispensable para capturarlo. Y había que capturarlo para que recibiera ayuda.

Cuando llegó al aparcamiento de la comisaría echó un rápido vistazo a su alrededor. No había ningún Mustang. Tuvo que recordarse que la razón de su visita no era esa en cualquier caso. Tampoco sabía por qué había decidido salir con Ben Paris, ya que le parecía un hombre arrogante y complicado, además de que su lista de pacientes estaba repleta debido a las horas extra que empleaba en los homicidios. Con solo trabajar un par de horas más esa misma tarde las cosas volverían a la normalidad. No era la primera vez que pensaba en llamarlo para cancelar la cita.

Aparte de todo eso, las citas tampoco eran algo que la entusiasmara. El mundo de los solteros le parecía muy duro, un círculo vicioso y frustrante que dejaba exhausto a quien entraba en él. No podía soportar a los charlatanes del tipo «aquí estoy yo, mira qué suerte tienes», como Frank. Y tampoco le hacían ninguna gracia esos fanáticos de la promiscuidad que no querían ni oír hablar del compromiso, como el abogado de oficio con quien había salido en primavera.

No era que los hombres no le interesaran, sino que la mayoría de los que conocía carecían de interés para ella. Cuando las expectativas son altas, es fácil llevarse decepciones. Así que le resultaba más sencillo quedarse en casa, viendo alguna película clásica o revisando historiales clínicos.

Pero no cancelaría su cita —se convenció de que sería una grosería excusarse faltando tan poco tiempo—, aunque fuera consciente de que ambos habían actuado de manera impulsiva. Iría, disfrutaría de la obra y daría las buenas noches al inspector Paris. Ya trabajaría durante el fin de semana.

Al entrar en homicidios, echó una ojeada a todo el que había sentado a su escritorio y a los que daban vueltas de aquí para allá. Uno de los agentes tenía la cabeza metida en una neverita llena de arañazos, pero cuando la sacó vio que se trataba de un extraño.

Ben no estaba por allí, pero había una variada gama de estilos de agente de policía. Con traje y corbata, tejanos y jersey, botas y zapatillas deportivas. Lo único que parecía de uso universal era la pistolera al hombro. Le pareció que distaba mucho del atractivo de la espada.

Miró hacia el despacho de Harris y lo encontró vacío.

—¿Doctora Court?

Tess se detuvo y miró al hombre que acababa de dejar su puesto ante la máquina de escribir.

—Sí.

—Soy el detective Roderick. El comisario Harris está en una reunión con el inspector jefe.

—Entiendo. —Este es de los de traje y corbata, se dijo Tess. Aunque había dejado la chaqueta en el respaldo de la silla, llevaba la corbata perfectamente colocada. Decidió que Ben jamás se pondría una—. ¿Acabarán pronto?

—Sí. No pueden tardar mucho más. Si no le importa esperar... —Roderick sonrió al recordar el día anterior—. Puedo traerle un café.

—Eh... —Tess miró el reloj. Tenía la siguiente cita en cuarenta minutos. Tardaría veinte en regresar a la consulta—. No, gracias. No dispongo de mucho tiempo. Tenía que entregar este informe al comisario.

—El perfil. Puede dármelo a mí. —Al ver que dudaba, añadió—: Yo también trabajo en el caso, doctora Court.

—Perdone. Le estaría muy agradecida si pudiera entregar esto al comisario Harris lo antes posible. —Tess abrió su maletín y sacó el informe—. Si tiene alguna duda, puede contactar conmigo en la consulta hasta las cinco, y después en casa, hasta las siete. Supongo que no podrá decirme si han avanzado algo en la investigación, ¿verdad?

—Ojalá. Ahora mismo no hacemos más que volver sobre nuestros pasos con la esperanza de encontrar algo en lo que no hayamos reparado las seis veces anteriores.

Tess miró el informe y se preguntó si Roderick comprendería realmente al hombre sobre el que había escrito. ¿Podría comprenderlo alguien? Asintió y le entregó el informe con desazón. Parecía inofensivo, pero también una bomba desactivada lo parecía.

—Gracias.

Una mujer de bandera, pensó él. Después de un tiempo trabajando en ese campo, uno empezaba a echar de menos encontrarse con mujeres de verdad.

—No hay de qué. ¿Quiere dejar algún mensaje al capitán?

—No. Está todo en el informe. Gracias de nuevo, detective.

Lowenstein esperó a que Tess se hubiera alejado.

—¿Esa es la psiquiatra?

Roderick acarició la tapa del informe antes de dejarlo sobre el escritorio.

—Sí. Ha traído el perfil para Harris.

—Parece sacada de la revista *Harper's Bazaar* —dijo Lowenstein en voz baja—. Tiene clase, aunque dicen que anoche se fue con Paris. —Soltó una risotada y le dio una palmada a Roderick en el brazo—. Te ha puesto a cien, ¿eh, Lou?

Roderick, abochornado, se encogió de hombros.

—Estaba pensando en otra cosa.

Lowenstein se pasó la lengua por los carrillos.

—Ya, seguro. Bueno, espero que sepa lo que se hace. Supongo que es mejor eso que consultar la güija. —Se colgó el bolso—. Bigsby y yo vamos a hablar con los clientes habituales del Doug. Cuida del castillo mientras estamos fuera.

—Volved con alguna pista, Maggie —dijo Roderick retornando a su silla—. O puede que tengamos que sacar ese tablero de güija.

Cuando Tess dobló la siguiente esquina oyó que alguien blasfemaba. Miró atrás y vio a Ben que daba una buena patada a la máquina de las chocolatinas.

—¡Hija de perra!

—Ben. —Ed puso una mano en el hombro a su compañero—. Esa porquería es veneno para tu organismo. Olvídalo. Tu cuerpo te lo agradecerá.

—Le he puesto cincuenta céntimos. —Ben agarró la máquina con ambas manos, la zarandeó y soltó otro taco—. Y cincuenta céntimos sigue siendo un robo por una barrita de chocolate con trocitos de frutos secos.

—Deberías probar las pasas —sugirió Ed—. Azúcar natural. Con un montón de hierro.

Ben apretó los dientes.

—Odio las pasas. No son más que uvas secas.

Tess no pudo resistirse a volver sobre sus pasos.

—Detective Paris. ¿Siempre se pelea con objetos inanimados?

Ben volvió la vista, pero no soltó la máquina.

—Solo cuando me fastidian.

Le dio otro violento empujón, pero se quedó mirando a Tess y se percató de que esa vez no llegaba mojada. Además, llevaba el pelo recogido en un moño alto muy elegante que hacía pensar a Ben en deliciosos pasteles bajo una campana de cristal. Tal vez a ella le pareciera un estilo profesional, pero a él se le hacía la boca agua.

—Tiene buen aspecto, doctora.

—Gracias. Hola, detective Jackson.

—Señora. —Ed volvió a poner su mano sobre el hombro de Ben—. No hay palabras para explicarle lo que me avergüenza el comportamiento de mi compañero.

—No pasa nada. Estoy acostumbrada a los problemas de conducta.

—Mierda. —Ben dio un último empellón a la máquina y se alejó de ella. Pensaba forzar la cerradura en cuanto tuviera ocasión—. ¿Me buscaba?

Tess pensó en cómo lo había buscado por el aparcamiento y las dependencias interiores, y se decidió por el tacto antes que por la verdad.

—No. He venido a traer el perfil a Harris.

—Trabaja rápido.

—Si hubiera tenido más material con el que trabajar, habría tardado más. —Se encogió de hombros para expresar a partes iguales su desencanto y su resignación—. No sé si será de mucha ayuda. Me gustaría hacer más.

—Eso es trabajo nuestro —le recordó Ben.

—Hola, chicos. —Lowenstein pasó por delante de ellos y echó unas monedas en la máquina.

En realidad tenía más ganas de ver a la psiquiatra de cerca que de comerse una chocolatina. Habría apostado una semana de su sueldo a que ese traje rosado era de seda.

—Esa mierda está rota —dijo Ben, pero cuando Lowenstein giró la manivela cayeron dos chocolatinas en la bandeja.

—Dos por una —dijo Lowenstein, metiéndose ambas en el bolso—. Nos vemos después.

—Espera un momento...

—No creo que quieres montar una escenita delante de la doctora Court —le recordó Ed.

—Pero esa chocolatina es mía.

—Estás mejor sin ella. El azúcar acabará matándote.

—Todo esto es muy interesante —dijo Tess secamente mientras observaba a Ben fulminar a Lowenstein con la mirada por la espalda—. Pero voy muy mal de tiempo. Quería decirles que tengo una sugerencia. La he incluido en el informe para el comisario.

Ben se metió las manos en los bolsillos y se quedó mirándola.

—¿Y es?

—Necesitarán un sacerdote...

—Ya hemos pasado por ahí, doctora. Ed y yo hemos hablado con una docena de ellos.

—... que tenga experiencia en psiquiatría —finalizó Tess—. Yo he hecho cuanto está en mi mano, pero no estoy cualificada para investigarlo en profundidad desde el punto de vista religioso. Y esa es la clave, en mi opinión. —Miró a Ed de pasada, si bien sabía que era a Ben a quien tenía que convencer—. Podría investigar el catolicismo, pero tardaría un tiempo. Y no creo que ninguno de nosotros queramos desperdiciarlo. Conozco a un doctor de la Universidad Católica, el monseñor Logan. Tiene una reputación excelente, tanto en la Iglesia como en medicina psiquiátrica. Me gustaría hablar con él.

—Cuanta más gente impliquemos, más posibilidades de filtraciones habrá —dijo Ben—. No podemos permitir que la prensa conozca los detalles.

—Y si no prueban algo diferente, la investigación se quedará justamente donde está: estancada. —Percibió la irritación que sus palabras causaban e intentó desviarla—. Podría acudir al alcalde y presionarlo para que se haga, pero no quiero conseguirlo de ese modo. Quiero que me apoyes en esto, Ben.

Ben se balanceó sobre los talones. Otro loquero, pensó. Y encima sacerdote. Pero, por más que le costara admitirlo, la investigación estaba estancada. Habrían hablado hasta con un conejo, en caso de que la doctora decidiera sacarlo de su chistera.

—Hablaré con el comisario.

La sonrisa de ella asomó con facilidad tras la victoria.

—Gracias. —Tess sacó su cartera y echó unas monedas en la máquina expendedora que había tras él. Después de pensarlo un poco, tiró de la manivela. Una barrita de chocolate Hershey cayó sobre la bandeja, haciendo un ruido seco—. Toma. —Se la ofreció a Ben con total solemnidad—. Me has partido el corazón. Me alegro de verle, detective Jackson.

—Un placer, señora. —Mientras miraba cómo se marchaba, se le dibujó una enorme sonrisa—. Se desenvuelve bien, ¿eh?

Ben se pasó la chocolatina de una mano a otra con el entrecejo fruncido.

—Oh, sí —murmuró—. Como una profesional.

Tess no era de las que se complicaban demasiado con la ropa. Lo cierto era que todo el contenido de su armario estaba meticulosamente escogido, desde el último de sus jerséis de cachemira hasta las chaquetas de lino, precisamente para no tener que molestarse cada mañana en decidir qué ponerse. Normalmente optaba por un estilo clásico y por colores combinables porque le sentaban mejor, y cuando tenía prisa, alargaba el brazo y cogía lo que hallara en el ropero.

Pero ese día no se vestía para ir a la consulta, aunque tampoco para salir con el Príncipe Azul; de modo que tuvo que decirse cuando devolvió el tercer vestido al perchero. Tenía veintinueve años, y ya sabía que no existían las princesas y que ninguna mujer racional quería vivir en una torre de marfil. Otra cosa era una cita sin complicaciones con un hombre atractivo que te hacía actuar sin premeditación, y Ben Paris, ciertamente, la llevaba a actuar de esa forma.

Una mirada al reloj la advirtió de que si le daba muchas más vueltas no tendría tiempo de vestirse. Se quedó allí delante del armario con un picardías diminuto de color carne, sacó un vestido de seda negra y lo examinó cuidadosamente. Simple pero elegante. Decidió que era la opción adecuada, aunque tampoco tenía tiempo para pensarlo más. Se lo puso y abrochó la hilera de botones que iban desde la cintura hasta el cuello.

Tras una nueva inspección ante su espejo basculante asintió, convencida. Sí, pensó, mucho mejor que el azul glaciar con el que había empezado o que el gorgette color frambuesa que acababa de rechazar. Se puso los pendientes de diamantes de su madre y la fina pulsera de oro que le regaló su abuelo al graduarse. Se debatía entre hacerse un tocado o no, pero la llamada a la puerta decidió por ella. Tendría que llevar el cabello suelto.

Tess había pensado que Ben jamás podría vestir con elegancia. Pero cuando abrió la puerta y lo vio con ese traje gris perla y la camisa de color salmón supo que se equivocaba. Aun así, en lo de la corbata sí había acertado. Llevaba el cuello de la camisa abierto. Estaba a punto de sonreír cuando vio el ramo de violetas que el detective tenía en la mano. No solía emocionarse tanto, pero volvió la vista hacia él sintiéndose como una adolescente ante su primer ramo de flores.

—Una ofrenda de paz —dijo Ben, tan nervioso como ella.

Se decía a sí mismo que no había motivos para estarlo, ya que solía obsequiar con ese tipo de detalles grandilocuentes o impulsivos a las mujeres con las que salía. Era su estilo. Buscar un ramillete de violetas en octubre no le había parecido una estupidez hasta el momento en que tuvo que ofrecérselas.

—Son preciosas. Gracias. —Tess recuperó la compostura y le sonrió, aceptando las flores al tiempo que se retiraba para dejarle pasar. El perfume de las flores le recordaba a una primavera que se se antojaba muy lejana desde el crudo invierno—. Voy a por un jarrón.

Cuando se metió en la cocina, Ben echó un vistazo a su alrededor. Vio el grabado de Matisse, las alfombras turcas, sus pulcros cojines bordados. Colores suaves y bonitos, así como maderas nobles envejecidas. La habitación irradiaba riqueza generacional bien asentada.

¿Qué diablos estás haciendo aquí?, se preguntó. Su abuelo es un senador. El tuyo era carnicero. Ella creció rodeada de sirvientes, y tu madre todavía limpia su propio baño. Ella se licenció con honores en Smith, y tú hiciste dos años de universidad sin pena ni gloria hasta que entraste en la academia.

Sí, le había dado un buen repaso a su historial. También eso formaba parte de su estilo. Y estaba completamente seguro de que se quedarían sin tema de conversación en menos de quince minutos.

Tess volvió con las violetas en un pequeño jarrón Wedgwood.

—Te ofrecería una copa, pero no tengo Stolichnaya.

—No importa.

Ben tomó una decisión sin valorar los pros y los contras. Había aprendido a confiar en sus instintos. Cuando Tess fue a poner las violetas en el centro de la mesa se acercó por detrás y le tocó el pelo. Ella se dio la vuelta lentamente, sin sobresaltarse ni sorprenderse, y respondió a la mirada larga y silenciosa que él le dedicaba.

Tess olía a París. Ben recordó los cinco días que había pasado allí cuando tenía veinte años, con poquísimo dinero y mucho optimismo. Se enamoró de la ciudad: su aspecto, sus olores, el aire. Todos los años se prometía que volvería allí para encontrar lo que fuera que andaba buscando.

—Me gusta más cuando lo llevas suelto —acabó por decir, deteniéndose en su cabello un poco más—. Esta tarde, cuando lo llevabas recogido, parecías más fría e inaccesible.

Tess se puso en tensión de repente al percibir esa atracción entre hombre y mujer que llevaba años sin sentir, que no había querido sentir. Y seguía sin querer hacerlo.

—Más profesional —le corrigió ella dando un paso atrás—. ¿Tomamos esa copa?

Ben pensó en rasgar ese velo de control que la cubría efectuando un corte largo y preciso. ¿Qué pasaría entonces? Pero se arriesgaba a fracasar en su objetivo, y ya no habría vuelta atrás.

—Mejor nos la tomamos en el teatro. Tenemos tiempo suficiente antes de que empiece la función.

—Voy a por el abrigo.

Ben parecía conocer tan bien al personal del Roof Terrace como a los del garito lleno de humo de la noche anterior. Tess observó que hablaba con uno y saludaba a otro con familiaridad y despreocupación. Así que no era un hombre solitario, concluyó, salvo cuando decidía serlo.

Admiraba a las personas que se sentían cómodas con los demás sin preocuparse por la impresión que daban o la opinión del resto. Para comportarte así, tienes que sentirte a gusto contigo mismo, pensó. Y en cierto modo, por más satisfecha que ella estuviera con su estilo de vida, no había conseguido llegar a ese punto.

Ben cogió su copa, estiró las piernas y le devolvió la mirada.

—¿Tienes ya una idea de qué tipo de persona soy?

—No del todo. —Tess cogió una almendra del cuenco que había en la mesa y la masticó mientras reflexionaba—. Pero me parece que tú sí la tienes. Si la mayoría de la gente se comprendiera como lo haces tú, tendría que buscarme otro tipo de trabajo.

—Y tú eres muy buena en lo tuyo. —La vio escoger otra almendra con sus largos y finos dedos. Una perla antigua brillaba débilmente en su mano derecha—. Primera de tu promoción —comenzó a decir al ver que su mano se detenía en seco—. Una consulta privada cuya lista de pacientes crece a un ritmo más rápido del que puedes manejar. Acabas de rechazar un oferta para trabajar en el hospital psiquiátrico de Bethesda Naval, pero colaboras gratuitamente con la Donnerly Clinic de la zona sudeste una vez a la semana.

A Tess no le gustó nada que le hiciera ese resumen. Estaba acostumbrada a ser la persona que tenía más información de las dos que hablaban.

—¿Siempre investiga el historial de las chicas con las que sale, detective?

—Es la costumbre —dijo Ben sin azorarse—. Tú misma hablaste de curiosidad anoche. Tu abuelo materno es el senador Jonathan Writemore, de centro-izquierda, un hombre franco, carismático y duro como una roca.

—Le habría encantado oír eso.

—Perdiste a tus padres cuando tenías catorce años. Lo siento. —Volvió a alzar la copa—. Siempre es duro perder a un familiar.

Tess advirtió el tono en que lo decía, la empatía que le informaba de que también él había perdido a alguien.

—Pude superarlo gracias a mi abuelo. Sin él, no me habría recobrado. ¿Cómo te has enterado de tantas cosas?

—Los polis no revelan sus fuentes. Ah, he leído tu informe.

Tess esperaba una crítica y se puso un poco tensa.

—¿Y?

—Tienes la impresión de que nuestro hombre es inteligente.

—Sí. Astuto. Deja tras de sí lo que él quiere, pero sin pistas.

Ben asintió tras unos segundos.

— Lo que dices tiene sentido. Me interesa saber cómo has llegado a esas conclusiones.

Tess dio un sorbo a su bebida antes de contestar. No quería preguntarse por qué le importaba tanto que él lo comprendiera. Era así y punto.

—Tengo en cuenta los hechos, el patrón que va siguiendo. Se ve que es idéntico en cada ocasión. No varía. Supongo que en vuestro argot lo llamáis *modus operandi*.

Ben sonrió levemente mientras asentía.

—Sí.

—Su patrón de actuación nos da un cuadro, un cuadro psicológico. A ti te enseñan a buscar pistas, pruebas y motivos, y a hacer detenciones. A mí, a buscar razones y causas, y a realizar un tratamiento. A tratarlos, Ben —repitió mirándolo a los ojos—. No a juzgarlos.

Ben arqueó una ceja.

—¿Y eso es lo que piensas que estoy haciendo yo?

—Quieres cogerlo —dijo ella simplemente.

—Sí, quiero cogerlo. Quiero sacarlo de las calles y meterlo en la cárcel.

Aplastó su cigarrillo lentamente, con precisión. Era una medida de autocontrol. Pero sus manos eran fuertes.

—Quieres que reciba su castigo. Puedo entenderlo, aunque no lo comparta.

—Preferirías abrirle la cabeza y arreglarlo por dentro. ¡Señor! —exclamó sacudiendo su bebida—. No deberías dejar que un hombre así emponzoñe tu corazón.

—La compasión forma parte de mi trabajo —dijo Tess con firmeza—. Está enfermo, enfermo hasta la desesperación. Si has leído el informe, y lo has comprendido, sabrás que ese hombre está sufriendo.

—Estrangula a mujeres. Que sufra al pasarles el nudo por el cuello no hace que estén menos muertas. Yo soy compasivo, Tess, compasivo con las familias de las mujeres con las que he tenido que hablar. Tengo que mirarlas a la cara cuando me preguntan por qué. Y no puedo darles ninguna respuesta.

—Lo siento. —Tess buscó su mano sin pensarlo—. Es un trabajo horrible. De esos que te despiertan a media noche. Yo también he tenido que hablar con esas familias que se quedan trastornadas y amargadas tras un suicidio. —Notó la tensión de su mano y suavizó el tono en el que hablaba—. Cuando estás despierta a las tres de la madrugada, sigues viendo en sus ojos esa pregunta y el dolor. Ben... —Sintió la necesidad de acercarse más y se inclinó sobre él—. Yo tengo que pensar como una doctora. Podría decirlo en términos clínicos: impulsos, desórdenes, psicosis funcionales. Cualquiera de las etiquetas que uses equivale a enfermedad. Ese hombre no mata por venganza o por sacar un beneficio, mata por desesperación.

—Y yo tengo que pensar como un policía. Mi trabajo es detenerlo. Todo se reduce a eso. —Se quedó un momento en silencio y después apartó su copa—. Hemos hablado de tu monseñor Logan. Harris se está encargando de ello.

—Eso es genial. Gracias.

—No me las des. La idea tampoco me inspira mucha confianza.

Tess se echó hacia atrás, dando un pequeño suspiro.

—No tenemos ningún terreno en común, ¿verdad?

—Tal vez no. —Pero entonces él recordó la calidez de sus pequeñas manos—. Puede que no lo hayamos encontrado todavía.

—¿Qué te gusta hacer los sábados por la tarde? —preguntó Tess a bocajarro.

—Sentarme a tomar una cerveza mientras veo un partido.

Tess arrugó la nariz.

—Así no vamos bien. ¿Y la música?

Ben esbozó una amplia sonrisa.

—¿Qué pasa con ella?

—¿Qué te gusta?

—Depende. Me gusta escuchar rock cuando conduzco, jazz cuando bebo y Mozart los domingos por la mañana.

—Eso ya está mejor. ¿Y Jelly Roll Morton?

—Sí — respondió cogido por sorpresa, y volvió a sonreír.

—¿Y Springsteen?

—Me enamoró con *The River*.

—¿Marvin Gaye?

Ben se arrellanó en el asiento y la miró largo rato.

—Puede que tengamos algo por donde empezar. —Ben le rozó las piernas con las suyas por debajo de la mesa—. ¿Quieres que vayamos a mi casa y escuchemos mi colección de discos?

—Detective Paris... —Tess cogió una última almendra—. A una psiquiatra cualificada no se la seduce con frases tan manidas.

—¿Y con frases originales?

—¿Como cuál?

—Ven a cenar a mi casa después del teatro y jugamos a ver quién recuerda más letras de los Beatles.

Tess esbozó una sonrisa radiante, instantánea, impulsiva, en nada parecida a las que le había dedicado hasta ese momento.

—Vale... Pero perderás.

—¿Conoces a un tipo con dos mil dólares de empastes en la boca y un traje de Brooks Brothers?

Tess frunció el entrecejo.

—¿Es una adivinanza?

—Demasiado tarde, ya está aquí.

—¿Quién...? Ah, hola, Frank.

—Tess, no esperaba verte por aquí. —Le dio un toquecito en la mano a la exótica mujer, delgada como un palillo, que lo acompañaba—. Lorraine, esta es la doctora Teresa Court, una colega.

La chica alzó una mano, obviamente aburrida, y se ganó la simpatía de Tess.

—Me alegro mucho de conocerla. —Su mirada pasó con facilidad de Tess a Ben—. Hola.

Ben sonrió lentamente y, aunque no dejó de mirarle la cara en ningún momento, apreció cada detalle de su persona.

—Hola, yo soy Ben.

—Tess, tendrías que haberme dicho que veníais. Habría sido una fiesta en grupo —dijo Frank.

Lorraine ladeó la cabeza mirando a Ben y pensó que tal vez todavía se pudiera salvar la noche.

—Siempre podemos vernos después de la obra —dijo.

—Sin duda, podemos —respondió Ben, que se ganó un puntapié de Tess por debajo de la mesa. Su sonrisa apenas se alteró—. Pero Tess y yo tenemos que irnos pronto. Negocios.

—Lo siento, Frank. Tendrá que ser en otro momento. —Tess se levantó, consciente de que con él la huida siempre peligraba—. Nos vemos por la consulta. Adiós, Lorraine.

—Toma, tu sombrero. ¿Qué prisa tienes? —farfulló Ben mientras la acompañaba a la salida.

—Si supieras lo que yo sé, me lo agradecerías.

—Tu... colega tiene mejor gusto para las mujeres que para las corbatas.

—¿En serio? —Tess se esforzó por alisar su chaqueta mientras caminaba—. A mí me ha parecido más bien demasiado obvia.

—Sí —dijo Ben mirando hacia atrás—. Sí, sí, muy obvia.

—Supongo que a algunos hombres les gustan los escotes y las pestañas postizas.

—Algunos hombres son como animales.

—Pues era su segunda opción —se oyó decir Tess—. Yo lo rechacé antes.

—¿De verdad? —Intrigado, Ben le echó el brazo sobre los hombros para que caminara más despacio—. ¿Te invitó a ver la obra de Coward y le dijiste que no?

—Así es.

—Me siento halagado.

Tess lo fulminó con la mirada. El ego de ese hombre no necesitaba ninguna colaboración por su parte.

—Solo acepté venir contigo porque tú no eres perfecto.

—Ajá. ¿Cuándo te lo pidió?

—Ayer a media tarde.

—Pues no parece afectarle mucho verte conmigo después de que le dieras largas.

Tess, incomodada, quiso escapar de su abrazo.

—Le dije que tenía una cita.

—Oh. Le mentiste.

Lo dijo con tal satisfacción que Tess se echó a reír.

—Yo tampoco soy perfecta.

—Eso facilita las cosas.

Aquel rato que pensaban pasar en casa de Ben después del teatro acabó a las dos de la madrugada, cuando caminaban por el pasillo que llevaba al piso de Tess.

—Mañana por la mañana me odiaré por esto —dijo ella entre bostezos.

—Si todavía no te he preguntado si quieres dormir conmigo.

El bostezo acabó en una carcajada silenciada.

—Me refería a beberme media botella de vino y a dormir cinco horas. —Tess se detuvo ante la puerta de su piso y se apoyó contra ella—. No esperaba pasarlo tan bien.

Tampoco él.

—¿Por qué no lo probamos otra vez? A lo mejor la siguiente no lo pasamos tan bien.

Se quedó pensando en ello durante tres segundos exactos.

—Vale. ¿Cuándo?

—Mañana por la noche hay un festival dedicado a Bogart en la ciudad.

—¿*El halcón maltés*?

—Y *El sueño eterno*.

Tess sonrió, amodorrada en su propio sueño.

—De acuerdo.

Al ver que se acercaba pensó que iba a besarla. Le pareció natural que la idea le atrajera. Era humano desear que alguien te abrazara y te tocara. Tenía los ojos entrecerrados y el corazón le latía un poco más rápido.

—Deberías cambiar esta cerradura de juguete.

Abrió los ojos de repente.

—¿Qué?

—La cerradura, Tess. Parece de mentira. —Dibujó el contorno de su nariz con un dedo, encantado de verla confundida—. Si vas a vivir en un edificio sin seguridad, mejor será que pongas una buena cerradura.

—Una buena cerradura. —Soltó una risotada y buscó las llaves en el bolso—. No puedo discutir con un policía.

—Me alegra oírlo.

La cogió de las manos y la besó antes de que tuviera tiempo de prepararse de nuevo. Más tarde, cuando Tess tuviera la cabeza despejada, se preguntaría si lo había planeado para que sucediera así.

Era estúpido pensar que un beso tan tierno y sencillo pudiera estremecerte todo el cuerpo. La sangre no se alteraba realmente, ni la cabeza te daba vueltas. Lo sabía de sobras, pero lo sintió de todos modos. Solo estaba tocándole las manos, pero le llegaba hasta el alma.

Tenía una boca habilidosa, pero eso ya lo esperaba. Sus labios eran cálidos y suaves, y usaba los dientes para añadir una pizca más de excitación. Le mordisqueó el labio antes de pasar su lengua sobre la de ella. Tess se dijo que solo era por lo tardío de la hora, el vino y la relajación, pero se entregó al juego sin dar señales de la prudencia que la caracterizaba.

Se suponía que ella se mostraría fría, distante. Eso es lo que Ben esperaba. No esperaba encontrarse ese calor, ni la pasión y la dulzura que le transmitía. Tampoco esperaba sentir la intimidad inmediata que sienten los antiguos amantes. Conocía bien a las mujeres, o al menos eso creía. Y Tess representaba un misterio por resolver.

Estaba familiarizado con el deseo, algo que hasta ese momento también creía conocer bien. Sin embargo, no recordaba ninguna ocasión en la que el deseo se hubiera abalanzado sobre él y lo dejara sin aliento. Quería hacerla suya enseguida, de inmediato, desesperadamente. Lo normal en él habría sido llegar hasta el final. Era lo natural. Pero por razones que no llegaba a comprender se separó de ella.

Permanecieron mirándose el uno al otro durante un momento.

—Esto podría traernos problemas —consiguió decir Ben tras unos segundos.

—Sí.

Tess tragó saliva y se concentró en el frío metal de las llaves que tenía en la mano.

—Pon la cadena de seguridad, ¿vale? Nos veremos mañana.

Tess erró por centímetros al querer meter la llave y maldijo antes de conseguirlo al segundo intento.

—Buenas noches, Ben.

—Buenas noches.

Ben esperó a oír el sonido de la cerradura y el ruido metálico de la cadena de seguridad antes de dar media vuelta. Un problema, pensó de nuevo. Un problema de los gordos.

Había andado durante horas. Cuando entró en su piso estaba tan cansado que apenas se mantenía en pie. Durante los últimos meses solo dormía tranquilo cuando quedaba extenuado.

No necesitaba encender la luz. Conocía el camino. Ignoró su necesidad de descansar y pasó por delante del dormitorio. No podría dormir hasta que no completara un último deber. La habitación de al lado siempre permanecía cerrada. Al abrirla, aspiró la femenina fragancia de las flores frescas que ponía en ella cada día. El hábito de sacerdote estaba colgado del pomo del armario. El amito enroscado a él rasgaba la tela con su blancura.

Encendió con una cerilla la primera de las velas, después otra, y otra más, hasta que las sombras temblaron ante la superficie prístina del paño del altar.

Había una fotografía enmarcada en plata en la que aparecía una joven rubia sonriente. Quedaba retratada para la posteridad en toda su inocencia, juventud y felicidad. Las rosas pálidas siempre fueron sus favoritas. Esa era la fragancia que se mezclaba con el olor de las velas.

En unos marcos más pequeños se veían los recortes de periódico cuidadosamente enganchados de otras tres mujeres: Carla Johnson, Barbara Clayton, Francie Bowers. Enlazó sus manos y se arrodilló ante ellas.

Había muchas otras, pensó. Demasiadas.

Su labor no había hecho más que empezar.

4

El chico estaba sentado frente a Tess, callado y alicaído. No movía un dedo, ni tan siquiera miraba por la ventana. Casi nunca lo hacía. Siempre se quedaba en su asiento mirándose las rodillas. Sus manos, de dedos largos y nudillos salidos a base de crujírselos, reposaban sobre sus muslos. Se mordía tanto las uñas que prácticamente estaban en carne viva. Eran síntomas de nerviosismo, aunque muchos de los que se muerden las uñas y se crujen los nudillos llevan una vida absolutamente normal.

Casi nunca miraba a su interlocutor, que solía acabar interpretando un monólogo. Cada vez que Tess conseguía establecer contacto visual con él, sentía una pequeña victoria y una pequeña punzada. Sus ojos expresaban muy poco, ya que había aprendido desde pequeño a protegerse y a ocultarse. Lo que se desprendía de ellos cuando ella tenía la rara ocasión de verlos no era resentimiento ni miedo, sino simple aburrimiento.

La vida no había sido justa con Joseph Higgins hijo, y él no estaba dispuesto a arriesgarse a recibir más golpes bajos. A su edad, cuando lo que tocaba era hacerse adulto, escogía el aislamiento y la incomunicación como defensa y única alternativa. Tess conocía los síntomas. Falta de interés, carencia de emociones exteriores, carencia de motivaciones. Carencias.

Tenía que encontrar algún tipo de resorte, cualquiera, para

que el chico empezara a interesarse por sí mismo y acabara relacionándose con su entorno. Era demasiado mayor para jugar con él y demasiado joven para hablarle de adulto a adulto. Había intentado ambas cosas sin éxito. Joey Higgins había plantado sus pies firmemente en tierra de nadie. Para él la adolescencia no era solo una edad difícil, sino también deprimente.

Llevaba unos buenos tejanos, unos pantalones vaqueros resistentes con botones como los que ensalzaban en los anuncios, una sudadera en la que salía el galápago de Maryland mostrando su enorme sonrisa, y zapatillas de baloncesto Nike último modelo. El peinado de su pelo castaño claro, ligeramente de punta, le hacía parecer más delgado. Por fuera era un chico de catorce años normal y corriente, vestido como los demás. Sin embargo, su interior era una amalgama de confusión, odio a sí mismo y amargura, a la que Tess ni tan siquiera había logrado acercarse.

Era una lástima que en lugar de ser su confidente, un hombre sobre el que llorar, o una simple hoja en blanco para él, ella no significara más que otra figura autoritaria en su vida. Si hubiera explotado al menos una vez, y si gritara o discutiera con ella, le habría parecido que la terapia progresaba. Pero siempre se comportaba de manera correcta e indiferente.

—¿Cómo te sientes en la escuela, Joey?

Ni tan siquiera se encogió de hombros. Parecía que ese simple gesto pudiera delatar los sentimientos que tan celosamente guardaba en su interior.

—Bien.

—¿Bien? Supongo que siempre es duro cambiar de escuela.

Tess había luchado contra eso. Había hecho cuanto estuvo en su mano para convencer a sus padres de que no hicieran un movimiento tan dramático en ese fase de la terapia. Malas compañías, dijeron ellos. Eso lo alejaría de las malas influencias que lo habían arrastrado al alcohol, a un breve escarceo con las drogas y a coquetear con el ocultismo, de manera también breve, pero algo más compleja. Lo único que habían conseguido sus padres era alienarlo y hacerle perder un poco más de autoestima.

No fueron las compañías, ni buenas ni malas, las que llevaron a Joey a participar en esos viajes. Era la espiral de su propia depresión y la búsqueda de una respuesta que probablemente creía única y hecha a su medida.

Como ya no encontraban porros en sus cajones ni le olía el aliento a alcohol, sus padres confiaban en que empezaba a recobrarse. No podían, o no querían ver, que seguía cayendo en una rápida espiral. Simplemente había aprendido a interiorizarlo.

—Una nueva escuela puede ser una aventura —insistió Tess al ver que no respondía—. Aunque es duro ser el nuevo.

—No es para tanto —murmuró Joey.

Y siguió mirándose las rodillas.

—Me alegra oírlo —dijo, a pesar de saber que mentía—. Yo tuve que cambiarme de escuela a tu edad, y estaba muy asustada.

Aunque no se lo creía, el chico alzó la vista, mostrando cierto interés. Tenía unos ojos castaño oscuro que deberían haber mostrado una expresividad elocuente; sin embargo, eran cautos y recelosos.

—No hay nada de lo que asustarse. No es más que una escuela.

—¿Por qué no me cuentas algo de ella?

—Es simplemente una escuela.

—¿Y los otros chicos? ¿Alguien interesante?

—La mayoría de ellos son unos capullos.

—¿Ah, sí? Y ¿por qué?

—Están todo el tiempo juntos. No quiero conocer a ninguno.

No conoce a ninguno, corrigió Tess. Lo último que necesitaba en ese momento, después de perder a los compañeros de clase a los que estaba acostumbrado, era que lo rechazaran en la escuela.

—Hacer amigos, y de los buenos, lleva su tiempo. Pero es más duro estar solo que intentar relacionarse, Joey.

—Yo no quería que me cambiaran de escuela.

—Lo sé. —En eso estaba con él. Alguien tenía que estarlo—. Y también sé que es duro que te lleven de un lado a otro cada vez que los que dictan las reglas deciden cambiarlas. No es exactamente así, Joey. Tus padres te cambiaron de escuela porque querían lo mejor para ti.

—Usted no quería que me sacaran. —Volvió a alzar la vista, pero tan rápido que Tess apenas pudo ver el color de sus ojos—. Se lo oí decir a mi madre.

—Como tu doctora, pensaba que estarías más a gusto en la otra escuela. Tu madre te quiere, Joey. No te cambió de escuela como castigo, sino para que las cosas te fueran mejor.

—No quería que estuviera con mis amigos.

No lo dijo con amargura, sino con resignación. No había otra alternativa.

—¿Cómo te sientes por eso?

—Ella tenía miedo de que empezara a beber de nuevo, si salía con ellos. No estoy bebiendo —respondió sin mostrar resentimiento ni acritud alguna, sino simplemente hastío.

—Lo sé —dijo Tess, y se puso una mano sobre el brazo—. Puedes estar orgulloso de ti mismo por haberlo dejado, por tomar la decisión correcta. Sé lo difícil que te resulta soportar eso cada día.

—Mamá siempre culpa a otro de las cosas que pasan.

—¿Qué cosas?

—Cosas.

—¿Te refieres al divorcio? —Como siempre, se cerró en banda ante la simple mención de la palabra. Tess decidió dar marcha atrás—. ¿Qué te parece no tener que coger más el autobús?

—Los autobuses apestan.

—Ahora es tu madre quien te lleva a la escuela.

—Sí.

—¿Has hablado con tu padre?

—Está ocupado. —La miró con una mezcla de resentimiento y súplica—. Ha conseguido un nuevo trabajo en una empresa de informática, pero seguramente pasaremos un fin de semana juntos el mes que viene. Para Acción de Gracias.

—¿Cómo te sientes respecto a eso?

—Lo pasaremos bien. —El chaval resplandeció de esperanza durante un breve instante—. Iremos a ver el partido de los Redskins. Comprará entradas para tribuna. Será como antes.

—¿Como antes, Joey? —dijo Tess. Joey volvió a mirarse las rodillas, pero tenía el entrecejo fruncido de la rabia—. Es importante que comprendas que las cosas no volverán a ser como antes. Que sea diferente no significa que sea malo. A veces, un cambio puede ser lo mejor para todos, por más duro que resulte. Ya sé que quieres a tu padre. No tienes que dejar de quererlo por que no vivas con él.

—Ya no tiene casa. Vive en una habitación. Dice que si no tuviera que pagar por mi manutención podría tener una casa.

Tess habría querido maldecir a Joseph Higgins padre, y mandarlo todo al diablo, pero mantuvo un tono de voz firme y suave.

—Intenta entender que tu padre tiene un problema, Joey. Tú no eres el problema. El problema es el alcohol.

—Nosotros sí tenemos una casa —murmuró.

—¿Y piensas que tu padre sería más feliz si no la tuvieseis? —No dijo palabra al oír a Tess. Se miraba los zapatos—. Me alegro de que vayas a pasar tiempo con tu padre. Sé que lo echas de menos.

—Ha estado ocupado.

—Sí. —Demasiado ocupado para ver a su hijo, demasiado ocupado para devolver las llamadas de la psiquiatra que intentaba reparar el daño ocasionado—. A veces las vidas de los adultos pueden embrollarse mucho. Ahora que estás en una nueva escuela sabrás lo difícil que lo tiene tu padre con el trabajo nuevo.

—El mes que viene pasaré un fin de semana con él. Mi madre dice que no lo dé por sentado, pero pienso hacerlo.

—Tu madre no quiere que te lleves una decepción, si algo sale mal.

—Va a venir a recogerme.

—Eso espero, Joey. Pero si no lo hace... Joey... —Volvió a tocarle el brazo y consiguió que la mirase a base de fuerza de voluntad—. Si no lo hace, tienes que saber que no es por ti, sino por su enfermedad.

—Sí.

Asentía porque era la forma más fácil de evitar que le fastidiaran. Tess lo sabía y deseó una vez más poder convencer a los padres del chico para que intensificaran la terapia.

—¿Te ha traído tu madre hoy?

Seguía mirando al suelo, pero la expresión de rabia había desaparecido.

—Mi padrastro.

—¿Sigues llevándote bien con él?

—Es majo.

—Ya sabes que tenerle cariño no significa que quieras menos a tu padre.

—He dicho que es majo.

—¿Alguna chica guapa en la nueva escuela?

Quería sacarle una sonrisa, de cualquier tipo, por pequeña que fuera.

—Supongo.

—¿Supones? —Tal vez fuera la sonrisa que intuía en la voz de Tess la que consiguió que Joey volviera a alzar la vista—. No me parece que tengas ningún problema en la vista.

—Tal vez haya un par de ellas. —Y consiguió que sus labios se curvaran un tanto—. No me fijo mucho.

—Bueno, ya habrá tiempo para eso. ¿Vendrás a verme la próxima semana?

—Supongo.

—¿Me harás un favor mientras tanto? Te he dicho que no creo que tengas problemas en la vista. Mira a tu madre y a tu padrastro. —Él le volvió la cara, pero Tess lo cogió de la mano—. Joey... —Esperó a que esos ojos oscuros e impenetrables la miraran otra vez—. Míralos. Están intentando ayudarte. Cometen errores, pero lo intentan porque les importas. Le importas a mucha gente. Todavía tienes mi teléfono, ¿verdad?

—Sí, supongo que sí.

—Ya sabes que puedes llamarme, si quieres hablar conmigo antes de la semana que viene.

Lo acompañó hasta la salida de la consulta y se quedó observando cómo su padrastro le dirigía una enorme sonrisa campechana. Era un hombre de negocios exitoso, tranquilo y con buenos modales. La antítesis del padre de Joey.

—Ya hemos terminado, ¿eh? —Cuando miró a Tess dejó de sonreír para mostrar solo tensión—. ¿Cómo ha ido hoy, doctora Court?

—Bien, señor Monroe.

—Estupendo, eso es estupendo. ¿Por qué no compramos comida china y damos una sorpresa a tu madre, Joey?

—Vale. —El chico se puso la chaqueta de la escuela a la que ya no asistía. Se la dejó sin abrochar, dio media vuelta y miró hacia un punto indeterminado hacia la derecha del hombro de Tess—. Adiós, doctora Court.

—Adiós, Joey. Nos vemos la próxima semana.

Al cerrar la puerta, Tess se quedó pensando en que el chico seguía hambriento a pesar de que lo alimentaran, y se moría de frío aunque le dieran ropa. Ella tenía la llave, pero había que girarla para que la cerradura se abriera.

Volvió a su escritorio dando un suspiro.

—¿Doctora Court?

Tess contestó al intercomunicador al tiempo que metía el historial de Joey Higgins en el maletín que había junto a su escritorio.

—Sí, Kate.

—Ha recibido tres llamadas durante la sesión. Una del *Post,* una del *Sun,* y otra de la WTTG.

—¿Tres periodistas?

Tess se quitó un pendiente para masajearse el lóbulo de la oreja.

—Los tres querían que les confirmasen que está trabajando en los homicidios del Sacerdote.

—Mierda. —Se le cayó el pendiente sobre la carpeta—. Nada que comentar, Kate.

—Sí, señora.

Tess volvió a ponerse el pendiente con mucha calma. Le habían prometido que su trabajo quedaría en el anonimato. Era parte del acuerdo al que había llegado con el equipo del alcalde. Nada de comentarios ni de despliegues mediáticos. El alcalde le garantizó personalmente que la prensa no la agobiaría. Se levantó para mirar por la ventana y se dijo que no servía de nada culpar al alcalde. La información se había filtrado, y tendría que adaptarse a las circunstancias.

No quería hacerse famosa. Ese era el problema. Le gustaba mantener su privacidad y llevar una vida sencilla. Y eso también era un problema. Su sentido común le había dicho que todo saldría a la luz antes de tiempo, pero a pesar de ello aceptó el trabajo. Si estuviera tratando a uno de sus pacientes, le diría que aceptara la realidad tal como venía y que se enfrentara a ella.

Desde la ventana vio que el tráfico empezaba a ser más denso. Algunos conductores tocaban el claxon, pero el ruido quedaba amortiguado por el cristal y la distancia. En uno de aquellos coches, Joey Higgins iba en busca de comida china para llevar junto a ese padrastro al que el chico negaba su amor y confianza. Los bares comenzaban a servir a los que querían tomarse una copa rápida antes de la cena. Las guarderías se vaciaban, y una multitud de madres trabajadoras, padres solteros y maridos con los nervios crispados llenaban de preescolares su Volvo o su BMW y se abrían paso entre otros Volvo y BMW con una sola cosa en mente: llegar a casa para permanecer caliente y a salvo tras las puertas, ventanas y paredes del marco familiar. Era improbable que alguno de ellos pensara realmente en otra persona de las que había allí fuera. Una persona que transportaba una pequeña bomba letal que hacía tictac en el interior de su cabeza.

Durante un instante deseó ser parte de esa simple rutina nocturna y pensar solo en la cena o en la factura del dentista. Pero la carpeta del Sacerdote estaba ya en su maletín.

Se dio media vuelta para cogerlo. El primer paso era ir a casa y asegurarse de que todas las llamadas pasaran por el contestador automático.

—¿Quién ha filtrado la información? —exigió saber Ben al tiempo que expulsaba una nube de humo por la boca.

—Seguimos trabajando en ello.

Harris estaba de pie junto a su escritorio, observando a los agentes encargados del caso. Ed, repantigado en una silla, se pasaba un paquete de pipas de una mano a la otra. Bigsby, con su cara grande y colorada y con sus recias manos, daba golpecitos en el suelo. Lowenstein y Ben permanecían de pie con las manos en los bolsillos. Roderick estaba sentado muy firme en su silla, apoyando los brazos sobre las piernas.

Ben parecía a punto de sacar los dientes y morder al primero que dijera una palabra equivocada.

—Lo que tenemos que hacer es aprovecharnos de la situación. La prensa sabe que la doctora Court trabaja con nosotros. En lugar de negarles la información, la usaremos en nuestro beneficio.

—La prensa lleva semanas machacándonos, comisario —les recordó Lowenstein—. Ahora que las cosas empezaban a enfriarse...

—Yo también leo la prensa, detective —dijo Harris de mala gana. Bigsby se removió en su asiento, Roderick se aclaró la garganta y Lowenstein cerró la boca por completo—. Mañana por la mañana haremos una rueda de prensa. El gabinete del alcalde se pondrá en contacto con la doctora Court. Paris y Jackson, como jefes del equipo, quiero que estéis allí. Sabéis qué información podemos dar a la prensa.

—No tenemos nada nuevo que ofrecerles, comisario —señaló Ed.

—Haced que parezca nuevo. Con la doctora Court tendrán suficiente. Concertad la cita con ese tal monseñor Logan —añadió, y miró a Ben—. Y a este me lo guardáis bajo siete llaves.

—Más loqueros —rezongó Ben aplastando el cigarrillo—. La primera no nos ha dicho nada que no sepamos.

—Nos ha dicho que el asesino tiene una misión —observó Lowenstein tímidamente—. Y que aunque lleve tiempo sin actuar, es probable no la haya finalizado todavía.

—Nos ha dicho que está asesinando a rubias jóvenes —repuso Ben—. Y eso ya lo sabíamos.

—Date un respiro, Ben —murmuró Ed, consciente de que atraería su ira.

—Dátelo tú —replicó el inspector Paris apretando los puños en el interior de sus bolsillos—. Ese hijoputa está esperando para estrangular a la primera mujer que se encuentre en el lugar equivocado a la hora equivocada, y nosotros estamos aquí perdiendo el tiempo con psiquiatras y curas. A mí su alma y su psique me importan un carajo.

—Pues tal vez tendrían que importarnos —dijo Roderick mirando primero al capitán y luego a Ben—. Oye, sé cómo te sientes, supongo que igual que nos sentimos todos. Nosotros simplemente queremos atraparlo. Pero ya habéis leído el informe de la doctora. Nuestro hombre no es de los que salen a buscar sangre y pelea. Si vamos a hacer nuestro trabajo, tendremos que comprender quién es.

—¿Tú has visto bien las fotos del tanatorio, Lou? Sabemos quiénes son esas mujeres. Sabemos quiénes eran.

—Muy bien, Paris. Si lo que quiere es desahogarse, mejor será que se vaya al gimnasio. —El capitán Harris esperó un momento y concentró toda la atención, apelando únicamente a sus dotes de mando. En su día había sido un buen agente en las calles. En los despachos era incluso mejor. Solo en momentos concretos le deprimía ser consciente de ello—. La conferencia de prensa está prevista para las ocho de la mañana en la alcaldía. Quiero un informe sobre la reunión con monseñor Logan en mi escritorio mañana. Bigsby, sigue trabajando para averiguar de dónde proceden esos malditos pañuelos. Lowenstein y Roderick, volved a hablar con los familiares y los amigos de las víctimas. Y ahora, fuera de aquí, marchaos a comer algo.

Ed esperó a que hubieran salido, atravesado los pasillos y llegado al aparcamiento.

—No te hace ningún bien culpar a la doctora Court de lo que le pasó a tu hermano.

—Josh no tiene nada que ver con esto.

Pero el dolor seguía ahí. Cada vez que pronunciaba el nombre de su hermano, Ben sentía resquemor en la garganta.

—Exacto. Y la doctora Court solo intenta hacer su trabajo, como todos nosotros.

—Me parece bien. Pero yo no creo que su trabajo tenga nada que ver con el nuestro.

—La psiquiatría criminal se ha convertido en una herramienta de trabajo factible en la...

—Ed, por Dios bendito. Deja de leer ya esas revistas.

—Deja de leer, deja de aprender. ¿Quieres que nos emborrachemos?

—Y lo dice un hombre pegado a un paquete de pipas. —Seguía teniendo el cogote en tensión. Había perdido a un hermano, pero después llegó Ed y prácticamente llenó ese vacío—. Esta noche no. Y de todas formas, me avergüenza que pidas vodka con zumo de frutas.

—Hay que pensar en la salud.

—Y también hay que pensar en la reputación.

Ben abrió el coche y se quedó allí de pie, moviendo las llaves. Hacía una noche fría, lo suficiente para que se vieran las vaharadas del aliento. Si llovía antes de que amaneciera, tal y como hacía prever ese cielo encapotado, lo haría en forma de aguanieve. La gente adinerada de Georgetown estaría en sus pulcras casas adosadas de techos altos, poniendo troncos en la chimenea, bebiendo café irlandés y disfrutando del espectáculo de las llamas. A la gente de la calle le esperaba una noche de perros.

—Me perturba —dijo Ben de pronto.

—Una mujer como esa perturbaría a cualquiera.

—No es tan sencillo. —Ben entró en el coche deseando descubrir cuál era el problema—. Mañana te recojo. A las siete y media.

—Ben... —Ed aguantó la puerta del coche y se inclinó hacia su compañero—. Salúdala de mi parte.

Ben cerró y encendió el motor. Cuando uno trabajaba con un compañero, se dijo, llega a conocer al otro demasiado bien.

Tess colgó el teléfono, apoyó los codos sobre el escritorio y se apretó los ojos con las palmas de las manos. Joe Higgins padre necesitaba la terapia tanto o más que su hijo, pero estaba demasiado ocupado destruyendo su vida para verlo. La llamada de teléfono no había servido para nada. Pero lo cierto era que tener una conversación con un alcohólico que estaba en plena juerga difícilmente podía servir para algo. Ante la mención del nombre de su hijo lo único que hizo fue llorar y prometer que lo llamaría al día siguiente.

Pero no lo haría, pensó Tess. Lo más normal sería que al día siguiente ni tan siquiera recordara esa conversación. El tratamiento de Joey dependía del padre, y este andaba pegado a la botella, esa misma botella que había destruido su matrimonio, que le había hecho perder innumerables trabajos y que lo había dejado solo y en una situación lamentable.

Si consiguiera que asistiera a una reunión de Alcohólicos Anónimos, que diera el primer paso... Tess suspiró hondo y retiró las manos de su cara. ¿No le había explicado la madre de Joey cuántas veces lo había intentado ella, la cantidad de años que había desperdiciado tratando que Joseph Higgins padre dejara la bebida?

Tess comprendía la amargura de esa mujer, respetaba su determinación para acabar con aquella vida y enterrar el pasado. Pero Joey no podía hacer eso. Durante toda su infancia, la madre le había ocultado la enfermedad de su padre. Había inventado excusas para sus escapadas nocturnas y los despidos de los empleos, creyendo que el chico no debía conocer la verdad.

Joey había visto y oído demasiadas cosas de pequeño, así que usó las excusas y explicaciones de su madre para construir un muro de mentiras en torno al padre. Unas mentiras que había decidido creer. Si su padre bebía, era porque beber estaba bien. Tan bien que a los catorce años ya tenía problemas de adicción. Si su padre perdía el empleo, era porque su jefe estaba celoso. Mientras tanto, las notas de Joey bajaban cada vez más, como también lo hacían su respeto a la autoridad y a sí mismo.

Cuando la madre de Joey ya no pudo aguantar más y rompió con su padre, todas esas mentiras, promesas y años de resentimiento salieron a flote. Había ocultado las faltas del padre a su hijo en un intento desesperado por hacerle ver sus errores sin que la culpara a ella. Joey, por supuesto, nunca lo hizo, como tampoco culpaba al padre. La única persona a la que Joey podía culpar era a sí mismo.

Su familia se había hecho añicos, lo habían sacado de la casa en la que había crecido y su madre tenía que ir a trabajar. Joey luchaba por mantenerse a flote. Cuando la señora Higgins volvió a casarse, fue su padrastro quien insistió en que lo viera un especialista. Para cuando comenzaron las sesiones ya llevaba encima trece años y medio de culpa, amargura y dolor. En dos meses, Tess apenas había podido arañar la armadura con la que se protegía: ni en las sesiones individuales, ni en las que mantenía con su madre y su padrastro un par de veces al mes.

La rabia se apoderó de ella con tal rapidez que tuvo que permanecer sentada durante varios minutos para combatirla. Su deber no era encolerizarse, sino escuchar, preguntar y ofrecer opciones. Compasión, se le permitía sentir compasión, pero no rabia. Así que se sentó, en un intento de escapar a la ira y contrarrestarla con ese autocontrol innato que había perfeccionado hasta convertir en herramienta profesional.

Y decidió coger el historial de Joey y empezar a hacer nuevas anotaciones sobre la sesión que habían tenido esa tarde.

El aguanieve había empezado a caer. Tess se puso las gafas, pero no miró a través de la ventana, así que no vio al hombre apostado en la acera que observaba la luz de su apartamento. Pero si lo hubiera hecho, si hubiera mirado, no le habría dado la menor importancia.

Así como cuando oyó que llamaban a la puerta no pensó más que en la molestia de que la interrumpieran en ese momento. El teléfono llevaba sonando toda la tarde, pero eso había podido ignorarlo y dejárselo al contestador. Si alguna de esas llamadas hubiera sido de un paciente, se lo habría dicho el avisador que tenía al lado. Tess daba por sentado que todas las llamadas tenían relación con el artículo del diario de la tarde que la vinculaba a la investigación de los homicidios.

Dejó la ficha de Joey abierta sobre el escritorio y se dirigió hacia la puerta.

—¿Quién es?

—Paris.

El tono de voz de una persona podía decir muchas cosas, aunque solo pronunciara una palabra. Tess abrió la puerta, consciente de que daba entrada a una confrontación.

—¿No es un poco tarde para un encuentro oficial, detective?

—Justo a tiempo para las noticias de las once —dijo Ben, pasando al interior y encendiendo su televisor.

Tess no se había movido de la entrada.

—¿Es que no tienes tele en tu casa?

—Es mucho más divertido ver el circo en compañía.

Tess cerró la puerta, lo suficientemente enojada para dar un portazo.

—Mira, estoy trabajando. ¿Por qué no me dices lo que tengas que decir y me dejas que siga?

Ben echó un vistazo a su escritorio, y vio los historiales abiertos y sus gafas de leer con montura gruesa sobre ellos.

—No tardaremos mucho.

No se sentó, sino que se quedó de pie con las manos en los bolsillos, atendiendo a la introducción del equipo de periodistas. La que leyó la noticia del día fue la chica morena y guapa de la cara de rasgos felinos:

«La alcaldía ha confirmado hoy que la doctora Teresa Court, conocida psiquiatra de Washington, ha sido asignada para trabajar en el equipo de homicidios del caso del Sacerdote. La doctora Court, nieta del veterano senador Jonathan Writemore, no ha podido ser localizada para comentar la noticia. Se sospecha que el asesino apodado el Sacerdote ha acabado con la vida de al menos tres mujeres, debido a que todas fueron estranguladas con un amito, un pañuelo que usan los sacerdotes de la Iglesia católica. La policía continúa con la investigación abierta el pasado agosto, ahora con la ayuda de la doctora Court.»

—No está mal —dijo Ben—. Has conseguido que mencionen tu nombre tres veces.

Ni tan siquiera pestañeó cuando Tess caminó hacia el televisor y lo apagó sin más.

—Te lo repito: di lo que tengas que decir.

Su voz sonaba fría. Ben sacó un cigarrillo, dispuesto a enfrentarse a ella con sus mismas armas.

—Mañana tenemos una rueda de prensa a las ocho en la alcaldía.

—Ya me lo han notificado.

—Tus comentarios tienen que ser generales y dar los mínimos detalles posibles sobre el caso. La prensa conoce ya el arma homicida, pero hemos conseguido que no se filtre nada de las notas ni de su contenido.

—No soy idiota, Ben. Sé cómo llevar una rueda de prensa.

—Estoy seguro de ello. Pero resulta que esa rueda de prensa es para un asunto departamental, no para alcanzar la gloria personal.

Tess se quedó con la boca abierta, pero lo único que salió de ella fue un silbido al respirar. Sabía que perder la compostura era inútil e indigno. Sabía que una afirmación tan ridícula y resentida no merecía respuesta. Sabía que lo único que merecía el hombre que permanecía allí de pie juzgándola era una despedida fría y controlada.

—Serás capullo, insensible, prejuicioso, cabeza hueca... —Su teléfono volvió a sonar, pero ambos lo ignoraron—. ¿Quién diablos crees que eres para entrar aquí como un matón y soltar esas sandeces?

Ben buscó un cenicero en torno suyo y se decidió por un plato pequeño pintado a mano. Junto a él había un florero con crisantemos de otoño.

—¿De qué sandeces hablas?

Tess permanecía de pie tan firme como un coronel, mientras Ben tiraba la ceniza en el plato.

—Dejemos una cosa clara: yo no he sido quien ha filtrado esas noticias a la prensa.

—Nadie ha dicho que lo hayas hecho.

—¿Ah, no? —Tess metió las manos en los bolsillos de la falda que llevaba puesta desde hacía catorce horas. Le dolía la espalda, tenía el estómago vacío y quería aquello que tanto trabajo le costaba dar a sus pacientes: estar en paz consigo misma—. Pues yo tengo una interpretación diferente para esta escenita. De hecho, me habían prometido que mi nombre jamás aparecería vinculado a la investigación.

—¿Tienes algún problema con que la gente sepa que colaboras con la policía?

—Vaya, sí que eres listo, ¿eh?

—Más que listo —respondió el detective Paris, fascinado por esa completa pérdida de control de su temperamento.

Tess iba de un sitio a otro mientras hablaba, y sus ojos habían pasado del violeta al morado. Tenía un carácter firme y glacial, nada que ver con el tipo de arranques viperinos y destrozavajillas a los que estaba acostumbrado. Aquello era un suceso de lo más interesante.

—La respuesta está incluida en la pregunta. ¿No se le ha ocurrido, señor detective, que a lo mejor no quiero que mis pacientes, compañeros y amigos me pregunten sobre el caso? ¿No ha pensado que tal vez yo no quería aceptar el caso desde un primer momento?

—Y entonces ¿por qué lo has hecho? Para lo que pagan...

—Porque me convencieron de que podría ser de ayuda. Y si pensara que no serviría de nada, te diría que cogieras tu caso y te lo metieras por donde te cupiera. ¿Tú crees que me gusta perder el tiempo discutiendo con un hombre cerrado de mente que se autoproclama juez moral de mi profesión? Ya tengo suficientes problemas en mi vida sin que tú estés en ella.

—¿Problemas, doctora? —dijo Ben, y echó un vistazo a su alrededor, a las flores, al cristal, a los colores pasteles—. Yo lo veo todo bastante en orden por aquí.

—Tú no tienes ni idea sobre mí, mi vida y mi trabajo. —Tess se dirigió hacia el escritorio y se apoyó sobre él, pero no consiguió recuperar el control—. ¿Ves estos historiales, estos papeles, estas cintas? Ahí dentro está la vida de un chico de catorce años. Un chaval que ya es alcohólico y que necesita que alguien mire en su interior lo suficiente para que él descubra su propia valía y su lugar en el mundo. —Volvió a la carga de nuevo, con ojos oscuros y vehementes—. Tú sabes lo que es salvar una vida, ¿verdad, detective? ¿Sabes lo que duele, lo que asusta? Tal vez yo no use un arma, pero también intento salvar vidas. He pasado diez años de la mía intentando aprender a hacerlo. Puede que con el tiempo suficiente, la habilidad suficiente y la suerte suficiente, consiga hacerlo algún día. Mierda —dijo al percatarse de lo lejos que se había dejado llevar por unas cuantas palabras—. No tengo por qué justificarme de nada ante ti.

—No, no tienes por qué. —Ben apagó el cigarrillo apretándolo contra el platillo de porcelana—. Lo siento. Me he pasado de la raya.

Tess silbó un par de veces al respirar mientras luchaba por recuperar el control.

—¿Qué tiene mi trabajo para que lo odies tanto?

Ben no estaba preparado todavía para contárselo, para dejar esa vieja cicatriz descarnada al aire y que la inspeccionaran y analizaran. En lugar de eso se apretó los ojos con sus cansados dedos.

—No es por ti. Es toda la psiquiatría. Me hace sentir como si caminara por un cable de acero muy fino a muchos metros del suelo.

—Supongo que eso podría aceptarlo. —Aunque no era la respuesta completa, ni la que ella quería que le diera—. Es difícil ser objetivos en este momento.

—Demos un paso atrás durante un minuto. No tengo una gran opinión de lo que haces y supongo que tú tampoco de lo que hago yo.

Tess esperó un momento y luego asintió.

—De acuerdo.

—Ahí estamos atascados. —Ben fue hasta su escritorio y cogió su taza de café medio vacía—. ¿Hay más de esto?

—No, puedo hacer.

—No importa —dijo al tiempo que alzaba la mano para aliviar la tensión que sentía justo sobre los párpados—. Oye, lo siento. Parece que llevemos años en este círculo vicioso y que el único progreso que hemos hecho es filtrar información a la prensa.

—Lo sé. Puede que no lo entiendas, pero ahora yo estoy en esto tanto como tú, y me siento igual de responsable. —Calló de nuevo, pero en esa ocasión sentía cierta afinidad, cierta empatía—. Eso es lo más duro, ¿verdad? Sentirse responsable.

Ben se apoyó en su escritorio y pensó que Tess era un fenómeno en su trabajo.

—No puedo quitarme de la cabeza la sensación de que está esperando para atacar de nuevo. Y no estamos más cerca de encontrarlo, doctora. Podemos engañar un poco a la prensa mañana, pero la verdad es que no hemos avanzado en absoluto. Que me digas la razón por la que mata no le servirá de nada a la próxima mujer que elija como objetivo.

—Yo solo puedo decirte cómo es por dentro, Ben.

—Y yo tengo que decirte que me importa un bledo. —Se apartó del escritorio para tenerla de frente. Volvía a estar calmada. Lo sabía con solo mirarla a los ojos—. Cuando lo atrapemos, y vamos a hacerlo, volverán a revisar ese perfil psiquiátrico que has hecho. Harán otros informes y luego te pondrán a ti, o a cualquier otro psiquiatra, ante el jurado, y él se irá de rositas.

—Lo internarán en un institución mental. Eso no es ningún centro de ocio, Ben.

—Hasta que un equipo médico diagnostique que está curado.

—No es tan sencillo como eso. Sabes que la ley no funciona así. —Tess se pasó una mano por los cabellos. Ben tenía tanta razón como ella. Lo cual lo hacía todo más difícil—. No se encierra a nadie por tener cáncer o porque no pueda controlar la desintegración de su propio cuerpo. ¿Cómo podemos castigar a alguien sin tener en cuenta que su mente está en estado de desintegración? Ben, la esquizofrenia por sí sola inhabilita a más personas que el cáncer. Hay cientos de miles de internados en los hospitales. No podemos volverles la espalda o quemarlos como a brujas porque tengan un desequilibrio químico en el cerebro.

A él no le interesaban las estadísticas ni las razones, sino los resultados.

—Tú lo dijiste en su momento, doctora. La locura es un término legal. Esté loco o no, ese tipo tiene sus derechos y podrá acceder a un abogado, y ese abogado utilizará el término legal. Me gustaría ver cómo hablas de desequilibrios químicos a esas tres familias después del juicio, y comprobar si puedes convencerlas de que se ha hecho justicia.

Tess había hecho terapias con familiares de víctimas, y sabía mejor que nadie que se sentían traicionados y quedaban con una sensación de amarga impotencia. Era un tipo de impotencia que cuando se descontrolaba revertía sobre el terapeuta.

—Tú eres quien tiene la espada, Ben. Yo solo tengo palabras.

—Sí. —También él disponía de palabras, y no estaba nada orgulloso del uso que les había dado. Tenía que salir de allí y volver a casa. Ojalá tuviera coñac y una mujer esperándolo—. Mañana concertaré una cita con monseñor Logan. Supongo que querrás venir.

—Sí. —Se cruzó de brazos y se quedó preguntándose por qué siempre se deprimía tanto después de un arranque de mal genio—. Tengo el día repleto de citas, pero puedo cancelar la de las cuatro.

—¿Qué es locura transitoria?

Tess hizo el esfuerzo, comprendiendo que también él lo hacía, y sonrió.

—Por esta vez te lo dejo pasar.

—Intentaré programarlo para las cuatro y media. Te llamarán para arreglarlo.

—Vale. —Parecía que el resto de lo que se dijeran podría resultar demasiado para ambos—. ¿Seguro que no quieres esa taza de café?

Sí quería, y más que eso, quería sentarse con ella y hablar de cualquier cosa que no tuviera nada que ver con lo que lo había llevado hasta allí.

—No. He de marcharme. Las calles están ya hechas un asco.

—¿Cómo?

Tess miró por la ventana y se percató del aguanieve.

—Si no ve lo que pasa tras la ventana, es que trabaja demasiado duro, doctora. —Ben caminó hasta la puerta—. No has puesto esa cerradura.

—No, no la he puesto.

Se volvió con la mano en el pomo de la puerta. Tenía más ganas de quedarse con ella que de tomar ese coñac con su mujer imaginaria.

—¿Te gustó Bogart la otra noche?

—Sí, estuvo muy bien.

—Tal vez podríamos repetirlo.

—Tal vez.

—Hasta pronto, doctora. Pon la cadena.

Ben cerró la puerta, pero esperó hasta oír el sonido metálico de la cadena de seguridad.

5

Ed bajaba por la calle Dieciséis lentamente. Le gustaba tanto patrullar en coche —bueno, casi tanto— como hacer chirriar las ruedas. Para un hombre sencillo y relativamente tranquilo como él, las persecuciones callejeras a toda velocidad eran un pequeño vicio.

Ben estaba sentado junto a él en silencio. Lo normal habría sido que hiciera algún comentario jocoso sobre su manera de conducir, algo con lo que bromeaba todo la comisaría. Que Ben no dijera nada al respecto ni tampoco sobre la cinta de Tanya Tucker que había puesto era síntoma de que tenía la cabeza en otros asuntos. No hacía falta ser tan metódico como Ed para adivinar dónde.

—Me han llegado los papeles del caso Borelli.

Ed estaba contento escuchando a Tanya lamentarse por las mentiras y los engaños sufridos.

—¿Qué? Ah, sí. A mí también.

—Parece que pasaremos un par de días en el juzgado el mes que viene. El fiscal del distrito querrá empapelarlo cuanto antes.

—Más le vale. Nos hemos partido el lomo para conseguir las pruebas.

El silencio comenzó a gotear de nuevo como una fina lluvia. Ed tarareó acompañando a Tanya, cantó unas estrofas del estribillo y volvió al tarareo.

—¿Has oído lo del fregadero de Lowenstein? Su marido ha inundado la cocina, y ha vuelto a salir toda la basura.

—Eso es lo que pasa cuando permites que un contable ande por ahí con una llave inglesa.

Ben bajó un poco la ventanilla para que el humo saliera por ella cuando encendiera el cigarrillo.

—Con ese van quince —dijo Ed—. Sentirte molesto por lo de la rueda de prensa no te llevará a ninguna parte.

—No estoy molesto por nada. Me gusta fumar. —Aspiró con fuerza para dar fe de ello, pero resistió la tentación de echarle el humo a la cara—. Es uno de los pocos grandes placeres de la humanidad.

—Junto a emborracharse y a vomitar sobre tus propios zapatos.

—Tengo los zapatos limpios, Jackson. Pero recuerdo a uno que se desplomó como una secuoya después de beberse casi dos litros de vodka con zumo de zanahoria.

—Solo iba a hacer una siestecita.

—Sí, de cabeza. Si no llego a cogerte, casi herniándome en el proceso, te habrías roto esa narizota que tienes. ¿De qué coño te ríes?

—Si despotricas, es que no te compadeces de ti mismo. Ya sabes, Ben, la chica se desenvuelve la mar de bien.

—¿Y quién dice lo contrario? —Ben apretó el cigarrillo con los dientes al darle otra calada—. ¿Y quién ha dicho que estuviera pensando en ella, de todas formas?

—¿En quién?

—En Tess.

—Yo no he mencionado su nombre.

Ed hizo rugir el motor al ver que el semáforo se ponía en ámbar y lo pasó en rojo.

—No me vengas con jueguecitos. Y ese semáforo estaba en rojo.

—En ámbar.

—Estaba en rojo, daltónico hijo de perra, y deberían quitarte el carnet de conducir. Tengo que encomendarme a Dios cada vez que me meto en un coche contigo. Debería tener un maletín lleno de condecoraciones por eso.

—Y además no está nada mal —comentó Ed—. Menudas piernas.

—Te repites. —Ben puso la calefacción, en vista de que el aire que entraba por la rendija cortaba como un cuchillo—. De todas formas parece una pistolera que vaya a freírte a tiros en veinte pasos.

—La ropa da pistas. Autoridad, indecisión, serenidad. Todo indica que quiere transmitir autoridad y distanciamiento. Me da la impresión de que tendrá a esos periodistas comiendo de su mano sin tan siquiera abrir la boca.

—Alguien debería cancelar tu suscripción al *Reader's Digest* —respondió Ben.

Los enormes árboles centenarios que bordeaban la carretera lucían sus mejores colores. Las hojas eran suaves al tacto, con brillos rojizos, amarillos y anaranjados. A la semana siguiente estarían secas, y llenarían las aceras y las alcantarillas, arañando el aire con un sonido sordo en su descenso hacia el asfalto. Ben tiró el cigarrillo por la rendija y cerró bien la ventanilla.

—De acuerdo, así que se defiende. El problema es que la prensa va a tirar de esa carnaza durante unos días. A los periodistas les encantan los pirados. —Ben miró los edificios antiguos y silenciosos que había tras los silenciosos y antiguos árboles. Eran el tipo de edificios al que ella pertenecía. El tipo de edificios que él solía ver desde fuera—. Y joder, sí que tiene unas piernas de infarto.

—Y además es inteligente. La mente de una mujer también es digna de admiración.

—¿Qué sabes tú de la mente de las mujeres? Tu última cita tenía el coeficiente intelectual de un huevo pasado por agua. ¿Y qué mierda es esto que suena?

Ed sonrió, contento de tener a su compañero de vuelta.

—Tanya Tucker.

—Dios santo.

Ben se repantingó en el asiento y cerró los ojos.

—Tiene usted hoy mucho mejor aspecto, señora Halderman.

—Sí, es verdad. Me siento mucho mejor. —La hermosa mujer morena no estaba tendida sobre el diván ni sentada en una silla, sino que parecía danzar en la consulta de Tess. Echó su abrigo de piel sobre el brazo de una silla y se quedó posando—. ¿Qué le parece mi nuevo vestido?

—Muy favorecedor.

—¿Verdad que sí? —La señora Halderman pasó la mano por la fina lana forrada de seda—. El rojo es tan llamativo... Me encanta que la gente me mire.

—¿Ha vuelto a ir de compras, señora Halderman?

—Sí —dijo con una expresión radiante, y luego su bonita cara de muñeca de porcelana hizo un puchero—. Pero no se enfade, señora Court. Ya sé que me dijo que lo mejor sería que me olvidara de las compras durante un tiempo. Y lo he hecho. No he pasado por Neiman desde hace casi una semana.

—No estoy enfadada, señora Halderman —dijo la doctora Court, y vio cómo el puchero se transformaba al instante en una enorme sonrisa—. Tiene un gusto excelente para la ropa.

Por suerte para ella, porque Ellen Halderman era obsesiva. Miraba, compraba y muchas veces se deshacía de la ropa en cuanto la usaba, pero eso era un problema menor. La señora Halderman seguía esa misma rutina también con los hombres.

—Gracias, doctora. —Dio media vuelta para enseñar el vuelo de la falda como si fuera una niña—. La verdad es que me lo he pasado de miedo comprando. Y habría estado orgullosa de mí. Solo compré dos cosas. Bueno, tres —se corrigió entre risas—. Pero la lencería no cuenta, ¿verdad? Y después bajé a tomar café. ¿Conoce ese maravilloso restaurante de Mazza Gallerie, desde donde se ve a toda la gente que hay arriba en las tiendas?

—Sí.

Tess estaba sentada en una esquina de su escritorio, y la señora Halderman la miraba mientras se mordía el labio inferior, no por vergüenza o ansiedad, sino de alegría contenida. Después fue hasta una silla y se sentó con mucho recato.

—Estaba tomándome un café. Había pensado acompañarlo con un bollo, pero si no cuidara mi figura no lo pasaría tan bien comprando ropa. Había un hombre sentado a la mesa de al lado. De verdad, doctora Court, lo supe en cuanto lo vi. Bueno, el corazón se me revolucionó. —Se llevó la mano al pecho, como si incluso en ese momento se le acelerase el pulso—. Era guapísimo. Solo tenía un poco de canas por aquí. —Se tocó una sien con las puntas de los dedos al tiempo que sus ojos adoptaban ese aire soñador que Tess había visto demasiados veces para tener en cuenta—. Estaba moreno, como de haber esquiado, supuse que en Sant Moritz, porque la temporada en Vermont todavía no ha comenzado. Llevaba un maletín con sus iniciales en un monograma. Yo no dejaba de preguntarme qué querrían decir: M. W. —Suspiró al nombrar las iniciales, y Tess supo que ya había decidido cambiar el monograma de sus toallas de baño—. Ni se imagina la de nombres que se me ocurrieron para esas iniciales.

—¿Qué querían decir?

—Maxwell Witherspoon. ¿No le parece un nombre fantástico?

—Muy distinguido.

—Pues eso mismo le dije yo.

—Así que habló con él.

—Bueno, se me cayó el bolso —dijo, y se llevó una mano a la boca como si quisiera ocultar una sonrisa—. Una mujer tiene que valerse de dos o tres buenos trucos, si quiere encontrar al hombre adecuado.

—Tiró el bolso al suelo.

—Cayó justo a sus pies. Era ese tan bonito de piel de serpiente blanco y negro. Maxwell se agachó para recogerlo y me lo devolvió sonriendo. Un poco más y me da un patatús. Era como un sueño. No oía el ruido de las otras mesas, ni a los compradores de las tiendas de la planta de arriba. Nuestros dedos se tocaron y... Bueno, doctora, prométame que no se reirá.

—Por supuesto que no.

—Fue como si me tocara el alma.

Eso era lo que Tess temía. Se apartó del escritorio para sentarse en la silla que había frente a su paciente.

—Señora Halderman, ¿se acuerda de Asanti?

—¿Ese? —dijo dedicándole un gesto de desprecio a su cuarto marido.

—Cuando lo conoció en la galería de arte, bajo su cuadro de Venecia, creyó que le había tocado el alma.

—Eso era diferente. Asanti era italiano. Ya sabe lo espabilados que son los italianos con las mujeres. Maxwell es de Boston.

Tess reprimió un suspiro. Serían unos cincuenta minutos muy largos.

Cuando Ben entró en la antesala de la consulta de Tess, encontró exactamente lo esperado: el mismo estilo y la misma clase que su apartamento. Colores serenos, violetas y grises para que sus pacientes se sintieran cómodos. Las macetas con helechos de la ventana tenían las hojas húmedas, como si acabaran de regarlas. Con esas flores recientes y la colección de figuritas de las vitrinas parecía más un salón que la recepción de una consulta. Dedujo que su paciente era mujer por la revista *Vogue* que había abierta sobre la mesilla.

No le recordaba a la consulta de aquel otro médico, una sala de paredes blancas que olía a cuero. Tampoco se le hacía un nudo en el estómago ni el sudor le recorría el cuello cuando se cerraba la puerta. Allí no tendría que esperar a que saliera Josh, porque su hermano había muerto.

La secretaria de Tess estaba sentada ante un pulcro escritorio lacado en blanco y trabajaba con un ordenador de sobremesa. Cuando Ben y Ed entraron dejó de teclear y mostró el mismo aspecto sereno y apacible que el resto de la sala.

—¿Puedo ayudarles?

—Detectives Paris y Jackson.

—Ah, sí. Tienen cita con la doctora Court. Ahora mismo está con una paciente. Si no les importa esperar, puedo traerles un café.

—Solo agua caliente —dijo Ed, sacándose una infusión del bolsillo.

La secretaria tan siquiera pestañeó.

—Por supuesto.

—Siempre estás avergonzándome —murmuró Ben cuando la chica entró en la pequeña habitación adyacente.

—No pienso llenar mi organismo de cafeína solo para ser socialmente aceptable. —Ed echó un vistazo a su alrededor con la infusión colgando de la mano—. ¿Y qué te parece este sitio? Tiene clase.

—Sí —dijo Ben mirando a su vez—. Le pega.

—Yo no sé por qué tienes tantos problemas con eso —respondió Ed un tanto enojado mientras observaba una lámina de Monet, una marina bajo una puesta de sol de colores difuminados con un toque ígneo. Le gustaba por la misma razón que le gustaba todo el arte, porque alguien había tenido la imaginación y la habilidad para hacerlo. Su visión de la raza humana se adecuaba también a eso—. Una mujer atractiva e inteligente no debería intimidar a un hombre consciente de lo que vale él mismo.

—Jesús, deberías escribir una columna en algún periódico.

Justo entonces se abrió la puerta del despacho de Tess y salió la señora Halderman con el abrigo de piel sobre un brazo. Al ver a los dos hombres se detuvo, sonrió y se pasó la punta de la lengua por el labio superior, como una niña que acaba de ver una tarrina de helado de chocolate.

—Hola.

Ben se encajó los pulgares en los bolsillos.

—Hola.

—¿Esperan para ver a la doctora Court?

—Eso es.

Ella se quedó donde estaba durante un momento y luego hizo como que se sorprendía al ver a Ed.

—Vaya, vaya, eres todo un hombretón, ¿eh?

—Sí, señora —respondió Ed, tragando saliva.

—Es que me fascinan los... hombres grandes. —La señora Halderman se dirigió hacia él y le dio un repaso con la mirada—. Siempre me hacen sentir tan indefensa y femenina... ¿Cuánto mide usted, señor...?

Ben se dirigió a la consulta de Tess con una enorme sonrisa y los pulgares todavía metidos en los bolsillos, abandonando a Ed a su propia suerte.

Tess estaba sentada al escritorio, con la cabeza echada

hacia atrás y los ojos cerrados. Tenía el pelo recogido de nuevo, pero no se la veía inaccesible. Pensó que estaría cansada, y no solo físicamente. Mientras la observaba, Tess se llevó las manos a las sienes y masajeó su incipiente dolor de cabeza.

—Parece que no le vendría mal una aspirina, doctora.

Ella abrió los ojos y su cabeza se puso en funcionamiento automáticamente, como si le pareciera inaceptable descansar, a no ser que fuera en privado. Tess era bajita, pero el escritorio no la empequeñecía. Parecía venirle al pelo, igual que el título enmarcado en negro que tenía detrás.

—No me gusta tomar pastillas.

—¿Solo recetarlas?

Tess se enderezó más sobre el asiento.

—No os habré hecho esperar mucho, ¿verdad? Tengo que coger mi maletín.

Mientras Tess se levantaba, Ben avanzó hacia el escritorio.

—Todavía tenemos unos minutos. ¿Un día duro?

—Un poco. ¿El tuyo?

—No he tenido que disparar a nadie. —Cogió un pisapapeles de amatista que había sobre el escritorio y se lo pasó de una mano a otra—. Quería decirte que lo hiciste muy bien esta mañana.

Tess cogió un lápiz y se lo pasó por los dedos. Al parecer el próximo enfrentamiento se posponía.

—Gracias. Tú también.

Se arrinconó a sí mismo en una esquina del escritorio, descubriendo que podía relajarse en su consulta, aunque fuera la de una psiquiatra. No había ningún fantasma, nada de lo que lamentarse.

—¿Qué te parecen las sesiones matinales de los sábados?

—Estoy abierta.

Aquello le hizo reír.

—Eso había pensado. Dan un par de películas clásicas de Vincent Price.

—¿*Los crímenes del museo de cera*?

—Y *La mosca*. ¿Te interesa?

—Puede. —Tess se levantó finalmente. Su dolor de cabeza no era más que una pulsión en las sienes fácil de ignorar—. Si viene con palomitas incluidas.

—Incluso habrá pizza después.

—Me rindo.

—Tess —dijo poniéndole una mano en el hombro, a pesar de que ese traje gris a medida seguía intimidándolo—. Lo que pasó anoche...

—Creía que ya nos habíamos disculpado por eso.

—Sí. —Ahora no se la veía cansada ni vulnerable, sino controlada. Intacta, intocable. Retrocedió un poco, sosteniendo todavía la amatista. Era del mismo color que sus ojos—. ¿Alguna vez has hecho el amor aquí?

Tess alzó una ceja. Era consciente de que quería sorprenderla, o cuando menos fastidiarla.

—Información privilegiada. —Cogió el maletín que estaba junto a su escritorio y se dirigió hacia la puerta—. ¿Vienes?

Ben sintió la necesidad de meterse la amatista en el bolsillo. Disgustado, puso el pisapapel en su sitio y siguió a Tess.

Ed estaba de pie junto al escritorio de la secretaria, sorbiendo su té. Tenía la cara casi tan roja como el pelo.

—La señora Halderman —dijo la secretaria a Tess, mirando a Ed con simpatía—. He conseguido echarla antes de que lo devorase.

—Lo siento muchísimo, Ed. —Pero los ojos de ella brillaban al decirlo—. ¿Quieres sentarte un momento?

—No. —Miró a su compañero a modo de advertencia—. Di una sola palabra y...

—No lo haré. —Ben caminó haciéndose el inocente hasta

la puerta y se quedó aguantándola. En cuanto Ed pasó, se colocó a su lado—. Pero es verdad que eres un hombretón, ¿eh?

—Tú sigue así…

Monseñor Timothy Logan no se parecía en absoluto a los curas que Ben había conocido durante su infancia. En lugar de sotana, llevaba una chaqueta de cuadros sobre un jersey de cuello vuelto de color amarillo. Tenía una cara grande y ancha de irlandés, y en su oscuro pelo rojo empezaban a asomar algunas canas. El despacho en nada recordaba al silencioso espacio de una rectoría, con sus fragancias santificadas y sus viejas maderas oscuras, sino que olía a tabaco de pipa y a polvo, como el gabinete de un hombre cualquiera.

De sus paredes no colgaban cuadros de santos ni de Cristo, y tampoco había figuras de cerámica de la Virgen con su cara triste y comprensiva. Solo libros, montones de ellos, algunos de teología, otros de psiquiatría y varios sobre pesca. Y en el lugar que debería ocupar el crucifijo había un pez disecado sobre una placa de madera.

Sobre un atril reposaba una vieja Biblia con inscripciones en la portada, y también había otra nueva, aunque gastada por el uso, abierta en el escritorio. Un rosario con gruesas cuentas de madera le hacía compañía.

—Encantado de conocerle, monseñor Logan —dijo Tess, y le tendió una mano en un gesto entre colegas que incomodó a Ben.

Llevara chaqueta de cuadros o no, aquel hombre seguía siendo un sacerdote, y a los sacerdotes había que reverenciarlos, temerlos incluso, y respetarlos. La extensión de Dios en la tierra, recordó Ben que decía su madre. Daban los sacramentos, perdonaban los pecados y absolvían a los moribundos. Uno de ellos visitó a su hermano cuando ya había muerto.

Tuvo palabras de consuelo, comprensión y amabilidad para la familia, pero no dio la absolución a Josh. Suicidio. El más mortal entre los pecados mortales.

—Igualmente, doctora Court. —Logan tenía una voz clara y atronadora que habría resonado en el interior de una catedral fácilmente. Pero poseía una dureza que a Ben le recordaba a los árbitros de béisbol cuando eliminan al bateador—. Asistí a su conferencia sobre la demencia. No tuve ocasión de decirle que me pareció excelente.

—Gracias. Monseñor, estos son los detectives Paris y Jackson. Están al frente de la investigación.

—Detectives.

Ben aceptó el apretón de manos y se sintió idiota por esperar, aunque fuera durante un instante, algo más que carne y huesos.

—Acomódense, por favor —dijo señalando las sillas—. Tengo el perfil que ha hecho y el informe sobre mi escritorio, doctora Court. —Llegó al otro lado del escritorio con el paso tranquilo y despreocupado de un jugador de golf—. Los leí esta mañana y me han parecido tan perturbadores como intuitivos.

—¿Está de acuerdo?

—Sí, yo habría compuesto un perfil parecido con los datos del informe de los detectives. Los aspectos religiosos son innegables. Por supuesto, las alusiones y los delirios religiosos son normales en la esquizofrenia.

—Juana de Arco oía voces —musitó Ben.

Logan sonrió y entrelazó sus anchas y expeditivas manos.

—Como un buen número de santos y mártires. Algunos dirán que un ayuno de cuarenta días haría oír voces a cualquiera. Otros, que eran unos elegidos. En este caso creo que todos coincidiremos en que no se trata de ningún santo, sino de un hombre con una mente muy perturbada.

—En eso no vamos a discutir —dijo Ed con su libreta en

la mano, recordando que una vez hizo un ayuno de tres días y que se sentía un tanto... bueno, espiritual.

—Como psiquiatra y como sacerdote, el asesinato me parece un pecado ante Dios y un acto de aberración absoluta. Sin embargo, tenemos que lidiar primero con la aberración mental para evitar que vuelva a cometerse el pecado. —Logan abrió la carpeta de Tess y le dio golpecitos con un dedo—. Cualquiera diría que los aspectos religiosos y los delirios son connaturales al catolicismo. He de coincidir con usted en que el uso del amito como arma homicida puede interpretarse como un ataque a la Iglesia, o como forma de devoción.

Tess se inclinó hacia delante.

—¿Cree usted que es sacerdote o que lo ha sido?

—Me parece más que probable que haya recibido instrucción. —Empezó a fruncir poco a poco el entrecejo, hasta que su frente se arrugó por completo—. Hay otras prendas del hábito de un sacerdote que podría haber usado para estrangular. Pero el amito se pone al cuello, así que es bastante preciso.

—¿Y el uso del blanco?

—Para simbolizar la absolución, la salvación.

El sacerdote extendió la mano inconscientemente, mostrando las palmas en ese gesto inmemorial.

Tess asintió, coincidiendo con él.

—Absuelve de un pecado. ¿Cometido contra sí mismo?

—Podría ser; un pecado que causó la muerte o pérdida espiritual de la mujer que continúa salvando.

—¿Se pone a sí mismo en el papel de Jesucristo? ¿Como el Salvador? —preguntó Ben—. ¿Y arroja la primera piedra?

Logan era un hombre que se tomaba su tiempo y miraba por donde pisaba, así que se recostó en el asiento y se acarició el lóbulo de una oreja.

—No se ve a sí mismo como Jesucristo, al menos todavía

no. En su mente actúa como siervo del Señor, detective, un siervo consciente de su mortalidad. Toma precauciones, se protege. Posiblemente se percata de que la sociedad no acepta su misión, pero atiende a una autoridad superior.

—Las voces de nuevo —propuso Ben para después encenderse un cigarrillo.

—Voces, visiones. Para un esquizofrénico son tan reales como el mundo en que vive, o más incluso. No se trata de personalidad múltiple, sino de una enfermedad, detective, una disfunción biológica. Es posible que lleve años enfermo.

—Los asesinatos comenzaron en agosto —señaló Ben—. Hemos revisado los casos con los departamentos de homicidios de todo el país. No ha habido otros asesinatos con el mismo *modus operandi*. Han empezado aquí.

Los detalles de la investigación policial interesaban a monseñor Logan, pero no le hacían perder el norte.

—Tal vez estuviera en un período de recuperación y que el estrés haya hecho que los síntomas reaparezcan en forma de violencia. Por el momento se debate entre la realidad y la apariencia. Entre las oraciones y la agonía.

—Y el asesinato —dijo Ben rotundamente.

—No espero que lo compadezcan —repuso monseñor Logan en voz baja, con sus ojos oscuros de sacerdote y sus diligentes manos—. Ese es mi terreno, y el de la doctora Court, y no puede ser el suyo, dado su papel en este caso. Ninguno de nosotros quiere que mate de nuevo, detective Paris.

—Usted no cree que tenga delirios de grandeza con Jesucristo —lo interrumpió Ed mientras continuaba tomando notas metódicamente—. ¿Solo porque toma precauciones? A Jesús lo destruyeron físicamente.

—Bien visto. —Su voz clara adquirió nuevos matices. No había nada que le gustara más que cuando uno de sus estudiantes cuestionaba sus teorías. Monseñor Logan miró alternativamente a ambos detectives, y decidió que hacían buena pareja—. Pero no me parece que se vea a sí mismo como más que una herramienta. La religión, su estructura, los preceptos tienen más influencia que la teología. Asesina como sacerdote, lo sea o no. Absuelve y perdona los pecados como si fuera un enviado del Señor —continuó, y vio que Ben hacía una mueca—, no como el hijo de Dios. He desarrollado una interesante teoría que se le ha pasado, doctora Court.

—¿Cómo? —espetó ella, concentrando toda su atención en ese momento.

—También la pasó por alto el equipo de investigación.

—Yo soy metodista —repuso Ed, que seguía escribiendo.

—No intento que se conviertan —dijo, alzando la pipa y llenándola de tabaco. Tenía unos dedos rudos y gruesos, con las uñas pulcramente cortadas. Se le cayeron unas hebras de tabaco y se quedaron en su jersey de cuello vuelto amarillo—. La fecha del primer asesinato, el quince de agosto, es una festividad católica.

—La Asunción —dijo Ben sin apenas darse cuenta.

—Sí. —Monseñor Logan siguió rellenando su pipa y sonrió.

A Ben le recordó a cuando daba la respuesta correcta en las clases de catecismo.

—Antes era católico.

—Un problema común. —Monseñor encendió su pipa.

Nada de lecciones ni de caras beatíficas extrañadas. Ben notó que se le relajaban los hombros. La cabeza empezó a funcionarle.

—No caí en lo de las fechas. ¿Cree que es importante?

Logan se quitó el tabaco del jersey de manera meticulosa.

—Podría serlo.

—Lo siento, monseñor —dijo Tess alzando las manos—. Tendrá que explicármelo.

—El quince de agosto es el día en que la Iglesia reconoce

la ascensión de la Virgen a los cielos. La madre de Dios era mortal, pero llevaba al Salvador en su seno. La reverenciamos como al ser más santo y puro entre todas las mujeres.

—Puro —musitó Tess.

—No le habría prestado mucha atención a esa fecha por sí sola —continuó Logan—, pero, en cualquier caso, me picó la curiosidad lo suficiente para revisar el calendario eclesiástico. El segundo asesinato sucedió el día en que celebramos el nacimiento de María.

—¿Está escogiendo los días que la Iglesia le dedica a esta... perdón, quiero decir a la Virgen María? —Ed dejó de escribir el tiempo justo para que monseñor Logan se lo confirmara.

—El tercer asesinato tuvo lugar en la festividad de Nuestra Señora del Rosario. He añadido un calendario eclesiástico a la carpeta, doctora Court. No creo que tres de tres sea una coincidencia.

—No, estoy de acuerdo. —Tess se levantó, ansiosa por verlo ella misma. Cogió el calendario y estudió las fechas que Logan había señalado. Empezaba a anochecer. Monseñor encendió la luz y el haz cayó justo sobre el papel que tenía en las manos—. El siguiente no es hasta el ocho de diciembre.

—La Inmaculada Concepción —dijo monseñor Logan, dando después una calada de la pipa.

—Eso dejaría un vacío de ocho semanas desde el último asesinato —calculó Ed—. Nunca ha dejado más de cuatro semanas entre uno y otro.

—Y no podemos estar seguros de que sea emocionalmente capaz de esperar tanto tiempo —apuntó con timidez Tess—. Tal vez cambie el patrón. Cualquier incidente puede desestabilizarlo por completo; entonces se vería obligado a elegir una fecha significativa para él.

—La fecha del nacimiento o la muerte de alguna persona importante para él —aportó Ben, encendiendo otro pitillo.

—Una figura femenina. —Tess seguía sujetando el calendario—. La figura femenina por excelencia.

—Coincido en que el estrés que sufre será cada vez mayor. —Logan soltó la pipa y se inclinó hacia delante—. La necesidad de desahogarse podría hacerle atacar antes.

—Seguramente tiene que soportar algún tipo de dolor físico —dijo Tess, al tiempo que guardaba el calendario en su maletín—. Dolor de cabeza, náuseas. Si se agudiza lo suficiente como para impedirle continuar con su vida diaria...

—Exacto. —Logan entrelazó las manos de nuevo—. Ojalá pudiera ser de más ayuda. Me gustaría que volviéramos a hablar de esto, doctora Court.

—Por lo pronto, tenemos un patrón. —Ben se levantó, al tiempo que apagaba su cigarrillo—. Nos concentraremos en el ocho de diciembre.

—Son solo migajas —dijo Ben cuando salieron al frío de la oscura calle—. Pero estoy dispuesto a aceptarlas.

—No me había percatado de que eres católico. —Tess se abrochó el abrigo para protegerse del viento que empezaba a arreciar—. Tal vez sea una ventaja.

—Era católico. Y, hablando de migajas, ¿tenéis hambre?

—Me muero de hambre.

—Genial —dijo Ben, pasándole un brazo por el hombro—. Entonces tendremos que ir los dos contra Ed. No te apetecerá comer yogur y brotes de alfalfa, ¿verdad?

—Eh...

—Ben querrá parar en cualquier sitio para pedir una hamburguesa grasienta. Es asqueroso lo que este hombre se mete en el organismo.

—¿Qué tal comida china? —A Tess no se le ocurrió nada

mejor mientras entraba en el coche—. Conozco un sitio pequeñito y muy agradable al lado de mi consulta.

—¿No te dije que tenía clase? —dijo Ed, colocándose en el asiento del conductor. Se abrochó el cinturón y esperó a que Ben hiciera lo propio con la paciencia de los que son sabios y voluntariosos—. Los chinos respetan el sistema digestivo adecuadamente.

—Seguro, embutiéndotelo de arroz. —Ben miró hacia atrás y vio que Tess ya estaba en su asiento con la carpeta abierta—. Vamos, doctora, dese un respiro.

—Solo quiero revisar un par de cosas.

—¿Alguna vez has tratado a un adicto al trabajo?

Tess miró la carpeta y después volvió la vista a Ben.

—Creo que está empezando a apetecerme ese yogur.

—¡Tanya Tucker no! —Ben sacó la cinta antes de que sonara la primera línea de la canción—. Ya has disfrutado con ella esta tarde.

—Ojalá.

—Degenerado. Voy a poner... Mierda, mira eso. En la licorería.

Ed aminoró la marcha.

—Parece que tenemos un cinco cero cinco en proceso.

—¿Un qué?

Tess se enderezó sobre su asiento para ver mejor.

—Un robo. —Ben ya estaba quitándose el cinturón—. Vuelta al trabajo...

—¿Un robo? ¿Dónde?

—¿Dónde están los patrulleros? —dijo Ben mientras intentaba alcanzar la radio—. Joder, yo lo único que quiero es un plato de cerdo agridulce.

—El cerdo es veneno —dijo Ed, y se desabrochó el suyo.

—Unidad seis cero —dijo Ben por la radio—. Tenemos un cinco cero cinco en la Tercera con Douglas. A cualquier unidad disponible. Llevamos un coche de paisano. Vaya, maldita sea. Está saliendo. Necesitamos refuerzos. El sospechoso se dirige al sur. Varón blanco de uno setenta y cinco y ochenta kilos. Chaqueta negra y tejanos.

Alguien contestó por la radio.

—Sí, lo tenemos.

Ed apretó el acelerador y dio la vuelta a la esquina. Tess miraba desde el asiento de atrás, fascinada.

Había visto cómo el hombre misterioso de la chaqueta negra salía de la licorería y se dirigía a paso rápido calle arriba. En cuanto volvió la cabeza y vio el Mustang, echó a correr.

—Mierda, nos ha descubierto. —Ben sacó la luz de emergencias—. Agárrese bien, doctora.

—Va hacia el callejón —dijo de mala gana Ed.

Detuvo el vehículo haciendo un derrape. Antes de que Tess abriera la boca ambos estaban fuera del coche en plena persecución.

—¡Quédate en el coche! —le gritó Ben.

Ella le hizo caso durante unos diez segundos. Después cerró la puerta de golpe y corrió hasta la entrada del callejón.

Ed era más grande, pero Ben era más rápido. Tess observó cómo el hombre al que perseguían se llevaba la mano al bolsillo de la chaqueta. Vio que sacaba un arma, pero solo tuvo tiempo para quedarse paralizada un segundo antes de que Ben lo agarrara por las rodillas y lo tirase sobre una hilera de cubos de basura. Se oyó un disparo entre el ruido del metal. Ya había llegado a la mitad del callejón cuando Ben redujo al individuo. En el callejón había sangre y olía a comida podrida de los cubos de basura, que se vaciaban frecuentemente pero que rara vez se limpiaban. El hombre no se resistió, probablemente porque vio que Ed tenía la placa en la mano. Escupió un hilillo de baba teñido de sangre.

Aquello no era como se veía por televisión, pensó Tess

mientras miraba al tipo que habría disparo a Ben a bocajarro en caso de que este no lo hubiera atrapado a tiempo. Ni tampoco como en las novelas. No era ni tan siquiera como en las noticias de las once, en las que te daban todo lujo de detalles con la frialdad de una ametralladora. La vida estaba llena de callejones pestilentes y de escupitajos. Tess había pasado por ello gracias a su trabajo y sus estudios, pero solo emocionalmente. Suspiró de alivio al saber que no sentía miedo, sino solo curiosidad, y tal vez un poco de fascinación.

Ben colocó al ladrón las esposas a la espalda con dos movimientos bruscos.

—¿Tan tonto eres que quieres disparar a un agente de policía?

—Te has ensuciado los pantalones con grasa —le indicó Ed mientras guardaba la pistola.

Ben se miró los pantalones y vio que tenía una larga mancha que le llegaba del tobillo a la rodilla.

—Maldita sea. Soy de homicidios, capullo —dijo a la cara del detenido—. No me gusta mancharme los pantalones de grasa. De hecho, me pongo de mala hostia cuando me mancho los pantalones de grasa. —Asqueado, se lo entregó a Ed y sacó su insignia—. Estás bajo arresto, mamón. Tienes derecho a permanecer en silencio. Tienes... Tess, maldita sea, ¿no te he dicho que te quedaras en el coche?

—Llevaba una pistola.

—Los malos siempre llevan pistolas. —Al mirarla, con su abrigo de cachemir celeste, pudo oler el miedo del ladronzuelo. Tess parecía a punto de salir para tomar cócteles en Embassy Row—. Vuelve al coche, este no es tu sitio.

Tess lo ignoró y se quedó observando al ladrón. Tenía un buen arañazo en la parte de la frente que se había golpeado contra el suelo. Eso explicaba su falta de expresividad: conmoción leve. Tanto la piel como los ojos mostraban una tonalidad amarillenta, y aunque el viento que entraba por el callejón le volaba la chaqueta, su cara estaba sudada.

—Parece que tiene hepatitis.

—Va a tener mucho tiempo para recuperarse. —Ben oyó las sirenas y miró hacia atrás—. Ahí llega la caballería. Que le lean sus derechos los de uniforme.

Cuando Ben la tomó del brazo, Tess negó con la cabeza.

—Tú ibas corriendo tras él y el tipo llevaba una pistola.

—También yo llevaba una —le recordó Ben mientras la acompañaba afuera del callejón.

Antes de continuar hasta el coche, mostró su placa a los agentes.

—Tú no la habías sacado. Iba a dispararte.

—Eso suelen hacer los malos. Cometen el crimen, los perseguimos y ellos intentan escaparse.

—No hagas como si fuera un juego.

—Es un juego.

—Ha estado a punto de matarte, y tú te enfadas porque te has manchado los pantalones.

Ben volvió a mirarse al recordarlo.

—El departamento tendrá que pagar la factura. La grasa nunca se va.

—Estás loco.

—¿Esa es tu opinión profesional?

Alguna buena razón habría para que le entraran ganas de reír. Tess decidió que lo analizaría más tarde.

—Todavía estoy formándome una opinión.

—Tómate tu tiempo. —Ben seguía acelerado por la adrenalina de la persecución. Al acercarse al coche vio que habían llegado tres unidades de refuerzo para un matoncillo de tres al cuarto con hepatitis. Tal vez estuvieran todos locos—. Vamos, quédate aquí sentada un momento mientras informo a los agentes.

—Tienes sangre en la boca.

—¿Sí? —Ben se limpió con el revés de la mano y se quedó mirando la mancha de sangre—. Sí. A lo mejor necesito un médico.

Tess se sacó un pañuelo de papel del bolsillo y le limpió la herida.

—A lo mejor necesitas una.

A su espalda, el hombre al que acababan de arrestar empezó a soltar improperios al tiempo que la muchedumbre se agolpaba en torno a él.

6

Tess trabajó a destajo en su lista de pacientes durante los siguientes días. Su jornada, de ocho a diez horas, pasó a ser de doce a catorce. Pospuso la habitual cena de los viernes con su abuelo, algo que jamás habría hecho por una cita, solo por un paciente.

La prensa la acosaba y también algunos de sus colegas con menos tacto, como Frank Fuller. El trabajo con la policía añadía suficiente misterio a su persona para que rondara por la consulta en cuanto daban las cinco de la tarde. Tess empezó a quedarse a trabajar hasta las seis.

Aunque no tenía noticias nuevas, su preocupación era angustiante. No tardaría mucho en haber una nueva víctima. Cuanto mejor comprendía la mente del asesino más segura estaba de ello.

Pero quien la mantuvo en vela hasta la madrugada del sábado, ya con las calles oscuras y desiertas y los ojos enrojecidos del cansancio, fue Joey Higgins. Tess se quitó las gafas, se recostó en la silla y se los frotó. ¿Por qué no podía abrirle los ojos? ¿Por qué no tenía el más mínimo efecto sobre él? La sesión de la tarde con la madre y el padrastro había sido un desastre. No hubo pataletas, ni gritos, ni acusaciones. Habría preferido eso, una muestra de emoción al menos.

El chico simplemente estaba allí sentado, respondiendo con monosílabos. Su padre no había llamado. Tess percibió furia en los ojos de la madre, pero en los de Joey solo había resignación. Y seguía insistiendo, a su discreto e imperturbable modo, en que pasaría el fin de semana de Acción de Gracias con su padre.

Se llevaría una decepción. Tess se apretó los ojos hasta que la quemazón que sentía se transformó en un dolor apagado. Tal vez la siguiente decepción sería la gota que colmara el vaso.

Joey Higgins era el candidato ideal para el alcohol, las drogas y la destrucción. Los Monroe solo veían la punta del iceberg y no le permitían llegar hasta donde ella quería. En cuanto mencionó una posible hospitalización le pararon los pies. Joey solo necesitaba tiempo, solo necesitaba una estructura familiar, solo necesitaba... Ayuda, pensó Tess. Desesperadamente. Ya no estaba convencida de que una sesión semanal bastara para hacer progresos.

Pensó en el padrastro; tal vez a él podría convencerlo. Quizá podría hacerle comprender que era necesario proteger a Joey de sí mismo. Decidió que su siguiente paso sería convocar a Monroe a solas en su consulta.

No podía hacer nada más por esa noche. Se incorporó para cerrar su historial, y al echar un vistazo por la ventana, se percató de que había una figura solitaria en la calle. Esa parte de Georgetown, con sus parterres en las aceras tan arreglados frente a los edificios de ladrillo, no se prestaba a la presencia de vagabundos o de gente de la calle. Y sin embargo, parecía que aquel hombre llevara allí un buen rato. Al frío, solo. Y mirando hacia arriba... Mirando a su ventana. En cuanto se percató de ello, Tess se apartó.

Se dijo que era una tontería, pero apagó la lámpara del escritorio. Nadie tenía motivos para quedarse observando su ventana desde una esquina. Con todo, una vez apagadas las luces, se animó a acercarse y separó un poco la cortina. El tipo estaba allí sin hacer nada. Sin moverse, solo mirando. Se estremeció ante la idea de que la miraba a ella, aunque estuviera a tres pisos de altura y no se viera nada.

Se preguntó si sería uno de sus pacientes. Pero siempre se había preocupado de mantener su dirección personal en secreto. Un periodista. Al pensarlo, se le pasó un poco el miedo. Seguramente sería un periodista que quería dar a la historia un nuevo punto de vista. ¿A las dos de la madrugada?, se preguntó Tess dejando caer la cortina.

Se convenció de que no pasaba nada. Había imaginado que el hombre miraba a su ventana. Estaba oscuro y era muy tarde. Se trataba simple y llanamente de alguien que esperaba a que lo recogieran o...

No en aquel barrio. Se acercó a la ventana para abrir la cortina de nuevo, pero no se atrevió a hacerlo.

Faltaba poco para que volviera a atacar. ¿No era eso lo que la había estado obsesionando? ¿No era eso de lo que tenía miedo? Ese hombre sufría, estaba bajo presión y tenía una misión. Rubias, cerca de los treinta años, complexión entre pequeña y mediana.

Tess se llevó una mano al cuello. Para, se ordenó. Después retiró la mano y tocó el dobladillo de la cortina. Controlar un pequeño episodio de paranoia era fácil. Nadie andaba tras ella, salvo un psicoanalista obseso sexual y unos cuantos periodistas voraces. No estaba en la calle, sino encerrada en su propia casa. Estaba cansada, había trabajado demasiado e imaginaba cosas. Era hora de dar por acabada la noche, hora de servirse una buena copa de vino blanco, de encender el equipo de música y de meterse en una bañera caliente llena de burbujas.

Pero le tembló un poco el pulso al apartar la cortina.

La calle estaba desierta.

Tess dejó caer la cortina y se preguntó por qué eso no la tranquilizaba en absoluto.

Lo había mirado. No sabía cómo, pero lo sabía. Había notado cómo sus ojos se fijaban en él cuando estaba en la calle. ¿Qué habría visto? ¿Tal vez su salvación?

Entró en su apartamento, casi llorando por el dolor de cabeza. El pasillo estaba oscuro. Nadie veía nunca sus idas y venidas. Tampoco le preocupaba que le hubiera visto la cara. Había demasiada distancia y oscuridad para eso. Pero ¿habría visto su dolor?

¿Por qué había ido allí? Se quitó el abrigo y lo dejó caer sobre un montón de ropa. Al día siguiente lo colgaría bien y lo dejaría todo ordenado, pero esa noche el dolor apenas le permitía pensar. Dios siempre ponía a prueba la virtud.

Encontró un bote de Excedrin y se tomó dos pastillas, agradecido por su sabor amargo y seco. Tenía el estómago revuelto con las mismas náuseas de cada noche, que se prolongaban hasta bien entrada la mañana. Tenía que atiborrarse de pastillas sin receta para seguir funcionando.

¿Por qué había ido allí?

Tal vez estuviera volviéndose loco. Tal vez fuera todo fruto de la locura. Extendió la mano y se dio cuenta de que le temblaba. Si no se controlaba, todos lo notarían. Vio su reflejo distorsionado sobre el aluminio de la campana del extractor, que mantenía limpio de suciedad y grasa, como le habían enseñado. Bajo su rostro demacrado se veía el blanco del collar de sacerdote. Si lo vieran en ese momento, todos lo sabrían. Quizá fuera lo mejor. Así podría descansar, descansar y olvidar.

El dolor le atenazaba la nuca.

No, jamás tendría descanso, y tampoco podría olvidar.

Laura necesitaba que completara su misión para al fin ver la luz. ¿No se lo había pedido? ¿No le había implorado ella que pidiera el perdón de Dios?

Tras la expeditiva y cruel sentencia a Laura maldijo a Dios y perdió la fe, pero nunca lo olvidó. Y ahora, pasados todos esos años, la Voz venía y le mostraba el camino para su salvación. Puede que Laura tuviera que morir una y otra vez a través de otras almas descarriadas, pero era una muerte rápida, y siempre les daba la absolución. Pronto acabaría el sufrimiento. Para todos.

Entró en la habitación y encendió las velas. La luz parpadeó sobre el retrato enmarcado de la mujer que había perdido, y los de las que había asesinado. Junto a un rosario de color negro estaban también la foto de periódico perfectamente recortada de la doctora Teresa Court.

Rezó en latín, como le habían enseñado.

Ben le había comprado una piruleta gigante de color verde y amarillo. Tess la aceptó a la puerta de su casa, la examinó detenidamente y negó con la cabeza.

—Usted sí que sabe cómo impresionar a una mujer, detective. La mayoría de los hombres habría optado por bombones.

—Demasiado vulgar. Además, me daba la impresión de que estarías acostumbrada al chocolate suizo, y yo... —Lo dejó ahí, consciente de que si seguía sonriéndole con ese caramelo redondo en la mano empezaría a divagar—. Estás diferente.

—¿Ah, sí? ¿En qué?

—Llevas el pelo suelto. —Tenía ganas de tocárselo, pero no estaba preparado para ello—. Y no vas de traje.

Tess se miró los pantalones de lana y el jersey enorme que llevaba puestos.

—No suelo ir de traje a una sesión doble de cine de terror.

—Así no pareces psiquiatra.

—Sí, lo parezco. Pero no es la idea de psiquiatra que tienes en la cabeza.

Esta vez sí le tocó el pelo, pero solo un poco. A Tess le gustó cómo lo hizo, con un gesto a la vez amistoso y cauto.

—Nunca te has parecido a la idea de psiquiatra que tengo en la cabeza.

Tess dejó la piruleta junto a una fuente de porcelana de Dresden para poner en orden sus pensamientos y fue al armario a coger una chaqueta.

—¿Y cuál es tu idea de psiquiatra?

—Una persona pálida, delgada y calva.

—Ajá.

La chaqueta era de ante, tan suave como la mantequilla. Ben la sostuvo para que pudiera ponérsela.

—Y tampoco hueles como una psiquiatra.

Tess miró hacia atrás y le sonrió.

—¿Y como huelen las psiquiatras? ¿O será mejor que no lo sepa?

—A menta y a loción para después del afeitado.

Se volvió para mirarlo.

—Eso es muy concreto.

—Sí. Te has cogido el pelo.

Ben metió la mano bajo el cuello de la chaqueta y se lo sacó. Después, casi sin pensarlo, dio un paso al frente y la arrinconó contra la puerta. Tess levantó un poco la cabeza y Ben advirtió una reserva en sus ojos que ya había percibido antes. Apenas llevaba maquillaje, y su imagen elegante y refinada se había transformado en una cálida cercanía que a cualquier hombre inteligente le habría parecido peligrosa. Él sabía lo que quería y se sentía cómodo con ese rápido surgir del deseo. Pero la intensidad con la que lo vivía era otra historia. Pensó que cuando se desea algo tanto y con tanta prisa es mejor tomarse las cosas con calma.

Sus bocas estaban muy cerca. Y Ben seguía tocándole el pelo.

—¿Te gustan las palomitas con mantequilla?

Tess no sabía si reír o llorar. Cuando decidió que no haría ninguna de las dos cosas se dijo que estaba relajada.

—Con mucha mantequilla.

—Genial. Así no tendré que comprar dos paquetes. Hace frío fuera —añadió, separándose de ella—. Necesitarás guantes.

Antes de abrir la puerta sacó los suyos, unos guantes de cuero negro agrietados.

—Había olvidado el miedo que me daban esas películas.

Ya había oscurecido y Tess estaba repantingada en el coche de Ben, empachada de pizza y de tinto peleón. Antes de entrar, había sentido los primeros ramalazos del invierno en forma de un viento cortante que castigaba sus mejillas. Ni el frío ni las noticias encerraban a los habitantes de Washington en sus casas. El habitual ir y venir de coches de los sábados por la noche era continuo, rumbo a clubes, cenas y fiestas.

—Siempre me ha gustado cómo rescata el policía a la chica en *Los crímenes del museo de cera*.

—Lo único que Vincent necesitaba era una buena psicoanalista —dijo Tess con intención mientras Ben sintonizaba la radio.

—Claro, te habría tirado en la cuba, cubierto de cera y transformado en... —Se volvió para estudiar su cara con detenimiento— Helena de Troya, creo.

—No está mal —dijo Tess frunciendo los labios—. Aunque, claro, algunos psiquiatras dirían que la has elegido porque tu subconsciente se identifica con Paris.

—Soy policía. Jamás consideraría que un secuestro es algo romántico.

—Qué pena.

Entrecerró los ojos sin tan siquiera darse cuenta de lo fácil que le resultaba relajarse con él. El ruido de la calefacción acompañaba la melancólica música que sonaba en la radio del coche. Tess empezó a cantar mentalmente.

—¿Cansada?

—No, cómoda —dijo, e irguió la espalda automáticamente—. A buen seguro tendré unas cuantas pesadillas. Las películas de terror son una válvula de escape maravillosa para las tensiones reales. Te garantizo que ninguno de los que estaban en el cine pensaba en el próximo pago del seguro ni en la lluvia ácida.

Ben soltó una simpática risita y sacó el coche del aparcamiento.

—Bueno, doctora, seguramente mucha gente lo vea como un simple entretenimiento. A mí no me pareció que pensaras en válvulas de escape cuando la heroína corría a través de la niebla y me clavabas las uñas en el brazo.

—Habrá sido la mujer que tenías al otro lado.

—Estaba sentado junto al pasillo.

—Pero ella tenía la mano muy larga. Te has pasado la salida que lleva a mi calle.

—No me la he pasado. No la he tomado. Decías que no estabas cansada.

—Es verdad. —No creía que jamás se hubiera sentido más despierta, más viva. Parecía que la canción le saliera del alma, prometiéndole amor y penas de corazón. Siempre le había parecido que para ser completo lo primero tenía que ir acompañado de lo segundo—. ¿Vamos a alguna parte?

—A un localcito que conozco donde ponen buena música y las bebidas no están aguadas.

Tess se pasó la lengua por los labios.

—Me encantaría algo así. —Tenía ganas de escuchar música, tal vez un poco de blues con lamentos de saxo tenor—. Supongo que por tu profesión conocerás bien los locales de la ciudad.

—Tengo algunos conocimientos prácticos —dijo empujando el encendedor del coche—. Tú no eres el tipo de mujer que va a bares.

Tess, interesada, se volvió para mirarlo. Su perfil estaba en sombra y recibía la luz de los semáforos intermitentemente. Resultaba curioso que a veces diera aspecto de seguridad y solidez, el tipo de hombre hacia el que correría una mujer en un sitio oscuro. Después la luz le dio de forma que resaltaba sus facciones. Una mujer también podría huir de él. Se quitó la idea de la cabeza. Se había prometido no analizar a los hombres con los que salía. Normalmente aprendías más de lo que querías.

—¿Es que hay un tipo definido?

—Sí. —Y él los conocía todos—. Tú no eres de esas. Terrazas de hotel. Cócteles de champán en el Mayflower o en el hotel Washington.

—¿Y ahora quién está haciendo perfiles psicológicos, detective?

—En mi trabajo hay que saber catalogar a la gente.

Entró en un aparcamiento y dejó el coche entre una Honda de tres ruedas y un Chevette familiar. Justo antes de apagar el motor se preguntó si no estaría cometiendo un error.

—¿Qué es esto?

—Esto —dijo Ben sacando las llaves del contacto y haciéndolas tintinear en la mano— es mi casa.

Tess miró por la ventana y vio un edificio de apartamentos de cuatro plantas de ladrillos rojos gastados y toldos verdes.

—Ah.

—No tengo champán.

Tenía que decidir ella. Lo conocía lo suficiente para comprender eso. Pero poco más podía comprender de él. En el coche se estaba caliente y a salvo. En su apartamento no sabía lo que le esperaba. Era plenamente consciente de que ella casi nunca afrontaba esa clase de riesgos. Tal vez fuera hora de que lo hiciese.

—¿Tienes whisky?

—Sí.

—Me apañaré.

En cuanto salió del coche recibió un golpe de aire frío. Pensó en el calendario y en que el invierno no se hacía de rogar, y entonces se estremeció al recordar otro calendario, uno que tenía a la Virgen María con el niño Jesús en la portada. Aquel pequeño ataque de pánico hizo que mirase calle arriba y abajo. A una manzana de distancia un camión soltaba una nube de humo por el tubo de escape.

—Vamos —dijo Ben, iluminado por el haz de luz de una farola que resaltaba sus facciones—. Te vas a helar.

—Sí.

Cuando él le echó el brazo sobre el hombro, Tess volvió a sentir un escalofrío.

Lo siguió al interior del edificio. En una de las paredes había unos cuantos buzones. La moqueta de color verde claro estaba limpia, pero muy raída. No había vestíbulo, ni un mostrador con portero, solo la escalera apenas iluminada.

—Desde luego es un edificio tranquilo —dijo mientras subían a la segunda planta.

—La mayoría de los inquilinos va a lo suyo.

Cuando Ben se detuvo ante la puerta de su apartamento notaron un leve olor a comida que llegaba del pasillo. La luz del techo parpadeó débilmente.

El piso estaba más ordenado de lo que Tess esperaba, aunque en general le pareció que se adaptaba a la idea preconcebida que se tiene del hombre soltero. Ben se movía con tanta soltura y tranquilidad en otros ambientes que no daba la impresión de molestarse en limpiar el polvo o en tirar las revistas viejas. Entonces decidió que se equivocaba. Puede que la habitación estuviera limpia, pero sí reflejaba su estilo.

El sofá presidía el espacio. De altura baja, se veía bastante usado y estaba atiborrado de cojines. Un sofá como el de Dagwood, pensó Tess. Uno de esos sofás que piden a gritos que te tumbes en él y te eches una siesta. En lugar de cuadros había carteles. Las bailarinas de cancán de Toulouse-Lautrec, una pierna de mujer que acababa en el encaje blanco del muslo, posando sobre un tacón de más de diez centímetros. En un tarro de margarina de plástico había una espléndida diefenbaquia. Y libros, una pared prácticamente llena. Tess, encantada, sacó un volumen gastado de *Al este del Edén* en tapa dura. Abrió la guarda del libro justo al tiempo que Ben le ponía las manos sobre los hombros.

—Para Ben —dijo leyendo la letra puntiaguda y femenina—. Besos, Bambi. —Tess cerró el libro, llevándose la lengua al carrillo—. ¿Bambi?

—Una librería de segunda mano. —Ben se quitó la chaqueta—. Son sitios fascinantes. Nunca sabes lo que elegirás.

—¿Y quién lo eligió? ¿Tú o Bambi?

—Da igual.

Ben cogió el libro y volvió a colocarlo en la estantería.

—¿Sabes que hay nombres con los que te haces una imagen mental inmediata?

—Sí. Whisky solo, ¿verdad?

—Verdad. —Una bola de pelo gris pasó zumbando junto a ellos y se instaló en un cojín rojo—. ¿Y además tienes gato? —dijo divertida Tess, y se acercó hasta él para acariciarlo—. ¿Cómo se llama?

—Es gata. Dejó constancia de ello el año pasado teniendo su camada en la bañera. —La gata se revolcó para que Tess le acariciara la panza—. Yo la llamo G. T.

—¿Como si fuera un coche Gran Turismo?

—Como si fuera una Gata Tonta.

—No me explico cómo no ha cogido un complejo.

Tess volvió a acariciarle la panza y se preguntó si debía advertir a Ben de que el próximo mes recibiría otro regalito en forma de camada.

—Se da contra las paredes a propósito.

—Podría recomendarte a un psicólogo de mascotas excelente.

Ben rió, pero no estaba completamente seguro de que ella lo dijera en broma.

—Mejor será que prepare esas copas.

Cuando se fue a la cocina Tess se levantó para ver las vistas de su ventana. La calle no era tan tranquila como su barrio. El tráfico zumbaba y resoplaba a un ritmo constante. Se dijo que a él le gustaba estar donde hubiera acción, y recordó que no había prestado atención al camino por el que habían llegado. Podía estar en cualquier lugar de la ciudad. Pensó que eso la intranquilizaría, pero la verdad era que solo sentía liberación.

—Te prometí música.

Tess se volvió para mirarlo. Le pegaba ir vestido con ese simple jersey pardo y los tejanos gastados. En otro momento había pensado que era una persona de las que se entendían a sí mismas a la perfección. Era estúpido negar que también ella quería entenderlo a él.

—Sí, lo prometiste.

Ben le pasó la copa y pensó en lo diferente que era Tess, lo distinta que parecía comparada con las otras mujeres que había llevado allí. Tenía tanta clase que los hombres estaban obligados a tragarse la lujuria y aceptar su persona. Soltó el vaso, preguntándose si estaba preparado para ello, y repasó sus vinilos.

Ben colocó uno en el tocadiscos, y Tess oyó el cálido sonido de los metales del jazz.

—Leon Redbone —dijo.

Ben se volvió negando con la cabeza.

—No dejas de sorprenderme.

—Mi abuelo es su fan número uno. —Tess se acercó para mirar la portada del disco mientras daba un sorbo a su copa—. Parece que tenéis mucho en común.

—¿El senador y yo? —dijo Ben riendo antes de probar su vodka—. Seguro.

—Lo digo en serio. Tienes que conocerlo.

Ben asociaba conocer a la familia de una mujer con anillos de boda y aromas de azahar. Siempre lo había evitado.

—¿Por qué no...? —El teléfono empezó a sonar y Ben maldijo y dejó la copa—. Lo ignoraría, pero estoy de servicio.

—No te preocupes por eso, soy médico.

—Ya. —Ben cogió el teléfono que estaba junto al sofá—. Paris. Ah, sí. Hola.

No hacía falta ser especialista en psiquiatría para saber que al otro lado había una mujer. Tess sonrió para sí y volvió a mirar por la ventana.

—No, he estado liado. Mira, cielito... —En cuanto lo dijo, Ben hizo una mueca de dolor. Tess siguió dándole la espalda—. Es que estoy con un caso. No, no me he olvidado de... No lo he olvidado. Escúchame, tendremos que vernos cuando las cosas estén más claras. No lo sé, semanas, puede que meses. Deberías probar a salir con ese marine. Claro. Hasta luego. —Ben colgó, se aclaró la garganta y cogió su bebida de nuevo—. Se han equivocado de número.

A Tess le entraron unas ganas tremendas de reírse. Se dio la vuelta apoyada contra el alféizar y se regodeó en ello.

—¿Ah, sí?

—Te ha parecido divertido, ¿verdad?

—Muchísimo.

—Si llego a saber que lo disfrutarías tanto, la habría invitado a subir.

—Ah, el ego masculino.

Tess se llevó una mano al pecho y alzó su copa de nuevo. Seguía riéndose de Ben. Y su humor no cambió cuando él se acercó y le quitó la copa de la mano. Volvía a mostrarse cálida y cercana. Ben sintió la atracción que conllevaba, y también el peligro y la necesidad.

—Me alegro de que hayas venido.

—Yo también.

—¿Sabes qué, doctora...? —Dejó que sus dedos se enredaran en sus cabellos. El gesto era igual de amistoso que antes, pero menos cauto esa vez—. Hay algo que todavía no hemos hecho juntos. —Tess se echó atrás al oírlo. No se separó de él, pero Ben lo percibió. Siguió jugueteando con su pelo, al tiempo que la atraía hacia sí. Le acariciaba los labios con su respiración—. Bailar —murmuró, pegando su cara a la de ella. No sabía si su suspiro era de alivio o de placer, pero su cuerpo pareció relajarse contra el suyo—. Me he dado cuenta de una cosa de ti.

—¿Qué?

—Que me gusta sentirte —dijo haciéndole cosquillas en la oreja con la vibración de su susurro mientras bailaban, prácticamente sobre una sola baldosa—. Me gusta mucho.

—Ben...

—Relájate. —Ben le acarició la espalda lentamente, de arriba abajo—. De eso también me he dado cuenta. Te relajas poco.

Tess notaba su cuerpo duro contra el de ella y sus labios cálidos contra la sien.

—Ahora mismo no resulta muy fácil.

—Genial.

Le gustaba su rico y fresco olor, sin el enmascaramiento de ningún champú, gel o perfume. Por la facilidad con que su cuerpo se adaptaba al suyo supo que Tess no llevaba nada bajo el jersey. Imaginó que no había tela alguna entre ellos y empezó a ponerse caliente.

—La verdad, doctora, es que últimamente no duermo muy bien.

Tess tenía los ojos cerrados, pero no porque estuviera relajada.

—Tienes muchas cosas en la cabeza con este caso.

—Sí. Pero también he tenido otras cosas en la cabeza.

—¿Qué cosas?

—Tú. —La apartó de sí un poco y jugueteó con sus labios, mirándola a los ojos—. No puedo dejar de pensar en ti. Creo que tengo un problema.

—Yo... Mi lista de pacientes está completa por el momento.

—Sesiones privadas. —Le metió las manos bajo el jersey, tal y como había querido hacer durante toda la tarde, y se dejó calentar por su cuerpo—. Empecemos esta noche.

Tess sintió la rugosidad de sus dedos subiéndole por la espalda.

—No creo que...

Pero Ben selló sus labios con un beso largo y lento que le aceleró su propio pulso. Las dudas de Tess hacían que la deseara más. Había supuesto un desafío desde el principio, y tal vez un error. Ahora ya no le importaba nada.

—Quédate conmigo, Tess.

—Ben... —Se separó de él buscando la distancia y el control—. Creo que nos estamos precipitando.

—Te he deseado desde el principio.

No era su estilo admitirlo, pero tampoco se trataba de las reglas del juego acostumbradas.

Tess se pasó una mano por el pelo. Pensó en la dedicatoria del libro y en la llamada de teléfono.

—No me tomo el sexo a la ligera. No puedo.

—No te estoy tomando a la ligera. Ojalá pudiera. Probablemente sea un error. —Volvió a ver su fragilidad, su delicadeza, su elegancia. No lo sería, no podía ser una aventura más, otro revolcón que sumar sin ninguna repercusión al día siguiente—. No me importa en absoluto, Tess —dijo, dando un paso adelante para tomarla entre sus manos, con determinación, pero, en cierto modo, menos seguro de sí mismo—. No quiero pasar otra noche más sin ti. —Se inclinó para besarla—. Quédate.

Ben encendió velas en el dormitorio. La música se había acabado, y la habitación quedó tan silenciosa que a Tess le pareció oír el eco. Estaba temblando y no dejaría de hacerlo, por más que se dijera que era una persona adulta capaz de tomar sus propias decisiones. Los nervios la estremecían de arriba abajo y se mezclaban con el deseo hasta conformar un todo. Ben se acercó a ella y la atrajo hacia sí.

—Estás temblando.

—Me siento como si fuera una colegiala.

—Eso ayuda —dijo ocultando la cabeza bajo su pelo—. Yo estoy cagado de miedo.

—¿En serio? —Tess esbozó una sonrisa y le puso las manos en la cara para verlo mejor.

—Me siento, no sé, como un chaval en el asiento trasero del Chevy de su padre a punto de desabrochar su primer sujetador. —La cogió por las muñecas un instante para reprimir las ganas que tenía de tocarla—. Nunca he estado con nadie como tú. No puedo dejar de pensar que meteré la pata en algún momento.

Nada de lo que hubiera dicho podría haberla convencido mejor. Pegó su cara a la de ella. Sus labios se mordisquearon levemente, a modo de prueba, amenazando con convertirse en un bocado hambriento.

—Por ahora vas bien —murmuró Tess—. Hazme el amor, Ben. He querido que lo hagas desde el principio.

Le quitó aquel holgado jersey mirándola a los ojos, y sus cabellos se derramaron sobre los hombros desnudos. Su piel estaba bañada en la luz de la luna y de las velas. La sombra de Ben se posaba sobre ella.

Nunca estaba segura de sí misma cuando llegaba a ese punto con un hombre. Empezó a quitarle el jersey con gestos vacilantes. Su cuerpo se reveló firme y fibroso bajo él. Sobre su esternón pendía una medalla de san Cristóbal. Tess la acarició y sonrió.

—Me trae suerte —dijo Ben.

Ella simplemente presionó los labios contra su hombro.

—Tienes una cicatriz aquí.

—Es antigua.

Ben se desabrochó los pantalones.

—Es de bala —dijo Tess con cierto horror al tocarla con el pulgar y percatarse de ello.

—Es antigua —repitió Ben, y la condujo a la cama.

Tess quedó bajo él, con el pelo desparramado sobre las oscuras sábanas, los ojos entrecerrados y los labios entreabiertos.

—No puedo decirte cuántas ganas tenía, ni cuántas veces lo he pensado, pero quería que estuvieras aquí.

Tess estiró el brazo para tocarle la cara. Su incipiente barba asomaba bajo el mentón, pero un poco más arriba, justo por encima de donde latía su pulso, la piel era suave.

—Podrías demostrármelo.

Cuando lo vio sonreír, se dio cuenta de que estaba relajada y preparada para él.

Puede que tuviera más experiencia, pero no más necesidad. Ella había mantenido el deseo bajo un estricto control, y ahora este se veía libre y dispuesto a saciar su hambre. Se revolcaron sobre la cama, húmedos y desnudos, olvidándose de la civilización y de la vida ordinaria.

Las sábanas se escurrieron y se liaron con ellas. Ben maldijo, y luego liberó a Tess y se la puso encima. Tenía unos pechos pequeños y pálidos. Primero cogió uno y después abarcó los dos en sus manos. Oyó sus murmullos de placer y vio cómo se le cerraban los ojos. Entonces ella empezó a empujarlo contra sí y le mordió la boca febrilmente.

Toda intención de tratarla como a una dama, con cariño y ternura, desapareció cuando ella lo envolvió con sus manos y piernas. Allí ya no era la fría y recatada doctora Court, sino una mujer tan apasionada y exigente como cualquier hombre pudiera desear. Su piel era suave y frágil al tacto, pero emanaba deseo. La recorrió con la lengua, sediento de su cuerpo.

Ella se arqueó contra él, dejando fluir las pasiones, las fantasías y sus ansias. Lo único que importaba era el momento y el tiempo presentes. El mundo exterior había desaparecido en la distancia. Él era real, importante, fundamental. El resto podía esperar.

La luz de la vela parpadeó, se debilitó y se apagó.

Horas más tarde Ben se despertó con frío. Las sábanas estaban en un montón a los pies de la cama. Tess permanecía a su lado echa un ovillo, desnuda, con el pelo sobre la cara. Se incorporó y la tapó. Para entonces la luna ya se había ocultado. Se quedó un rato de pie junto a la cama, mirándola dormir. La gata entró en la habitación al tiempo que Ben salía de ella discretamente.

7

Médicos y policías. En cualquiera de esas dos profesiones se sabe que la jornada rara vez empieza a las nueve y acaba a las cinco. Se entiende que has elegido una carrera en la que el índice de divorcios y de frustración es alto, se te exige mucho y la carga emocional es enorme. Las llamadas de teléfono te arruinan las cenas, el sexo y el sueño. Forma parte de la descripción del trabajo.

Cuando sonó el teléfono, Tess alargó el brazo instintivamente. Acabó cogiendo una vela. Al otro lado de la cama Ben maldecía, tiraba un cenicero y encontraba el teléfono.

—Sí, soy Paris. —Se pasó la mano por la cara en la oscuridad, como si pudiera limpiarse el sueño—. ¿Dónde? —preguntó encendiendo la lámpara, súbitamente despierto. La gata, que estaba acurrucada sobre el vientre de Tess, rezongó a modo de queja y se apartó de un salto cuando decidió abrazarse por los codos—. Retenedlo. Voy para allá.

Ben colgó el teléfono y se quedó contemplando la fina pátina de escarcha que había en la ventana.

—No se ha hecho esperar, ¿verdad?

Ben se volvió para mirarla y la luz le dio de lleno en la cara. Tess tuvo un repentino escalofrío. La miraba con dureza, ni con cansancio ni con arrepentimiento, simplemente con dureza.

—No, no se ha hecho esperar.

—¿Lo tienen?

—No, pero al parecer hay un testigo. —Se levantó y cogió sus pantalones—. No sé cuánto tardaré, pero puedes esperarme aquí y dormir un poco más. Ya te pondré al día cuando... ¿Qué haces?

Tess se había levantado al otro lado de la cama y se estaba poniendo el jersey.

—Voy contigo.

—De eso nada. —Se puso los pantalones, pero los dejó sin abrochar mientras abría un cajón para buscar un jersey—. Lo único que podrías hacer en la escena del crimen sería molestar. —En el espejo que había sobre el cajón vio que Tess sacudía la cabeza, enfadada—. No son ni las cinco de la mañana, por el amor de Dios. Vuelve a la cama.

—Ben, yo también estoy en el caso.

Al darse la vuelta vio que llevaba solo el jersey, que le llegaba casi hasta las rodillas. Recordó que al quitárselo su tacto era suave y mullido. Tenía los pantalones hechos un guiñapo en las manos y el pelo desgreñado por la almohada, pero era la psiquiatra quien lo miraba, no la mujer. Ben se estremeció. Se puso el jersey y fue hasta el armario a buscar la pistolera.

—Esto es un homicidio. No es como echar un vistazo a un cadáver emperifollado en su ataúd.

—Soy médico.

—Ya sé lo que eres.

Revisó la pistola y se colocó la funda.

—Ben, es posible que vea algo, un detalle que me dé alguna pista sobre su mente.

—Que le den a su mente.

Tess desenrolló los pantalones sin decirle nada, metió las piernas en ellos y se los puso bien.

—Entiendo cómo te sientes, y lo lamento mucho.

—¿Sí? —Se sentó para ponerse las botas, pero continuó observándola—. ¿Crees que sabes cómo me siento? Pues déjame que te lo cuente de todas formas. Hay una mujer muerta a varios kilómetros de aquí. Alguien le ató un pañuelo al cuello hasta que dejó de respirar. Habrá intentado patalear, habrá intentado tirar del pañuelo, habrá intentado gritar, pero no lo ha conseguido. Así que está muerta, pero todavía no es un nombre en una lista. Sigue siendo una persona. Aunque sea por poco tiempo, sigue siendo una persona.

Si no hubiera estado tan convencida del rechazo, se habría acercado para tocarlo. Así que en lugar de eso, se abrochó el cinturón y mantuvo un tono de voz neutro.

—¿No crees que pueda entender eso?

—No estoy seguro de que lo hagas.

Se quedaron estudiándose durante un poco más, ambos dedicados a su trabajo, ambos frustrados y ambos procedentes de diferentes entornos y creencias. Fue Tess quien lo aceptó primero.

—Voy contigo ahora, o llamo al alcalde y aparezco allí cinco minutos después que tú. Tarde o temprano tendrás que empezar a trabajar conmigo.

Acababa de pasar la noche con ella. Se había corrido dentro de ella tres veces. Había visto cómo su cuerpo se estremecía y se encorvaba. Y en ese momento hablaban de asesinatos y de política. La feminidad, la suavidad e incluso la timidez de la mujer con la que se había acostado estaban ahí, pero conservaba ese fondo de dureza y serenidad que él había reconocido desde un principio. Observándola, se percató de que poco importaba lo que él dijera o hiciera, Tess iría de todas formas.

—De acuerdo. Vendrás conmigo y lo verás de cerca. A lo mejor, después de verla, dejas de comerte la cabeza por el hombre que la asesinó.

Tess se agachó para ponerse los zapatos. La cama estaba en medio, pero era como si nunca la hubiesen compartido.

—Supongo que no sirve de nada recordarte que estoy de tu parte.

Ben estaba cogiendo su cartera y su placa, y no dijo nada. Tess vio sus pendientes en la mesilla de noche, una insignificancia, pero cargada de intimidad. Los cogió y se los metió en el bolsillo.

—¿Adónde vamos?

—Un callejón cerca de la Veintitrés con la M.

—¿La Veintitrés con la M? Eso está a solo un par de manzanas de mi casa.

—Lo sé —dijo sin molestarse en mirarla.

Las calles estaban desiertas. Los bares habían cerrado a la una de la madrugada. La mayoría de las fiestas privadas habrían languidecido hacia las tres. Washington es una ciudad de políticos, y aunque sus locales nocturnos vayan del ambiente sórdido al elitista, no tiene la actividad de Nueva York o de Chicago. Los trapicheos de drogas de la Catorce con la U habían pasado ya a mejor vida. Incluso las prostitutas habían dado la noche por concluida.

De vez en cuando caían hojas de los árboles y quedaban detenidas en las aceras, víctimas del esporádico viento. El coche pasó por delante de escaparates vacíos y de boutiques en las que se veían jerséis de neón. Ben encendió un cigarrillo y dejó que el familiar sabor del tabaco de Virginia relajara la tensión.

No le hacía gracia que Tess estuviera allí. Por más que fuera médico, no quería que ella formara parte de la desesperante fealdad de esa parcela de su trabajo. Podía compartir con ella el papeleo, el proceso de ensamblaje del rompecabezas, la lógica de los pasos de una investigación, pero no la escena del crimen.

Tess pensó que su sitio estaba allí. Ya le tocaba enfrentarse a los resultados, y así, tal vez así, entendería mejor los motivos del asesino. Era médico. Que no fuera del tipo de facultativos que auscultan el cuerpo humano era irrelevante. Estaba cualificada, era competente y comprendía la muerte.

Cuando vio las luces rojas y azules del primer coche de policía controló su respiración, aspirando hondo y exhalando lentamente.

Aunque no había nadie en aquellas calles aún dormidas, el callejón estaba acordonado a varios metros de su perímetro. Los coches patrulla permanecían con las luces de emergencia encendidas y las radios conectadas. Ya había un contingente de trabajadores en el interior del cerco policial.

Ben aparcó en la acera.

—No te muevas de mi lado —dijo a Tess, todavía sin mirarla—. Tenemos una política contra los civiles que merodean por la escena del crimen.

—No tengo intención de entrometerme en tu trabajo. Solo pretendo hacer el mío. Podrás comprobar que soy tan buena como tú en el tuyo.

Cuando Tess abrió la puerta del coche estuvo a punto de chocar contra Ed.

—Lo siento, doctora Court. —Tess tenía las manos heladas y Ed se las frotó sin pensar en lo que hacía—. Creo que querrá ponerse los guantes —dijo metiéndose los suyos en el bolsillo mientras miraba a Ben.

—¿Qué tenemos?

—Los del laboratorio están dentro. Sly está haciendo fotos. El forense viene de camino. —Su aliento salió en forma de nube de vapor blanca. Tenía ya los lóbulos de las orejas enrojecidos del frío, pero había olvidado abrocharse la chaqueta—. Un chaval se tropezó con ella a las cuatro y media. Los de uniforme no han conseguido sacarle mucho todavía.

Ha estado muy ocupado potando la media caja de cervezas que se había bebido. Con perdón —dijo mirando a Tess de nuevo.

—No te disculpes —respondió Ben al momento—. O te recordará que es médico.

—El comisario vendrá a verlo.

—Genial —dijo Ben tirando la colilla a la calle—. Vamos al tajo.

Cuando se encaminaban hacia el callejón vieron un coche patrulla con una persona que lloraba en el asiento de atrás. Tess echó un vistazo, atraída por el sonido de la desgracia. El roce de su brazo con el de Ben la hizo continuar hacia el callejón. Un hombrecillo con gafas de pasta y una cámara de fotos les salió al paso. El tipo se sacó un pañuelo azul del bolsillo y se puso a sonarse la nariz.

—Todo tuyo. Cogedlo, por el amor de Dios. No quiero fotografiar más rubias muertas. Todo hombre necesita tener un poco de variedad en su trabajo.

—Eres la monda, Sly. —Ben pasó ante él y lo dejó allí plantado con el pañuelo en la nariz.

En cuanto entraron en el callejón les llegó el olor de la muerte. Todos lo reconocieron, ese olor nauseabundo y amargo que era a la vez ofensivo y funestamente irresistible para los vivos.

El cuerpo de la mujer se había vaciado. La sangre se le había cuajado. Tenía los brazos muy bien colocados, cruzados sobre el cuerpo, pero no parecía descansar en paz. Sus ojos sin vida estaban abiertos de par en par. Tenía una mancha de sangre seca en la barbilla. Suya, pensó Tess. Se había mordido el labio inferior en algún momento de su lucha por la supervivencia. Llevaba un práctico abrigo de lana largo de color verde oliva apagado. El amito de seda blanco contrastaba descarnadamente sobre él. Se lo habían quitado del cuello, en donde se veían ya los moratones, y se lo habían colocado pulcramente sobre el pecho.

Allí estaba la nota, con el mismo mensaje.

«Sus pecados han sido perdonados.»

Pero en esa ocasión la escritura no era escrupulosa. Eran letras vacilantes y el papel estaba un poco arrugado, como si lo hubiera aplastado con las manos. La palabra «pecados» estaba escrita en letra más grande y remarcada hasta casi traspasar la nota. Tess se acuclilló junto al cuerpo para verlo mejor.

Se preguntó si no sería un grito pidiendo auxilio. ¿Sería un llamamiento para que alguien impidiera que pecara de nuevo? Aquella escritura indecisa se alejaba de su ritual habitual, aunque fuera ligeramente. Para Tess eso significaba que el asesino estaba perdiendo el norte, tal vez incluso dudara de su misión al tiempo que la cumplía.

Tess resolvió que en esa ocasión no había obrado con tanta seguridad. Su mente se estaba transformando en un revoltijo de pensamientos, recuerdos y voces. Debe de estar aterrorizado, pensó, prácticamente segura de que sufría secuelas físicas.

No le había puesto bien el abrigo a la víctima, sino que esta lo llevaba medio abierto. No hacía suficiente viento en el callejón para que se le hubiera abierto. Así que no la había arreglado como a las otras. Tal vez no le había sido posible.

Entonces vio el broche que la joven llevaba en la solapa de lana verde, un corazón de oro con el nombre grabado: Anne. Se vio invadida por un sentimiento de compasión, por Anne y por el hombre empujado a su asesinato.

Ben vio la manera clínica y desapasionada, sin repugnancia, en la que Tess inspeccionaba el cadáver. Su intención era protegerla de la realidad de la muerte, pero también habría querido pegarle la cara a ella hasta que llorase y se alejara corriendo.

—Doctora Court, si ha tenido ya bastante, ¿podría retirarse y dejarnos hacer nuestro trabajo?

Tess alzó la vista para mirar a Ben y se incorporó muy despacio.

—Prácticamente ha terminado. No creo que le sea posible aguantar mucho más.

—Eso díselo a ella.

—El chaval ha vomitado por todas partes —comentó Ed a la ligera, respirando por la boca en un intento de combatir el hedor. Sacó un lápiz y abrió la cartera de la mujer, que sobresalía del bolso—. Anne Reasoner —dijo leyendo su permiso de conducir—. Veintisiete años. Vive en la M, una calle más arriba.

Una calle más arriba, repitió para sí Tess. Más cerca incluso de su propio apartamento. Frunció los labios y miró al exterior del callejón hasta que se le pasó el miedo.

—Es un ritual —explicó con total claridad—. Por lo que he leído, los rituales, los ritos y las tradiciones son parte fundamental de la Iglesia católica. Está llevando a cabo su propio ritual, las salva, las absuelve y después deja esto —dijo señalando el amito—. El símbolo de la salvación y la absolución. Siempre dobla el amito exactamente de la misma forma. Siempre coloca los cuerpos del mismo modo. Pero esta vez no les ha arreglado la ropa.

—¿Jugando a los detectives?

Tess apretó los puños en los bolsillos, luchando por obviar el sarcasmo de Ben.

—Es devoción, devoción ciega hacia la Iglesia, obsesión con el ritual. Pero su escritura muestra que empieza a cuestionarse lo que hace, lo que se ve empujado a hacer.

—Pues muy bien. —Una ira irracional se apoderó de Ben ante su falta de respuesta emocional. Dio la espalda a Tess y se agachó junto al cadáver—. ¿Por qué no te vas al coche y lo pones por escrito? Nos ocuparemos de hacer saber a la familia de la víctima tu opinión profesional.

No vio el rostro de ella, el instantáneo dolor y la progresiva ira que asomaba a sus ojos. Pero si la oyó alejarse.

—Eres un poco duro con ella, ¿no crees?

Ben tampoco miró a su compañero, sino a la mujer que respondía al nombre de Anne. La muerta le devolvía la mirada. Para servir y proteger. Nadie había protegido a Anne Reasoner.

—Este no es su sitio —murmuró Ben al tiempo que pensaba lo mismo de la mujer que tenía ante sí. Sacudió la cabeza, todavía inspeccionando la posición casi beatífica del cuerpo—. ¿Qué estaría haciendo sola en un callejón en mitad de la noche?

En un callejón que estaba cerca, demasiado cerca del apartamento de Tess.

—A lo mejor no estaba aquí.

Ben le levantó un pie con el entrecejo fruncido. Llevaba mocasines. El tipo de zapatos que sobreviven a la universidad, al matrimonio y al divorcio. La piel se ajustaba a su pie como un guante y estaba bien lustrada. Tenía el talón arañado, con marcas recientes.

—Así que la mató en la calle y la arrastró hasta aquí. —Ben observó cómo Ed se acuclillaba y examinaba el otro zapato—. La estranguló en la mismísima calle. Y en este barrio hay farolas cada tres putos metros. Tenemos patrulleros que pasan cada treinta minutos, y la mata en medio de la calle. —Le miró las manos. Tenía las uñas largas y cuidadas. Solo tres de ellas estaban rotas. La pintura nacarada que llevaba no se había resquebrajado.

—No parece que haya ofrecido mucha resistencia.

La luz se tornaba gris, un gris lechoso desvaído que prometía cielos encapotados y fría lluvia otoñal. El amanecer flotaba sobre la ciudad sin belleza alguna. Domingo por la mañana. La gente dormía en sus casas. Las resacas estaban en proceso de formación. Pronto darían comienzo los primeros oficios en las iglesias con sus congregaciones de ojos legañosos atontadas por el fin de semana.

Tess estaba apoyada en el capó del coche de Ben. La chaqueta de ante no bastaba para guarecerla del frío del amanecer, pero era incapaz de meterse en el coche. Vio a un hombre rechoncho que entraba en el callejón con un maletín de médico; llevaba un guardapolvos abierto y un pijama de cachemira azul por debajo. La jornada había comenzado pronto para el forense.

Se oyó el chirrido metálico de un camión que cambiaba de marchas a varias manzanas de distancia. Un taxi solitario pasó por la calle sin aminorar su avance. Uno de los policías de uniforme apareció con un vaso desechable del que salía humo y olor a café y lo entregó a la figura que había en la parte trasera del coche patrulla.

Tess volvió a mirar hacia el callejón. Lo había soportado, se dijo, aunque empezaba a revolvérsele el estómago. Se había comportado como una profesional, tal como se había prometido. Pero el recuerdo de Anne Reasoner perduraría en su memoria. La muerte no era una estadística en bonitas letras de imprenta cuando se la miraba frente a frente.

Habrá intentado patalear, pensó, habrá intentado tirar del pañuelo, habrá intentado gritar.

Tess aspiró una honda bocanada de aire que le lastimó la garganta, reseca de contener las náuseas. Soy médico, se repitió una y otra vez hasta que cesaron los retortijones en su vientre. La habían enseñado a enfrentarse con la muerte. Y se había enfrentado a ella.

Volvió la espalda al callejón y miró hacia la calle desierta. ¿A quién quería engañar? Trabajaba con depresiones, fobias, neurosis, violencia incluso, pero jamás había visto a una víctima de asesinato cara a cara. Tenía una vida ordenada y protegida porque se había asegurado de que así fuera. Paredes de colores pastel, preguntas y respuestas. Incluso las horas que pasaba en la clínica eran insulsas comparadas con la violencia de las calles de la ciudad en la que vivía.

Conocía el horror, la violencia y la perversión, pero siempre había permanecido aislada de todo ello gracias a su propio entorno. La nieta del senador, la joven estudiante aventajada, la doctora de mente fría. Tenía su título, una consulta acreditada y tres ensayos publicados. Había tratado a los desamparados, a los desesperados, a gente digna de conmiseración, pero nunca se había arrodillado ante un cuerpo asesinado.

—¿Doctora Court?

Al volverse se encontró con Ed. Miró tras él instintivamente y vio que Ben hablaba con el forense.

—Le he conseguido un café.

—Gracias —dijo, aceptando el vaso y dándole un sorbito.

—¿Quiere un *bagel*?

—No. —Se llevó la mano al estómago—. No.

—Lo ha hecho muy bien en el callejón.

El café se asentó en su estómago y pareció contento de quedarse ahí. Tess miró a Ed por encima del vaso. Se dio cuenta de que él entendía su situación y no la condenaba ni se compadecía de ella.

—Espero no tener que hacerlo nunca más.

Sacaron una bolsa de plástico negra del callejón. Tess se sorprendió al verse capaz de observar cómo la metían en la furgoneta del tanatorio.

—Nunca se hace más fácil —dijo Ed en voz baja—. Antes esperaba que llegara ese día.

—¿Ya no?

—No. Supongo que si se hiciera más fácil, perderías el nervio que te empuja a averiguar los motivos.

Tess asintió. La tranquilizaba notar el sentido común y la sencilla compasión que emanaba su voz serena.

—¿Desde cuándo sois compañeros Ben y tú?

—Cinco, casi seis años.

—Hacéis buena pareja.

—Es curioso, yo estaba pensando exactamente lo mismo de vosotros.

Tess soltó una carcajada queda, forzada.

—Hay una diferencia entre atracción y compenetración.

—Puede. También la hay entre ser testarudo y estúpido. —Siguió mirándola sin cambiar de expresión mientras ella volvía la cabeza—. En cualquier caso, doctora Court —añadió sin darle tiempo a reaccionar—, esperaba que pudiera hablar con el testigo durante un par de minutos. Está bastante afectado y nos encontramos en un punto muerto.

—De acuerdo. Es ese del coche, ¿verdad? —dijo señalando con la cabeza el coche patrulla.

—Sí, se llama Gil Norton.

Tess caminó hacia el coche y se acuclilló ante la puerta abierta. Es poco más que un adolescente, pensó. Veinte, veintidós años a lo sumo. Tenía la cara pálida, con un leve rubor en las mejillas y tiritaba mientras bebía un vaso de café. Sus ojos estaban enrojecidos e hinchados de llorar, y le castañeteaban los dientes. Había dejado marcas en el vaso con los pulgares. Olía a cerveza, vómito y terror.

—¿Gil?

El joven se volvió, sobresaltado. No le cabía duda de que estaba completamente sobrio, pero se le veía demasiado blanco alrededor del iris. Tenía las pupilas dilatadas.

—Soy la doctora Court. ¿Cómo te encuentras?

—Quiero irme a casa. He estado vomitando. Me duele el estómago.

Había algo en él del borracho lastimero al que han tirado

agua fría en la cara. Pero por debajo asomaba todo el terror.

—Ha debido de ser una experiencia terrible.

—No quiero hablar de eso. —Frunció los labios hasta que se le quedaron blancos—. Quiero irme a casa.

—Llamaré a alguien por ti, si quieres. ¿Tu madre? —Tess vio que las lágrimas volvían a brotar de sus ojos. Le temblaron las manos hasta que derramó el café—. Gil, ¿por qué no sales del coche? Te sentirás mejor si estás erguido y tomas un poco de aire fresco.

—Quiero un cigarrillo. No me queda ninguno.

—Ya encontraremos alguno. —Tess le tendió una mano.

Tras unos momentos de vacilación el chico la aceptó y sus dedos se aferraron a ella como una mordaza.

—No quiero hablar con la policía.

—¿Por qué?

—Necesitaría un abogado. ¿No debería tener uno?

—Estoy segura de que puedes ver a uno si quieres, pero no estás metido en ningún lío, Gil.

—He sido yo quien la ha encontrado.

—Sí. Mira, deja que te coja eso. —Le quitó el vaso medio vacío con delicadeza antes de que se tirara el resto del café en los pantalones—. Gil, necesitamos que nos digas todo lo que sepas para que podamos averiguar quién la ha matado.

—Tengo antecedentes —respondió con un susurro tembloroso—. Me pillaron con drogas el año pasado. Una tontería de mierda, un poco de hierba, pero los polis dirán que si tengo antecedentes y la he encontrado yo, es que yo la he matado.

—Es normal que tengas miedo. No se te pasará hasta que no hables de lo que ha sucedido. Intenta verlo con lógica, Gil. ¿Te han arrestado?

—No.

—¿Te ha preguntado alguien si asesinaste a esa mujer?

—No, pero yo me encontraba allí —dijo mirando hacia el callejón con la cara transida de horror—. Y ella estaba...

—Eso es lo que tienes que exteriorizar. Gil, este es el detective Paris. —Se detuvo ante él, pero siguió agarrando a Gil por el brazo—. Es de homicidios y demasiado inteligente para pensar que has matado a alguien.

El mensaje bajo aquellas palabras quedaba claro. Con calma. El resentimiento de Ben se expresaba con la misma claridad. Nadie tenía que decirle cómo tratar a un testigo.

—Ben, a Gil le gustaría fumarse un cigarrillo.

—Claro. —El inspector buscó su paquete y sacó uno—. Una mañana de perros —comentó mientras encendía la cerilla.

Las manos de Gil seguían temblando, pero se abalanzó con ansia a por el cigarrillo.

—Sí.

Cuando Ed se acercó, desvió la mirada hacia arriba rápidamente.

—Este es el detective Jackson —continuó Tess en un tono de presentación relajado—. Necesitan que les digas lo que has visto.

—Tendré que ir a comisaría.

—Será preciso que nos firmes la declaración —dijo Ben al tiempo que sacaba un cigarrillo para él.

—Tío, yo lo único que quiero es irme a casa.

—Te llevaremos a casa. —Ben miró a Tess a través de la nube de humo—. Solo tienes que tomártelo con calma y contárnoslo todo desde el principio.

—Estaba en una fiesta. —Gil se quedó clavado ahí y miró a Tess, quien lo animó a seguir con un gesto de la cabeza—. Pueden comprobarlo. Era en la calle Veintiséis. Unos amigos acaban de mudarse de piso, era algo así como la fiesta de bienvenida. Puedo darle nombres.

—Está bien —dijo Ed con la libreta en la mano—. Ya nos los darás después. ¿A qué hora saliste de la fiesta?

—No lo sé. Había bebido mucho y discutí con mi chica. No le gusta cuando me desfaso demasiado. Nos dijimos de todo, ya sabe. —Tragó saliva, aspiró de nuevo el humo del cigarrillo y lo soltó en varias fases—. Se mosqueó y se fue de la fiesta, sería la una y media. Se llevó el coche para que yo no condujera.

—Suena como si se preocupara por ti —dijo Ed.

—Sí, bueno, estaba demasiado borracho para darme cuenta en ese momento.

Su épica resaca empezaba a hacerse patente en el sonido de sus tripas. Gil prefería eso a las náuseas.

—¿Qué pasó cuando ella se marchó? —preguntó Ed.

—Me quedé por allí. Creo que dormí un rato. Cuando desperté la fiesta estaba ya de capa caída. Lee, el dueño del piso, Lee Grimes, me dijo que durmiera en el sofá, pero yo... Bueno, necesitaba tomar el aire, ya sabe. Había pensado irme a casa dando un paseo. Supongo que empecé a sentirme bastante mal, así que me detuve ahí, nada más cruzar la calle. —Se volvió para señalar el lugar—. La cabeza me daba vueltas y me di cuenta de que iba a echar toda la cerveza. Me quedé descansando un minuto y logré controlarlo. Entonces vi a ese tipo saliendo del callejón.

—Lo viste salir —interrumpió Ben—. ¿No oíste nada? ¿No lo viste entrar?

—No, lo juro. No sé cuánto tiempo estuve ahí de pie. Creo que no mucho, porque hacía un frío del carajo. Incluso borracho me daba cuenta de que tenía que moverme para mantenerme caliente. Lo vi salir, y luego se quedó apoyado en la farola durante un momento, como si también él se sintiera mal. Me pareció gracioso, dos borrachos tambaleándose cada uno a un lado de la calle, como en los dibujos animados. Y encima uno de ellos era un cura.

—¿Cómo sabes eso? —preguntó Ben, y se detuvo para ofrecerle otro cigarrillo.

—Porque llevaba el traje de cura, el vestido ese negro con el cuello blanco. Me reí para mis adentros. Ya sabe, parecía que le había dado al vino de comulgar. Bueno, a lo que iba, que yo estaba allí preguntándome si iba a vomitarme encima o a mearme en los pantalones cuando veo que el hombre se endereza y se marcha.

—¿En qué dirección?

—Hacia la M. Sí, hacia la calle M. Dio la vuelta a la esquina.

—¿Viste qué aspecto tenía?

—Hombre, pues pinta de cura. —Gil se abalanzó sobre el cigarrillo—. Era blanco —añadió apretándose los ojos—. Sí, el tipo era blanco, de pelo moreno, creo. Miren, yo estaba borracho y él tenía la cara pegada a la farola.

—Vale. Lo estás haciendo bien —dijo Ed mientras pasaba una hoja del cuaderno—. ¿Cómo era de grande? ¿Puedes decirnos si era alto o bajo?

Gil contrajo las facciones al concentrarse. Aunque seguía fumando el cigarrillo con avidez, Tess lo veía más calmado.

—Supongo que era bastante alto; bajo no era. Tampoco era gordo. Mierda, era de tipo normal, ¿sabe lo que le digo? Como usted, supongo —dijo mirando a Ben.

—¿Y de edad?

—No lo sé. No era viejo ni endeble. Tenía el pelo moreno —dijo rápidamente, como si lo recordara de repente—. Sí, era moreno, estoy seguro, ni rubio, ni canoso. Tenía las manos así puestas. —Se apretó la cabeza con las manos—. Como si le doliera un montón. Sus manos eran negras, pero la cara era blanca. Como si llevara guantes o algo, ya saben. Hacía frío.

—Al cobrar conciencia de lo sucedido, dejó de hablar de nuevo. Había visto a un asesino. Volvió a pasar miedo por su suerte. Si lo había visto, estaba involucrado. Empezaron a temblarle los músculos de la cara—. Era el que ha asesinado a todas esas mujeres. Era él. Era un cura.

—Acabemos con esto —dijo Ben tranquilamente—. ¿Cómo encontraste el cadáver?

—Oh, Dios.

El chico cerró los ojos y Tess se dirigió hacia él.

—Gil, recuerda que ya ha pasado. Lo que sientes no durará mucho. Desaparecerá en cuanto lo sueltes. Cuando lo saques, todo será más sencillo.

—Está bien —dijo agarrándola de la mano—. Cuando el tipo se fue empecé a sentirme un poco mejor, como que al final conseguiría no echar la papa. Pero había tomado mucha cerveza y tenía que deshacerme de una parte, ya saben. Todavía era consciente para saber que no podía mearme en la acera. Así que fui hasta el callejón. Casi me caigo encima de ella. —Se pasó la palma de la mano por la nariz, que le empezaba a gotear—. Tenía la mano en los pantalones y casi me caigo encima de ella. Dios. Entraba luz de la calle, así que le vi la cara, perfectamente. Era la primera vez que veía a un muerto. La primera. Y no es como en las películas, colega. No tiene nada que ver con las películas. —El chico se tomó un momento de descanso mientras fumaba ansiosamente y apretaba los dedos de Tess—. Me dieron arcadas. Di un par de pasos para salir de allí y me puse a vomitar. Pensé que echaría hasta el propio estómago. La cabeza empezó a darme vueltas otra vez, pero conseguí salir, no sé cómo. Creo que me caí al suelo en la acera. Había policías. Un par de ellos paró con el coche. Les dije... les dije simplemente que fueran al callejón.

—Hiciste bien, Gil. —Ben metió su paquete de cigarrillos en el bolsillo del chico—. Haremos que uno de los agentes te lleve a casa para que te laves y comas algo. Después te necesitaremos en la comisaría.

—¿Puedo llamar a mi novia?

—Claro.

—Si no se hubiera llevado el coche, habría ido andando a casa. Podría haber pasado por aquí.

—Llama a tu chica —le aconsejó Ben—. Y afloja con la birra. Whittaker —dijo Ben al conductor del primer coche patrulla—. ¿Puedes llevar a Gil a casa? Y dale tiempo para que se limpie y se aclare un poco antes de traerlo de vuelta.

—No le vendría mal dormir un poco, Ben —comentó Tess en voz baja.

Iba a contestarle algo, pero se contuvo. El chaval estaba que se caía.

—Está bien. Déjalo en casa, Whittaker. Un coche pasará a buscarte al mediodía, ¿vale?

—Sí. —Después miró a Tess—. Gracias. Ahora me siento mejor.

—Si tienes problemas con lo que ha pasado y quieres hablar de ello, llama a la comisaría. Allí te darán mi número.

Antes de que Gil entrara en el coche, Ben cogió a Tess por el brazo y la llevó aparte.

—En el cuerpo no admiten que se capten pacientes en la escena del crimen.

Tess se quitó el brazo de encima.

—Claro, de nada, detective. Encantada de ayudarles a que su único testigo cuente una historia coherente.

—Nosotros se la hemos sacado. —Ben se protegió del viento con las manos y encendió otro cigarrillo con una cerilla.

Por el rabillo del ojo vio que Harris llegaba a la escena del crimen.

—En realidad te da una rabia horrible que ayude, ¿verdad?

Me pregunto si será porque soy psiquiatra o simplemente porque soy mujer.

—No me psicoanalices —dijo Ben a modo de advertencia. Tiró el cigarrillo al suelo y se arrepintió de ello al instante.

—No necesito el psicoanálisis para ver resentimiento, prejuicios y rabia. —Tess tuvo que calmarse al percatarse de lo poco que le faltaba para perder el control y montar una escenita—. Ben, ya sé que no querías que viniera, pero no he molestado.

—¿Molestar? —Ben se echó a reír y observó su cara—. Claro que no, señora. Es usted una auténtica profesional.

—Es por eso, ¿verdad? —Tenía ganas de gritar, de sentarse, de largarse de allí. Tuvo que controlarse al máximo para no hacer ninguna de esas cosas. Había que terminar lo que se empezaba. Eso también formaba parte de su formación—. He entrado en ese callejón contigo y he estado a tu mismo nivel. No me he venido abajo, ni me han dado mareos, ni he salido corriendo. No me he puesto histérica al ver el cadáver, y eso te sienta fatal.

—Los médicos son objetivos, ¿verdad?

—Exacto —dijo ella con calma, a pesar de que se le aparecía en la mente la cara de Anne Reasoner—. Pero tal vez alivie tu ego saber que no ha sido fácil. Tenía ganas de dar media vuelta y salir de allí.

Algo se removía en su interior, pero Ben decidió ignorarlo.

—Has aguantado bastante bien.

—Y eso me despoja de mi feminidad, tal vez de mi sexualidad incluso. Estarías más contento si hubieras tenido que sacarme del callejón en brazos. No te habría importado la interrupción ni las molestias. Así te habrías sentido más cómodo.

—Eso son tonterías. —Ben sacó otro cigarrillo mientras

se maldecía a sí mismo, consciente de que era cierto—. Trabajo con un montón de mujeres policía.

—Pero no te acuestas con ellas, ¿verdad, Ben?

Lo dijo en voz baja, consciente de que provocaría una reacción.

Ben entrecerró los ojos y aspiró una larga y honda calada de su cigarrillo.

—Ándate con ojo.

—Sí, eso es exactamente lo que pienso hacer. —Se percató por vez primera de que tenía las manos heladas y buscó los guantes en el bolsillo. Ya había salido el sol, pero la luz era mortecina. Jamás había sentido tanto frío—. Di al comisario que tendrá un informe actualizado mañana por la mañana.

—Vale. Pediré a alguien que te lleve a casa.

—Quiero caminar.

—No.

Ben la cogió por el brazo antes de que Tess tuviera tiempo de darse la vuelta.

—Has mencionado que no soy policía suficientes veces para saber que no puedes darme órdenes.

—Presenta cargos de acoso si quieres, pero a casa no vas sola.

—Son dos manzanas —empezó a decir, y notó que la agarraba con más fuerza.

—Exacto. Dos manzanas. Dos manzanas, y tu nombre y tu fotografía en los periódicos. —Le cogió un mechón de pelo con la mano que le quedaba libre. Era prácticamente el mismo color de pelo que el de Anne Reasoner. Los dos lo sabían—. Usa un poco ese cerebro del que estás tan orgullosa y piensa.

—No dejaré que me asustes.

—Vale, pero irás a tu casa con escolta.

No la soltó del brazo hasta que llegaron al coche patrulla.

8

La semana siguiente al asesinato de Anne Reasoner, los cinco detectives asignados al caso del Sacerdote hicieron más de doscientas sesenta horas entre papeleos e interrogatorios. El marido de una de ellos amenazó con el divorcio, otro trabajó con una gripe horrible y uno más arrastrando un insomnio crónico.

El cuarto asesinato de la serie fue la noticia de la semana tanto en el telediario de las seis como en el de las once, por encima de otras como el regreso del presidente de su viaje a Alemania Occidental. Por el momento, Washington estaba más interesada en asesinatos que en política. La NBC había programado un especial en cuatro partes.

Por increíble que pudiera parecer, las grandes editoriales recibían manuscritos al respecto. Y más increíble todavía era que se les hacían ofertas. Paramount estaba planteándose hacer una miniserie. Ni Anne Reasoner, ni ninguna otra de las víctimas había recibido tanta atención en vida.

Anne vivía sola. Era auditor censor jurado de cuentas en uno de los bufetes de abogados de la ciudad. En su apartamento se reconocía el gusto por el arte de vanguardia: neones, esculturas de formas raras esmaltadas y flamencos de colores fluorescentes. Su armario era fiel reflejo de su puesto de trabajo: trajes de sastre de corte elegante y blusas de seda. El sueldo le daba para comprar en Saks. Tenía dos cintas de vídeo de ejercicios de Jane Fonda, un ordenador IBM y un robot de cocina Cuisinart. Sobre la mesilla de noche había una foto enmarcada de un hombre, siete gramos de marihuana colombiana en un cajón de la cómoda y un ramo de zinnias encima de ella.

Era una buena empleada. Solo se había ausentado tres días por enfermedad en lo que iba de año. Pero sus compañeros de trabajo no sabían nada sobre su vida social. Sus vecinos describían a Anne como una persona afable y al hombre de la fotografía como su invitado habitual.

Su agenda estaba en perfecto orden y prácticamente llena. La mayoría de los nombres que había en ella eran simples conocidos y familiares lejanos, además de corredores de seguros, un cirujano dental y su monitor de aeróbic.

Después localizaron a Suzanne Hudson, una artista gráfica que había sido amiga y confidente de Anne desde la universidad. Ben y Ed la encontraron en casa, en un piso situado encima de una tienda de moda. Iba vestida con un albornoz y tenía una taza de café en la mano. Sus ojos estaban enrojecidos e hinchados, y mostraba unas ojeras que casi llegaban al suelo.

El televisor permanecía en silencio, pero en la pantalla se veía *La ruleta de la fortuna*. Acababan de resolver el panel: «Las desgracias nunca llegan solas».

La mujer los dejó entrar y se sentó en el sofá protegiendo los pies bajo su cuerpo.

—Hay café en la cocina, si quieren. No me resulta nada fácil mostrarme sociable.

—Gracias de todas formas. —Ben se sentó al otro lado del sofá y le dejó la silla a Ed—. Usted conocía bastante bien a Anne Reasoner.

—¿Alguna vez han tenido un mejor amigo? No me refiero a alguien a quien llamas tu mejor amigo, sino a alguien que realmente lo sea. —Suzanne llevaba el pelo teñido de rojo, y no se había peinado. Al pasarse la mano entre los cabellos se los dejó de punta—. Yo la quería de verdad, ¿saben? Todavía no puedo hacerme a la idea de que esté... —Se mordió el labio y luego calmó un poco el dolor con el café—. Su funeral es mañana.

—Lo sé. Señorita Hudson, es un momento horrible para molestarla, pero tenemos que hacerle algunas preguntas.

—John Carroll.

—Perdone, ¿cómo dice?

—John Carroll. —Repitió el nombre y lo deletreó minuciosamente cuando Ed sacó su libreta—. Querrán saber por qué Anne andaba sola por la calle en medio de la noche, ¿verdad? —Se inclinó hacia delante para coger su agenda en un gesto de dolor y de rabia. Pasó las páginas con el pulgar mientras sostenía la taza con la otra mano—. Aquí tienen su dirección —dijo pasándole la agenda a Ed.

—Tenemos a un John Carroll, un abogado que trabajaba en el bufete de la señorita Reasoner.

Ed pasó las hojas de su libreta y comprobó la dirección.

—Eso es. Es él.

—Lleva un par de días sin aparecer por su despacho.

—Se está escondiendo —espetó ella—. Jamás tendría valor para salir y afrontar lo que ha hecho. Como aparezca mañana, si mañana se atreve a presentarse... Le escupiré en la cara. —Entonces se tapó los ojos con una mano y negó con la cabeza—. No, no, eso no está bien. —El cansancio se apoderó de ella en cuanto se quitó la mano de la cara—. Ella lo amaba. Lo quería de verdad. Llevaban saliendo juntos dos años, desde que John entró a trabajar en el bufete. Lo llevaron en secreto, a petición de él. —Suzanne dio un buen trago al café y se las arregló para controlar sus emociones—. Él no quería que hubiera cotilleos en la oficina. Y Anne estuvo de acuerdo.

Ella estaba de acuerdo en todo. No pueden imaginarse lo que tuvo que tragar por ese hombre. Anne era la mujer más independiente que he conocido nunca. Yo seguí sus mismos pasos, y me gusta la soltería como modo de vida alternativo. No era militante, si saben a lo que me refiero, simplemente se contentaba con forjarse su propio espacio. Hasta que llegó John.

—Tenían una relación —apuntó Ben.

—Si se la puede llamar así. Ni tan siquiera se lo contó a sus padres. La única que lo sabía era yo. —Se frotó los ojos. El maquillaje de las pestañas se le caía a trozos—. Al principio ella estaba encantada. Supongo que yo me alegraba por ella, pero no me gustaba que estuviera... bueno, que él la controlara tanto. Pequeños detalles, ya sabe. Si a él le gustaba la comida italiana, a ella también. Si le daba por las películas francesas, lo mismo hacía ella. —Suzanne luchó unos instantes por controlar la amargura y el dolor. Se daba tirones de la solapa del albornoz con la mano que le quedaba libre—. Ella quería casarse. Necesitaba casarse con él. No pensaba más que en hacer pública su relación y en poner la lista de boda en Blomingdale's. Y él siempre la desanimaba, sin decirle que no, sino simplemente todavía no. Todavía no. El caso es que Anne estaba hundida emocionalmente. Empezó a exigirle ciertas cosas y él la abandonó. Sin más. Ni tan siquiera tuvo agallas para decírselo a la cara; lo hizo por teléfono.

—¿Cuándo sucedió eso?

Pasaron varios segundos sin que Suzanne respondiera a Ben. Se había quedado mirando la pantalla del televisor sin verla. Una mujer hizo girar la ruleta y cayó en quiebra. Mala suerte.

—La noche que la asesinaron. Me llamó esa misma noche diciendo que no sabía qué hacer, cómo gestionarlo. Le dolió mucho. No era un hombre más para Anne, sino el que ella buscaba. Le pregunté si quería que fuera a verla, pero me dijo

que prefería estar sola. Tendría que haber ido. —Cerró los ojos con fuerza—. Tendría que haberme metido en el coche y haber ido a su casa. Podríamos habernos emborrachado, o habernos colocado o haber pedido una pizza. Y en vez de eso, Anne se fue a la calle sola.

Ben la dejó llorar tranquilamente sin decir palabra. Tess habría sabido qué decir. No sabía de dónde había salido ese pensamiento, pero lo puso furioso.

—Señorita Hudson... —Ben esperó un momento antes de continuar—. ¿Sabe si alguien la había molestado últimamente? ¿Había visto a alguien merodear por el edificio o en el bufete? ¿Alguien que la incomodara?

—Solo tenía ojos para John. Me lo habría dicho. —Dejó escapar un largo suspiro y se limpió las lágrimas con la palma de la mano—. Habíamos hablado de ese lunático, incluso, y comentamos que había que andarse con más cuidado hasta que lo atraparan. Si Anne salió a la calle fue porque no le funcionaba la cabeza. O tal vez porque le funcionaba demasiado. Se habría recuperado, Anne era fuerte. Pero no le dieron la oportunidad.

La dejaron en el sofá mirando fijamente la *Ruleta de la fortuna* y fueron a ver a John Carroll.

Tenía un dúplex en la zona favorita de los jóvenes profesionales de la ciudad. Había un mercado de *delicatessen* a la vuelta de la esquina, una licorería en la que se encontraban las marcas más raras y una tienda de ropa deportiva, todo ello a una distancia razonable a pie desde el área residencial. A la entrada de su casa había aparcado un Mercedes.

John Carroll contestó a la puerta a la tercera llamada. Llevaba puesta una camiseta interior y pantalones de chándal, y tenía un botellín de Chivas Regal en la mano. No se parecía mucho al joven y exitoso abogado de carrera ascendente del que les habían hablado. Una barba de tres días le oscurecía el mentón. Sus ojos hinchados se replegaban en bolsas que

caían hasta los pómulos. Olía como un vagabundo que se hubiera arrastrado hasta el fondo de un callejón de la calle Catorce para dormir la mona. Miró las placas por encima, echó otro trago del botellín de whisky y se dio la vuelta, dejando la puerta abierta. Ed la cerró.

El dúplex tenía suelos de roble de lamas anchas cubiertos parcialmente con alfombras de Aubusson. En el salón había un sofá largo y bajo; su tapizado y el de las sillas eran de colores masculinos, grises y azules. En una de las paredes había un buen surtido de aparatos electrónicos de última generación. En otra, una colección de juguetes antiguos: bancos, trenes, figuras ensambladas.

Carroll se echó en el sofá que dominaba la estancia. En el suelo había dos botellas vacías y un cenicero lleno de colillas, y sobre los cojines una manta tirada. Ben conjeturó que no se había movido del sitio desde que se lo habían notificado.

—Puedo traerles un par de vasos limpios. —Su voz sonaba ronca, pero no pastosa, como si hiciera algún tiempo ya que el alcohol había dejado de hacerle efecto—. Pero no pueden beber, ¿verdad? Están de servicio. —Volvió a alzar la botella y a beber de ella—. Yo no estoy de servicio.

—Señor Carroll, nos gustaría hacerle unas preguntas acerca de Anne Reasoner.

Ben tenía una silla detrás, pero no se sentó.

—Sí, supuse que llegarían hasta mí. Me había prometido que hablaría con ustedes, si no me moría antes. —Se quedó mirando el botellín de whisky, que estaba a tres cuartos—. Parece que no soy capaz de morir.

Ed le quitó la botella de las manos y la apartó.

—No ayuda mucho en realidad, ¿no es cierto?

—Algo tendrá que hacerlo. —John se apretó los ojos con las palmas de las manos y se puso a buscar un cigarrillo en la abarrotada mesita de cristal ahumado. Ben le encendió uno—.

Gracias. —Aspiró hondo y retuvo casi todo el humo en el interior de sus pulmones—. Lo dejé hace dos años —dijo, y le dio otra calada—, pero no engordé porque me quité de golpe.

—Usted tenía una relación con la señorita Reasoner —comenzó Ben—. Fue una de las últimas personas que habló con ella.

—Sí. El sábado por la noche. Supuestamente íbamos al National. *Un domingo en el parque con George.* A Anne le encantan los musicales. Yo prefiero el drama simple, pero...

—¿No fueron al teatro? —interrumpió Ben.

—Me sentía presionado. La llamé para cancelar la cita y decirle que dejásemos de vernos por un tiempo. Así fue como se lo dije. —Alzó la vista por encima del cigarrillo y miró a Ben a los ojos—. «Deberíamos dejar de vernos por un tiempo.» Sonaba razonable.

—¿Se pelearon?

—¿Pelearnos? —John soltó una carcajada y se atragantó con el humo—. No, no nos peleamos. Nunca nos peleábamos. No creo en las peleas. Siempre hay una solución lógica y razonable para cada problema. Esta era una solución razonable, y lo hacía por su propio bien.

—¿La vio aquella noche, señor Carroll?

—No. —Miró a su alrededor sin darse cuenta en busca de la botella, pero Ed la había puesto fuera de su alcance—. Me pidió que fuera a verla para hablar de ello. Me lo dijo llorando. Yo no quería tener una de esas escenitas lacrimógenas, así que le dije que no iría. Le dije que era mejor que nos diéramos un tiempo. Pasadas una o dos semanas, podríamos tomar algo después del trabajo y hablar de ello tranquilamente. Pasadas una o dos semanas. —Se quedó mirando al vacío. Se le cayó la ceniza en la rodilla—. Más tarde volvió a llamarme.

—¿Volvió a llamarle? —preguntó Ed golpeándose la palma de la mano con la libreta—. ¿A qué hora sucedió eso?

—A las tres y treinta y cinco de la madrugada. Tengo la radio despertador junto a la cama. Estaba enfadado con ella. No tendría que haberlo estado, pero lo estaba. Anne iba colocada. Cuando se fumaba un porro yo lo notaba enseguida. No es que estuviera realmente enganchada, solo se fumaba uno de vez en cuando para aliviar la tensión, pero a mí no me gustaba. Es demasiado infantil, ¿sabe a qué me refiero? Supongo que lo hizo para irritarme. Me dijo que había tomado un par de decisiones. Quería que supiera que no me culpaba, que se responsabilizaba de sus emociones y que no me montaría una escenita en la oficina. —Al recostarse en el sofá y cerrar los ojos su pelo castaño le cayó sobre la frente—. Eso me tranquilizó, porque la verdad es que estaba un poco preocupado. Dijo que tenía que pensar en muchas cosas, que tenía que reflexionar mucho antes de que volviéramos a hablar. Le respondí que eso estaba bien y que nos veríamos el lunes. Cuando colgué eran las tres y cuarenta y dos. Habían transcurrido siete minutos.

Gil Norton había visto al asesino salir del callejón en algún momento entre las cuatro y las cuatro y media de la madrugada. Ed anotó los tiempos en su libreta y se la guardó en el bolsillo.

—Seguramente no esté de humor para que le den consejos, señor Carroll. Pero le convendría irse a la cama y dormir algo.

El abogado se quedó con la mirada fija en Ed y después miró el desbarajuste de botellas que tenía a sus pies.

—Yo la quería. ¿Cómo es posible que no me diera cuenta hasta ahora?

Ben salió de la casa y se encogió de hombros para protegerse del frío.

—¡Señor!

—No creo que Suzanne Hudson tuviera muchas ganas de escupirle a la cara ahora.

—Bueno, entonces ¿qué tenemos? —dijo Ben mientras caminaban hasta el coche. Se sentó en el asiento del conductor—. Un abogado egoísta y autocomplaciente que no encaja con la descripción de Norton. Una mujer que intenta recuperarse de una relación frustrada y que sale a dar un paseo. Y un psicópata que casualmente anda por allí cuando ella lo hace.

—Un psicópata que viste con sotana.

Ben puso la llave en el contacto, pero no encendió el motor.

—¿Tú crees que es cura?

En lugar de contestar, Ed se recostó y se quedó mirando el cielo a través del parabrisas.

—¿Cuántos sacerdotes altos y con el pelo negro piensas que habrá en la ciudad? —preguntó Ed al tiempo que sacaba un paquete de frutos secos.

—Suficientes para estar liados seis meses. No tenemos seis meses.

—No nos vendría mal hablar con Logan de nuevo.

—Sí —dijo Ben, y hundió los dedos en la bolsa que Ed le ofrecía sin pensarlo—. ¿Qué te parece esto? Un antiguo cura, uno que lo dejó por alguna tragedia relacionada con la Iglesia. Tal vez Logan pueda darnos algún nombre.

—Otra minucia. La doctora Court dice en su informe que está a punto de venirse abajo, que este último asesinato puede que lo inutilice durante un par de días.

—Lo he leído. ¿Qué coño es esto? ¿Cortezas y ramitas? —dijo Ben mientras giraba la llave y salía a la carretera.

—Pasas, almendras, un poco de muesli. Deberías llamarla, Ben.

—Ya me encargaré yo de mi vida personal, compañero. —Dobló la esquina y maldijo apenas recorrida una manzana—. Lo siento.

—No pasa nada. ¿Sabes? Vi un especial en el que decían que los hombres lo tienen mejor que nunca. Las mujeres les han quitado la presión de ser el único sustento, de ser el macho que tiene que resolver todos los problemas y llevar el pan a casa. Las mujeres, en general, se casan más tarde, si es que llegan a hacerlo, lo cual deja a los hombres más alternativas. La mujer de hoy ya no busca al príncipe azul que cabalga sobre un corcel blanco. Lo más curioso es que muchos hombres se sienten amenazados igualmente por su poder y su independencia —concluyó Ed sacando una pasa del paquete—. Es de lo más sorprendente.

—Vete a cagar.

—A mí la doctora Court me parece bastante independiente.

—Mejor para ella. ¿Quién quiere a una mujer que va todo el tiempo detrás de uno?

—Bunny no iba detrás de ti —recordó Ed—. Más bien se te pegaba como una lapa.

—Bunny era para echar unas risas —murmuró Ben. Y recordó que había sido una de esas relaciones estándar de tres meses de duración en las que te conoces, cenas unas cuantas veces, te ríes un poco, os revolcáis en la cama y lo dejáis antes de que alguien se haga ideas raras. Pensó en Tess riéndose apoyada en el alféizar de su ventana—. Mira, en nuestro trabajo necesitamos una mujer que no te haga pensar todo el tiempo. Que no te haga pensar en ella todo el tiempo.

—Estás cometiendo un error. —Ed se incorporó—. Pero supongo que eres lo suficientemente inteligente para verlo por ti mismo.

Ben tomó la salida de la Universidad Católica.

—Pillemos a Logan antes de volver a la comisaría.

A las cinco de la tarde todos los detectives asignados al caso del Sacerdote estaban repartidos por la sala de reuniones, excepto Bigsby. El capitán Harris tenía una copia de todos los informes ante él, pero los repasó uno a uno al detalle. Reconstruyeron todos los movimientos de Anne Reasoner durante la última noche de su vida.

A las 17.05 de la tarde había salido del salón de belleza al que solía acudir, donde le habían cortado las puntas, retocado el color y peinado y hecho la manicura. Estaba de un humor excelente y le dio una propina de diez dólares a la empleada. A las 5.15 recogió su ropa de la tintorería. Un traje gris con chaleco, dos blusas de lino y unos pantalones de pinzas. A las 5.30, aproximadamente, había llegado a su casa. Habló con su vecino en el vestíbulo. Anne le comentó que iba al teatro por la noche. Llevaba un ramo de flores.

A las 7.15 John Carroll la había llamado para cancelar la cita y su relación amorosa. Hablaron durante unos quince minutos.

A las 8.30 Anne Reasoner llamó a Suzanne Hudson. Estaba enfadada y gimoteaba. Hablaron durante casi una hora.

Alrededor de las 12 de la noche la vecina del piso contiguo oyó el televisor de Reasoner. Se percató porque había salido a tomar algo y no esperaba encontrarla en casa al volver.

A las 3.35 de la madrugada Reasoner telefoneó a Carroll. Junto al teléfono se encontraron dos colilla de marihuana. Hablaron hasta las 3.42. Ninguno de los vecinos la oyó salir del edificio.

En algún momento entre las 4.00 y 4.30 Gil Norton vio a un hombre vestido de sacerdote salir de un callejón a dos manzanas del apartamento de Reasoner. A las 4.36 Norton llamó la atención de dos patrulleros e informó del cadáver.

—Esos son los hechos —dijo Harris. Tras él había un mapa de la ciudad en el que los asesinatos estaban señalados con alfileres azules—. En el mapa vemos que el Sacerdote ha reducido su área de actuación a un radio de diez kilómetros cuadrados. Todos los asesinatos se han producido entre la una y las cinco de la madrugada. No hay agresión sexual ni robo. Por el patrón que ha establecido monseñor Logan, esperamos que vuelva a la carga el ocho de diciembre. Las patrullas de barrio harán doble turno hasta ese día. Sabemos que es un hombre de altura media o un poco por encima de la media, tiene el cabello moreno y que viste como un cura. Por el perfil psiquiátrico y los informes de la doctora Court, sabemos que es un psicópata, probablemente esquizofrénico, que sufre paranoias religiosas. Solo mata a mujeres jóvenes y rubias, que aparentemente simbolizan a una persona real que pertenece o pertenecía a su círculo. La doctora Court opina que la ruptura del patrón en los asesinatos y la escritura desordenada de la nota encontrada junto al cuerpo indican que su psicosis está pasando por una crisis. Puede que el último asesinato haya sido demasiado para él.

Tiró la carpeta sobre la mesa pensando que aquello era demasiado para todos ellos.

—Según la doctora, el sujeto habría tenido alguna reacción física que lo ha debilitado: dolores de cabeza, náuseas. Si es capaz de funcionar a un nivel normal durante períodos de tiempo, lo hace bajo una gran presión. Ella cree que eso se traduciría en fatiga, pérdida de apetito, falta de atención.

Hizo una pequeña pausa para asegurarse de que todos lo captaban. La habitación estaba separada de las otras dependencias policiales por ventanas y persianas venecianas que amarilleaban con el tiempo. Tras ellas, se oía un constante rumor de actividad: teléfonos, pisadas, voces.

En la esquina había una máquina de café y un vaso de plástico gigante para aquellos policías cuya conciencia les permitiera poner veinticinco céntimos en la ranura. Harris se dirigió hacia ella, llenó un vaso y le añadió una cucharada de esa crema en polvo que tanto detestaba. Miró a sus subordinados mientras se lo bebía.

Estaban desvelados, sobrecargados de trabajo y frustrados. Si no empezaban a recortar las jornadas a ocho horas al día, perdería a alguno de ellos por la gripe. Lowenstein y Roderick ya habían empezado con los anticongestivos. No podía permitirse darles la baja por enfermedad ni tampoco ser considerado con ellos.

—En esta sala contamos con más de sesenta años de experiencia policial. Es hora de poner todos esos años juntos y coger a un fanático religioso enfermo que, probablemente, ya no pueda ni aguantarse el desayuno en las tripas por las mañanas.

—Ed y yo hemos vuelto a hablar con Logan —dijo Ben apartando el vaso de plástico de su café—. Dado que el tipo se viste como un cura, hemos pensado que debíamos empezar a tratarlo como tal. Como psiquiatra, Logan habla y trata a compañeros sacerdotes con problemas emocionales. No nos dará una lista de sus pacientes, pero está repasando sus archivos y buscando cualquier cosa, cualquier persona que se ajuste a la descripción. Luego tenemos el tema de la confesión. —Calló durante un instante. La confesión era una parte del ritual católico con la que siempre había tenido problemas. Se acordaba perfectamente del momento en que se arrodillaba ante ese cubículo con celosía, y se confesaba, se arrepentía, expiaba sus culpas. «Ve con Dios y no peques más.» Pero, por supuesto, siempre volvía a hacerlo—. Un cura tiene que confesarse ante alguien, y debe ser otro cura. Si la doctora Court acierta y el asesino empieza a ver sus actos como un pecado, tendrá que confesarse.

—Vamos, que nos pongamos a interrogar a curas —dijo Lowenstein—. Bueno, está claro que no tengo ni idea de catolicismo, pero ¿no había algo así como el secreto de confesión?

—Probablemente no consigamos que ningún cura señale a alguien que acudió a su confesionario —coincidió Ben—. Pero podemos encontrarlo en otra parte. Lo más probable es que siga yendo a su parroquia. Tess, la doctora Court, dijo que seguramente iría a misa a menudo. Tal vez consigamos averiguar cuál es su iglesia. Si es cura, o lo ha sido, probablemente vaya a su propia iglesia. —Se levantó y se dirigió hacia el mapa—. Esta zona —dijo rodeando las señales azules— incluye dos parroquias. Apuesto a que ha estado en alguna de esas dos iglesias, tal vez incluso en el altar.

—Según tus cálculos se dejará ver el domingo —dijo Roderick. Se apretó el puente de la nariz con el pulgar y el índice para aliviar la presión—. Sobre todo si la doctora Court tiene razón y estaba demasiado enfermo para ir el pasado domingo. Necesitará el apoyo de la ceremonia.

—Creo que sí. Los sábados por la tarde también hay misa.

—Yo pensaba que eso solo lo hacíamos nosotros —comentó Lowenstein.

—Los católicos son flexibles. —Ben se metió las manos en los bolsillos—. Y les gusta dormir los domingos por la mañana hasta tarde, como a todo el mundo. Pero yo me jugaría el cuello a que ese tipo es un tradicionalista. Los domingos por la mañana son para ir a misa, la misa debe ser en latín y los viernes no se come carne. Normas de la Iglesia. Yo creo que Court da en el clavo cuando dice que está obsesionado con las normas de la Iglesia.

—Entonces el domingo cubrimos esas dos iglesias. Mientras tanto tenemos un par de días para hablar con curas. —Harris miró uno por uno a sus detectives— Lowenstein, tú y Roderick os ocuparéis de una de las parroquias, y Jackson y Paris lo haréis de la otra. Bigsby se ocupará de... ¿Dónde coño se ha metido Bigsby?

—Decía que tenía una pista sobre los amitos, comisario.

—Roderick se levantó y se sirvió un vaso de agua, consciente de que tenía demasiado café en el organismo—. Escuchad, no quiero poner piedras en la rueda del molino, pero suponiendo que el tipo aparece en una de las misas del domingo, ¿qué os hace pensar que vamos a distinguirlo del resto de la congregación? Ese hombre no es un anormal, no va a aparecer hablando en diferentes lenguas, ni echando espuma por la boca. La doctora Court dice que, salvo por su trastorno, es un hombre como todos los demás.

—No tenemos otra cosa —dijo Ben, enojado al oír sus propias dudas en boca de otro—. Tenemos que aceptar cualquier ventaja con la que contemos, y por el momento la única es la localización. Nos fijaremos en los hombres que entren solos. Court también cree que es un hombre solitario. No irá a la iglesia con su mujer y sus hijos. Logan lo lleva más lejos y lo ve como un devoto. Muchos de los que van a la iglesia se quedan dormidos o desconectan. Él no hará ninguna de esas cosas.

—Pasar el día en la iglesia también nos da la oportunidad de intentar algo diferente. —Ed terminó su anotación y alzó la vista—. Rezar.

—No nos vendría mal —comentó Lowenstein entre dientes mientras Bigsby entraba en la sala.

—Tengo algo —dijo al tiempo que sostenía un bloc de notas amarillo, con los ojos enrojecidos y llorosos, a punto de salírseles de las cuencas. Había pasado las noches con Nyquil y una bolsa de agua caliente—. Una docena de amitos de seda blanca, albarán número cinco dos tres cuatro seis guión A, pedidos el quince de julio a Artículos Religiosos O'Donnely's, en Boston, Massachussetts. Entregados el treinta y uno de julio al reverendo Francis Moore. La dirección es de una estafeta de correos de Georgetown.

—¿Cómo lo pagó? —preguntó Harris con voz serena mientras pensaba en los pasos a seguir.

—Mediante giro postal.

—Rastréalo. Quiero una copia del albarán.

—Está en camino.

—Lowenstein, ve a la oficina de correos. —Miró su reloj y estuvo a punto de maldecir por la frustración—. Ve mañana en cuanto abran. Averigua si tiene todavía ese apartado de correos. Consígueme una descripción.

—Sí, señor.

—Quiero que averigüéis si hay algún cura en la ciudad que se llame Francis Moore.

—En la archidiócesis deben de tener un registro de todos los sacerdotes. Tendrían que dárnoslo en el arzobispado.

Harris dio su aprobación a Ben con la cabeza.

—Compruébalo. Y luego busca a todos los Francis Moore.

No podía discutir sobre procedimientos policiales básicos, pero su instinto le decía que debían concentrarse en la zona donde se habían producido los asesinatos. El autor de los mismos seguía allí. Ben estaba seguro de ello. Y ahora tal vez tuvieran su nombre, incluso.

Ya de vuelta en las dependencias principales los detectives empezaron a hacer llamadas. Una hora más tarde, Ben colgaba el teléfono y miraba a Ed por encima de la montaña de desechos de su escritorio.

—Tenemos a un padre Francis Moore en la archidiócesis. Lleva aquí dos años y medio. Tiene treinta y siete años.

—¿Y?

—Es negro. —Ben cogió el paquete de cigarrillos y vio que estaba vacío—. Lo revisaremos de todas formas. ¿Qué tienes tú?

—Tengo siete. —Ed se quedó mirando su lista minuciosamente detallada. Hizo una mueca de disgusto al oír un estornudo tras él. La gripe se extendía por la comisaría como un incendio forestal—. Un profesor de instituto, un abogado, un dependiente de Sears, un desempleado, un camarero, un auxiliar de vuelo y un empleado de mantenimiento. Este último es un ex convicto. Intento de violación.

Ben miró su reloj. Llevaba más de diez horas de servicio.

—Vamos.

Se sentía incómodo en la rectoría. El olor de las flores competía con el de la madera abrillantada. Esperaban en una sala con un viejo y cómodo sofá, dos sillones de orejas y una imagen de Jesús vestido de azul que bendecía con una mano. En la mesita del café había un par de ejemplares de la revista *Catholic Digest*.

—Me siento como si llevara los zapatos sucios—murmuró Ed.

Ambos notaban demasiado el peso de la pistola bajo la chaqueta para sentarse. Al final del pasillo una puerta se abrió lo suficiente para dejar entrar unas notas de Strauss. La puerta volvió a cerrarse, y el vals fue sustituido por pisadas. Los detectives alzaron la vista para ver entrar al reverendo Francis Moore.

Era alto y tenía la complexión de un defensa de fútbol americano. Su piel era del color de la caoba barnizada, y el pelo, muy corto, se perfilaba sobre una cara redonda. El negro de la sotana contrastaba con el cabestrillo blanco. Tenía el brazo derecho escayolado y repleto de firmas.

—Buenas tardes. —Sonrió, más curioso que contento de tener visita—. Siento no poder darles la mano.

—Parece que ha tenido algún problemilla.

Ed casi sentía la decepción de su compañero en su propia piel. Aunque Gil Norton hubiera errado en la descripción, con esa escayola ya no había vuelta de hoja.

—Fue jugando al fútbol hace un par de semanas. Tendría que habérmelo imaginado. ¿No quieren sentarse?

—Tenemos que hacerle unas preguntas, padre —dijo Ben, y le mostró la placa—. Sobre el estrangulamiento de cuatro mujeres.

—El asesino en serie. —Moore bajó la cabeza un momento, como si rezara—. ¿Qué puedo hacer?

—¿Hizo un pedido a Artículos Religiosos O'Donnely's de Boston el pasado verano?

—¿Boston? —dijo Moore mientras jugueteaba con el rosario de su cinturón—. No. El padre Jessup es quien se ocupa de los pedidos. Pide todo lo que necesitamos a una tienda de aquí, en Washington.

—¿Tiene usted un apartado de correos, padre?

—Pues no. Nos envían todo el correo a la rectoría. Perdóneme, detective...

—Paris.

—Detective Paris, ¿a qué viene todo esto?

Ben vaciló un momento y decidió accionar todos los botones que tenía a su disposición.

—El arma del asesino fue expedida a su nombre.

Vio cómo los dedos del sacerdote apretaban el rosario con más fuerza. Moore abrió la boca y luego la cerró. Extendió el brazo y se apoyó en la oreja izquierda de uno de los sillones.

—Yo... ¿Sospechan de mí?

—Existe la posibilidad de que conozca o haya estado en contacto con el asesino.

—No me lo puedo creer.

—¿Por qué no se sienta, padre? —Ed le puso la mano en el hombro con delicadeza y lo hizo sentar en el sillón.

—Mi nombre —musitó Moore—. Es difícil de asimilar. —Y soltó una risotada temblorosa—. Este nombre me lo pusieron en un orfanato católico de Virginia. Tan siquiera es mi nombre original. Y no puedo decirles cuál es, porque no lo conozco.

—Padre Moore, usted no es sospechoso —dijo Ben—.

Tenemos a un testigo que dice que el asesino era blanco, y además tiene usted el brazo escayolado.

Moore juguteó nerviosamente con sus oscuros dedos, que se ocultaron tras la escayola.

—Un par de golpes de suerte. Lo siento. —Suspiró e intentó recuperar la compostura—. Le seré sincero. Estos asesinatos han sido tema de conversación en la iglesia más de una vez. La prensa lo llama el Sacerdote.

—La policía tiene que aclarar eso todavía —dijo Ed.

—En cualquier caso, aquí todos hemos mirado en nuestro interior y nos hemos devanado los sesos buscando respuestas. Ojalá tuviéramos alguna.

—¿Conoce bien su parroquia, padre?

Moore dirigió la vista a Ben de nuevo.

—Me encantaría poder decir que sí. Bueno, a algunos de ellos, claro está. Tenemos una cena eclesiástica una vez al mes, y luego está el grupo de los jóvenes. Ahora mismo estamos preparando un baile de Acción de Gracias para el Club Juvenil. Me temo que no atraemos a grandes multitudes.

—¿Hay alguien que le preocupe? ¿Alguien a quien considere inestable emocionalmente?

—Detective, mi trabajo es consolar a los afligidos. Hemos tenido algún abuso de drogas y de alcohol, y un desagradable caso de violencia doméstica unos meses atrás. Pero no considero a ninguno de esos hombres capaz de cometer tales asesinatos.

—Puede que se sacaran su nombre de la manga o que el asesino lo haya usado porque se identifica con usted como sacerdote. —Ben hizo una pausa, consciente de que se adentraba en el terreno compacto e inamovible de lo santificado—. Padre, ¿ha acudido alguien al confesionario y le ha indicado por algún medio que sabía algo de los asesinatos?

—Una vez más puedo decir con sinceridad que no. Detective, ¿está usted seguro de que era mi nombre?

Ed sacó su libreta y leyó en voz alta.

—Reverendo Francis Moore.

—¿No es Francis X. Moore?

—No.

Moore se pasó una mano por los ojos.

—Espero que el alivio no sea un pecado. Desde que aprendí a escribir mi nombre adoptivo siempre he usado la equis de Xavier. Pensaba que era exótico y único eso de tener un segundo nombre que empezara por equis. Nunca he dejado de hacerlo. Detectives, todos mis documentos de identificación llevan esa equis. La escribo en todo lo que firmo. Todos los que me conocen me conocen como reverendo Francis X. Moore.

Ed lo anotó. Si hubiera hecho caso a su instinto, le habría dado las buenas noches y habrían pasado a la siguiente dirección de la lista. Pero el procedimiento era mucho más exigente e infinitamente más aburrido que el instinto. Se entrevistaron con los otros tres sacerdotes de la rectoría.

—Bueno, solo hemos empleado una hora para no conseguir nada —comentó Ben mientras se dirigían hacia el coche.

—Les hemos dado algo de lo que hablar esta noche.

—Y hemos añadido otra hora extra a la semana. Los de contabilidad van a echar humo por las orejas.

—Sí. —Ed esbozó una sonrisa mientras se acomodaba en el asiento del acompañante—. Agarrados de mierda.

—Podemos darles un respiro, o hacerle una visita a ese ex convicto.

Ed se lo pensó un momento y vació el resto de su paquete de frutos secos. Con eso aguantaría hasta que consiguiera comer algo.

—Todavía me queda una hora.

En el pequeño apartamento de una sola estancia que visitaron en la zona sudeste de la ciudad no había flores. El mobiliario, o lo que quedaba de él, no lo limpiaban desde el día que lo compraron en la tienda del Ejército de Salvación. Casi todo el espacio lo ocupaba una cama Murphy que nadie se había preocupado de volver a empotrar en la pared. Las sábanas no estaban limpias. Un olor a sudor, sexo rancio y cebollas inundaba la habitación.

Las raíces oscuras de la melena encrespada de la rubia se veían a la legua. Cuando Ben y Ed mostraron sus placas, ella les abrió la puerta con la lenta y recelosa mirada del que sabe a lo que se expone. Llevaba unos tejanos ajustados sobre un trasero de buen ver y un jersey rosa tan corto que enseñaba los pechos, que ya empezaban a colgarle. Ben calculó que tendría unos veinticinco años, a pesar de las marcadas arrugas de la comisura de los labios. De sus ojos marrones resaltaba más el izquierdo, gracias a un moratón que había extendido su color del malva al amarillo y el gris. Conjeturó que habría recibido el golpe tres o cuatro días antes.

—¿Señora Moore?

—No, no estamos casados. —La rubia sacó un cigarrillo de un paquete de Virginia Slims. HAS LLEGADO MUY LEJOS, NENA, rezaba su eslogan publicitario—. Frank ha salido a por unas cervezas. Volverá en un minuto. ¿Se ha metido en algún lío?

—Solo necesitamos hablar con él —dijo Ed dirigiéndole una sonrisa tranquilizadora y decidiendo que su dieta necesitaba más proteínas.

—Claro. Bueno, puedo decirles que no se ha metido en ningún lío. Yo me he encargado de eso. —Encontró una caja de cerillas, se encendió el cigarrillo y luego la usó para aplastar una pequeña cucaracha—. Puede que beba demasiado, pero yo me aseguro de que lo haga aquí para que no se meta en problemas. —Miró alrededor de la desastrosa habitación y dio una fuerte calada al cigarrillo—. No tiene muy buen aspecto, pero estoy apartando algo de dinero. Ahora Frank tiene un trabajo bueno y es fiable. Pueden preguntar a su supervisor.

—No hemos venido a incordiar a Frank. —Ben decidió que no quería sentarse. Nadie podía estar seguro de lo que había reptando bajo esos cojines—. Parece que está consiguiendo mantenerlo a raya.

La chica se tocó el ojo morado.

—Hago todo lo que puedo.

—No lo dudo. ¿Qué pasó?

—Frank quería cinco dólares más para cerveza el sábado. Llevo un presupuesto.

—¿El sábado? —preguntó Ben, interesado de repente. Era la noche del último asesinato. Y la mujer que tenía ante sí era rubia, o algo parecido—. Supongo que se enzarzaron en una pelea y que después él salió en estampida al bar a charlar con los colegas.

—No fue a ningún sitio —dijo la mujer sonriendo, y tiró la ceniza en un plato de plástico en el que se leía PON TU COLILLA AQUÍ—. Fui yo quien le golpeó primero, y los vecinos de abajo no paraban de dar golpes con la maldita escoba. Después me lo devolvió. —Dejó que el humo se escapara de su boca hasta la nariz—. Frank respeta a una mujer que hace ese tipo de cosas. Le gusta, ¿saben? Así que... hicimos las paces. Y se olvidó de la cerveza durante el resto de la noche.

La puerta se abrió. Frank Moore tenía unos brazos como bloques de cemento y las piernas como troncos de árboles; mediría un metro sesenta y cinco. Llevaba una trenca negra apolillada por los hombros y un pack de seis latas de King of Beers.

—¿Quién coño sois vosotros? —preguntó amenazándolos con el brazo que tenía libre.

—Homicidios.

Frank bajó el brazo. Cuando se agachó para mirar las placas, Ben vio la marca de varios centímetros que le había quedado en el pómulo. Se le había formado una costra y tenía tan mala pinta como el moratón de la rubia.

—Este sistema apesta. —Frank soltó las seis cervezas sobre la encimera de golpe—. Esa zorra le dice al juez que he intentado violarla y me echan tres años, y luego cuando consigo salir tengo policías por todas partes. Ya te dije que este sistema apesta, Maureen.

—Sí —dijo la rubia mientras se servía una cerveza—. Ya me lo dijiste.

—¿Por qué no nos explicas dónde estuviste el domingo por la mañana, Frank? —comenzó Ben—. Alrededor de las cuatro de la madrugada.

—A las cuatro de la madrugada, por Dios. Estaba en la cama, como todo el mundo. Y no es que estuviera solo —apuntó, señalando con el pulgar a Maureen antes de abrirse una cerveza, que se derramó por la abertura y añadió otro olor a la habitación.

—¿Eres católico, Frank?

Frank se limpió la boca con el dorso de la mano, eructó y volvió a beber.

—¿Te parece que tengo pinta de católico?

—El padre de Frank era baptista —apuntó Maureen.

—Cierra el pico —dijo Frank.

—Vete a la mierda.

Cuando vio que le levantaba la mano, ella simplemente sonrió. Ed ya había dado un paso al frente cuando Frank bajó el brazo de nuevo.

—Si quieres contárselo todo a la poli, está bien. Mi viejo era baptista. Ni se jugaba a las cartas, ni se bebía, ni se jodía con los baptistas. Me zurraba de lo lindo a menudo, y yo le zurré una vez antes de irme. De eso hace quince años. Una puta de tres al cuarto me tendió una trampa para meterme en la cárcel. Cumplí tres años de condena, y si algún día vuelvo a verla, también le daré a ella. —Se sacó un paquete de Camel del bolsillo de la camisa y encendió un cigarrillo con un Zippo echo polvo—. Trabajo fregando suelos y limpiando váteres. Llego a casa todas las noches para que esta guarra me diga que solo tengo cinco dólares para cerveza. No he hecho nada ilegal. Maureen os lo puede contar —dijo al tiempo que pasaba un brazo por encima de los hombros a la mujer a la que acababa de llamar guarra.

—Es verdad —confirmó ella para después dar un trago a la cerveza.

No se ajustaba a la descripción. Ni la física, ni la psiquiátrica. Pero aun así Ben insistió.

—¿Dónde estabas el quince de agosto?

—Por Dios, ¿cómo quieres que me acuerde? —Frank se tragó el resto de la cerveza y aplastó la lata—. Chicos, ¿tenéis una orden para entrar aquí?

—Estábamos en Atlantic City. —Maureen ni tan siquiera se inmutó cuando Frank tiró la cerveza y se pasó por centímetros la bolsa de la basura—. ¿Recuerdas, Frank? Mi hermana trabaja allí, ¿saben? Nos consiguió una buena oferta en el hotel en el que limpia. El Ocean View Inn. No está en la calle principal ni nada, pero está cerca. Fuimos en coche hasta allí el catorce de agosto y nos quedamos tres días. Lo tengo escrito en el diario.

—Sí, me acuerdo. —Frank le quitó el brazo de encima y le dio la espalda—. Estaba jugando a las cartas y bajaste para echarme una bronca.

—Habías perdido veinticinco pavos.

—Los habría recuperado, eso y el doble, si me hubieras dejado en paz.

—Me robaste el dinero del bolso.

—Lo tomé prestado, puta. Prestado.

Ben movió la cabeza hacia la puerta a medida que la discusión se iba calentando.

—Vámonos de aquí.

Cuando la puerta se cerró tras ellos se oyó por encima de los gritos el ruido de un objeto al romperse.

—¿Te parece que deberíamos pararlos?

Ben volvió la vista hacia la puerta.

—¿Para qué, para estropearles la diversión? —Algo sólido pero frágil impactó contra la puerta y se hizo añicos—. Vamos a tomar algo.

9

—Señor Monroe, agradezco que haya venido a hablar conmigo. —Tess saludó al padrastro de Joey Higgins en la puerta de su consulta—. Mi secretaria ha terminado su turno, pero puedo hacer café para los dos, si quiere.

—Por mí no lo haga.

Estaba de pie, incómodo, como siempre que se encontraba en su presencia, y esperaba a que ella hiciera el primer movimiento.

—Me hago cargo de que habrá tenido un día muy largo —comenzó sin añadir que el suyo también había sido completo.

—No me importa el tiempo si sirve para ayudar a Joey.

—Lo sé. —Tess sonrió y le señaló una silla—. Señor Monroe, no he tenido muchas oportunidades de hablar con usted en privado, pero quiero decirle que sé que está haciendo todo lo posible por Joey.

—No es fácil. —Dobló la gabardina sobre su regazo. Era un hombre ordenado, instintivamente organizado. Tenía las uñas cortadas con esmero, el cabello en su sitio, el traje oscuro y de corte conservador. Tess entendía que un chico como Joey le parecería del todo inescrutable—. Aunque más difícil es para Lois, claro.

—¿Usted cree? —Tess mantuvo su posición tras el escritorio, consciente de que la distancia y un enfoque impersonal le facilitarían las cosas—. Señor Monroe, llegar a una familia tras un divorcio e intentar ser una figura paternal para un adolescente sería difícil en cualquier circunstancia. Cuando el chico tiene tantos problemas como Joey las dificultades se multiplican por mil.

—Yo esperaba que a estas alturas, bueno... —Alzó las manos y luego las dejó caer de nuevo—. Esperaba que pudiéramos hacer cosas juntos, jugar a la pelota. Incluso he comprado una tienda de campaña, aunque he de admitir que no tengo ni idea de acampadas. Pero no le interesa.

—No siente que pueda permitirse ese interés —corrigió Tess—. Señor Monroe, Joey se ha identificado con su padre hasta límites completamente enfermizos. Los fracasos de su padre son sus fracasos, los problemas de su padre son sus problemas.

—Ese cabrón ni tan siquiera... —Tuvo que contenerse—. Lo siento.

—No, no se disculpe. Por ahora parece que el padre de Joey no quiere preocuparse o no puede permitírselo. La culpa es de su enfermedad, pero no quería hablarle de eso. Señor Monroe, como sabe, les he propuesto intensificar el tratamiento de Joey. La clínica que mencioné, en Alexandria, está especializada en trastornos emocionales de adolescentes.

—Lois no quiere ni oír hablar de ello. —Tal y como lo veía él, no había más que hablar—. Ella tiene la sensación de que Joey pensaría que lo hemos abandonado, y estoy de acuerdo con ella.

—La transición sería difícil, eso no puede negarse. Tendríamos que llevarlo entre todos, de tal forma que Joey entendiera que no se le está castigando ni echando, sino que se le da otra oportunidad. Señor Monroe, tengo que sincerarme con usted. Joey no responde al tratamiento.

—Ya no bebe.

—No, ya no bebe. —¿Cómo podía convencerle de que el alivio de uno de los síntomas no significaba que estuviera curado en absoluto? Ya había constatado en las sesiones de terapias en familia que Monroe era un hombre que veía con más claridad los resultados que las causas—. Señor Monroe, Joey es un alcohólico, y, beba o no, siempre lo será. Es uno de los veintiocho millones de hijos de alcohólicos del país. Un tercio de ellos se convierten en alcohólicos ellos mismos, como Joey.

—Pero ya no bebe —insistió Monroe.

—No, ya no bebe. —Tess entrelazó los dedos, los puso sobre el cartapacio y lo intentó de nuevo—. No está consumiendo alcohol, no altera su realidad con alcohol, pero todavía lucha con su dependencia, y lo que es más importante, con los motivos que la originan. No se emborracha, señor Monroe, pero el alcohol era una tapadera y una consecuencia de otros problemas. Ahora no puede controlar ni tapar esos problemas con el alcohol, así que le abruman. No muestra rabia, señor Monroe, y muy poca pena, pero están ahí, en su interior. Los hijos de los alcohólicos a menudo se culpan de la enfermedad de sus padres.

Monroe se removió en su asiento, incomodado; su paciencia había llegado al límite.

—Eso ya lo ha explicado antes.

—Sí, ya lo he explicado. Joey está resentido con su padre, y también con su madre en gran medida, porque ambos le dieron de lado. Su padre por la bebida y su madre por las preocupaciones que su padre le ocasionaba con la bebida. Como los quiere, Joey ha vuelto ese resentimiento contra sí mismo.

—Lois lo hizo lo mejor que pudo.

—Sí, estoy segura de ello. Es una mujer con una fuerza extraordinaria. Desafortunadamente, su hijo no tiene esa fuerza. La depresión de Joey ha alcanzado un estadio peligroso, un estadio crítico. No puedo contarle ni tan siquiera a usted las cosas que hemos hablado en las últimas sesiones, pero sí puedo decirle que su estado emocional me preocupa más que nunca. Sufre mucho. En este momento, lo único que consigo hacer es aliviar su sufrimiento para que pase la semana hasta que pueda calmarlo de nuevo. Joey siente que su vida no tiene sentido, que ha fracasado como hijo, como amigo y como persona.

—El divorcio...

—El divorcio golpea a los niños implicados en el proceso. La fuerza del impacto depende del estado mental del niño en ese momento, la forma en que se lleva el divorcio, la fuerza emocional del niño en particular. Para algunos puede ser tan devastador como una muerte. Normalmente hay un período de duelo, de amargura, incluso de negación. Culparse a uno mismo es algo común. Señor Monroe, han pasado casi tres años desde que su esposa se separó del padre de Joey. La obsesión del chico con el divorcio y la parte que le toca no es normal. Se ha convertido en la lanzadera de todos sus problemas. —Tess hizo una breve pausa y entrelazó sus manos de nuevo—. Su alcoholismo es doloroso. Joey siente que se merece ese dolor. De hecho, lo aprecia del mismo modo que un niño pequeño aprecia que se le castigue cuando infringe las normas. La disciplina, el dolor, hace que se sienta parte de la sociedad al tiempo que el alcoholismo en sí le hace sentirse aislado de ella. Ha aprendido a depender de ese aislamiento, a verse diferente, a no ser tan bueno como el resto. En especial, a no ser tan bueno como usted.

—¿Como yo? No lo entiendo.

—Joey se identifica con su padre, un borracho, un fracasado, tanto en los negocios como en la vida familiar. Usted es todo eso que su padre, y por lo tanto Joey, no es. Una parte de él quiere cortar las relaciones con su padre y tomarlo a usted como modelo. El resto de él simplemente no se siente digno de ello y tiene miedo de arriesgarse a un nuevo fracaso. Ahora incluso va más allá, señor Monroe. Joey está llegando a un punto en el que está demasiado cansado para tomarse la molestia de vivir.

Monroe se apretaba los dedos una y otra vez. Cuando habló, lo hizo con la voz calmada que empleaba en el consejo de administración.

—No la sigo.

—El suicidio es la tercera causa de muerte entre los niños, señor Monroe. Joey evidencia tendencias suicidas. Ya ha estado coqueteando con la idea, vagando a su alrededor con esa fascinación por el ocultismo. En este momento de su vida no costaría mucho empujarle a cruzar la línea: una discusión que lo subleve, un examen de la escuela que le haga sentir incompetente. El comportamiento ambiguo de su padre. —Su voz, a pesar de ser tranquila, comunicaba la urgencia subyacente. Tess se inclinó hacia delante con la esperanza de llevar la discusión al siguiente punto—. Señor Monroe, no me cansaré de repetir lo importante que es que Joey comience un tratamiento intensivo y estructurado. Confiaron en mí lo suficiente para traerlo aquí, para permitirme que lo tratase. Ahora tienen que confiar en mí lo suficiente para creerme si les digo que conmigo no le basta. Tengo aquí información sobre la clínica —dijo, y empujó una carpeta al otro lado del escritorio—. Por favor, hable de esto con su esposa, pídale que venga para que tratemos de ello. Yo reharé mis horarios para que nos veamos cuando les venga mejor. Pero, por favor, que sea pronto. Joey necesita esto y lo necesita ahora, antes de que ocurra algo que le haga caer.

El padrastro de Joey cogió la carpeta, pero no la abrió.

—Usted quiere que lo metamos en un sitio de esos, pero no quería que se cambiara de escuela.

—No, es cierto. —Tess tenía ganas de quitarse las horquillas del pelo y pasarse las manos por la cabeza hasta que desapareciera el dolor de sus sienes—. En ese momento sentía, esperaba, poder conectar con él. Desde septiembre Joey se aleja cada vez más.

—Él ha visto el cambio de escuela como otro fracaso, ¿no es cierto?

—Sí. Lo siento.

—Sabía que era un error. —Dejó escapar un largo suspiro—. Cuando Lois estaba haciendo el papeleo para matricularlo en la escuela, Joey se quedó mirándome. Era como si dijera, por favor, dadme una oportunidad. Prácticamente pude oír cómo lo decía. Pero la apoyé en ello.

—No hay que culparse de nada, señor Monroe. Su mujer y usted están ante una situación en la que no hay respuestas sencillas. Las cosas no son blancas o negras.

—Me llevaré estos folletos a casa. —Entonces se levantó, lentamente, como si la carpeta que llevaba en la mano pesara como el plomo—. Doctora Court, Lois está embarazada. Todavía no se lo hemos dicho a Joey.

—Felicidades. —Tess le tendió una mano al tiempo que sopesaba cómo podía afectar aquello a su paciente—. Creo que estaría bien si se lo cuentan a Joey los dos juntos y hacen de ello un asunto de familia. Los tres están esperando un bebé. Sería muy importante para él que hagan que se sienta incluido en lugar de reemplazado. Un bebé, esperar juntos su llegada, es algo que puede reportar mucho amor a una familia.

—Tenemos miedo de que le parezca una afrenta por nuestra parte.

—Podría. —El momento, pensó, la supervivencia emocional dependía de la coincidencia de los tiempos—. Cuanto más participe Joey en el proceso, y en la planificación, más parte de ello se sentirá. ¿Tienen ya habitación para el bebé?

—Tenemos una habitación libre que habíamos pensado redecorar.

—Imagino que Joey sería muy bueno con la brocha si le dan la oportunidad. Por favor, llámenme cuando hablen sobre la clínica. Me gustaría acompañar a Joey yo misma, tal vez llevarlo allí antes para que la vea.

—De acuerdo. Gracias, doctora.

Tess cerró la puerta y se quitó las horquillas del pelo. La tensión se alivió en esa zona y dejó solamente un dolor apagado. No estaba segura de poder descansar bien hasta que Joey recibiera tratamiento en la clínica. Al menos iban en la dirección adecuada. Monroe no se había mostrado entusiasmado con la idea, pero confiaba en que trataría de convencer a su mujer.

Tess guardó bajo llave el historial de Joey y sus cintas de casete, aunque el de la última sesión lo retuvo en su mano durante más tiempo. Joey había hablado de la muerte dos veces en esa ocasión, ambas dándola por hecho. No lo había llamado «morir», «sino optar por no vivir». La muerte como alternativa. Se guardó esa última cinta y decidió llamar al director de la clínica a la mañana siguiente.

Cuando su teléfono sonó estuvo a punto de gruñir. Podría olvidarse de él. Su contestador automático se activaría al tercer tono y se pondría en contacto con ella en caso de que fuera algo importante. Después cambió de idea y cruzó la habitación para contestar con la cinta de Joey todavía en la mano.

—Hola, doctora Court.

En el silencio que siguió a esas palabras Tess oyó una respiración entrecortada y ruido de tráfico. Cogió un lápiz y sacó una libreta instintivamente.

—Soy la doctora Court. ¿Puedo ayudarle?

—¿Puede?

Su voz era prácticamente un susurro. No advirtió el pánico que había esperado, solamente su desesperación.

—Puedo intentarlo. ¿Quiere que lo haga?

—Usted no estaba allí, si hubiera estado allí, habría sido diferente.

—Ahora estoy aquí. ¿Quiere verme?

—No puedo. —Tess oyó cómo se tragaba las lágrimas—. Lo sabría.

—Puedo ir yo. ¿Por qué no me dice su nombre y dónde se encuentra?

Tess oyó que colgaba el teléfono.

A menos de una manzana, el hombre del abrigo negro lloraba su dolor y confusión apoyado contra una cabina de teléfono.

—Mierda.

Tess echó un vistazo a las notas que había tomado. Si hubiera sido un paciente, habría reconocido su voz. Se quedó unos quince minutos más por si llamaba de nuevo, y después recogió sus cosas y se marchó de la consulta.

Frank Fuller la esperaba en el pasillo.

—Bueno, aquí la tenemos —dijo, y se guardó el espray para el mal aliento en el bolsillo—. Empezaba a pensar que te habías mudado a otro edificio.

Tess volvió la vista hacia la puerta de su consulta. Su nombre y su profesión seguían viéndose nítidamente.

—No, todavía no. Te has quedado a trabajar hasta muy tarde, ¿no, Frank?

—Bueno, ya sabes cómo va esto. —En realidad había pasado la última hora intentando quedar con alguien. No lo había conseguido—. Parece que ese trabajo de asesora de la policía te mantiene bastante ocupada.

—Parece que sí.

Incluso para una persona con unos modales tan arraigados como Tess, hablar por hablar después de la jornada que había tenido era ir demasiado lejos. Volvió a pensar en la llamada telefónica mientras esperaba el ascensor.

—Bueno, Tess... —dijo Frank, usando el truco de apoyar la mano en la pared para rodearla—. Puede que te resulte beneficioso consultar esto con un colega, profesionalmente, quiero decir. Te haré hueco en mi agenda con mucho gusto.

—Te lo agradezco, Frank, pero ya sé lo ocupado que estás.

En cuanto las puertas se abrieron Tess entró en el ascensor. Presionó el botón de la planta baja y se cambió el maletín de mano al ver que Frank entraba con ella.

—Para ti nunca estoy ocupado, Tess, ni profesionalmente, ni en ningún sentido. ¿Por qué no hablamos de ello mientras tomamos algo?

—Me temo que no estoy autorizada para hablar de ello en absoluto.

—Entonces encontraremos otro tema del que hablar. Tengo una botella de vino, una de uva zinfandel de las buenas que estaba guardando para una ocasión especial. ¿Qué te parece si nos vamos a mi casa, descorchamos la botella y ponemos los pies en alto?

Claro, para que me mordisquees los dedos, pensó Tess, y pronunció una rápida plegaria de agradecimiento cuando las puertas volvieron a abrirse.

—No, gracias, Frank.

Casi salió corriendo por el vestíbulo, pero no consiguió quitárselo de encima.

—Y ¿por qué no paramos en el Mayflower, tomamos algo tranquilamente mientras escuchamos buena música y no hablamos de trabajo?

Cócteles de champán en el Mayflower. Ese era su estilo,

según Ben. Tal vez había llegado el momento de demostrarle a él y a Frank Fuller que no era cierto.

—El Mayflower es un poco estirado para mi gusto, Frank. —Tess se abrigó el cuello bien cuando se adentraron en la fría oscuridad del aparcamiento—. Pero de todas formas no tengo tiempo para socializar. Deberías probar ese nuevo club que han abierto ahí al lado, el Zeedo's. Por lo que me han contado solo hace falta asomar la nariz por la noche para ligar.

Tess sacó las llaves y abrió la puerta de su coche.

—¿Y tú cómo sabes que...?

—Frank. —Tess chasqueó la lengua y le dio una palmadita en la mejilla—. Madura.

Y entró en el coche, encantada consigo misma y con la cara con la que lo había dejado. Miró hacia atrás para salir del aparcamiento, pero apenas le dedicó una mirada al hombre que estaba plantado al otro lado del mismo.

Acababa de entrar en su casa, y se estaba quitando el abrigo y los zapatos cuando alguien llamó a su puerta. Como sea Frank, se dijo, tendré que dejar de ser educada y darle donde más le duela.

El senador Jonathan Writemore estaba allí esperando con su gabardina Saville Row, una caja de cartón roja con pollo y una bolsa de papel fino.

—Abuelo.

La mayor parte de esa tensión de la que Tess no se percataba se esfumó en cuanto lo vio. Aspiró profundamente y casi pudo saborear las especias.

—Espero que no estés preparándote para alguna cita interesante.

—Estoy preparándome para quedarme aquí.

El abuelo le puso la caja con el pollo en las manos.

—Todavía está caliente, renacuaja. Les he dicho que pongan muchas especias.

—Eres mi héroe. Estaba a punto de prepararme un sánd-wich de queso.

—Me lo imagino. Ve a por los platos y un montón de servilletas.

Tess fue a la cocina y de camino dejó el pollo sobre la mesa.

—¿Significa esto que mañana no estoy invitada a cenar?

—Significa que esta semana tienes dos comidas decentes. No te olvides el sacacorchos. Tengo una botella de vino aquí.

—Mientras no sea un zinfandel.

—¿Qué?

—Da igual. —Tess volvió con platos, servilletas de tela, dos de sus mejores copas y un sacacorchos. Puso la mesa, encendió las velas y se volvió hacia su abuelo para darle un abrazo de oso—. Me alegro mucho de verte. ¿Cómo sabías que necesitaba que me levantaran la moral?

—Los abuelos nacemos sabiendo. —Le besó ambas meji-llas y luego la miró con reproche—. No estás descansando lo suficiente.

—La doctora soy yo.

El abuelo le dio un cachete en el trasero.

—Tú siéntate, renacuaja. —Al ver que obedecía, centró su atención en la botella de vino. Tess le quitó la tapa a la caja mientras su abuelo se ocupaba del corcho—. Dame una de esas tetas de pollo.

Tess soltó una risita de niña pequeña y colocó la comida rápida en la mejor de las piezas de la vajilla de porcelana chi-na de su madre.

—Piensa en cómo se quedarían tus electores si te oyeran hablar de tetas de pollo. —Tess eligió un muslo y se regocijó al descubrir que había patatas fritas—. ¿Cómo van las cosas en el Senado?

—Hace falta un montón de estiércol para que crezcan flo-res, Tess —dijo sacando el corcho—. Sigo presionando para que aprueben el programa de asistencia médica. No sé si podré conseguir suficiente apoyo antes del parón de las vacaciones.

—Es un buen proyecto de ley. Me hace estar orgullosa de ti.

—Aduladora. —Le sirvió vino a ella y luego se sirvió él—. ¿Dónde está el ketchup? Las patatas no se pueden comer sin ketchup. No, no te levantes. Ya voy yo. ¿Cuándo fue la última vez que hiciste la compra? —preguntó en cuanto abrió el frigorífico.

—No empieces —replicó, y le dio un bocado al pollo—. Además, tú sabes que yo soy la experta en cenas, en casa o fuera de ella.

—No me gusta pensar que mi nieta se pasará la vida alimentándose con comida rápida —dijo el senador mientras volvía con el ketchup, ignorando fácilmente que eso era justo lo que estaban cenando—. Si yo no hubiera venido, estarías ante tu escritorio con un sándwich de queso y una montaña de historiales clínicos.

—¿Te he dicho ya que me alegro mucho de verte? —dijo Tess alzando su copa y dedicándole una sonrisa.

—Estás trabajando demasiado.

—Puede.

—¿Qué te parece si compro billetes para Saint Croix y salimos el día después de Navidad? Una semana de diversión al sol.

—Sabes que me encantaría, pero las vacaciones son uno de los peores momentos para mis pacientes. Tengo que estar aquí por ellos.

—Al final he acabado arrepintiéndome.

—¿Tú? —Tess eludió el ketchup y empezó a mordisquear las patatas, preguntándose si le cabría otro trozo de pollo—. ¿De qué?

—De meterte en eso de los homicidios. Se te ve exhausta.

—No es solo por eso.

—¿Tienes problemas con tu vida sexual?

—Información privilegiada.

—En serio, Tess. He hablado con el alcalde. Me ha contado lo involucrada que estás en la investigación policial. Yo solo quería que hicieras ese perfil, y fardar de nieta un poco.

—Emoción por simpatía, ¿eh?

—La emoción toma otra forma a partir del cuarto asesinato. A solo dos manzanas de aquí.

—Abuelo, eso habría ocurrido aunque yo no estuviera trabajando en la investigación. El caso ahora es que quiero involucrarme. —Pensó en Ben, en sus acusaciones, su resentimiento. Pensó en su propia vida, tan ordenada, y en esos repentinos momentos de satisfacción—. Tal vez necesite estar involucrada. Hasta ahora mi vida y mi carrera han sido de lo más rutinario. Tomar parte en esto me ha mostrado un aspecto diferente de mí misma, y también del sistema. —Cogió la servilleta, pero lo único que hizo con ella fue revolverla—. A la policía no le interesa cómo funciona su mente ni sus motivaciones emocionales, pero sí usan ese conocimiento para intentar atraparlo y castigarlo. A mí no me interesa el castigo, pero usaré lo que pueda aprender de su mente para hacerle parar y ayudarle. ¿Quién tiene la razón, abuelo? ¿El castigo de la justicia o el tratamiento?

—Estás hablando con un jurista de la antigua escuela, Tess. Cualquier hombre, mujer o niño tiene derecho a un abogado y a un juicio justo. Puede que el abogado no crea a su cliente, pero tiene que creer en la ley. Y la ley dice que ese hombre tiene derecho a ser juzgado por el sistema. Y por lo general el sistema funciona.

—Pero ¿entiende el sistema... la ley entiende a las mentes perturbadas? —Tess negó con la cabeza y soltó la servilleta al reconocer que la manoseaba porque estaba nerviosa—. No culpable por razones de enajenación mental. ¿No tendría que ser «no responsable»? Abuelo, él es culpable de asesinar a esas mujeres. Pero no es responsable.

—No es uno de tus pacientes, Tess.

—Sí, lo es. Siempre lo ha sido, pero no lo comprendí hasta la semana pasada, con el último asesinato. Todavía no me ha pedido ayuda, pero lo hará. Abuelo, ¿recuerdas lo que me dijiste el día que abrí la consulta?

El senador se quedó observándola, viendo que, incluso con esa mirada tan intensa y preocupada, la luz de las velas la hacía hermosa. Era su pequeña.

—Probablemente demasiadas cosas. Llevo mucho tiempo en este mundo.

—Dijiste que había elegido una profesión que me permitiría adentrarme en las mentes de las personas, y que jamás me olvidara de sus corazones. No lo he olvidado.

—Aquel día estaba orgulloso de ti. Y sigo estándolo.

Tess sonrió y cogió la servilleta.

—Tiene ketchup en la barbilla, senador —susurró mientras se lo limpiaba.

A cinco kilómetros de allí Ben y Ed se habían bebido ya más de una copa. El club estaba decorado con botellas de vino, había un buen número de parroquianos y también un pianista ciego que cantaba rock melódico. El bote de sus propinas estaba a medio llenar, pero la noche era joven. La mesa a la que estaban sentados era del tamaño de un mantel individual apretujado entre otros tantos. Ed daba cuenta de una ensalada de pasta. Ben optaba por los frutos secos que venían con la cerveza.

—Te pasas todo el día comiendo esas cosas —apuntó Ben señalando el plato de Ed con la cabeza—. Estás convirtiéndote en un pijo.

—No puedes ser un pijo si no bebes vino blanco.

—¿En serio?

—Totalmente.

Ben le tomó la palabra y cogió una espiral de pasta.

—¿Qué novedades había cuando te has pasado por allí?

Ben cogió su vaso y observó a una mujer con una mini-falda de cuero que pasó junto a su mesa.

—Bigsby fue a la tienda donde se hizo el giro postal. Nada. ¿Quién va a acordarse de un tío que hizo un giro postal tres meses atrás? ¿Es que no le vas a poner sal a eso?

—¿Estás de broma?

Ed hizo señas para que les trajeran otra ronda. Ninguno de los dos estaba borracho, pero por intentarlo que no quedara.

—¿Irás a Kinikee's el sábado a ver el partido?

—Tengo que buscarme otro apartamento. Me han dado de plazo hasta primeros de diciembre.

—No deberías pensar en un apartamento —dijo Ben al tiempo que cambiaba su copa por la nueva—. Pagar un alqui-ler es tirar el dinero. Deberías pensar en comprarte algo, in-vertir tu dinero.

—¿Comprar? —Ed cogió una cuchara y removió su be-bida—. ¿Quieres decir que me compre una casa?

—Claro. Hay que estar loco para tirar el dinero por la ventana todos los meses con un alquiler.

—¿Comprar? Estás pensando en comprarte una casa?

—¿Con mi sueldo?

Ben soltó una risotada y se meció en la silla los tres cen-tímetros que podía.

—La última vez que lo miré cobrábamos lo mismo.

—Te diré lo que tienes que hacer, compañero. Tienes que casarte. —Ed se bebió media copa de un trago como respues-ta—. En serio. Encuentras a una mujer. Te aseguras de que tenga un buen trabajo. Me refiero a una carrera, para que no piense luego en dejarlo. Ayudaría que la mujer en cuestión fuera una a la que no te importe mirar durante largos períodos de tiempo. Entonces juntáis vuestros sueldos, compráis una casa y dejas de tirar el dinero del alquiler.

—¿Porque vendan mi piso voy a tener que casarme?

—Así funcionan las cosas. Preguntémosle a una persona imparcial. —Ben se acercó a la mujer que tenía al lado—. Discúlpeme, ¿cree usted que tal como está el panorama social y económico del momento actual una persona sola puede vivir igual de holgada que una pareja? De hecho, considerando el poder adquisitivo de una familia con dos sueldos, ¿cree que una pareja siempre vivirá más holgada que una persona sola?

La mujer soltó su vino con gaseosa sobre la mesa y se quedó considerando los encantos de Ben.

—¿Estás intentando ligar?

—No, estoy haciendo una encuesta al azar. Van a vender el piso de alquiler de mi compañero.

—A mí me hicieron lo mismo esos cabrones. Ahora tardo veinte minutos en metro para llegar al trabajo.

—¿Tienes trabajo?

—Claro. Soy la encargada de la sección de señoras de Woodies.

—¿Encargada?

—Eso es.

—Pues aquí la tienes, Ed —dijo Ben inclinándose sobre él—. Tu futura esposa.

—Bébete otra, Ben.

—Estás desperdiciando una oportunidad perfecta. ¿Por qué no nos cambiamos de sitio para que puedas...? —Se quedó con la palabra en la boca cuando vio al hombre que se acercaba a su mesa. Enderezó la espalda automáticamente—. Buenas noches, monseñor.

Ed se volvió y vio a Logan justo detrás de él con un jersey gris y unos pantalones de vestir.

—Me alegro de verle de nuevo. ¿Quiere que le hagamos un hueco?

—Sí, siempre que no les interrumpa. —Logan se las apañó para encajar una silla en un ángulo de la mesa—. Llamé a la comisaría, y me dijeron que estarían aquí. Espero que no les importe.

Ben movió su dedo por el vaso de arriba abajo.

—¿En qué podemos ayudarle, monseñor?

—Podéis llamarme Tim. —Logan hizo señas a la camarera—. Creo que eso hará que estemos más cómodos. Tráigame una Saint Pauli Girl y otra ronda para mis colegas. —Logan echó un vistazo al pianista, que empezaba a tocar una balada de Billy Joel—. No hace falta que les pregunte si han tenido un día duro. He estado en contacto con la doctora Court y he charlado brevemente con vuestro comisario hace un par de horas. Intentáis localizar a un tal Francis Moore.

—Intentamos, ha dicho bien —dijo Ed mientras apartaba el plato vacío para que la camarera se lo llevara cuando les trajera las copas.

—Yo conocí a un Frank Moore. Daba clases aquí, en el seminario. De la vieja escuela. Con una fe inquebrantable. Supongo que ese es el tipo de sacerdote al que estás acostumbrado, Ben.

—¿Dónde está?

—Con el Señor. Estoy seguro. —Cogió un puñado de frutos secos—. Murió hace un par de años. Que Dios lo tenga en su gloria —continuó Logan ya con la cerveza ante él—. Pero el viejo Moore no era un fanático; simplemente, era inflexible. Hoy día hay muchos sacerdotes jóvenes que cuestionan y buscan, que debaten temas tan candentes como el celibato, perdonad el chiste, y el derecho de la mujer a dar los sacramentos. Para Frank Moore las cosas eran blancas o negras, así que le resultaba más sencillo. Un clérigo no puede anhelar el vino, ni las mujeres, ni la ropa interior de seda. ¡Salud! —Monseñor Logan alzó su vaso y bebió lo que quedaba de la cerveza—. Os cuento esto porque podría tirar de algunos hilos y hablar con gente que recuerde a Frank y a algunos de los estudiantes bajo su tutela. Yo impartí también algunas clases en el seminario, pero de eso hace casi diez años.

—Aceptamos todo lo que nos den.

—Perfecto. Ahora que eso está arreglado, creo que me tomaré otra cerveza. —Captó la atención de la camarera y dirigió una sonrisa a Ben—. ¿Cuántos años en la escuela católica?

Ben buscó el tabaco.

—Doce.

—La ruta completa. Estoy seguro de que las hermanitas te dieron una buena educación.

—Y buenos palos en los nudillos también.

—Sí, que Dios las bendiga. No todas son como Ingrid Bergman.

—No.

—Yo tampoco tengo mucho en común con Pat O'Brien —dijo Logan levantando la cerveza que acababan de traerle—. Claro que los dos somos irlandeses. *Lecheim*.

—Padre Logan, Tim —se corrigió Ed rápidamente—, ¿puedo hacerle una pregunta religiosa?

—Si no hay más remedio.

—Si este hombre o cualquier otro entrara en su confesionario y le dijera que se ha cargado a alguien, que ha asesinado a alguien, ¿lo delataría?

—Esa pregunta tiene la misma respuesta en calidad de sacerdote que en la de psiquiatra. No hay muchas como esa. —Se quedó mirando su cerveza un momento. Sus superiores a veces le consideraban demasiado laxo, pero su fe en Dios y en el prójimo era inquebrantable—. Si una persona que ha cometido un crimen acudiera a mí en el confesionario o en la consulta, yo haría todo lo posible por que se entregara a la policía.

—Pero tú no lo harías.

—Si viniera a mí como psiquiatra, o para que le diera la absolución, significaría que estaba buscando ayuda. Yo me encargaría de que la encontrase. La psiquiatría y la religión no siempre están de acuerdo. En este caso sí.

No había nada que a Ed le gustara más que un problema con varias soluciones.

—Si no está de acuerdo, ¿cómo hace para combinarlas?

—Esforzándome por comprender la mente y el espíritu, muchas veces considerando ambas cosas como una sola. Veréis, como sacerdote podría discutir sobre la creación durante horas y daros razones factibles por las que el Génesis me parece tan sólido como una roca. Como científico, puedo hacer exactamente lo mismo con la evolución y explicar por qué el Génesis me parece un hermoso cuento de hadas. Como hombre, puedo sentarme con vosotros y decir: ¿qué importancia tiene? Estamos aquí y punto.

—¿Y en cuál de ellas cree usted? —preguntó Ben.

A él le gustaba que hubiera una solución, una única respuesta. La respuesta correcta.

—Eso depende, por decirlo así, del traje que lleve en ese momento. —Monseñor Logan dio un buen trago a la cerveza y se percató de que si bebía otra cogería un buen puntillo. Se bebía la segunda pensando en lo bien que le sentaría la tercera—. Al contrario de lo que Frank Moore enseñaba, no es cuestión de blanco o negro, ni en el catolicismo, ni en psiquiatría, y por supuesto, en la vida tampoco. ¿Nos creó Dios por su bondad y generosidad, y quizá por su sentido del ridículo?

¿O inventamos a Dios porque tenemos una necesidad innata desesperada de creer en algo más grande y poderoso que nosotros mismos? Yo me lo pregunto muchas veces.

Logan pidió otra ronda por señas.

—Ninguno de los curas que he conocido cuestionaban el orden de las cosas. —Ben se bebió el resto de su vodka—. O estaba bien o estaba mal. Normalmente estaba mal, y tenías que pagar por ello.

—El pecado en su infinita variedad. Los diez mandamientos eran muy claros. No matarás. Pero tenemos guerreros desde el principio de los tiempos. La Iglesia no condena al soldado que defiende su país.

Ben pensó en Josh. Él se había condenado a sí mismo.

—Matar a un solo hombre es un pecado. Arrojar una bomba en un pueblo con una bandera estadounidense es un acto de patriotismo.

—Somos unas criaturas ridículas, ¿no es cierto? —dijo Logan sintiéndose cómodo—. Dejadme usar un ejemplo de interpretación más simplista. Hace un par de años tenía una joven estudiante, una joven prometedora que se sabía la Biblia, me da vergüenza decirlo, mejor de lo que yo me la sabré en la vida. Acudió a mí un día para cuestionarme sobre la masturbación. —Se movió un poco con la silla y le dio a la camarera en el codo—. Disculpa, querida. Tenía una cita —prosiguió volviéndose hacia ellos—, estoy seguro de que no la diré exactamente como era, pero decía algo así como que es mejor que un hombre esparza su semilla dentro del vientre de una puta a que la desperdicie en el suelo. Una proclama bastante dura, se podría decir, en contra de la masturbación.

—María Magdalena era puta —farfulló Ed, a quien la bebida empezaba ya a hacer efecto.

—Sí que lo era. —Logan le dedicó una gran sonrisa—. De todas formas el punto de vista de mi estudiante era que la mujer no tiene semilla que pueda esparcir ni tirar al suelo. Luego solo debe ser pecado masturbarse si eres varón.

Ben recordó un par de sesiones terroríficas con las que había sudado la gota gorda durante la pubertad.

—Yo tuve que recitar todo el maldito rosario —musitó.

—Yo tuve que recitarlo dos veces —dijo Logan, que vio a Ben relajarse por primera vez y esbozar una sonrisa.

—¿Y qué le dijo usted? —quiso saber Ed.

—Le dije que la Biblia muchas veces habla de generalidades, que tendría que mirar en su conciencia. Y después fui a buscar esa cita. —Le dio un cómodo trago a su bebida—. Que me muera si no me pareció que tenía algo de razón.

10

La galería de arte Greenbriar era un par de habitaciones pequeñas y recargadas cerca del Potomac que seguía funcionando porque siempre hay gente a la que le gusta comprar cosas ridículas si su precio es caro.

La regentaba un hombrecillo mañoso que había alquilado en su día el destartalado edificio por cuatro perras y que se había ganado una reputación de excéntrico pintándolo de morado. Le gustaba llevar chaquetas largas deformes de los tonos del arcoíris con botines a juego, y fumaba cigarrillos de colores. Tenía un rostro extraño, como un pez luna, y unos ojos claros que tendían a moverse cuando hablaba de la libertad y la expresividad del arte. Invertía sus beneficios sistemáticamente en bonos municipales.

Magda P. Carlyse era una artista que se había puesto de moda cuando una antigua primera dama adquirió una de sus esculturas como regalo de bodas para la hija de una amiga. Más de un crítico sugirió que la primera dama no debía de tener mucho aprecio a los recién casados, pero la carrera de Magda subía como la espuma.

Su exposición en la galería Greenbriar fue un éxito absoluto. La gente se amontonaba en ella con sus vestidos de pieles, tejanos, licras y sedas. Se servían capuchinos en tazas pequeñas como dedales y quiches de champiñones del tamaño de una moneda. Un hombre negro con un abrigo morado que medía más de dos metros contemplaba fascinado una escultura hecha con láminas de metal y plumas.

Tess la miró un buen rato también. Le hacía pensar en el capó de una camioneta que hubiera arrasado con un grupo de desafortunadas ocas en migración.

—Una combinación de materiales fascinante, ¿verdad?

Tess se pasó un dedo por el labio inferior antes de alzar la vista para mirar al hombre con el que había salido.

—Absolutamente.

—Un simbolismo poderoso.

—Aterrador —coincidió, y se llevó el vaso a los labios para disimular la risa. Obviamente había oído hablar de la Greenbriar, pero nunca tuvo el tiempo ni la energía para explorar esa pequeña galería tan en boga. Esa noche agradecía la distracción que le proporcionaba el encuentro—. La verdad, Dean, es que me alegro mucho de que hayas tenido esta idea. Me temo que últimamente he estado obviando mi interés por el arte... popular.

—Tu abuelo me ha contado que estás trabajando mucho.

—Mi abuelo se preocupa demasiado. —Tess se volvió para estudiar un tubo fálico de más de medio metro que se tensaba hacia el techo—. Pero la verdad es que una tarde aquí te desconecta de todo.

—Es tan emotivo, tan inteligente... —oyó farfullar a un hombre vestido de seda amarilla que se dirigía a una mujer con una marta cibelina—. Como puedes ver, el uso de la bombilla rota simboliza la destrucción de las ideas en una sociedad que se dirige hacia un desierto de uniformidad.

Tess se dio la vuelta mientras el hombre gesticulaba exageradamente con su cigarrillo y miró la escultura que tanto alababa.

Una bombilla de setenta y cinco vatios de la General Electric con un agujero recortado justo en el centro. Atornillada a una base de madera de pino blanco corriente y moliente. Eso era todo, excepto por el pequeño detalle de la pegatina azul que indicaba que se había vendido.

—Increíble —murmuró Tess, que recibió la generosa sonrisa del señor Seda Amarilla como recompensa.

—Es bastante innovador, ¿verdad? —dijo Dean, que sonreía a la bombilla como si la hubiera creado él mismo—. Y de un pesimismo atrevidísimo.

—No tengo palabras.

—Sé exactamente a lo que te refieres. La primera vez que lo vi casi me quedo alelado.

Tess decidió guardarse el chiste fácil y simplemente sonrió y siguió adelante. Pensó en que podía hacer un ensayo sobre las implicaciones psicológicas —histeria colectiva— que llevaban a la gente a pagar por esa basura esotérica. Se detuvo ante un cuadrado de cristal que habían llenado con botones de varios colores y medidas. Cuadrados, redondos, barnizados, forrados de tela, allí se apiñaban y mezclaban unos con otros en esa urna de cristal cerrada. El artista lo había llamado *Población en el 2010*. Tess presumió que cualquier girl scout podría haberlos metido allí en unas tres horas y media. En la etiqueta se leía su exorbitante precio: mil setecientos cincuenta dólares.

Se volvió hacia su pareja meneando la cabeza cuando vio a Ben. Estaba mirando otra obra, con las manos en los bolsillos traseros, sin poder disimular que se lo tomaba a broma. Llevaba la americana abierta y bajo ella una camisa gris lisa, y tejanos. Una mujer que lucía diamantes por valor de cinco mil dólares pasó junto a él para recrearse con la misma escultura. Tess vio cómo Ben musitaba algo para sí justo antes de alzar la mirada y verla.

Se quedaron mirando fijamente mientras la gente pasaba entre ellos. La mujer de los diamantes se puso en medio unos segundos, pero cuando se apartó ninguno de los dos se había movido. Tess sintió que algo se soltaba en su interior, y luego volvió a sentirse tensa e incómoda hasta que se obligó a sonreírle y a saludarle con un gesto de cabeza amistoso y despreocupado.

—¿... No te parece?

—¿Qué? —Tess volvió en sí de repente—. Perdona, estaba pensando en otra cosa.

Un hombre que daba clases a cientos de estudiantes universitarios al año está acostumbrado a que lo ignoren.

—Decía que si estás de acuerdo en que esta escultura refleja el verdadero conflicto entre el hombre y la mujer así como su naturaleza imperecedera.

—Pues...

Lo que ella veía era una mezcla de cobre y latón que no sabía a ciencia cierta si constituía una copulación metálica.

—Estaba pensado en adquirirla, para mi despacho.

—Ah. —Era un profesor de inglés encantador y totalmente inofensivo cuyo tío jugaba de vez en cuando con su abuelo al póquer. Tess sentía el deber de alejarlo de esa escultura del modo en que una madre alejaría a un niño que acababan de darle la paga de un coche de juguete demasiado caro—. ¿No crees que primero deberías darte una vuelta por ahí y mirar otras...? —¿Cómo la había llamado aquel hombre antes?, se preguntó— ¿... Otras piezas?

—Se están vendiendo como rosquillas. No quiero que me la quiten.

Dean echó un vistazo a la sala abarrotada de gente y se dirigió hacia el propietario. Era difícil no verlo con ese traje azul eléctrico y la cinta del pelo a juego.

—Discúlpame un momento.

—Hola, Tess.

Alzó la vista para mirarlo, con calma y cautela. Los dedos

que agarraban la minúscula asa de la taza empezaron a sudarle. Tess se dijo que era el calor humano de la atestada sala.

—Hola, Ben. ¿Cómo estás?

—Genial. —Estaba de pena y hacía exactamente una semana que se sentía así. Ella se hallaba en medio de lo que él consideraba el no va más de los presuntuosos, y se la veía fresca e inocente como a un ramo de violetas en un bosque lleno de orquídeas—. Interesante encuentro.

—Cuando menos —respondió ella para después mirar a la mujer que lo acompañaba.

—Doctora Court, Trixie Lawrence.

Trixie era una amazona que vestía de cuero rojo. Con las botas de tacón le sacaba a Ben unos centímetros, y tenía una melena de un rojo imposible que irradiaba de su cabeza en forma de pelos de punta, tirabuzones y rizos. El montón de pulseras que llevaba en el brazo sonaba cuando se movía. En el pecho izquierdo tenía una rosa tatuada que asomaba por el escotado cuello de pico de su chaleco.

—Hola —dijo Tess con una sonrisa, y le tendió una mano.

—Hola. O sea, que eres doctora, ¿no?

El tamaño de su cuerpo contrastaba enormemente con su voz de pito.

—Soy psiquiatra.

—¡No fastidies!

—No fastidio —respondió Tess mientras Ben se aclaraba la garganta exageradamente.

Trixie cogió una de las quiches tamaño moneda y se la tragó como si fuera una aspirina.

—Una vez metieron a un primo mío en el manicomio. Ken Launderman. A lo mejor lo conoces.

—No, creo que no.

—Sí, supongo que verás a mucha gente a la que le falta un tornillo.

—Más o menos —murmuró Tess. Miró a Ben y advirtió que no se avergonzaba en absoluto. Sonreía como un bellaco. A ella también se le torció el gesto hasta que disimuló con la taza—. Me sorprende verte por aquí.

Ben se balanceó sobre los talones de sus zapatillas de deporte gastadas.

—Ha sido un impulso. Cacé a Greenbriar hace unos siete años haciendo una chapuza artística con unos cheques. Cuando me envió la invitación, pensé que podría pasarme por aquí para ver cómo le iba. —Lo buscó con la mirada y lo vio abrazado a la mujer de los diamantes—. Parece que no le va del todo mal.

Tess probó su capuchino templado y se preguntó si Ben mantendría tan buena relación con todos los tipos que arrestaba.

—Bueno, ¿qué te parece la muestra?

Ben miró la urna con los botones.

—Una mediocridad tan obvia, en una sociedad que hace «noche de solteros» en los supermercados, tiene que recompensarse a la fuerza con un éxito financiero tremendo.

—Eso es lo que hace grande a América.

—Estás radiante, doctora.

La añoraba. Por primera vez entendía el verdadero significado de esa palabra.

—Gracias.

Tess deseó que fuera cierto con una intensidad que no sentía desde la adolescencia.

—Yo nunca he ido a la noche de solteros en el supermercado —dijo Trixie al tiempo que engullía montones de quiches.

—Te encantará. —La sonrisa de Ben se desvaneció un tanto cuando miró detrás de Tess y vio al hombre con el que estaba hasta hacía un momento—. ¿Es amigo tuyo?

Tess volvió la cabeza y esperó a que Dean se abriera paso

entre la muchedumbre. Tenía un cuello largo y esbelto, rodeado de unas perlas que daban todavía más delicadeza a su piel. Su perfume fresco y discretamente sexual se elevaba por encima del resto de los olores en la nariz de Ben.

—Dean, te presento a Ben Paris y a Trixie Lawrence. Ben es detective de la policía local.

—Ah, es uno de los mejores de la ciudad —dijo Dean estrechándole sinceramente la mano.

El tipo parecía sacado de una portada de *Gentlemen's Quarterly* y olía como un anuncio de colonia Brut. Ben sintió unas ganas irracionales de cogerle la mano al estilo de la lucha india y esperar a que sonara la campana.

—Eres compañero de Tess.

—No, en realidad trabajo para la American University.

Profesor universitario. Ya se lo temía. Ben volvió a meterse las manos en el bolsillo y dio un pasito atrás que hablaba por sí solo.

—Bueno, Trix y yo acabamos de entrar. No hemos tenido tiempo todavía de asimilar la exposición.

—Prácticamente es imposible absorberlo todo en una tarde.

Dean miró el amasijo de cobre que tenía junto a él con ojos de propietario.

—Acabo de comprar esta obra. Es un poco *risqué* para mi despacho, pero no he podido resistirme.

—¿Sí? —Ben lo miró y se puso la lengua en los carrillos—. Estarás emocionado. Yo voy a darme una vuelta a ver si encuentro algo para mi guarida. Encantado de conocerte —dijo pasando el brazo por la robusta cintura de Trixie.

—Nos vemos, doctora.

—Buenas noches, Ben.

Apenas habían dado las once cuando Tess llegó sola a su apartamento. El dolor de cabeza que había usado como excusa para acabar la noche era solo una verdad a medias. Normalmente disfrutaba de sus citas ocasionales con Dean. Era un hombre sin complicaciones que no pedía nada, el tipo de hombre con el que salía a propósito para que su vida personal no tuviera complicaciones ni exigencias. Pero esa noche no se sentía preparada para enfrentarse a una cena tardía y a una charla sobre literatura del siglo diecinueve. No después de la galería de arte.

No después de ver a Ben, tuvo que admitir. Se quitó los zapatos apenas hubo entrado en casa. Cualquier progreso que hubiera podido hacer para aliviar la tensión desde la última vez que lo vio se había hecho añicos en cuestión de segundos.

Así que tenía que volver a empezar de cero. Una infusión bien caliente. Se quitó el abrigo de piel y lo colgó en el armario del pasillo. Pasaría la noche en la cama con Kurt Vonnegut, una manzanilla y Beethoven. Esa combinación le quitaba los problemas de la cabeza a cualquiera.

¿Qué problemas?, se preguntó en el silencio de aquel piso en el que se refugiaba noche tras noche. No tenía problemas reales porque se aseguraba de no procurárselos. Un bonito apartamento en un buen barrio, un coche fiable, una vida social liviana y de una informalidad sistemática. Así era exactamente como la había planeado.

Se había marcado la línea desde A para que llegara hasta B, y así sucesivamente, hasta que alcanzara el plano que la satisficiera. Y estaba satisfecha.

Se quitó los pendientes y los tiró sobre la mesa del comedor. El sonido de la piedra golpeando sobre madera resonó tristemente en la habitación vacía. Los crisantemos que había comprado a principios de semana empezaban a marchitarse. Sus pétalos cobrizos yacían sobre la caoba y perdían el color. Su fragancia especiada y picante la acompañó hasta la habitación.

Mientras bajaba la cremallera de su vestido de lana color marfil, se dijo que esa noche no miraría los historiales clínicos que tenía sobre el escritorio. Su único problema era que no tenía tiempo para sí misma. Esa noche se mimaría, olvidaría a los pacientes que acudirían a su consulta al lunes siguiente, olvidaría la clínica en la que tendría que enfrentarse a la furia y el resentimiento del mono de las drogas dos tardes de cada semana. Olvidaría que habían asesinado a cuatro mujeres. Y se olvidaría de Ben.

Su propia imagen la asaltó desde el gran espejo que había en la puerta del ropero. Vio a una mujer de mediana estatura, esbelta, con un caro vestido de lana color marfil de corte conservador. Una gargantilla con tres hileras de perlas y una amatista enorme adornando su cuello. Llevaba el pelo recogido a los lados con peinetas de marfil decoradas con perlas. El conjunto era de su madre y poseía la misma discreta elegancia que tuvo la hija del senador en vida.

La madre de Tess llevaba esa gargantilla el día de su boda. La había visto en las fotografías del álbum forrado de cuero que guardaba en el último cajón de la cómoda. Cuando el abuelo se la regaló el día en que Tess cumplió dieciocho años, ambos rompieron a llorar. Cada vez que se la ponía, sentía tanto orgullo como pena. Simbolizaban quién era, de dónde venía y, en cierto modo, lo que se esperaba de ella.

Pero esa noche parecía apretarle demasiado el cuello. Al quitársela sintió el frío de las perlas en la mano. Su imagen no cambiaba demasiado sin ellas. Se quedó mirando el reflejo y se preguntó por qué habría elegido un vestido tan sencillo, tan apropiado. Había montones como ese en su ropero. Se puso de perfil e intentó imaginarse con algo atrevido o estrafalario. Cuero rojo, por ejemplo.

Se contuvo. Sacudió la cabeza, se quitó el vestido y buscó una percha de las acolchadas. Allí estaba, una mujer hecha y derecha, una mujer práctica y sensible, una psiquiatra cualificada, delante del espejo imaginándose vestida de cuero rojo. Penoso. ¿Qué le diría Frank Fuller si fuera a psicoanalizarse a su consulta?

Alargó el brazo para coger su larga y calentita bata de felpa, contenta de poder reírse todavía de sí misma. Pero tuvo una reacción impulsiva que la llevó a sacar el quimono de seda floreado. Un regalo que rara vez se ponía. Esa noche se daría todos los mimos, el tacto de la seda, música clásica, y se iría a la cama con vino, nada de infusiones.

Tess puso la gargantilla sobre la cómoda y colocó las peinetas al lado. Separó un poco las sábanas y mulló los cojines de manera ritual. Otro impulso le hizo encender las velas perfumadas que tenía junto a la cama. Aspiró una bocanada de vainilla antes de ir a la cocina.

El teléfono la detuvo. Tess lo miró con mala cara, pero fue al escritorio y contestó al tercer tono.

—Diga.

—No estaba en casa. He esperado mucho tiempo, y usted no estaba en casa.

Tess reconoció la voz. Era el hombre que la había llamado a la consulta el jueves anterior. La idea de pasar una noche autocomplaciente en casa se desvaneció al tiempo que cogía un lápiz.

—Quería hablar conmigo. No acabamos nuestra conversación, ¿verdad?

—No debería hablar. —Parecía que le doliera respirar—. Pero necesito...

—Hablar nunca es malo —dijo para tranquilizarlo—. Puedo intentar ayudarle.

—No estaba ahí. Aquella noche no vino, no durmió en casa. Esperé. Estuve observándola.

Levantó la cabeza de repente y su mirada se quedó clavada en la oscura ventana que se veía desde el escritorio. La había estado observando. Sintió un escalofrío, pero fue hasta la ventana adrede para mirar la calle desierta.

—¿Estuvo observándome?

—No debo ir allí. No debo —dijo para callar después, como si hablara consigo mismo. O con otro—. Pero necesito hacerlo. Se supone que usted debería entenderlo —le espetó de improviso de manera acusadora.

—Y lo intentaré. ¿Quiere venir a mi consulta y hablar conmigo?

—No, allí no. Se enterarían. Todavía no ha llegado el momento de que lo sepan. No he terminado todavía.

—¿Qué es lo que tiene que terminar? —El único sonido que se oyó fue el de su respiración entrando y saliendo dificultosamente de sus pulmones—. Podría ayudarle más si nos viésemos.

—No puedo, ¿no se da cuenta? Incluso hablar con usted es... ¡Oh, Dios! —Se puso a farfullar algo. Tess no entendía lo que decía. Aguzó el oído. Tal vez latín, pensó poniendo un interrogante en su anotación y rodeándola después con un círculo.

—Está sufriendo. Me gustaría ayudarle a aliviar su sufrimiento.

—Laura sí sufría. Un dolor terrible. Sangraba. Y no pude ayudarla. Murió en pecado, sin recibir la absolución.

La mano que sostenía el lápiz flaqueó. Tess se vio en la necesidad de acomodarse en la silla. Después se encontró mirando fijamente la ventana y tuvo que obligarse a mirar su cuaderno de nuevo, y sus notas. Su preparación tomó el mando de la situación y pudo respirar hondo y mantener un tono de voz sereno.

—¿Quién era Laura?

—Laura, la preciosa Laura. No llegué a tiempo para salvarla. Entonces no tenía derecho a hacerlo. Ahora se me han conferido los poderes y la obligación. Los caminos del Señor son duros, muy duros. —Esto lo dijo casi en un susurro, después su voz se oyó más fuerte—. Pero justos. Sacrificamos al cordero y su sangre limpia los pecados del mundo. Dios pide sacrificios. Los exige.

Tess se humedeció los labios.

—¿Qué tipo de sacrificios?

—La vida. Dios nos da la vida y Dios nos la quita. «Tus hijos y tus hijas estaban comiendo y bebiendo vino en casa de su hermano el primogénito, y un gran viento vino del lado del desierto y azotó las cuatro esquinas de la casa, la cual cayó sobre los jóvenes y murieron, y solamente escapé yo para darte la noticia.» Solamente yo —repitió en la misma terrible voz inexpresiva con que había hecho la cita—. Pero después de los sacrificios, después de las pruebas, Dios recompensa a los inocentes.

Tess se esforzó en la claridad y precisión de las anotaciones, como si fueran a evaluarla a través de ellas. Notaba las pulsaciones del corazón en la garganta.

—¿Es Dios quien te dice que sacrifiques a esas mujeres?

—Que las salve y las absuelva. Se me ha conferido ese poder. Perdí mi fe al perder a Laura y le volví la espalda al Señor. Eran tiempos ciegos y terribles, de egoísmo e ignorancia. Pero entonces Él me enseñó que si mostraba fortaleza, si me sacrificaba, todos nos salvaríamos. Mi alma está unida a la de ella —dijo en voz baja—. Estamos unidos. Aquella noche usted no vino a casa. —Su cabeza daba vaivenes adelante y atrás. Tess lo advertía tanto en el tono de su voz como en el contenido de sus palabras—. Esperé. Quería hablar con usted, explicárselo, pero usted pasó la noche en pecado.

—Cuénteme lo que sucedió aquella noche, la noche que me estuvo esperando.

—Esperé, esperé a ver la luz en su ventana. No se encendió. Caminé. No sé por cuánto tiempo, ni hacia dónde. Creía que era usted la que venía hacia mí, o Laura. No, creía que era usted, pero no era. Entonces lo supe, supe que ella era la elegida... La metí en el callejón, refugiada del viento. Hacía mucho frío. Mucho frío. La puse fuera de la vista —dijo con un terrible siseo—. La puse fuera de la vista para que no vinieran y me llevaran con ellos. Ellos son ignorantes y desafían los caminos del Señor —prosiguió ya con la respiración pesada y entrecortada—. Sufro. Enfermo. Mi cabeza. Qué dolor tan terrible.

—Yo puedo aliviarle el dolor. Dígame dónde está e iré.

—¿Puede? —dijo como un niño asustado al que se le enciende la luz durante una tormenta—. ¡No! —tronó su voz, que había recobrado la fuerza súbitamente—. ¿Piensa que puede tentarme para que cuestione la voluntad del Señor? Yo soy Su instrumento, el alma de Laura espera los próximos sacrificios. Solo dos más. Entonces todos seremos libres, doctora Court. No es la muerte lo que tanto se teme, sino la condenación. Yo la vigilaré —prometió casi con humildad—. Rezaré por usted.

Cuando oyó que colgaba el teléfono Tess no se movió, sino que se quedó quieta por completo. Fuera, el cielo estaba despejado y se veía perfectamente el brillo de las estrellas. Los coches avanzaban por la carretera a un ritmo cansino. La luz de las farolas caía sobre las acera. No veía a nadie, pero se sentó junto a la ventana preguntándose si alguien la vería a ella.

Tenía un sudor frío y pegajoso adherido a la frente. Cogió un pañuelo de los que guardaba en el escritorio y se lo secó a conciencia.

Era una advertencia. No estaba segura de que él fuera plenamente consciente de ello, pero la había llamado tanto para pedirle ayuda como para advertirla. Ella sería la siguiente. Le temblaron los dedos al llevarse la mano al lugar donde antes estaba la gargantilla. No podía tragar.

Apartó la silla de la ventana con extremada cautela, se levantó y se apartó de allí. Estaba a punto de correr la cortina cuando llamaron a la puerta y se lanzó contra la pared, sintiendo un miedo cerval que nunca antes había experimentado. El terror se apoderó de ella mientras buscaba algo con lo que defenderse, un sitio en el que esconderse, una vía de escape. Intentó controlarlo mientras iba hacia el teléfono: 911. Solo tenía que marcar el número, y dar su nombre y dirección.

Pero cuando volvieron a llamar miró hacia la puerta y vio que había olvidado poner la cadena.

Recorrió la habitación en un instante y pegó su cuerpo contra la puerta mientras intentaba colocar la cadena de seguridad, que en ese instante parecía demasiado grande y pesada para encajar en la ranura. Consiguió ponerla ya casi a punto de llorar.

—¿Tess? —Volvieron a llamar, más fuerte, con más exigencia—. Tess, ¿qué pasa ahí?

—¡Ben! ¡Ben, oh, Dios!

Sus dedos fueron más torpes si cabe cuando tiró de la cadena para sacarla. Se le resbaló la mano al querer agarrar el pomo y luego abrió la puerta de golpe y se arrojó a sus brazos.

—¿Qué pasa? —Notó cómo le clavaba los dedos a través del abrigo mientras intentaba separarla de él—. ¿Estás sola? —El instinto le hizo coger la pistola y buscar a alguien, cualquiera que hubiera podido hacerle daño—. ¿Qué ha ocurrido?

—Cierra la puerta, por favor.

Ben lo hizo, y puso la cadena mientras la abrazaba con la otra mano.

—Está cerrada. Será mejor que te sientes. Voy a traerte algo de beber.

—No. Quédate abrazándome un momento. Creía que... Cuando has llamado, he pensado que...

—Vamos, necesitas un poco de coñac. Estás helada.

Empezó a conducirla hasta el sofá con ánimo de calmarla, de acariciarla.

—Me ha llamado.

Los dedos con que la agarraba se tensaron al tiempo que la hacía volverse para que lo mirara. Tenía las mejillas pálidas y los ojos abiertos de par en par. Seguía agarrada a su abrigo con la mano derecha. No tuvo que preguntarle quién.

—¿Cuándo?

—Ahora mismo. Ya me había llamado a la consulta, pero no me di cuenta de que era él. Ha estado ahí fuera. Lo vi la otra noche, en la esquina, simplemente allí de pie, en la esquina. Creía que estaba paranoica. Una buena psiquiatra reconoce los síntomas. —Rió y luego se tapó la boca con las manos—. Por Dios, tengo que parar esto.

—Siéntate, Tess. —Dejó de apretarle el brazo y le habló con calma, en el mismo tono que usaba para interrogar a un testigo alterado—. ¿Tienes coñac en alguna parte?

—¿Qué? Ah, sí, allí en el aparador, la puerta de la derecha.

Una vez se sentó, Ben fue hacia el aparador, algo que su madre habría llamado un armarito, y encontró una botella de Rémy Martin. Le sirvió una copa doble en un vaso de coñac y se la llevó.

—Bebe un poco de esto antes de empezar de nuevo.

—Está bien.

Ya estaba recuperando la compostura, pero bebió para acelerar el proceso. El coñac entró en su organismo y apaciguó el miedo restante. Tess se recordó que en su vida no había lugar para el miedo. Solo para los pensamientos precisos y el análisis minucioso. Cuando volvió a hablar, su voz se había tranquilizado y no tenía ese deje de histeria. Apenas se dio unos segundos para avergonzarse de ello.

—El jueves por la noche tenía una cita a deshoras en la consulta. Cuando terminó y estaba recogiendo mis cosas para irme recibí una llamada. Era un hombre que parecía muy trastornado, y aunque sabía que no era uno de mis pacientes decidí hacerle soltar la lengua un poco. No conseguí nada. Simplemente colgó el teléfono. —Tess no dejaba de dar vueltas a la copa, y el coñac chapoteaba delicadamente en ella—. Me quedé esperando un rato, pero como vi que no volvía a llamar di el asunto por concluido y me fui a casa. Esta noche me ha llamado otra vez.

—¿Estás segura de que era el mismo hombre?

—Sí, estoy segura. El mismo que llamó el otro día. El mismo hombre que lleváis buscando desde agosto. —Dio otro sorbo al coñac y soltó la copa—. Está desmoronándose, rápidamente.

—¿Qué te ha dicho, Tess? Cuéntame todo lo que recuerdes.

—Lo tengo anotado.

—Lo... —Se detuvo e hizo un movimiento brusco con la cabeza—. Pues claro que lo has anotado. Déjame verlo.

Tess se levantó, ya recuperada, y fue al escritorio. Cogió la libreta amarilla y se la dio a Ben. Ahí tenía algo positivo, algo constructivo, en tanto que se lo tomara como un caso no volvería a venirse abajo.

—Puede que me haya saltado un par de palabras cuando hablaba rápido, pero lo he apuntado casi todo.

—Está taquigrafiado.

—Ah, sí. Te lo leeré. —Empezó por el principio, asegurándose de mantener un tono de voz neutral. Las palabras estaban ahí para dar al psiquiatra una pista de la mente. Se recordó eso y contuvo el horror que suponía saber que iban dirigidas a ella. Cuando recitó la cita bíblica se detuvo—. Parece del Antiguo Testamento. Supongo que monseñor Logan sabrá de dónde es.

—Job.

—¿Qué?

—Es del Libro de Job. —Ben se quedó mirando hacia la

pared del fondo mientras encendía un cigarrillo. Había leído la Biblia entera dos veces cuando Josh estaba enfermo. Buscaba respuestas, recordó, a unas preguntas que todavía no se habían formulado—. Ya sabes, el tipo que lo tenía todo.

—¿Y entonces Dios lo puso a prueba?

—Sí. —Volvió a pensar en Josh y sacudió la cabeza. Josh lo tenía todo antes de ir a Vietnam—. ¿Estás demasiado contento, Job? ¿Qué tal unos cuantos forúnculos?

—Entiendo. —Aunque obviamente ella no conociera la Biblia tan bien como él, veía el paralelismo—. Sí, tiene sentido. Tenía la vida hecha, estaba contento, un buen católico a todas luces.

—Nunca habían puesto su fe a prueba —dijo Ben.

—Sí, y fracasó cuando la pusieron a prueba de algún modo.

—Ese «algún modo» tendrá que ver con la tal Laura. —Volvió a mirar la libreta, frustrado por no poder leerla él mismo—. Cuéntame el resto.

Mientras la oía leer, Ben luchaba por pensar como un policía, y no como un hombre que se debatía entre la fascinación y algo más profundo. Un asesino la había estado vigilando. Su estómago se convirtió en un amasijo de nudos diminutos. Había estado esperándola la noche en que asesinó a Anne Reasoner, la noche que él había pasado con ella en su propia cama. El policía reconoció la advertencia tan rápido como lo había hecho la psiquiatra.

—Se ha obsesionado contigo.

—Sí, esa parece ser la situación. —Tess sintió frío de repente y se resguardó los pies bajo el cuerpo antes de apartar la libreta amarilla. Se trataba de un caso. Sabía que era vital analizarlo como un caso—. Mi figura le atrae porque soy psiquiatra, y una parte de él sabe que necesita ayuda desesperadamente. Y también le atraigo porque encajo con la descripción física de Laura. —Recordó que lo que más miedo daba era la voz. La manera en que se mostraba primero lastimera y después poderosa, con una demencia discreta y resuelta. Tess entrelazó sus manos con fuerza—. Ben, lo que quiero hacerte entender es que era como hablar con dos personas a la vez. Una de ellas estaba afligida, desesperada, casi suplicante. La otra... la otra era desapegada, fanática y decidida.

—Cuando estrangula mujeres solo es una. —Se levantó y se dirigió hacia el teléfono—. Voy a llamar a comisaría. Tenemos que pinchar tu teléfono, este y el de la consulta.

—¿El de la consulta? Ben, muchas veces hablo por teléfono con los pacientes. No puedo poner en peligro su derecho a la confidencialidad.

—No me lo pongas más difícil, Tess.

—Tienes que comprender que...

—¡No! —Ben se volvió rápidamente para mirarla—. Tú tienes que comprender. Hay un maníaco ahí fuera que asesina a mujeres y que ha decidido llamarte. Pondremos micrófonos en el teléfono con tu permiso o con una orden judicial, pero los pondremos. Las otras cuatro mujeres no tuvieron posibilidad de elegir... ¿Comisario? Soy Paris. Tenemos algo.

Lo tuvieron listo en menos de una hora. Llegaron dos policías vestidos con traje y corbata, hicieron lo que parecía unos simples reajustes en el teléfono y rechazaron cortésmente el café que Tess les ofreció. Uno de ellos descolgó el auricular, marcó varios números y probó el micrófono. Cogieron la llave de repuesto de su consulta y se marcharon por donde había venido.

—¿Eso es todo? —preguntó a Ben cuando se quedaron solos.

—Estamos en la era del microchip. Yo sí te aceptaré ese café.

—Ah, por supuesto. —Se fue a la cocina mirando de reojo el teléfono—. Saber que cada vez que conteste al teléfono habrá alguien oyendo todo lo que digo con unos auriculares hace que me sienta expuesta.

—Se supone que tendrías que sentirte protegida.

Al volver con el café, se encontró a Ben de pie mirando por la ventana. Al oírla llegar cerró la cortina a propósito.

—No puedo asegurarte que vuelva a llamar. Tenía miedo, estoy segura de que lo notó, y, maldita sea, no supe manejar bien la situación.

—Supongo que ahora has perdido tu prestigio como superloquera —dijo Ben al tiempo que aceptaba el café y la cogía de la mano—. ¿Tú no tomas?

—No, ya estoy bastante estimulada.

—Estás cansada. —Le pasó el pulgar por los nudillos. De repente se la veía muy frágil, muy pálida, hermosa—. Oye, ¿por qué no vas a tu habitación y descansas un poco? Yo me echaré aquí en el sofá.

—¿Protección policial?

—No, solo es parte de nuestra campaña para mejorar las relaciones entre los polis y los ciudadanos.

—Me alegro de que estés aquí.

—Lo mismo digo. —Le soltó la mano para pasar el dedo por el cierre de su quimono de seda—. Es bonito.

—Te he echado de menos.

El movimiento de su dedo se detuvo. Volvió a mirarla y recordó que esa misma noche ella había llevado pendientes y una piedra en el cuello que hacía juego con sus ojos. Y había tenido tantas ganas de tocarla que le había dolido hasta lo más profundo de su alma. Y se echó atrás, tal y como había hecho antes.

—¿Tienes una manta de sobra?

Tess reconocía el rechazo cuando le golpeaba de lleno en la cara. Al igual que él, dio un paso atrás.

—Sí, voy a por ella.

Ben se maldijo a sí mismo cuando Tess salió y se quedó luchando con sus propias contradicciones. La deseaba. No quería tener una relación con alguien como ella. Ella tiraba de él. Él se resistía. Ella era alegre y encantadora, como las delicias de color rosa y blanco que se veían en los escaparates de las pastelerías. Él ya la había probado y sabía que ciertas delicias pueden crear hábito. Aunque tuviera sitio para ella en su vida, que no era el caso, jamás encajarían. Pero volvió a recordarla riendo apoyada en el alféizar de su ventana.

Tess llegó con una manta y una almohada, y se puso a preparar el sofá.

—No actúas como si quisieras una disculpa.

—¿Por qué?

—Por lo de la semana pasada.

Aunque ella se había prometido no mencionarlo, se preguntaba si él lo sacaría a relucir.

—¿Por qué iba a querer una disculpa?

Ben se quedó mirando cómo remetía los faldones de la manta bajo los cojines del sofá.

—Tuvimos una discusión bastante acalorada. La mayoría de las mujeres que conozco querrían oír el manido «lo siento, me comporté como un capullo».

—¿Lo hiciste?

—¿El qué?

—Ser un capullo.

Ben tuvo que admitir que tenía mucha mano izquierda.

—No.

—Entonces sería estúpido que te disculparas, solo por seguir con la tradición. Bueno, creo que así está bien —dijo cuando terminó de mullir la almohada.

—De acuerdo, maldita sea, me siento como un idiota por la manera en que actué la última vez.

—Actuaste como un idiota. —Tess se volvió desde el sofá para sonreírle—. Pero no pasa nada.

—Muchas cosas de las que dije las dije en serio.

—Lo sé. Yo también.

Bandos opuestos, pensó Ben. Polos opuestos.

—¿Y en qué nos deja eso?

Incluso en el caso de haberlo sabido, no estaba segura de que se lo hubiera dicho. En lugar de eso, mantuvo un tono de voz calmado.

—¿Por qué no lo dejamos en que me alegro de que hayas venido, con todo este...?

Se le fueron los ojos hacia el teléfono.

—No te mortifiques por eso ahora. Déjamelo a mí.

—Tienes razón —dijo entrelazando las manos y separándolas de nuevo—. Si uno piensa mucho en algo así, acaba volviéndose...

—¿Loco?

—Por decirlo en un término inapropiado y genérico. —Tess se apartó y se puso a ordenar el escritorio por hacer algo con las manos—. Me sorprendió mucho verte esta noche en la galería. Ya sé que estamos en una ciudad pequeña, pero... —Se percató de ello entonces; la confusión y el pánico se lo habían ocultado hasta ese momento—. ¿Qué estás haciendo aquí esta noche? ¿No tenías una cita?

—La tenía. Le dije que había una emergencia. Y no me he equivocado mucho. ¿Y la tuya?

—¿Mi qué?

—Tu cita.

—Ah, Dean. Yo, bueno, le dije que me dolía la cabeza. Y era casi cierto. Pero no me has dicho por qué has venido.

Ben hizo caso omiso y cogió su pisapapeles, una pirámide de cristal que reflejó todo el espectro de colores cuando la giró.

—Parece todo un ciudadano de primera clase. Profesor universitario, ¿eh?

—Sí. —Tess notó que algo se asentaba en su interior. No tardó en darse cuenta de que se trataba de regocijo—. ¿Y tu Trixie? Era Trixie, ¿no?

—Eso mismo.

—Parecía encantadora. Me fascina su tatuaje.

—¿Cuál de ellos?

Tess simplemente arqueó una ceja.

—¿Te ha gustado la exposición?

—Me gusta la basura pretenciosa. Y parece que a tu profesor también. Menudo traje. Y esa corbatita tan maqueada con la cadenita de oro era de lo más elegante. —Dejó el pisapapeles sobre el escritorio con tanta fuerza que temblaron los lápices—. Tenía ganas de arrancarle la cabeza de un puñetazo.

Tess le dirigió una sonrisa radiante.

—Gracias.

—No hay de qué. —Ben dio un trago al café y puso la taza sobre el escritorio. Dejaría una marca, pero no le dijo nada—. Hace días que pienso todo el tiempo en ti. ¿Tenéis un nombre para eso?

Tess correspondió a su mirada iracunda con una sonrisa.

—A mí me gusta llamarlo «obsesión». Suena fenomenal.

Se acercó a él. Ya no había razón para nerviosismos ni pretensiones. Cuando Ben llevó las manos hasta sus hombros continuó sonriendo.

—Supongo que todo esto te parecerá muy gracioso.

—Supongo que sí. Y también supongo que puedo asumir un riesgo calculado y decirte que te he echado de menos. Te he echado de menos un montón ¿Te importaría decirme por qué estás tan enfadado?

—Sí. —La atrajo hacia sí y notó cómo sus labios se curvaban, y después se suavizaban y cedían a los suyos. Oyó el roce de la seda de su quimono al rodearla con los brazos. Si hubiera podido marcharse en ese momento lo habría hecho, sin mirar atrás. Pero supo que era demasiado tarde en cuanto se vio en la puerta de su apartamento—. No quiero dormir en ese puñetero sofá. Y no pienso dejarte sola.

Tess hizo un esfuerzo por abrir los ojos, pero por primera vez desde que tenía memoria estaba dispuesta a dejarse llevar.

—Compartiré la cama contigo con una condición.

—¿Cuál?

—Que me hagas el amor.

Ben la acercó más para olerle el pelo y y sentir el roce de este contra su piel.

—Doctora, es usted un hueso muy duro de roer.

11

Tess se despertó con el olor del café. Se tumbó de espaldas y se quedó dormitando con ese aroma tan hogareño y reconfortante. ¿Cuántos años hacía que no se despertaba al olor del café recién hecho? Cuando vivía en la casa de su abuelo, con sus altos techos y su vestíbulo con azulejos, bajaba la elegante escalera por la mañana para encontrárselo ya ante un plato enorme de huevos o de tortitas, con el periódico abierto y el café servido.

Miss Bette, el ama de llaves, ponía la mesa con los platos de diario, los que tenían pequeñas violetas en los bordes. Las flores dependían de la temporada, pero nunca faltaban junquillos, rosas o crisantemos en el jarrón de porcelana azul que perteneció a su tatarabuela. Y siempre con el discreto zumbido de la cola de Trooper, el viejo golden retriever de su abuelo, que se sentaba junto a la mesa esperando alguna migaja. Así habían sido las mañanas de su adolescencia: estables, seguras y familiares; y también las mañanas de su juventud, del mismo modo que su abuelo había sido la figura central en su vida.

Después creció y se mudó a su propio apartamento y a su propia consulta. Y se hizo su propio café.

Se dio media vuelta perezosamente, con ganas de echarse otro sueñecito. Entonces se acordó de todo y se incorporó de repente. Estaba durmiendo sola. Se apartó el pelo de los ojos y palpó el otro lado de la cama.

Ben había cumplido el trato y pasó la noche con ella. Estuvieron revolcándose, amándose y tirándose uno sobre otro hasta que cayeron rendidos por el agotamiento. Sin preguntas, sin palabras, y con sus propias necesidades como única respuesta. Tenerse el uno al otro y nada más. También él lo necesitaba. Tess comprendió cuánta falta le hacían unas horas sin tensiones, sin rompecabezas, sin responsabilidades.

Pero la mañana había llegado y cada uno tenía un trabajo al que enfrentarse.

Se levantó y se puso el quimono, que estaba tirado en el suelo. Quería darse una ducha, una buena ducha caliente, pero el café le apetecía más.

Encontró a Ben en el banquito de su comedor, con un mapa de la ciudad, una maraña de notas y su propia libreta amarilla, todo esparcido sobre la mesa.

—Buenos días.

—Hola —respondió él con aire ausente para después alzar la vista y mirarla. Aunque sonrió, Tess se percató de que estudiaba su rostro con intensidad y con ojos sombríos—. Hola —repitió—. Pensaba que dormirías un poco más.

—Son más de las siete.

—Es domingo —le recordó. Y después se levantó, como si quisiera apartarla de sus tareas en la mesa—. ¿Tienes hambre?

—¿Vas a cocinar?

—¿Eres melindrosa?

—No especialmente.

—Entonces podrás soportar una de mis tortillas. ¿Te apuntas?

—Sí, me apunto. —Tess acompañó a Ben a la cocina y se sirvió un café. Por lo que quedaba en la cafetera parecía que él ya se había tomado varia tazas—. ¿Llevas mucho rato despierto?

—Un poco. ¿Cada cuánto vas al supermercado?

Tess miró el interior de la nevera por encima del hombro de Ben.

—Voy cuando ya no hay más remedio.

—Pues has llegado a ese punto. —Sacó un cartón de huevos en el que había menos de la mitad y un mísero trozo de queso cheddar—. Para las tortillas nos apañaremos. Pero más no.

—Tengo una sartén especial para tortillas. En el segundo estante del armario que tienes a la derecha.

Ben la miró con condescendencia.

—Lo único que hace falta es una sartén caliente y buena mano.

—Gracias por la sugerencia.

Tess apuró un café mientras él cocinaba. Le pareció impresionante y, desde luego, mucho mejor de lo que ella habría conseguido con sus utensilios de gastrónomo y una receta detallada delante. Interesada, se asomó por encima de su hombro, haciendo que Ben se quedara mirándola fijamente en silencio. Tess dividió un panecillo inglés en dos, lo puso en la tostadora y dejó a Ben a su aire.

—Está buena —dictaminó cuando le dio el primer bocado ya en la mesa—. Soy de lo más patético en la cocina. Por eso no compro mucha comida, para no tener que prepararla.

Ben engullía su tortilla con el entusiasmo propio de un hombre que considera la comida un placer físico insustituible.

—Se supone que vivir sola te hace ser autosuficiente.

—Sí, pero no obra milagros.

Él cocinaba, mantenía su apartamento en orden, estaba claro que era muy bueno en su trabajo y, al parecer, no tenía muchos problemas con las mujeres. Tess se acabó el café preguntándose por qué estaba más tensa que cuando se había ido a la cama con él.

Porque ella no tenía la misma mano para los hombres que él para las mujeres. Y también porque no estaba habituada a compartir un desayuno informal después de una noche de sexo frenética. Su primer romance había sido en la universidad. Un desastre. Rondaba ya la treintena y siempre había procurado que sus relaciones con los hombres no fueran comprometedoras. Sus ocasionales aventuras siempre habían sido agradables, pero intrascendentes. Hasta ese momento.

—Tú sí pareces autosuficiente.

—Si te gusta comer, aprendes a cocinar —dijo Ben encogiéndose de hombros—. A mí me gusta comer.

—¿No has estado casado?

—¿Qué? No. —Tragó con ganas y después cogió su parte del panecillo—. Tiende a interponerse en tus...

—¿Amoríos?

—Entre otras cosas —dijo con una sonrisa—. Te sale muy bien el pan con mantequilla.

—Sí, eso es verdad. Yo diría que otra razón por la que nunca te has... establecido es que antepones el trabajo. —Miró hacia los papeles que él había empujado al otro lado de la mesa—. El trabajo policial es exigente y peligroso, y se come mucho tiempo.

—Peligroso no es. Homicidios es como el departamento ejecutivo. Trabajo de escritorio y rompecabezas.

—Ejecutivo —musitó Tess, y recordó la facilidad con la que Ben había desenfundado aquella vez el arma.

—La mayoría va de traje. —Se había pulido prácticamente toda su parte del pan y se preguntaba si podría quitarle a Tess un pedazo del suyo—. Por lo general llegas cuando ya se ha cometido el crimen y luego encajas las piezas. Hablas con la gente, haces llamadas de teléfono, papeleos.

—¿Así es cómo te hiciste la cicatriz? —dijo Tess jugueteando con lo que quedaba de tortilla en su plato—. ¿Haciendo papeleo?

—Ya te lo he dicho, eso pasó hace mucho.

Su mente era demasiado analítica para dejarlo estar.

—Pero te han disparado, probablemente más de una vez.

—A veces vas ahí fuera y la gente no se alegra mucho de verte.

—¿Un día de trabajo normal?

Ben soltó el tenedor cuando se percató de que no lo dejaría pasar.

—Tess, no es como en las películas.

—No, pero tampoco es como vender zapatos.

—Está bien. No digo que no puedas meterte en una situación complicada, pero este tipo de trabajo se basa en el papeleo. Informes, entrevistas, trabajo mental. Pasan semanas, meses, años incluso bajo una rutina increíble, de aburrimiento total, en comparación con los momentos de peligro físico real. Normalmente, un novato de los de uniforme tiene que lidiar con más violencia en un año que yo.

—Entiendo. Entonces lo habitual es que no te veas en situaciones en las que haya que desenfundar el arma.

—¿Adónde quieres llegar?

—Intento comprenderte. Hemos pasado dos noches juntos. Me gusta conocer a la persona con la que me acuesto.

Ben intentaba evitar eso. El sexo era más fácil cuando las persianas estaban echadas.

—Benjamin James Matthew Paris, treinta y cinco años en agosto, uno ochenta y cuatro de altura, setenta y ocho kilos de peso.

Tess apoyó la barbilla sobre los codos y se quedó observándolo.

—No te gusta hablar de tu trabajo.

—¿Qué quieres que te diga? Es un trabajo.

—No, para ti no lo es. Un trabajo es un sitio en el que fichas cada mañana, de lunes a viernes. Y no llevas una pistola por maletín.

—La mayoría de nuestros maletines están descargados.

—Tú has tenido que usarlo.

Ben se bebió el resto del café. Su organismo estaba ya despabilado.

—Dudo que la mayoría de los policías lleguen a recibir la pensión sin haber sacado su arma una vez al menos.

—Sí, lo entiendo. Por otro lado, como médico, he tratado más con las consecuencias. El desconsuelo de la familia, el trauma y la conmoción de la víctima.

—Yo nunca he disparado a una víctima.

Había cierto matiz en su voz que le interesaba. Tal vez le gustara pretender, o incluso creerse, que los aspectos violentos de su profesión eran ocasionales, un efecto secundario esperable. Consideraría que cualquiera a quien disparase en acto de servicio era uno de los malos, como él mismo diría. Y a pesar de ello, Tess estaba segura de que una parte de Ben pensaba en el ser humano de carne y hueso. Esa parte de él perdería el sueño con ello.

—Cuando disparas a alguien en defensa propia —dijo quedamente—, ¿es como en la guerra, donde ves al enemigo como un símbolo más que como un hombre?

—No lo piensas.

—Eso me parece inimaginable.

—Pues créetelo.

—Pero cuando estás en una situación que exige ese tipo de acción defensiva extrema, tiras con intención de herir.

—No. —Con esa respuesta seca Ben se levantó y recogió su plato—. Mira, cuando sacas la pistola no eres como el Llanero Solitario. Eso de rozar la mano del malo con tu bala de plata no existe. Tu vida, la vida de tu compañero y la de algún civil están en peligro. Es blanco o negro.

Ben se llevó los platos, y Tess no le preguntó si había matado a alguien. Ya le había respondido.

Miró los papeles con los que estaba trabajando. Blanco o negro. Él no veía los matices grisáceos que captaba ella. El hombre al que buscaban era un asesino. A Ben no le interesaba el estado de su mente, ni sus emociones, y seguramente tampoco su alma. Tal vez no pudiera permitírselo.

—¿Puedo ayudarte con esos papeles de alguna forma? —preguntó cuando él regresó.

—Es solo trabajo rutinario.

—Soy experta en trabajo rutinario.

—Quizá. Hablaremos de ello más tarde. Ahora tengo que irme, si quiero llegar a la misa de las nueve.

—¿La misa?

Ben sonrió al ver la cara que ponía.

—No he vuelto al redil. Hemos localizado dos iglesias a las que nuestro hombre podría asistir. Cubrimos los oficios en ambas desde las seis y media de la mañana. He conseguido que me den los de las nueve, las diez y las once y media.

—Iré contigo. No, espera —dijo antes de que abriera la boca—. Puedo ser de ayuda. Reconozco las señales, los síntomas.

No merecía la pena decirle que le parecía bien. Mejor que pensara que lo había convencido.

—Luego no me culpes si te flaquean las rodillas.

Tess le tocó una mejilla, pero no lo besó.

—Dame diez minutos.

La iglesia olía a cera de velas y a perfume. Los bancos, alisados por los movimientos oscilantes del roce de cientos de posaderas, estaban a medio llenar para la misa de las nueve. Había silencio, con ocasionales toses y estornudos que retumbaban en el vacío. Una plácida luz mística entraba desde las vidrieras del muro este. En el crucero de la nave se veía el altar, cubierto con su paño y rodeado de velas. Blanco de pureza. Sobre él se erguía el Hijo de Dios, muriendo en la cruz.

Ben y Tess se sentaron en el último banco y dieron un repaso a la congregación. En la parte delantera había unas cuantas ancianas diseminadas entre las familias. En el banco de al lado había una pareja, que habría elegido la parte de atrás, según supuso Ben, por el bebé dormido que la mujer llevaba en brazos. Un hombre mayor que había entrado ayudándose con un bastón estaba sentado solo, separado a medio metro de discreción de una familia de seis miembros. Dos muchachas vestidas de domingo susurraban una junto a la otra, y un niño de unos tres años deslizaba tranquilamente su coche de plástico sobre la madera arrodillado de espaldas al banco. Ben sabía que en su cabeza reproducía los sonidos del motor y el chirrido de los neumáticos.

Tres hombres de los que estaban sentados solos encajaban con la descripción general. Uno de ellos estaba ya de rodillas, con su largo abrigo negro todavía abotonado, a pesar de que en la iglesia hacía calor. Había otro sentado repasando el cantoral ociosamente. Y el tercero permanecía inmóvil en el primer banco. Según le habían informado, Roderick se encargaba de la zona delantera, y el novato, Pilomento, controlaba la parte central.

Un movimiento cerca de Tess lo puso en guardia. Logan se colocó junto a ella, le tocó la mano y sonrió a Ben.

—He tenido a bien acompañaros —dijo con la voz tomada.

Tosió para aclararse la garganta, al tiempo que se cubría la boca con la mano.

—Me alegro de verle, monseñor —murmuró Tess.

—Gracias, querida. No me siento muy bien últimamente y no sabía si podría venir. Esperaba que usted estuviera por aquí. Tiene buen ojo. —Recorrió con la mirada la iglesia a medio llenar. Sobre todo hay jóvenes y ancianos, se dijo. Los de mediana edad rara vez pensaban que Dios necesitara una hora de su tiempo. Se sacó un caramelo del bolsillo y después volvió a mirar a Ben—. Espero que no le importe que me haya presentado. Si por casualidad lo encuentran, puedo ser útil. Al fin y al cabo, yo tengo lo que podríamos llamar la ventaja de jugar en casa.

Era la primera vez que lo veía usar alzacuellos. Ben simplemente asintió al reparar en ello.

El sacerdote entró y la feligresía se levantó. El oficio daba comienzo.

La entrada. El rito. El oficiante con vestiduras verdes, estola, alba, el amito inofensivo bajo sus holgados ropajes, el desgarbado monaguillo vestido de blanco y negro, dispuesto a servir.

Señor, ten piedad.

A cinco bancos de distancia un bebé se puso a llorar desconsoladamente. La parroquia murmuraba los responsos al unísono.

Cristo, ten piedad.

El viejo del bastón rezaba el rosario. Las dos muchachas no podían controlar sus ganas de reír. La madre decía al niño pequeño del cochecito de plástico que se callara.

Un hombre con un amito de seda blanca pegado a la piel sentía cesar el martilleo en su cabeza ante el rumor familiar del oficiante y su congregación. Le sudaban las manos, pero las mantenía juntas ante sí.

El Señor sea contigo.

Y con tu espíritu.

Él lo oía en latín, el latín de su infancia y del seminario. Aquello lo serenaba y hacía que el mundo permaneciera firme.

La liturgia. La congregación sentada con sus ruidos de

movimientos, murmullos y crujidos. Ben observaba sin oír realmente las palabras del cura. Las había oído ya demasiadas veces. Uno de sus primeros recuerdos era estar sentado en un duro banco con las manos entre las rodillas y el cuello almidonado de su mejor camisa raspándole la piel. Tenía cinco años, puede que seis. Josh era el monaguillo.

El hombre del fino abrigo negro se había echado hacia atrás, como si estuviera exhausto. Alguien se sonó la nariz sin disimulo.

—Porque el estipendio y paga del pecado es la muerte —entonó el sacerdote—, empero la vida eterna es una gracia de Dios, por Jesucristo, nuestro Señor.

El hombre daba los responsos sintiendo el amito frío contra la piel, contra el corazón.

—Demos gracias al Señor.

Se levantaron para el Evangelio. Mateo 7.15-21.

—Guardaos de los falsos profetas.

¿No era eso lo que la Voz le había dicho? Permaneció sentado sin moverse, con la cabeza repiqueteando del poder que ello le confería. La emoción, fresca y limpia, reverberó a través de su cansado cuerpo. Sí, guárdate. Ellos no lo entenderían, no te dejarían finalizar, pensó. Ella hacía ver que lo comprendía. La doctora Court. Pero lo único que quería era que lo metieran en un sitio donde no podría acabar su tarea.

Él sabía qué tipo de sitio era aquel: paredes blancas, todas esas paredes blancas y enfermeras blancas con sus caras de aburrimiento y recelo. El sitio en el que había estado su madre durante aquellos últimos terribles años.

«Cuida de Laura. Ella aloja el pecado en su seno y escucha al diablo.» La piel de su madre estaba macilenta y sus mejillas flácidas. Pero los ojos seguían siendo muy oscuros y brillantes. Brillantes por la locura y la conciencia. «Sois gemelos. Si su alma se condena, también se condenará la tuya. Cuida de Laura.»

Pero Laura ya estaba muerta.

Oyó el final del evangelio. Le hablaba a él.

—Señor, Señor, ¿quién entrará en el Reino de los Cielos, sino el que hace la voluntad de mi Padre? —leía el sacerdote.

Bajó la cabeza, asintiendo.

—Alabado sea el Señor.

La congregación volvió a sentarse para la homilía.

Ben notó la mano de Tess posarse sobre la suya. Entrelazó sus dedos con los de ella, consciente de que advertía su incomodidad. Se había resignado a aguantar toda la misa, pero era diferente hacerlo con un sacerdote a menos de medio metro. Aquello le recordaba claramente a cuando iba a la iglesia de pequeño y descubría, para su vergüenza, a la hermana Mary Angelina sentada en el banco anterior al de su familia. Las monjas no eran tan tolerantes como las madres cuando los niños tamborileaban con los dedos o tarareaban para sí durante la misa.

«Has estado soñando despierto otra vez en la misa, Benjamin.» Recordó ese truco de la hermana Mary Angelina, cuando metía sus manos blancas en el interior de las negras mangas y parecía uno de esos muñecos con forma de huevo y base pesada, imposibles de tumbar. «Deberías intentar parecerte más a tu hermano Joshua.»

—¿Ben?

—¿Sí?

—Ese hombre de allí —le dijo Tess al oído con una voz más ligera que una pluma—. El del abrigo negro.

—Sí, ya lo había visto antes.

—Está llorando.

La parroquia se levantó para recitar el Credo. El hombre del abrigo negro continuó sentado, llorando en silencio sobre el rosario. Antes de que concluyera la plegaria se levantó y salió aprisa de la iglesia.

—Quédate aquí —ordenó Ben a Tess, y salió para seguirlo.

Tess hizo ademán de ir con él y Logan la cogió de la mano.

—Tranquila, Tess. Es su trabajo.

No volvió para el momento del ofertorio, ni tampoco para el lavatorio. Tess permanecía sentada con las manos apretadas sobre el regazo y la espalda temblando. Estaba de acuerdo en que Ben conocía su trabajo, pero no el de ella. Si lo habían encontrado, ella tendría que estar fuera. El hombre necesitaría hablar con alguien. Siguió donde estaba, siendo plenamente consciente por primera vez de que tenía miedo.

Ben regresó, se acercó a ellos por detrás con expresión adusta y tocó a Logan en el hombro.

—¿Podría salir un momento?

Logan fue sin cuestionárselo. Tess se vio a sí misma respirando profundamente antes de seguirlos hacia el vestíbulo.

—El tipo está ahí sentado en los escalones. Su mujer murió la semana pasada. Leucemia. Yo diría que lo está pasando bastante mal. Quiero comprobarlo de todas formas, pero...

—Sí, lo entiendo. —Logan miró hacia las puertas cerradas de la iglesia—. Yo me encargaré de él. Hazme saber si hay algún cambio. —Sonrió a Tess y le dio una palmada en la mano—. Me ha encantado verla de nuevo.

—Adiós, monseñor.

Lo vieron salir al frío mordaz de aquella mañana de noviembre. Volvieron al interior en silencio. En el altar, el sacerdote daba la Consagración. Fascinada, Tess se sentó para observar el ritual del pan y del vino.

—Porque este es mi cuerpo —decía el sacerdote.

Las cabezas se inclinaban, aceptando el símbolo y la ofrenda. Le pareció hermoso. El sacerdote sosteniendo en alto la hostia, con esas vestiduras, que le hacían ocupar el altar en toda su extensión. Y después el brillante cáliz de plata, consagrado y elevado al cielo como ofrenda.

Como sacrificio, se dijo Tess. Él había hablado del sacrificio con todo detalle. Esa ceremonia que ella encontraba hermosa, incluso un poco ostentosa, solo significaría sacrificio para él. Su Dios era el del Antiguo Testamento, recto, severo y sediento de sangre en sumisión. El Dios del Diluvio Universal, el de Sodoma y Gomorra. Él no veía esa ceremonia como un vínculo entre la congregación y un Dios amable y misericordioso, sino como un sacrificio necesario.

Cogió a Ben de la mano.

—Creo que en este momento se sentirá... lleno aquí.

—¿Qué?

Tess negó con la cabeza, sin saber muy bien cómo explicarlo.

Desde el altar llegaban las solemnes palabras.

—Como aceptaste los dones del justo Abel, el sacrificio de Abrahám, nuestro padre en la fe, y la oblación pura de tu sumo sacerdote, Melquisedec.

—La oblación pura —repitió Tess—. Blanco de pureza —dijo mirando a Ben con gran horror—. No se trata de salvar. No se trata tanto de salvar como de sacrificar. Y cuando está aquí lo transforma todo para que dé sentido a sus actos. Aquí no se vendría abajo, aquí no. Se alimenta de esto de la manera más enfermiza.

Tess observó cómo el sacerdote tomaba la oblea y bebía el vino tras hacer el signo de la cruz. Símbolos, pensó. Pero qué lejos había llevado ese hombre su transfiguración de los símbolos de la carne y la sangre.

El sacerdote alzó la hostia y habló con una voz clara:

—Este es el Cordero de Dios que quita los pecados del mundo. Señor, no soy digno de que entres en mi casa, pero una palabra tuya bastará para sanarme.

Los miembros de la congregación comenzaron a abandonar los bancos para ir hacia la nave central a fin de recibir la comunión.

—¿Tú crees que comulgará? —musitó Ben mientras observaba el lento movimiento de la cola.

—No lo sé. —De repente tuvo frío. Tenía frío y se sentía insegura—. Creo que lo necesitará. Reconforta, ¿no es cierto?

El cuerpo de Cristo, pensó Ben.

—Sí, esa es la idea.

El hombre que pasaba las hojas del cantoral se levantó para acercarse al altar. El otro hombre en el que se había fijado Ben siguió sentado con la cabeza gacha, quizá rezando o tal vez dormitando.

Había otro que lo necesitaba, y el ansia se avivaba con urgencia en su interior. Casi le temblaban las manos. Quería el ofertorio, que la carne de su Cristo lo llenara y limpiara toda mancha de pecado.

La iglesia se llenaba de voces mientras él permanecía sentado.

«Nacemos en pecado —le decía su madre—. Nacemos pecadores e indignos. Es un castigo, un castigo severo. Pasarás la vida cayendo en el pecado. Si mueres en pecado, tu alma se condenará.»

«Restitución —advertía el padre Moore—. Debes hacer restitución por tus pecados antes de recibir el perdón y la absolución. Restitución. Dios exige restitución.»

Sí, sí, lo entendía. Ya había comenzado la restitución. Había llevado cuatro almas junto al Señor. Cuatro almas perdidas y necesitadas para pagar por aquella que Laura había perdido. La Voz exigía dos más para completar el pago.

«No quiero morir. —Laura le agarraba las manos en sus delirios—. No quiero ir al infierno. Haz algo. Oh, Dios, por favor, haz algo.»

Quería taparse las orejas con las manos, postrarse ante el altar y aceptar la hostia. Pero no era digno. Hasta que no completara su misión, no sería digno de ello.

—Que el Señor sea contigo —dijo el cura claramente.

—*Et cum spiritu teu* —murmuró.

Tess dejó que la refrescante brisa del exterior le diera en la cara y la reanimara después de más de tres horas de oficios. La frustración volvió a ella a medida que observaba a los rezagados de la última misa dirigirse hacia sus coches; frustración y un vago y persistente presentimiento de que el asesino había estado allí todo el tiempo.

Entrelazó su brazo con el de Ben.

—¿Y ahora qué?

—Voy a la comisaría para hacer unas llamadas. Aquí está Roderick.

El agente bajó por la escalera, saludó a Tess con la cabeza y estornudó tres veces en su pañuelo.

—Perdón.

—Tienes un aspecto horrible —comentó Ben encendiéndose un cigarrillo.

—Gracias. Pilomento está comprobando una matrícula. Dice que un tipo que estaba en el banco de al lado se ha pasado la misa hablando entre dientes. —Sintió un escalofrío a causa del viento—. No sabía que vendría, doctora Court.

—He pensado que podría ser de ayuda. —Miró sus ojos enrojecidos y se compadeció de él al ver que le daba un ataque de tos—. Eso no suena muy bien. ¿Ha ido al médico?

—No he tenido tiempo.

—Tenemos medio departamento con gripe —dijo Ben—. Ed amenaza con venir con mascarilla. —Al pensar en su compañero volvió a mirar a la iglesia—. A lo mejor ellos han tenido más suerte.

—Puede —coincidió Roderick, resollando—. ¿Vas a la comisaría?

—Sí, tengo que hacer unas llamadas. Hazme un favor. Vete a casa y tómate algo para eso. Tu escritorio está demasiado cerca del mío.

—Tengo que redactar un informe.

—Que le den al informe —dijo Ben, y luego se alejó al recordar que estaban a escasos metros de la iglesia—. Deja tus gérmenes en casa durante un par de días, Lou.

—Sí, tal vez. Llámame si Ed ha descubierto algo.

—Claro. Tómatelo con calma.

—Y vaya al médico —añadió Tess.

Roderick esbozó una media sonrisa y se marchó.

—Suena como si estuviera llegándole a los pulmones —dijo en voz baja, pero cuando se volvió hacia Ben vio que él ya tenía la mente en otra parte—. Mira, sé que estás ansioso por hacer esas llamadas, así que cogeré un taxi.

—¿Qué?

—Digo que cogeré un taxi a casa.

—¿Por qué? ¿Ya te has cansado de mí?

—No. —Para demostrárselo le dio un tierno beso—. Sé que tienes trabajo que hacer.

—Pues ven conmigo. —No estaba preparado para dejarla marchar, ni para olvidarse del poco tiempo privado y sin complicaciones que le quedara a su fin de semana—. Cuando lo deje todo atado podemos ir a tu casa y...

Ben se agachó y le mordisqueó el lóbulo de la oreja.

—Ben, no podemos estar haciendo el amor todo el tiempo.

La llevó al coche cogida por la cintura.

—Claro que podemos, yo te lo demostraré.

—No, en serio. Hay razones biológicas. Confía en mí, soy doctora.

Se quedó parado ante la puerta del coche.

—¿Qué razones biológicas?

—Me muero de hambre.

—Ah. —Le abrió la puerta y después dio la vuelta para sentarse en el asiento del conductor—. Vale, pasaremos rápidamente por el mercado de camino. Puedes preparar la comida.

—¿Puedo?

—Yo he hecho el desayuno.

—Ah, has hecho el desayuno. —Se arrellanó en el asiento, pensando en cuánto le apetecía la idea de una tarde de domingo en casa—. De acuerdo, haré la comida. Espero que te gusten los sándwiches de queso.

Se acercó a ella tanto que su aliento le rozaba los labios.

—Después te enseñaré lo que se supone que se debe hacer los domingos por la tarde.

Tess dejó que sus ojos entrecerrados palpitaran.

—¿Y qué es?

—Beber cerveza y ver un partido de fútbol.

La besó con ganas y arrancó el coche mientras ella reía.

El hombre observó cómo se marchaban el uno pegado al otro. La había visto en la iglesia. En su iglesia. Aquello, que ella fuera a su iglesia a rezar, era una señal, claro está. Al principio se enfadó un poco, pero después se dio cuenta de que había sido guiada hasta allí.

Ella sería la ultima. La última, y después él.

Se quedó mirando el coche y, a través de la ventanilla lateral, vio el cabello de Tess. Un pájaro se posó junto a él sobre la rama de un árbol sin hojas y lo miró con sus ojos negros y brillantes, los ojos de su madre. Se marchó a casa a descansar.

—Creo que he encontrado un sitio.

Ed estaba sentado firme al escritorio, tecleando en su máquina de escribir con dos dedos.

—¿En serio? —Ben estaba en el suyo, con el mapa de la ciudad abierto de nuevo frente a él. Dibujaba líneas a lápiz pacientemente para conectar los escenarios del crimen—. ¿Un sitio para qué?

—Para vivir.

—Ajá.

Alguien abrió la nevera y se quejó de que le habían robado una lata de A&W. Nadie le prestó atención. El personal había ido reduciéndose por la gripe y un doble homicidio en la Universidad de Georgetown. Alguien había pegado un pavo de cartón a la ventana, pero esa era la única señal visible de día festivo. Ben hizo un círculo alrededor del edificio de apartamentos de Tess antes de volverse hacia Ed.

—¿Y cuándo te mudas?

—Depende. —Ed miró las teclas con el entrecejo fruncido, dudó un instante, y después volvió a encontrar su ritmo—. Habrá que ver cómo va el contrato.

—¿Has matado a alguien para quedarte con su apartamento?

—Es un contrato de venta. Mierda, esta máquina de escribir está estropeada.

—¿De venta? —Ben soltó el lápiz y lo miró fijamente—. ¿Vas a comprar una casa? ¿Comprar?

—Eso mismo. —Ed aplicó pacientemente el corrector líquido sobre su último fallo, sopló encima y volvió a mecanografiar. Tenía una lata de Lysol en espray al lado. Si aparecía alguien con pinta de contagioso, rociaba toda la zona—. Tú me lo recomendaste.

—Sí, pero solo estaba... ¿Vas a comprarla? —Ben puso papel usado encima de la lata vacía de A&W que había en su papelera para borrar el rastro—. ¿Qué tipo de estercolero puedes permitirte con el sueldo de detective?

—Algunos sabemos ahorrar. Voy a usar mi patrimonio.

—¿Patrimonio? —Ben alzó los ojos al techo antes de doblar el mapa. Aquello no le llevaba a ningún sitio—. El chico tiene patrimonio —dijo hablándole a la comisaría—. El próximo día vendrás diciéndome que inviertes en bolsa.

—He hecho alguna pequeña inversión, inversiones conservadoras. En servicios, sobre todo.

—Servicios. Los únicos servicios que tú conoces son los del gas y el agua. —Pero se quedó observándolo con incertidumbre—. ¿Dónde está?

—¿Tienes unos minutos?

—Tengo un descanso ahora.

Ed sacó el informe de la máquina de escribir, lo miró con recelo y lo guardó.

—Demos un paseo.

No tardaron mucho. El barrio estaba a las afueras de Georgetown, en la zona fea. Las casas adosadas tenían un aspecto más desvencijado que distinguido. Las flores de otoño habían languidecido por simple falta de interés y se veían descoloridas entre la maraña de hojas sin recoger. Había una bicicleta encadenada a un poste. La habían despojado de todo cuanto se le podía quitar. Ed subió el coche a la acera.

—Aquí la tienes.

Ben volvió la cabeza con reservas. En su favor hay que decir que no dio muestras de sorpresa.

Era una casa estrecha de tres pisos, con la entrada a poco más de seis pasos de la acera. Había dos ventanas tapadas con tablones, y las persianas que seguían en pie inclinaban su borrachera hacia un lado. El ladrillo se veía viejo y desvaído, salvo en una parte en la que habían pintado una obscenidad con espray. Ben salió del coche y se apoyó en el capó, esforzándose por no creer lo que veían sus ojos.

—Está bien, ¿eh?

—Sí, muy bien. Ed, no tiene canalones.

—Lo sé.

—La mitad de las ventanas están rotas.

—He pensado que podría remplazar un par de ellas por vidrieras.

—No creo que hayan reformado el techo desde los tiempos de la Depresión. La primera.

—Estoy mirando tragaluces.

—De paso también podrías ver si encuentras una bola de cristal. —Ben se metió las manos en los bolsillos de la chaqueta—. Veamos el interior.

—Todavía no tengo la llave.

—Por Dios. —Ben subió los tres escalones de cemento roto murmurando algo, sacó la cartera y encontró una tarjeta de crédito. La lastimera cerradura se abrió sin quejarse—. Me siento como si tuviera que cruzar el umbral contigo en brazos.

—Cómprate tu propia casa.

La entrada estaba llena de telarañas y cagarrutas de roedores diversos. El papel de la pared se veía gris. Un escarabajo de caparazón gordo reptaba perezosamente sobre él.

—¿Cuándo baja Vincent Price por la escalera?

Ed miró a su alrededor y vio un castillo en potencia.

—Solo necesita una buena limpieza.

—Y un exterminador. ¿Hay ratas?

—Supongo que en el sótano —dijo Ed alegremente, y se dirigió a lo que en su momento había sido una sala de estar encantadora.

Era estrecha y de techos altos, con las puertas de lo que debían de ser unas ventanas de metro y medio también tapadas con tablones. La piedra de la chimenea permanecía intacta, pero alguien le había arrancado el marco. El suelo bajo aquella capa de suciedad y polvo podría haber sido perfectamente de roble.

—Ed, este sitio...

—Tiene un potencial increíble. La cocina tiene un horno de barro empotrado en la pared. ¿Has probado alguna vez pan hecho en un horno de barro?

—No se compra una casa para hacer pan. —Ben volvió al pasillo con la vista en el suelo, a la búsqueda de señales de vida—. ¡Señor, pero si aquí hay un agujero en el techo! Mide más de un puto metro de ancho.

—Es lo que va primero en mi lista —comentó Ed yendo a su encuentro.

Se quedaron en silencio, mirando el agujero durante un instante.

—Lo que tienes que hacer no es una lista, es un compromiso de por vida. —Mientras miraban el agujero, una araña del tamaño de un pulgar humano bajó del techo y se plantó a sus pies haciendo un ruido distinguible. Ben la apartó de una patada, más que asqueado—. No puedes hablar en serio de comprar esto.

—Pues claro que sí. Llega un momento de tu vida en el que tienes que asentarte.

—No te habrás tomado lo de casarte igual de en serio.

—Tener un sitio propio —continuó Ed plácidamente—. Un taller, un pequeño jardín, tal vez. Hay un buen rincón para las hierbas ahí detrás. Un sitio como este me haría tener un objetivo. Me imagino arreglando las habitaciones una a una.

—Tardarás cincuenta años.

—No tengo nada mejor que hacer. ¿Quieres ver la parte de arriba?

Ben volvió a mirar el agujero.

—No, quiero seguir vivo. ¿Cuánto? —preguntó a bocajarro.

—Setenta y cinco.

—¿Setenta y cinco? ¿Setenta y cinco mil? ¿Dólares?

—Las propiedades escasean en Georgetown.

—¿Georgetown? Por los clavos de Cristo, esto no es Georgetown. —Algo más grande que la araña se movió en la esquina. Ben cogió su pistola—. La primera rata que vea se va a comer esto.

—Es solo un ratoncillo de campo —dijo Ed, y le puso una mano en el hombro para tranquilizarlo—. Las ratas se quedan en el sótano o en el desván.

—¿Qué pasa, es que tienen contrato? —exclamó, pero se guardó el arma—. Escucha, Ed, los agentes inmobiliarios y los promotores alargan los términos para poder llamar a esto Georgetown y quedarse con idiotas como tú por setenta y cinco mil dólares.

—Solo les ofrezco setenta.

—Ah, eso lo cambia todo. Solo les ofreces setenta. —Empezó a deambular, pero se dio contra una telaraña enorme. Hizo aspavientos para liberarse entre insultos—. Ed, esto te pasa por comer tantas pipas de girasol. Necesitas carne roja.

—Te sientes responsable —dijo Ed sonriendo, terriblemente satisfecho, antes de pasar a la cocina.

—No es verdad. —Ben se metió las manos en los bolsillos—. Sí, maldita sea, me siento responsable.

—Ese es el jardín. Mi jardín —continuó Ed, señalándoselo en cuanto Ben siguió sus pasos—. Supongo que podré cultivar albahaca, un poco de romero, tal vez lavanda en ese rinconcito al que da la ventana.

Ben vio un trozo de hierbajos de medio metro tan espeso como para pasar dos veces la cortadora de césped.

—Has estado trabajando demasiado. Este caso nos está volviendo majaras a todos. Ed, escucha atentamente lo que voy a decirte, a ver si te suena. Carcoma. Termitas. Bichos.

—Voy a cumplir treinta y seis años.

—¿Y?

—Nunca he tenido una casa propia.

—Caray, todo el mundo tiene que cumplir treinta y seis algún día, y no por eso tienen una casa.

—Joder, yo es que ni tan siquiera he vivido en una. Siempre he vivido en apartamentos.

La cocina olía a décadas de grasa, pero esa vez Ben no dijo nada.

—Tiene desván. Como los que se ven en las películas, con arcones, muebles viejos y sombreros raros. Me gusta eso. Lo primero que haré será la cocina.

Ben miró el deplorable montón de hierba que había fuera.

—Vapor —dijo—. Eso es lo mejor para sacar todo ese papel de pared viejo.

—¿Vapor?

—Sí. —Ben sacó un cigarrillo y sonrió—. Vas a necesitar un montón. Yo salía con una que trabajaba en una tienda de pinturas. Marli... Sí, creo que se llamaba Marli. Seguramente me hará descuento todavía.

—¿Has salido con alguna que trabaje en una serrería?

—Lo miraré. Vamos, que tengo que hacer una llamada.

Pararon en una cabina de teléfonos a varios kilómetros de allí. Ben encontró una moneda y llamó a la consulta de Tess, mientras Ed entraba en el Seven Eleven.

—Consulta de la doctora Court.

—Detective Paris.

—Sí, detective, un momento.

Se oyó un clic y un silencio, y después otro clic.

—¿Ben?

—¿Cómo está, doctora?

—Estoy bien —dijo Tess al tiempo que recogía el escritorio—. A punto de salir hacia la clínica.

—¿A qué hora acabas allí?

—Normalmente a las cinco y media, puede que a las seis.

Ben echó una ojeada a su reloj y reorganizó sus planes.

—Vale. Te recojo.

—Pero no tienes que...

—Sí tengo que. ¿Quién te hace la cobertura hoy?

—¿Disculpa?

—¿Quién hace guardia contigo en la consulta? —explicó Ben mientras intentaba encontrar un rincón en la cabina donde no llegara el viento.

—Ah, el sargento Billings.

—Perfecto. —Se protegió con las manos para encenderse un cigarrillo y deseó como nunca haberse acordado de los guantes—. Dile que te acompañe a la clínica.

Hubo un silencio. Ben notó que Tess se ponía de mal humor y estuvo tentado de reír.

—No veo por qué no puedo conducir hasta la clínica yo sola como he hecho todas las semanas de los últimos años.

—No te pido que veas por qué, Tess. Yo encuentro infinidad de razones. Nos encontramos a las seis.

Colgó, consciente de que ella todavía sostenía el teléfono y aguantaba su mal humor hasta que se le pasara. Tess jamás habría hecho nada tan infantil y típico como colgarlo de golpe.

Ben no se equivocaba. Tess contó lentamente hasta cinco y después colgó el teléfono con calma. Apenas lo había soltado cuando Kate volvió a llamarla.

—¿Sí?

Le costó bastante no pronunciar esa palabra con rabia.

—Tienes otra llamada por la línea dos. No quiere darme su nombre.

—De acuerdo. La... —Se le encogió el estómago y tuvo un mal presentimiento—. Pásamela, Kate.

Se quedó mirando el lento parpadeo de la luz del botón.

—Al habla la doctora Court.

—La vi en la iglesia. Vino.

—Sí. —Las instrucciones que le habían dado pasaron por su cabeza rápidamente. Intenta que no cuelgue, se dijo. Que esté calmado y no cuelgue—. Esperaba poder verle allí y hablar con usted otra vez. ¿Qué tal está?

—Estuvo allí. Ahora lo comprende.

—¿Comprender qué?

—Ahora comprende la grandeza. —Su voz era tranquila. Había tomado una decisión y confirmado su fe—. Los sacrificios que se nos piden son muy pocos, comparados con la recompensa de la obediencia. Me alegro de que fuera, así puede comprenderlo. Antes tenía dudas.

—¿Qué clase de dudas?

—Dudaba de la misión. —Bajó la voz, como si con solo susurrar sus dudas cometiera un pecado—. Pero ya no.

Tess decidió arriesgarse.

—¿Dónde está Laura?

—Laura. —Tess lo oyó sollozar—. Laura espera en el purgatorio, sufriendo hasta que yo expíe sus pecados. Soy responsable de ella. No tiene a nadie más que a mí y a la Santa Madre para que intercedamos en su favor.

Entonces Laura estaba muerta. Ya estaba seguro de ello.

—Debió de quererla mucho.

—Ella era la mejor parte de mí. Estábamos unidos antes de nacer. Ahora debo eximirla de sus pecados para seguir juntos después de la muerte. Ahora lo comprende. Por eso vino. Su alma se unirá a la de las otras. Yo la absolveré en el nombre del Señor.

—No puede matar más. Laura no querría que volviera a matar.

Hubo un silencio de dos, tres, cuatro segundos.

—Yo creía que lo había comprendido.

Tess reconoció aquel tono de voz, la acusación, la traición. Estaba a punto de perderlo.

—Creo que lo comprendo. Y si no lo hago, necesito que me lo explique. Quiero comprenderlo, quiero que me ayude a entenderlo. Por eso fui, para hablar con usted.

—No, es mentira. Está repleta de pecado y de mentiras.

Lo oyó musitar el Padre Nuestro justo antes de que se cortara la comunicación.

Cuando volvieron a las dependencias de la policía, Lowenstein, que estaba de pie junto a su escritorio, le hizo señas, aguantando el teléfono con el hombro para tener las manos libres.

—No puede vivir sin mí —comentó Ben a Ed.

Estaba a punto de rodearla con un brazo, no para agarrarla por la cintura sino para quitarle las pasas recubiertas de chocolate que tenía en el escritorio.

—Ha vuelto a llamar a Court —dijo Lowenstein.

La mano de Ben quedó paralizada.

—¿Cuándo?

—La llamada se realizó a las once y veintiún minutos.

—¿La han localizado?

—Sí. —Cogió una libreta de su escritorio y se la pasó—. Lo han delimitado a esa zona. Debía de estar entre esas cuatro manzanas. Goldman dice que la doctora lo ha hecho de maravilla.

—Joder, pero si estábamos ahí mismo —dijo tirando la libreta sobre el escritorio—. Hemos tenido que cruzarnos con él por el camino.

—El comisario ha enviado a Bigsby, Mullendore y varios agentes para que peinen el área y busquen testigos.

—Les echaremos una mano.

—Ben, Ben, espera. —Se paró en seco y se volvió con impaciencia. Lowenstein tapó el micrófono del teléfono con el hombro—. Van a mandarnos una transcripción de la llamada para el comisario. Creo que querrás verla.

—Vale, la leeré cuando vuelva.

—Creo que querrás leerla ahora, Ben.

Unas cuantas horas en la clínica Donnerly eran suficientes para que Tess se olvidara de su propio nerviosismo. Sus pacientes iban desde el ejecutivo maníaco depresivo a los yonquis callejeros con síndrome de abstinencia. Trabajaba en la clínica junto a los médicos residentes una vez por semana, o dos si tenía tiempo. Había pacientes a los que veía en contadas ocasiones, pero a algunos los trataba semanalmente a lo largo de los meses.

Colaboraba con ellos siempre que podía porque no era un hospital de élite al que fueran los ricos cuando sus problemas o adicciones resultaban insoportables. Ni tampoco era una clínica de mala muerte dirigida por idealistas sin blanca. Se trataba de una institución competente y necesitada que aceptaba a enfermos mentales de toda condición.

Había una mujer con Alzheimer en la segunda planta que cosía muñecas para sus nietos y luego jugaba con ellas cuando se olvidaba de que los tenía. Uno de los internados se creía John Kennedy y pasaba la mayor parte del día escribiendo discursos sin hacer daño a nadie. Los más violentos estaban en la tercera planta, donde reforzaban la seguridad. Las ventanas tenían barrotes y las puertas, de cristal grueso, permanecían cerradas.

Tess pasó casi toda la tarde allí. A las cinco ya estaba prácticamente desecha. Estuvo casi una hora con un esquizofrénico paranoide que le había soltado obscenidades e incluso llegó a tirarle encima la bandeja de la comida, a tal punto de que tuvieron que acudir dos ordenanzas para inmovilizarlo. Ella misma le puso una inyección de Thorazine, pero no sin arrepentirse. Tendría que seguir medicándose toda la vida.

Cuando el enfermo se calmó, lo dejó en el cuarto de personal para que tuviera unos momentos de tranquilidad. Todavía le quedaba una paciente, Lydia Woods, una madre de treinta y siete años que sacaba adelante un hogar con tres niños, tenía un trabajo a tiempo completo de corredora de bolsa, presidía la asociación de padres del colegio, preparaba platos de alta cocina, iba a todas las funciones de la escuela y había sido nombrada mujer emprendedora del año; la nueva mujer, esa que podía tenerlo y controlarlo todo.

Hacía dos meses que se había derrumbado violentamente en una función del colegio. Le dieron convulsiones y un ataque que la mayoría de los horrorizados padres tomó por epilepsia. Cuando la llevaron al hospital, descubrieron que tenía un síndrome de abstinencia tan acusado como el de la adicción a la heroína.

Lidya Woods mantuvo su mundo perfecto en pie a base de Valium y alcohol, hasta que su marido la amenazó con el divorcio. Para demostrar su fuerza de voluntad, quiso desengancharse de golpe e ignoró las reacciones físicas, en un intento desesperado por conservar su vida tal y como la había estructurado.

En ese momento, a pesar de que la enfermedad física estaba bajo control, la obligaban a enfrentarse con las causas y las consecuencias.

Tess bajó en el ascensor a la primera planta y pidió el historial de Lydia. Le echó un vistazo y se lo puso bajo el brazo. Su habitación estaba al final del pasillo. Tess vio la puerta abierta, pero llamó antes de entrar.

Las cortinas estaban echadas y la luz atenuada. Había flores junto a la cama, claveles de color rosado. Daban un aroma ligero, suave y esperanzador. Lydia, que estaba en la cama, acurrucada contra la blanca pared, hizo como si Tess no hubiera entrado.

—Hola, Lydia. —Tess dejó el historial sobre una mesita y echó un vistazo a la habitación. La ropa del día anterior estaba amontonada en una esquina—. Está muy oscuro aquí —dijo, dirigiéndose a la cortina.

—Me gusta así.

Tess miró la figura que yacía sobre la cama. Era hora de presionar.

—A mí no —dijo simplemente, y abrió la cortina.

Cuando entró la luz, Lydia se volvió y la fulminó con la mirada. No se había molestado en peinarse ni maquillarse. Hizo una mueca de asco y rencor.

—Es mi habitación.

—Sí, lo es. Por lo que me han contado pasas bastante tiempo sola aquí dentro.

—¿Y qué coño quieres que haga en este sitio? ¿Hacer canastos entre todos estos colgados y majaderos?

—Podrías probar a darte un paseo por los alrededores.

Tess se sentó, pero no tocó el historial.

—Este no es mi sitio. No quiero estar aquí.

—Puedes irte cuando quieras. —Tess observó cómo se incorporaba y encendía un cigarrillo—. Esto no es ninguna prisión, Lydia.

—Para ti es fácil decirlo.

—Ingresaste por tu propia voluntad. Cuando te sientas preparada, puedes marcharte.

Lydia siguió fumando melancólicamente sin decir palabra.

—Por lo que parece tu marido vino ayer a verte.

Lydia miró las flores y le volvió la cara.

—¿Y?

—¿Cómo te sentiste al verlo?

—Oh, me encantó —espetó—. Me encanta que venga aquí y me vea en este estado —dijo, y se cogió un mechón de su pelo sin lavar—. Le dije que debería venir con los niños para que vean la arpía deplorable en que se ha convertido su madre.

—¿Sabías que iba a venir?

—Sí.

—Tienes una ducha ahí mismo. Champú, maquillaje.

—¿No eras tú la que decía que me ocultaba detrás de las cosas?

—No es lo mismo usar drogas con receta y alcohol que hacer un esfuerzo para que tu marido te vea bien. Querías que te viera así, Lydia. ¿Para qué? ¿Para que saliera de aquí sintiéndose culpable? ¿Para darle pena?

La flecha acertó en el blanco y lo incendió, tal y como ella esperaba.

—Tú cállate. Eso no es asunto tuyo.

—¿Las flores las trajo tu marido? Son preciosas.

Lydia volvió a mirarlas. Le daban ganas de llorar al verlas, de perder ese punto de amargura y fracaso con el que se defendía. Cogió el jarrón con sus flores y lo arrojó contra la pared.

Ben oyó el ruido desde el pasillo, donde le habían dicho que esperase. Se había levantado de la silla y se dirigía hacia la puerta abierta cuando una enfermera lo detuvo.

—Lo siento, señor. Me temo que usted no puede entrar. La doctora Court está con una paciente —dijo mientras le salía al paso y se dirigía ella misma hacia la habitación.

—Ah, señora Rydel —oyó que decía Tess con voz fría y serena—. ¿Puede traernos un recogedor y una fregona para que la señora Woods limpie esto?

—¡No lo limpiaré! —gritó Lydia—. ¡Es mi habitación y no pienso limpiarlo!

—En ese caso yo que usted vigilaría por donde ando, no fuera que me cortara con un cristal.

—Te odio. —Al ver que Tess no se inmutaba, lo gritó más fuerte—. ¡Te odio! ¿Me oyes?

—Sí, te oigo perfectamente. Pero me pregunto si me gritas a mí o a ti misma.

—¿Quién coño te has creído que eres? —dijo maniobrando con la mano arriba y abajo para apagar el cigarrillo, como si usara un martillo neumático—. Vienes aquí todas las semanas con tu cara de santurrona engreída y tus bonitos trajes caros, y esperas que yo desnude mi alma. Pues no pienso hacerlo. ¿Te crees que tengo ganas de hablar con una dama de hielo que tiene toda su vida resuelta? La señorita Perfecta que trata casos perdidos por afición, y luego se vuelve a su casa impecable y se olvida de ellos.

—No me olvido de ellos, Lydia.

La voz de Tess era tranquila y contrastaba fuertemente con la de ella, pero Ben la oía con claridad.

—Me das asco —dijo Lydia levantándose de la cama por primera ve en el día—. No puedo ni verte, con esos zapatos italianos y tus brochecitos de oro y toda tu perfección de niña bonita.

—Yo no soy perfecta, Lydia. Nadie lo es. Y nadie tiene que serlo para ganarse el amor y el respeto.

Las lágrimas empezaron a brotar, pero Tess no se acercó para ofrecerle consuelo. No era el momento.

—Qué sabrás tú lo que es equivocarse. ¿Qué coño sabes tú de mi vida? Maldita sea, yo hacía que las cosas funcionaran. Vaya si lo hacía.

—Sí, lo hacías. Pero nada funciona eternamente si no te permites tener fallos.

—Yo era tan buena como tú. Era mejor. Tenía ropa como la tuya. Y un hogar. Te odio por venir aquí y recordármelo. Sal. Sal de una vez y déjame en paz.

—De acuerdo. —Tess se levantó y se llevó el historial—. Volveré la semana que viene. O antes, si pides que venga. —Se dirigió hacia la puerta y luego se dio la vuelta—. Todavía tienes un hogar, Lydia. —La enfermera estaba en la entrada con el recogedor y la fregona. Tess le quitó las cosas de la mano y las puso dentro contra la pared—. Les diré que traigan otro jarrón para poner las flores.

Tess salió de la habitación y cerró los ojos durante un instante. Esa clase de aversión violenta, aunque procediera de una enfermedad y no fuera de corazón, era difícil de aceptar.

—¿Doctora?

Tess volvió en sí y abrió los ojos. Ben estaba allí, a unos pasos de distancia.

—Llegas pronto.

—Sí. —Caminó hasta ella y la agarró por el brazo—. ¿Qué demonios haces en un sitio como este?

—Mi trabajo. Tendrás que esperarme un minuto. He de introducir algunos datos en el historial.

Tess volvió a la sala de las enfermeras, miró su reloj y se puso a escribir. Ben la observaba. En ese momento se la veía totalmente indiferente a la escena que acababa de tener lugar. Su rostro permanecía sereno mientras escribía con una letra que a buen seguro sería muy profesional. Pero él acababa de verla con la guardia baja cuando salió al pasillo, incapaz de ocultar que le había afectado. No le gustaba aquello, del mismo modo que no le gustaba ese sitio con sus limpias paredes blancas y sus caras miserables.

Tess devolvió el historial a la enfermera, dijo varias cosas en voz baja que se referían, presumiblemente, a la mujer que acaba de vilipendiarla y miró de nuevo su reloj.

—Siento haberte hecho esperar —dijo a Ben cuando estuvo de vuelta—. Tengo que coger mi abrigo. ¿Por qué no me esperas fuera?

Poco después, se lo encontró de pie al borde del césped, fumando con avidez.

—Antes en el teléfono no me diste la oportunidad de decir que no hace falta que te molestes con esto. Llevo yendo y viniendo de la clínica sola desde hace mucho tiempo.

Ben tiró el cigarrillo y se esforzó por aplastarlo.

—¿Por qué has aguantado toda esa mierda?

Tess dio un hondo suspiro antes de enlazar su brazo con el de Ben.

—¿Dónde has aparcado?

—Eso de contestar a una pregunta con otra es basura psiquiátrica.

—Sí, es verdad, lo es. Mira, si no me atacara, no estaría haciendo bien mi trabajo. Es la primera vez que llegamos a alguna parte desde que empecé a verla. Ahora dime, ¿dónde has aparcado? Hace frío.

—Por aquí. —Ben se puso a caminar junto a ella, más que feliz de dejar esa clínica atrás—. Ha vuelto a llamarte.

—Sí, justo después de hablar contigo. —Le habría encantado tratar ese tema con la misma tranquilidad profesional con la que se enfrentaba a sus pacientes en la clínica—. ¿Han podido localizar la llamada?

—Han reducido el radio a un par de manzanas. Nadie ha visto nada. Seguimos trabajando en ello.

—Su Laura está muerta.

—Eso ya me lo figuraba. —Puso la mano en la puerta del coche y luego la retiró—. Y también me figuraba que tú serías su siguiente objetivo.

No palideció, ni tampoco se sobresaltó. Ben no esperaba que lo hiciera. Simplemente asintió, aceptándolo, y le puso la mano sobre el brazo.

—¿Me harías un favor?

—Puedo intentarlo.

—No hablemos de ello esta noche. Ni una palabra.

—Tess...

—Por favor. Tendré que ir mañana contigo a la comisaría para hablar con el comisario Harris. ¿No te parece suficiente pronto para darle vueltas a todo esto?

Le puso sus frías manos sin guantes en la cara.

—No permitiré que te suceda nada. No me importa lo que tenga que hacer.

Tess sonrió y lo cogió por las muñecas.

—Entonces no tengo que preocuparme de nada, ¿no?

—Me importas mucho —dijo Ben con cautela. Era lo más cerca de una declaración de amor que había estado nunca de hacer a una mujer—. Quiero que lo sepas.

—Entonces llévame a casa, Ben —dijo, y le besó las manos—. Y demuéstramelo.

13

El encargado de mantenimiento limpiaba a regañadientes un charco de color pardusco en el pasillo de acceso a las oficinas de la comisaría. Bajo el fuerte olor a pino del detergente persistían otros olores humanos. La máquina que dispensaba café solo, café con leche y chocolate caliente, cuando tenía el día bueno, descansaba como un soldado herido, apoyada contra su compañera de las chocolatinas Hershey y Baby Ruth. Había vasos desechables dispersos por todo el suelo de baldosas. Ben condujo a Tess para esquivar la peor parte.

—¿Ha vuelto a explotar la máquina del café?

El hombre, con el mono y pelo iguales de grises y polvorientos, lo miró sosteniendo el palo de la fregona.

—Chavales, deberíais dejar de dar patadas a las máquinas. Mira esa marca —dijo chapoteando sobre el café y el Lysol para enseñársela—. Criminal.

—Sí —asintió Ben, y miró la máquina de chocolatinas con rencor. Él mismo le había añadido una nueva muesca el día anterior, después de que volviera a tragarse otros cincuenta centavos—. Alguien tendría que investigarlo. Cuidado con los zapatos, doctora.

La llevó a las oficinas, donde a las ocho de la mañana los teléfonos ya estaban sonando sin parar.

—Paris. —Lowenstein lanzó un vaso desechable que dio en el borde de la papelera y cayó dentro—. La hija del comisario dio a luz anoche.

—¿Anoche? —Ben se detuvo ante en su escritorio para revisar los mensajes. El de su madre le recordaba que no la veía desde hacía casi un mes.

—A las diez y treinta y cinco.

—Mierda, ¿no podía esperar un par de días? He puesto el día quince en la porra. —Bueno, si había cooperado trayendo un niño, todavía le quedaba una posibilidad—. ¿Qué ha sido?

—Niña. Tres kilos y medio. Jackson ha acertado de pleno.

—Cómo no.

Lowenstein se levantó y repasó a Tess con una mirada profesional. Estimó que el bolso de piel de serpiente costaría unos ciento cincuenta dólares y sintió un pequeño e inofensivo arrebato de envidia.

—Buenos días, doctora Court.

—Buenos días.

—Ah, si quiere café o cualquier cosa, lo cogeremos de la sala de juntas hasta que arreglen la máquina. Tenemos reunión dentro de unos minutos.

El perfume era francés, y original, dedujo Lowenstein aspirando discretamente.

—Gracias, esperaré.

—¿Por qué no te sientas hasta que el comisario termine? —sugirió Ben, y buscó una silla limpia con la mirada—. Tengo que devolver un par de llamadas.

Del pasillo llegó una retahíla de obscenidades, y después un crujido metálico. Tess se volvió a tiempo para ver el agua sucia del cubo corriendo por el pasillo. Tras esto, se desataron todos los infiernos.

Un individuo negro y fornido con las manos esposadas a la espalda estaba a punto de escaparse cuando otro hombre, vestido con un guardapolvos, le inmovilizó la cabeza con una llave.

—¡Mira cómo me ha puesto el suelo! —El encargado de mantenimiento apareció en escena. Gesticulaba sin parar de rabia. No dejaba de mover la fregona y de esparcirlo todo—. Pienso ir al sindicato. Ya veréis si voy.

El prisionero intentaba zafarse y se retorcía como una trucha recién cogida mientras el agente a su cargo aguantaba como podía.

—Quítame esa fregona mojada de la cara.

Intentó evitar que volviera a mojarlo, sin resuello y con la cara enrojecida, mientras el otro profería un agudo y estremecedor lamento.

—Joder, Mullendore, ¿no puedes controlar a tus prisioneros? —Ben fue en su ayuda sin prisa, pero el sujeto había conseguido hundir los dientes en la mano de Mullendore, que gruñó con voz grave. Acto seguido el detenido fue de cabeza a por Ben—. Jesús, échame una mano, ¿no? Este tío es un animal.

Mullendore le dio caza y lo aplastó contra Ben, haciendo un sándwich. Por un momento parecía que fueran a bailar una rumba. Después resbalaron en el suelo mojado y cayeron los tres al unísono.

Lowenstein observaba la escena junto a Tess, con las manos apoyadas en las caderas.

—¿No debería separarlos? —se preguntó Tess en voz alta.

—Está esposado y pesará casi cien kilos. Solo tardarán un momento.

—¡A mí no me metéis en la celda! —gritó el detenido mientras giraba sobre sí mismo y se revolvía para lanzar un rodillazo a la entrepierna de Ben, quien le propinó un codazo en la barbilla como movimiento reflejo.

En cuanto dejó de moverse se derrumbó sobre él, con Mullendore jadeando a su lado.

—Gracias, Paris. —Mullendore estiró la mano herida para ver las marcas de los dientes—. Dios, seguramente necesitaré un pinchazo. El tío se ha vuelto loco en cuanto hemos entrado en el edificio.

Ben consiguió ponerse en cuclillas ayudándose con las manos. Al intentar respirar, se oyó un silbido y sintió un agujero que le quemaba en la boca del estómago. Cuando quiso hablar solo le salió el resuello, así que lo intentó de nuevo.

—Ese hijo de puta me los ha puesto de corbata.

—Lo siento mucho, Ben —dijo Mullendore al tiempo que sacaba un pañuelo para vendarse la herida—. Ahora se le ve muy tranquilito.

Ben se apartó de allí con un gruñido para sentarse en el suelo, de espaldas a la pared.

—Por el amor de Dios, enciérralo antes de que vuelva en sí.

Se quedó allí sentado mientras Mullendore levantaba al prisionero inconsciente. Tenía los pantalones empapados del agua sucia y fría del café desde las rodillas hasta los muslos, y toda la camisa salpicada. Pero, a pesar de estar chorreando, continuó sentado, preguntándose por qué era tan huesuda esa rodilla que había conectado con sus partes nobles.

Cuando recorrió el pasillo para volver a asearse, vio al de mantenimiento hundiendo la fregona de mala gana en el cubo.

—Pienso hablar con el encargado. Acababa de terminar ese suelo.

—Mala suerte —repuso Ben, dedicándole una mirada mientras el dolor le subía de la entrepierna a la cabeza.

—No te preocupes por eso, Paris. —Lowenstein estaba apoyada en el marco de la puerta, procurando evitar el charco—. Todo indica que sigues siendo un semental.

—Que te den.

—Cariño, ya sabes lo celoso que es mi marido.

Tess se arrodilló a su lado y chistó con la lengua cariñosamente. Le acarició una mejilla con afecto, pero sus ojos decían que se partía de la risa.

—¿Estás bien?

—Estoy de fábula. Me encanta absorber el café por todos los poros de mi cuerpo.

—El área ejecutiva, ¿verdad?

—Sí, exacto.

—¿Quieres levantarte?

—No.

Ben resistió la tentación de palparse la entrepierna para comprobar que todo estuviera en su sitio.

Tess se llevó una mano a la boca, pero no pudo evitar la risa. Y que la mirara fijamente con los ojos entrecerrados solo servía para empeorarlo. Se le trababa la lengua al hablar.

—No puedes quedarte ahí todo el día. Estás sentado en un charco y hueles como una cafetería que se ha quedado sucia todo el fin de semana.

—Tiene usted mucho tacto, doctora —dijo Ben, y la agarró del brazo mientras ella luchaba por controlar la risa—. Solo tengo que tirar fuertemente para que me acompañes.

—Pero después tendrás que atenerte a las consecuencias. Por no hablar de las facturas de la tintorería.

Ed apareció por el pasillo, vestido todavía de verano. Esquivó la parte más encharcada mientras se comía el resto del yogur de su desayuno. Se detuvo frente a su compañero, lamiendo la cucharilla.

—Bueno días, doctora Court.

—Buenos días. —Tess se levantó, todavía intentando controlar la risa.

—Bonito día.

—Sí, pero hace un poco de frío.

—El hombre del tiempo ha dicho que esta tarde llegaremos a los diez grados.

—Ja, es que sois la monda —dijo Ben—. Me parto de la risa.

Tess se aclaró la garganta.

—Ben... Ben ha tenido un pequeño accidente.

Las pobladas cejas de Ed se alzaron cuando miró el charco que corría por el pasillo.

—Guárdate tu humor púber para ti —advirtió Ben.

—Púber —dijo Ed impresionado, paladeando la palabra en su boca. Le dio el envase del yogur a Tess y cogió a su compañero por debajo de las axilas para levantarlo sin esfuerzo—. Tienes los pantalones mojados.

—Estaba inmovilizando a un detenido.

—¿Sí? Bueno, a veces pasan cosas como esa entre tanta tensión y excitación.

—Voy a mi taquilla —murmuró—. Asegúrate de que la doctora no se hace daño riendo —dijo chapoteando pasillo abajo con las piernas un poco separadas.

Ed le quitó a Tess el envase del yogur y la cuchara de plástico de la mano.

—¿Quieres un café?

—No —consiguió decir con la voz ahogada—. Creo que ya he tenido suficiente.

—Dame un minuto y te acompaño a ver al comisario Harris.

Se encontraron en la sala de reuniones. Aunque el radiador enviaba un esperanzador zumbido mecánico, el suelo seguía frío. Harris había perdido su campaña anual por la moqueta. Las persianas estaban echadas, en un infructuoso intento por aislar las ventanas. Alguien había colgado un cartel en el que se urgía a América a ahorrar energía.

Tess estaba sentada a una mesa y Ed se repantingaba a su

lado. Un leve aroma a jazmín salía de su té. Lowenstein hacía equilibrios al borde de un pequeño escritorio, balanceando una pierna ociosamente. Bigsby estaba retrepado en una silla con un paquete de pañuelos tamaño familiar sobre las rodillas. Cada pocos minutos se sonaba su enrojecida nariz. Roderick, con gripe, guardaba cama.

Harris permanecía de pie junto a una pizarra verde con los nombres de las víctimas y otras informaciones pertinentes alineadas en columnas. En la pared había extendido un mapa de la ciudad agujereado por cuatro banderitas azules. A su lado un tablón de corcho. Pegados a él, las fotografías en blanco y negro de las mujeres asesinadas.

—Todos tenemos la transcripción de las llamadas que ha recibido la doctora Court.

Tess pensó que aquello sonaba muy frío, como una charla de negocios. Transcripciones. En ellas no se oían el dolor ni la enfermedad.

—Comisario Harris —dijo Tess revolviendo las notas que tenía ante sí—. Le he traído un informe actualizado, con mis propias opiniones y diagnosis. Pero siento que puede ser provechoso que les explique estas llamadas de teléfono a usted y a sus agentes.

Harris, con las manos a la espalda, simplemente asintió. Tenía al alcalde, a la prensa y al inspector jefe dándole la vara. Quería que ese caso terminara de una vez para pasar tiempo babeando con su nieta recién nacida. Viéndola tras las vitrinas de la maternidad, casi volvió a creer que la vida tenía sentido.

—El hombre que me llamó lo hizo porque tenía miedo, miedo de sí mismo. Ya no es capaz de controlar su vida; es su enfermedad quien lo hace por él. El último... —Se le fueron los ojos hacia la fotografía de Anne Reasoner—. El último asesinato no formaba parte de un plan. —Se humedeció los labios y miró brevemente cómo Ben entraba en la sala—. Estaba esperándome, a mí en concreto. No podemos estar seguros de qué le hizo fijarse en las otras víctimas. En el caso de Barbara Clayton podemos asegurar que se tró de una coincidencia. Su coche se averió. Él se encontraba allí. En mi caso se trata de algo mucho más preciso. Vio mi nombre y mi fotografía en el periódico. —Se detuvo un momento, esperando a que Ben se sentara a su lado en la silla libre. En lugar de eso se quedó de pie, apoyado contra la puerta, separado de ella por la mesa—. La parte racional de su cerebro, la parte que le mantiene en funcionamiento, se vio atraída hacia mí, hacia la ayuda de alguien que no le había condenado de antemano, alguien que dice entender al menos parte de su dolor, alguien que se parece lo suficiente a su Laura para desatar sentimientos de amor y de completa desesperanza. Creo que es razonable decir que me esperó la noche del asesinato de Anne Reasoner porque quería hablar conmigo, explicarme sus razones antes de... antes de hacer lo que se ve obligado a hacer. Por vuestra propia investigación, creo que también sería acertado decir que con las otras nunca necesitó explicarse. En vuestras transcripciones veréis que me pide una y otra vez que lo comprenda. Para él en este momento soy una bisagra. Su puerta se abre hacia ambos lados. —Tess juntó las manos y las movió a modo de demostración—. Pide ayuda, después la enfermedad toma el mando y solo quiere acabar lo empezado. Dos nuevas víctimas —dijo con calma—. O dos almas a salvar, según su cerebro. Yo, y después él.

Ed hacía pulcras anotaciones al margen de las transcripciones.

—¿Mata a otra en lugar de a usted porque eso le permite seguir adelante?

—Me necesita. A estas alturas ya ha contactado conmigo tres veces. Me ha visto en la iglesia. Se relaciona por medio de señales y símbolos. Yo estuve en la iglesia, en su iglesia. Me parezco a su Laura. Le he dicho que quiero ayudarle. Cuanto más cercano a mí se sienta, más necesitará completar su misión conmigo.

—¿Todavía cree que atacará el ocho de diciembre?

Lowenstein tenía la transcripción en la mano, pero Tess no la miró.

—Sí. No creo que pueda romper el patrón otra vez. El asesinato de Anne Reasoner le afectó demasiado. La mujer equivocada en la noche equivocada.

Se le revolvió el estómago, pero pudo erguirse y controlarlo.

—¿No es posible que lo intente antes precisamente porque se ve atraído hacia usted de esa forma?

—Siempre cabe la posibilidad. Las enfermedades mentales tienen muy pocos absolutos.

—Seguiremos con la protección veinticuatro horas al día —apuntó Harris—. Tendrá el teléfono pinchado y estará bajo custodia hasta que lo cojamos. Mientras tanto, queremos que continúe con su rutina personal, y también en la consulta. La ha estado vigilando, así que conocerá esa rutina. Puede que si se la ve demasiado accesible lo espantemos.

—¿Por qué no le dice lo que implica eso? —dijo desde la puerta Ben sin alzar la voz, tranquilo y con las manos en los bolsillos y la voz relajada. Tess solo tenía que mirarlo a los ojos para ver lo que sucedía en su interior—. Quiere que haga de cebo.

Harris se lo quedó mirando. Ni el tono ni el volumen de su voz cambiaron cuando volvió a hablar.

—Ha escogido a la doctora Court. Lo que yo quiera no importa tanto como lo que quiera el asesino. Por eso mismo la acompañaremos en casa, en su consulta y hasta en el maldito supermercado.

—Tendría que pasarse las dos próximas semanas en la casa de seguridad.

—Esa opción ya ha sido considerada y rechazada.

—¿Rechazada? —Ben se apartó de la puerta—. ¿Quién la ha rechazado?

—Yo la he rechazado —contestó Tess juntando las manos sobre la carpeta para luego sentarse muy erguida.

Ben apenas la miró antes de dirigir su ira hacia Harris.

—¿Desde cuándo usamos civiles? Cuanto más tiempo pase fuera, más peligro correrá.

—Tiene vigilancia.

—Sí, y todos sabemos que algo puede salir mal fácilmente. Un paso en falso y estarás clavando su fotografía a ese tablón.

—Ben... —Lowenstein lo agarró del brazo, pero él se lo quitó de encima.

—No hay por qué arriesgarse cuando sabemos que irá a por ella. Que vaya a la casa de seguridad.

—No. —Tess se agarraba las manos con tal fuerza que sus nudillos emblanquecieron—. No podré tratar a mis pacientes si no voy a la consulta y a la clínica.

—Si mueres tampoco podrás tratarlos. —Ben se volvió hacia ella y apoyó las manos sobre la mesa—. Así que tómate unas vacaciones. Cómprate un billete para la Martinica o Cancún. Te quiero fuera de esto.

—No puedo, Ben. Aunque pudiera huir de mis pacientes durante unas semanas, no podría huir del resto.

—Paris... Ben —se corrigió Harris en un tono más calmado—, la doctora Court está al corriente de sus opciones. La protegeremos durante todo el tiempo que estemos con ella. En su propia opinión, él la buscará en la calle. Dado que la doctora ha decidido colaborar con el departamento, podremos tenerla bajo estricta vigilancia y detener al asesino en cuanto haga un movimiento.

—Pues la sacamos de aquí y ponemos a una mujer policía en su lugar.

—No —dijo Tess levantándose lentamente esa vez—. No permitiré que nadie muera en mi lugar. Otra vez no.

—Y yo no permitiré que te encuentren en un callejón con un pañuelo al cuello. —Le dio la espalda—. La usas a ella porque la investigación está estancada, porque solo tenemos a un testigo de pacotilla, un almacén de artículos religiosos de Boston y montones de conjeturas psiquiátricas.

—Acepto la cooperación de la doctora Tess porque han matado a cuatro mujeres. —La quemazón que sentía en el estómago evitaba que alzara la voz—. Y necesito que todos mis agentes estén al cien por cien, así que recupera la compostura, Ben, o serás tú quien se quede fuera.

Tess recogió sus papeles y se marchó sin decir nada. Ed tardó menos de diez segundos en alcanzarla.

—¿Quieres que tomemos un poco de aire fresco? —le preguntó al encontrarla compungida en el pasillo.

—Sí, gracias.

La cogió por el codo de una forma que en circunstancias normales la habría hecho sonreír. En cuanto abrió la puerta, el viento de noviembre le abofeteó la cara. El cielo era de un azul frío y recio, sin una nube que lo suavizara. Ambos recordaban que todo había comenzado en el tórrido y caliginoso agosto. Ed esperó a que se abrochara el abrigo.

—Yo creo que tendremos nieve para el día de Acción de Gracias —dijo por entablar conversación.

—Supongo que sí.

Tess metió las manos en los bolsillos y encontró los guantes, pero se quedó pasándoselos de una mano a otra.

—Siempre me dan pena los pavos.

—¿Cómo?

—Los pavos —repitió Ed—. Ya sabes, Acción de Gracias. No creo que les haga mucha gracia formar parte de la tradición.

—No —dijo ella, y descubrió que todavía podía sonreír—. No, supongo que no.

—Es la primera vez que se implica tanto con una mujer. Nunca se había comprometido. No como contigo.

Tess suspiró profundamente, deseando encontrar una respuesta.

—No paran de surgir complicaciones.

—Conozco a Ben desde hace mucho tiempo. —Ed se sacó un cacahuete del bolsillo, lo peló y se lo ofreció a Tess. Al ver que negaba con la cabeza se lo comió—. No cuesta mucho interpretarlo cuando uno lo conoce. Ahora mismo tiene miedo. Tiene miedo de ti y por ti.

Tess miró hacia el aparcamiento. A uno de los agentes no le haría mucha gracia cuando volviera y se encontrara con la rueda derecha delantera pinchada.

—No sé qué hacer. No puedo huir de todo, a pesar de que en lo más profundo de mi interrior esté aterrada.

—¿De las llamadas telefónicas o de Ben?

—Empiezo a pensar que deberías trabajar en mi campo.

—Cuando llevas un tiempo en la policía aprendes de todo un poco.

—Estoy enamorada de él. —Lo dijo lentamente, como haciendo una prueba. Una vez dicho, respiró entrecortadamente—. Eso ya sería lo bastante duro en circunstancias normales, pero ahora... No puedo hacer lo que me pide.

—Ben es consciente de ello. Por eso está asustado. Es un buen policía. Siempre que te vigile él estás a salvo.

—Cuento con ello. Mi modo de ganarme la vida le representa un problema. —Tess se volvió para mirarlo—. Tú lo sabes. Tú sabes por qué.

—Digamos que sé lo suficiente para decir que tiene sus razones y que te las hará saber cuando esté preparado para ello.

Tess se quedó estudiando su ancho rostro enrojecido por el frío.

—Tiene suerte de contar contigo.

—Es lo que siempre le digo.

—Agáchate un momento. —Cuando Ed lo hizo, Tess le plantó un beso en la mejilla—. Gracias.

Ed se puso más colorado todavía.

—No hay de qué.

Ben los vio a través del cristal antes de abrir la puerta. Prácticamente había agotado todo su mal humor con Harris. No le quedaba más que un dolor apagado en las entrañas. Conocía el miedo y podía identificarlo.

—¿Aprovechando para quitarme el sitio? —preguntó medio en broma.

—Si eres tan tonto para dejarlo libre... —Ed sonrió a Tess y le dio unos cacahuetes—. Cuidaos.

Tess se quedó jugando con los cacahuetes en la mano viendo cómo Ed desaparecía en el interior de las dependencias policiales.

Ben también miraba al aparcamiento, igual que ella, con el abrigo desabrochado. El viento hizo volar una bolsita de papel marrón por el asfalto.

—Tengo un vecino que me cuidará a la gata durante un tiempo. —Al ver que Tess no decía nada se movió nerviosamente—. Quiero mudarme contigo.

Tess se había quedado mirando sin pestañear la rueda pinchada.

—¿Más protección policial?

—Eso es.

Y más, mucho más. Quería estar con ella, noche y día. No podía explicarle que quería vivir con ella, aunque no lo hubiera hecho antes con ninguna otra mujer. Ese tipo de compromisos andaba peligrosamente cerca de una permanencia para la que todavía no se consideraba preparado.

Tess observó los cacahuetes que tenía en la mano antes de metérselos en el bolsillo. Tal y como había dicho Ed, era un hombre fácil de entender cuando se lo conocía.

—Te daré una llave. Pero no pienso hacer el desayuno.

—¿Y la cena?

—De vez en cuando.

—Suena razonable. ¿Tess?

—Sí.

—Si te dijera que quería que salieras de esto porque... —Vaciló y luego le puso las manos sobre los hombros—. Porque no creo que pudiera soportar que te sucediera algo, ¿lo harías?

—¿Vendrías conmigo?

—No puedo. Ya sabes que tengo que... —Se quedó callado luchando con su frustración mientras ella lo miraba desde abajo—. De acuerdo, debería saber mejor que nadie que no se puede discutir con una persona que juega al ping-pong con las neuronas. Pero harás lo que se te diga, al pie de la letra.

—Tengo un interés personal en ponerte el caso fácil, Ben. Haré lo que me digan hasta que todo acabe.

—Así tiene que ser. —Retrocedió lo justo para que ella se diera cuenta de que le hablaba el policía, y no tanto el hombre—. Dos agentes te seguirán a la consulta. Lo hemos arreglado todo para darle vacaciones al portero y tenemos ya a uno de los nuestros en su puesto. Pondremos a tres hombres haciendo turnos en la sala de espera. Siempre que logremos concertarlo te recogeré y te llevaré a casa. Cuando no pueda, te seguirán los agentes. Usaremos como base un apartamento de la tercera planta que está desocupado, pero cuando estés dentro cerrarás la puerta con llave. Si tienes que salir por cualquier motivo, llamas a la comisaría y esperas a que se arregle todo.

—Suena meticuloso.

Ben pensó en las cuatro fotos del tablón de corcho.

—Sí. Si pasa cualquier cosa, cualquiera, que se te cruce alguien en un semáforo, que te pregunten por una dirección, quiero saberlo.

—Ben, no es culpa de nadie que las cosas hayan tomado este cauce. Ni tuya, ni de Harris, ni mía. Solo tenemos que llevarlo a buen término.

—Eso es lo que pretendo hacer. Ahí están los agentes. Será mejor que te vayas.

—Está bien. —Bajó el primero de los escalones y luego se detuvo y dio media vuelta—. Supongo que sería una conducta impropia que me besaras aquí estando de servicio.

—Sí.

Ben se agachó y tomó su cara entre las manos de esa forma que siempre la dejaba indefensa. Se inclinó sobre ella con los ojos abiertos y la besó. Sus labios estaban helados, pero eran suaves y generosos. Lo agarró por la solapa de la chaqueta con la mano que tenía libre para guardar el equilibrio, o tal vez para que se quedara con ella un poco más. Él observó con fascinación cómo sus pestañas aleteaban y luego bajaban lentamente hasta oscurecer sus mejillas.

—¿Recuerdas ese sitio donde acabas de pasar unas ocho horas? —musitó Tess.

—Me lo grabaré a fuego en la memoria —dijo separándose de ella, pero cogiéndola todavía de la mano—. Conduce con cuidado. No queremos tentar a los chicos con ponerte una multa.

—Haría que me la quitaran —dijo con una sonrisa—. Nos vemos esta noche.

La dejó marchar.

—El filete me gusta en su punto.

—Y a mí vuelta y vuelta.

Se quedó mirando cómo entraba en el coche y salía del

aparcamiento diligentemente. Los agentes la seguían a un coche de distancia.

Tess sabía que estaba soñando y que había razones lógicas y consistentes para tener ese sueño. Pero eso no evitaba que tuviera miedo.

Corría. Tenía los músculos de la pantorrilla derecha agarrotados por el esfuerzo. Se quejaba quedamente de ello mientras dormía. Los pasillos aparecían por doquier y la confundían. Seguía una línea recta siempre que podía, consciente de que en algún sitio había una entrada. Solo tenía que encontrarla. Su respiración pesada resonaba en las paredes del laberinto, que se volvían espejos y arrojaban hacia ella su propia imagen multiplicada infinidad de veces.

Llevaba un maletín. Lo miraba estúpidamente, pero no era capaz de soltarlo. Se hacía tan pesado que lo arrastraba con las dos manos y continuaba corriendo. Perdía el equilibrio y una de sus manos iba a dar contra el espejo. Entonces alzaba la vista jadeando y Anne Reasoner le devolvía la mirada. El espejo se diluía y se convertía en otro pasillo.

Así que seguía corriendo por el camino recto. Le dolían las manos de transportar el maletín, pero no lo soltaba. Tenía los músculos tensos y le ardían. En ese momento veía la puerta. Se lanzaba hacia ella, casi llorando de alivio. Cerrada. Buscaba la llave con desesperación. Siempre había una llave. Pero el pomo se abría lentamente desde el otro lado. «Ben.» Debilitada por la sensación de alivio, tendía su mano para que le ayudara a dar el paso final hacia la seguridad. Pero se trataba de una silueta blanca y negra.

La sotana negra y el alzacuellos blanco. La seda blanca del amito. Veía cómo lo sacaba, anudado cual gargantilla de perlas, y se lo ponía al cuello. En ese momento empezó a gritar.

—Tess. Tess, vamos, pequeña, despierta. —Con las manos en el cuello, intentaba recuperar el aliento y liberarse del sueño—. Tranquila. —Oyó su calmada y relajante voz abrirse paso en la oscuridad—. Simplemente respira hondo y relájate. Estoy aquí contigo.

Se aferró a Ben con fuerza, con la cara pegada a su hombro. Luchó por concentrarse en las manos que le acariciaban la espada de arriba abajo y dejar que el sueño se esfumara.

—Lo siento —consiguió decir cuando recuperó el resuello—. Era solo un sueño. Lo siento.

—Debía de ser muy bonito. —Le apartó el pelo de la cara con delicadeza. Tenía las manos sudadas. Tiró de la manta y la envolvió con ella—. ¿Quieres contármelo?

—He trabajado demasiado. —Tess encogió las piernas para apoyar los codos en las rodillas.

—¿Quieres agua?

—Sí, por favor.

Se restregó la cara con las manos mientras Ben cogía un vaso de agua del grifo del baño. Él dejó la luz encendida para que entrara por la rendija de la puerta.

—Toma. ¿Sueles tener pesadillas?

—No —dijo, y acto seguido bebió para aliviar su seca garganta—. Tuve algunas cuando murieron mis padres. Mi abuelo venía, se sentaba conmigo y se quedaba dormido en la silla.

—Bueno, entonces me sentaré contigo. —Se metió de nuevo en la cama y le pasó un brazo por los hombros—. ¿Mejor?

—Mucho mejor. Supongo que me siento idiota.

—¿No dirías que, psiquiátricamente hablando, es bueno sentir miedo en determinadas circunstancias?

—Supongo que sí. —Dejó caer la cabeza sobre su hombro—. Gracias.

—¿Qué más te preocupa?

Tess dio un nuevo sorbo al vaso antes de soltarlo.

—Me esforzaba por que no se notara.

—No ha funcionado. ¿Qué sucede?

Tess suspiró y se quedó mirando el pequño haz de luz del suelo del baño.

—Tengo un paciente. O al menos lo tenía. Un chaval joven de catorce años, alcohólico, depresión aguda, tendencias suicidas. Quería que sus padres lo internaran en un centro de Virginia.

—No quieren hacerlo.

—No solo eso, sino que hoy no ha venido a la sesión. Llamé y se puso la madre. Me dijo que a ella le parece que Joey avanza por buen camino. No quería ni oír hablar de la clínica y ahora le hace descansar de las sesiones. No puedo hacer nada. Nada. —Se dijo que era eso, sobre todo, lo que más le molestaba—. No quiere aceptar el hecho de que su hijo no evoluciona. Le quiere, pero se ha colocado unos anteojos para ver solo lo que le interesa. He estado poniéndole tiritas cada semana, pero la herida no se cura.

—No puedes obligarla a que te lleve al chico. Tal vez un descanso le vaya bien. Que se ventile un poco la herida.

—Ojalá.

El tono de su voz lo obligó a moverse y acercarla más a sí. Se le había helado la sangre al despertarse con sus gritos. Ahora volvía a fluir el calor.

—Verás, doctora, tanto en tu trabajo como en el mío es fácil perder a gente. Ese es el tipo de cosas que te despierta a las tres de la madrugada y con el que te quedas embobado mirando la pared o por la ventana. A veces, lo único que puedes hacer es desconectar. Simplemente, girar el interruptor.

—Lo sé. La regla número uno es tomar distancia profesional. —Tess se volvió para mirarlo y sintió el roce de sus cabellos en la mejilla—. ¿A ti qué te funciona mejor para desconectar?

Lo vio sonreír en el claroscuro de luces.

—¿De verdad quieres saberlo?

—Sí —dijo, y deslizó una mano por el costado hasta posarla sobre su cadera—. Quiero saberlo ahora, exactamente.

—Normalmente esto me funciona —dijo Ben colocándosela encima con un fácil movimiento.

Notó el peso de sus firmes pechos y aspiró la fragancia de sus cabellos, que le acariciaban la cara. Cogió uno de los mechones y la acercó para besarla.

Qué bien encajaba su cuerpo. Dejó que el pensamiento rondara por su cabeza. Sentir las puntas de sus dedos en la piel era toda una bendición. Había algo en sus gestos dubitativos que lo ponía muy caliente. Cuando acariciaba la parte interior de sus muslos ella daba un pequeño respingo, lo justo para dejarle ver que, aunque lo deseaba, todavía estaba insegura.

Ben no sabía la razón por la que todo parecía tan nuevo con ella. Siempre que sostenía su cuerpo en la oscuridad, en el silencio, era como la primera vez. Le proporcionaba algo cuya existencia desconocía y sin lo cual no sabía ya si podría pasar.

Tess recorrió su rostro con la boca tímidamente. Él tenía ganas de ponerla boca abajo y arremeter contra ella hasta que ambos explotaran de amor. Con la mayoría de las mujeres ese último segundo de locura hacía olvidar el resto. Con Tess era una caricia, un murmullo, un callado roce de labios. Así que dejó pasar el primer arranque de deseo furioso y lo unió a los otros.

Tess pensó entre ensueños que Ben, cuando se lo proponía, era todo ternura. A veces le hacía el amor a toda velocidad, con urgencia. Y entonces, cuando menos lo esperaba, se volvía cariñoso y bajaba el ritmo hasta que su corazón estaba a punto de romperse de tanta dulzura. En ese momento le permitía tocar ese cuerpo que ella había llegado a conocer tan bien como el suyo.

Hubo suspiros. Suspiros de satisfacción. Y también murmullos. Murmullos de promesas. Ben sepultó las manos bajo sus cabellos mientras ella probaba su cuerpo, primero tímidamente y después con más confianza. Había nuevos músculos por descubrir. Al notarlos rígidos, disfrutó sabiéndose la causante.

Era de caderas largas y estrechas. Tess lamió sus contornos, y el cuerpo de Ben se combó como un arco. Después acarició la elevación del muslo y lo hizo estremecer por completo. Rozó la piel con sus labios entre suspiros. Sus pesadillas se habían evaporado.

Otras mujeres le habían tocado antes. Quizá demasiadas. Pero ninguna de ellas hacía que le latiera el corazón de tal forma. Quería quedarse allí tumbado durante horas y absorber cada sensación por separado. Quería que Tess sudara, que temblara tanto como él.

Se incorporó y la cogió por las muñecas. Permanecieron un buen rato mirándose ante el pequeño haz de luz. Ben, más que respirar, jadeaba. La pasión oscurecía su mirada y la volvía vidriosa. Un fuerte olor a deseo bañaba la habitación.

Ben la hizo descender poco a poco hasta tumbarla de espaldas. Siguió agarrándola por las muñecas y se dispuso a llevarla al límite con su boca. Sus manos, estrechas y delicadas, se tensaban bajo las de él. Su cuerpo se retorcía y arqueaba, no como protesta, sino en un delirio de placer. Lamió su cuerpo y le metió la lengua hasta que pensó que sus pulmones se hincharían y explotarían de la presión. Ben sintió cómo se ponía rígida y gritaba al correrse. Su olor se derramó por toda la habitación. Estaba sin fuerzas cuando la penetró, medio desmayada.

—Quiero ver cómo te corres otra vez.

Ben se abrazó a ella, y a pesar de que todos los músculos le temblaban del esfuerzo, se lo hizo despacio, exquisitamente despacio. Tess gimió y abrió los ojos cuando las sensaciones y el placer empezaron a ascender de nuevo. Pronunció su nombre con los labios entreabiertos. Y se aferró a las sábanas, retorciéndolas con sus dedos.

Ben sepultó su rostro bajo sus cabellos y se dejó ir.

14

—Gracias por hacer un hueco para verme, monseñor.

Tess se sentó frente al escritorio de Logan, y tuvo la impresión fugaz, y no del todo agradable, de cómo debían de sentirse sus pacientes en la primera consulta.

—Es un placer.

Estaba sentado cómodamente, con la chaqueta de cuadros colgada en la silla, y su camisa remangada dejaba ver unos brazos robustos con un vello que empezaba a encanecer. Volvió a parecerle que su físico se adecuaba más al campo de rugby o la pista de tenis que a las vísperas y al incienso.

—¿Le apetece una taza de té?

—No, gracias monseñor.

—Ya que somos colegas, ¿por qué no me llama Tim?

—Como quiera. —Sonrió y trató de relajarse, empezando por los dedos de los pies—. Así será todo más fácil. Es una visita un poco impulsiva, pero...

—Cuando un sacerdote está preocupado busca el consejo de otro sacerdote. Cuando un analista está preocupado... —Dejó las palabras en el aire y Tess sintió que sus esfuerzos por tranquilizarse empezaban a dar resultado.

—Exacto. —Relajó la mano que aferraba el bolso—. Supongo que eso significa que recibes por ambas partes.

—También significa que cuando tengo un problema propio puedo escoger entre dos caminos. Tiene sus pros y sus contras, pero no has venido aquí para hablar sobre Jesucristo y Freud. ¿Por qué no me cuentas lo que te preocupa?

—A estas alturas, muchas cosas. No logro encontrar la clave para comprender la mente de... el hombre que está buscando la policía.

—¿Crees que deberías tenerla?

—Creo que con lo implicada que estoy debería saber más. —Levantó la mano, haciendo un gesto que denotaba frustración e incertidumbre—. Ya he hablado con él tres veces, y me preocupa que el miedo, y quizá también mi propio interés personal, me impidan pulsar los botones adecuados.

—¿Y sabes cuáles son esos botones?

—Mi trabajo consiste en eso.

—Tess, ambos sabemos que la mente psicótica es un laberinto, y los caminos hacia la salida son diferentes en cada caso. Aunque le hiciéramos una terapia intensiva en condiciones idóneas, podríamos tardar años en hallar las respuestas.

—Sí, lo sé. Puedo entenderlo lógica y médicamente.

—Pero emocionalmente es otra historia.

Emocionalmente. Su pan de cada día era lidiar con las emociones de los demás. Pero se percató de que comunicar sus propias emociones a otro era diferente, y mucho más complicado.

—Sé que es poco profesional, y me preocupa, pero ha llegado un punto en el que ya no puedo ser objetiva. Monseñor Logan... Tim, esa última mujer que murió tendría que haber sido yo. La vi en aquel callejón. No se me va de la cabeza.

La mirada de Logan era amable, pero sin un ápice de compasión.

—Atribuirse la culpa no cambiará lo sucedido.

—Lo sé. —Tess se levantó y se dirigió a la ventana. Abajo,

un grupo de estudiantes se apresuraba por el jardín para llegar a la siguiente clase—. ¿Puedo hacerte una pregunta?

—Por supuesto. Mi trabajo es responderlas.

—¿Te inquieta que este hombre sea sacerdote o que lo haya sido?

—¿Te refieres en lo personal? ¿Porque yo lo soy? —Logan se recostó para pensar en ello y juntó las manos por las yemas de los dedos. De joven había boxeado, tanto en el cuadrilátero como fuera de él. Sus nudillos eran gruesos y anchos—. No puedo negar que me incomoda un poco. Sin duda, la idea de que ese hombre sea sacerdote y no programador informático, por ejemplo, hace que todo adquiera un cariz más sensacionalista. Pero la pura verdad es que los sacerdotes no son santos, sino que son tan humanos como un fontanero, un bateador de béisbol o un psiquiatra.

—¿Tienes intención de tratarlo cuando lo encuentren?

—Si me lo piden —respondió Logan, sopesando las palabras—, y si me parece que puedo ser útil, entonces lo consideraré. No me sentiré obligado o responsable, como sí creo que te sientes tú.

—¿Sabes? Cuanto más miedo tengo, más me parece mi deber ayudarle. —Se volvió de nuevo hacia la ventana—. Ayer tuve un sueño. Uno terrible. Estaba perdida en unos pasillos, como un laberinto, y corría. Sabía que era un sueño, pero seguía aterrorizada igualmente. Las paredes se convertían en espejos y me veía reflejada una y otra vez. —Inconscientemente, Tess posó la mano sobre el cristal de la ventana, igual que lo había hecho en el espejo del sueño—. Llevaba el maletín, de hecho lo arrastraba porque pesaba mucho. Miré a uno de los espejos, pero no vi mi imagen, sino la de Anne Reasoner. Luego desapareció y me puse a correr de nuevo. A lo lejos se veía una puerta. Tenía que pasar al otro lado, pero cuando llegaba la encontraba cerrada. Buscaba la llave como una loca, pero no la tenía. Entonces, la puerta se abrió por sí sola. Creía que estaba a salvo. Eso creía, pero después veía la sotana y el amito del sacerdote.

Tess se dio la vuelta, pero era incapaz de sentarse.

—Podría ponerme a escribir un análisis completo y detallado sobre ese sueño. El miedo a no tener el control de la situación, el agotamiento, mi negativa a liberarme de algún caso. El sentimiento de culpa por el asesinato de Anne Reasoner. La frustración por no encontrar la clave que resuelva el caso y por sucumbir al fracaso más estrepitoso.

No había mencionado el miedo a perder la vida. Logan consideró aquello una omisión muy interesante y reveladora. Tal vez no fuera capaz de enfrentarse a él o puede que lo relacionara con el miedo al fracaso.

—¿Tan segura estás de tu fracaso?

—Sí, y no puedo soportarlo —admitió, al tiempo que esbozaba una sonrisa autocrítica. Acarició los profundos y suaves surcos grabados en la cubierta de la Biblia antigua—. Tiene algo que ver con el orgullo que precede a la caída.

—Me inclino a pensar que eso dependerá de tu orgullo. Has ayudado a la policía en cuanto puede ofrecer un psiquiatra experto, Tess. No has fracasado.

—Lo cierto es que nunca he fracasado de verdad. No en el plano personal. Me fue bien en el colegio, cuidé lo mejor que pude de mi abuelo hasta que el trabajo absorbió todo mi tiempo. Con respecto a los hombres, después de un pequeño traspié en la universidad siempre he tenido la sartén por el mango. Todo ha sido bastante seguro y predecible hasta... en fin, hasta hace unos meses.

—Tess, en lo que respecta a este caso, tu papel es el de asesora. La responsabilidad de encontrar a ese hombre concierne al departamento de policía.

—Tal vez tendría que habérmelo tomado así. Quizá

—murmuró pasándose la mano por el cabello—. No estoy segura del todo. Pero, ahora, ¿cómo podría hacerlo? Ha acudido a mí. Hablaba con desesperación, suplicando. ¿Cómo podría yo, o cualquier médico, hacer oídos sordos a eso?

—Tratarlo a posteriori no significa sentirse responsable de las consecuencias de su enfermedad. —Entrelazó los dedos y posó las manos sobre el escritorio con el rostro cariacontecido—. Si tuviera que especular de buenas a primeras, sin haber estudiado con atención el informe del caso, diría que se siente atraído hacia ti por tu compasión y porque percibe cierta vulnerabilidad. Deberías intentar no sentir demasiado la primera para no caer presa de la segunda.

—Esta vez me cuesta seguir las reglas. Ben, el detective Paris, quería que huyera de la ciudad. Cuando me lo propuso, por un momento pensé que si cogía un avión con destino, no sé, a Mazatlán, cuando volviese todo habría acabado, y mi vida sería de nuevo tan tranquila y ordenada como antes. —Hizo una pausa y se encontró con la mirada tranquila y paciente de Logan—. Me odio por haberlo pensado.

—¿No crees que es una reacción normal a una situación tan estresante?

—Para un paciente, tal vez —contestó, y sonrió—. Pero no para mí.

—¿Sabes lo que es exigirse demasiado, Tess?

—No fumo y solo bebo muy de vez en cuando —alegó volviendo a sentarse—. Algún vicio tendré que tener.

—Yo no practico el sexo —dijo Logan reflexionando—. Supongo que por eso me veo en mi derecho a fumar y beber. —La miró de nuevo, aliviado al verla más sosegada. Sabía perfectamente que la confesión era buena para el alma—. Así que te quedas en Georgetown colaborando con la policía. ¿Cómo te sientes al respecto?

—Nerviosa —respondió Tess de inmediato—. Saber que

alguien te está vigilando continuamente es una sensación incómoda. No me refiero solo al... —Meneó la cabeza y se interrumpió—. Me cuesta muchísimo saber cómo llamarlo.

—La mayoría lo llama asesino.

—Sí, pero también es una víctima. En cualquier caso, lo que me molesta no es solo que él pueda vigilarme, sino saber que la policía lo hace. Pero al mismo tiempo me consuela saber que hago lo correcto. No me he desentendido ni he salido corriendo. Quiero ayudarle. Se ha convertido en algo indispensable. En el sueño me derrumbaba cuando lo tenía ante mí. Le fallaba a él y también a mí misma. No permitiré que eso ocurra.

—No, no creo que lo hagas. —Logan cogió el abrecartas y acarició su empuñadura con las manos. Era viejo y un poco hortera, un recuerdo de un viaje que había hecho a Irlanda en su juventud. Le tenía un aprecio especial, como a muchos otros objetos insignificantes. No pensaba que Tess lo fuera, pero también a ella empezaba a tomarle afecto—. Tess, espero que no te ofendas porque te diga que, cuando todo esto acabe, deberías tomarte unas vacaciones. El estrés y el exceso de trabajo pueden hundir incluso al más fuerte.

—No lo tomo como una ofensa, sino como una prescripción médica.

—Así me gusta. Dime, ¿cómo está Ben? — Logan sonrió al ver la cara que ponía—. Vamos, hasta un sacerdote puede presentir el amor.

—Supongo que podría decirse que Ben es otro problema.

—El amor debe ser un problema —dijo soltando el abrecartas sobre el escritorio—. ¿Cogerás esta vez la sartén por el mango, Tess?

—No parece que ninguno de los dos esté por la labor. Nos estamos tanteando. Creo que él, bueno, que ambos nos preocupamos bastante por el otro. Aunque todavía no hemos llegado a confiar plenamente.

—La confianza, para ser sólida, requiere tiempo. Yo he tenido un par de charlas profesionales con él, y una vez incluso estuvimos de copas en un bar del centro.

—¿De veras? No me lo dijo.

—Querida, a un hombre no le gusta admitir que se ha emborrachado con un sacerdote. En cualquier caso, ¿quieres saber mi opinión sobre el detective Paris?

—Sí, no me importaría.

—Creo que es un buen hombre, digno de confianza. La clase de hombre que seguramente llama a su madre una vez al mes, incluso cuando preferiría no hacerlo. Los hombres como Ben llevan las reglas al límite, pero rara vez las rompen porque les gusta tener una base y aceptan el trasfondo de la ley. Esconde una especie de indignación en su interior. No abandonó la Iglesia por pereza, sino porque le encontró demasiados fallos. Está fuera de la Iglesia, Tess, pero es un católico de los pies a la cabeza. —Tim se recostó, satisfecho con su discurso—. El análisis al minuto es mi especialidad.

—Ya lo creo. —Sacó una carpeta de su maletín—. Espero que tu suerte continúe con este. Le hemos dado el visto bueno con el comisario Harris. Es el informe actualizado. También están las transcripciones de mis llamadas telefónicas. No estaría nada mal un milagro.

—Veré lo que puedo hacer.

—Gracias por escucharme.

—A mandar. —Logan se levantó para acompañarla a la puerta—. Tess, si tienes más pesadillas, llámame. Nunca hace daño pedir un poco de ayuda.

—¿Dónde he oído eso antes?

Logan se quedó mirando cómo salía del despacho y cerró la puerta.

La observó salir del edificio. Era peligroso seguirla, pero sabía que el tiempo de la prudencia tocaba a su fin. Se había detenido frente al coche para buscar las llaves. Tenía la cabeza gacha, como si rezara. La llamada se hizo tan fuerte que empezó a retumbar en su cabeza. Buscó a tientas la seda blanca en el bolsillo del abrigo. Suave, fresco. Le tranquilizó. Tess metió la llave en la cerradura.

Si era rápido, si actuaba con la suficiente seguridad, sería cuestión de minutos. El corazón le palpitaba en el cuello mientras agarraba y soltaba el amito. Unas hojas olvidadas, secas como el polvo, se arremolinaban a los pies de la doctora. El viento hacía ondear mechones de pelo sobre su cara. Se la veía turbada. Pronto, muy pronto, estaría en paz. Todos estarían en paz.

La vio entrar en el coche, oyó cerrarse la puerta y el sonido del motor al encenderse. Una nube de humo salió del tubo de escape. El coche cruzó rápidamente el aparcamiento y luego tomó la carretera.

Esperó a que saliera el coche patrulla antes de dirigirse al suyo. Ella iba al despacho y él continuaría con su vigilia. Todavía no era el momento. Aún había tiempo para rezar por ella. Y por él.

Tess descolgó el teléfono, se reclinó en la silla y cerró los ojos. No acertaba lo suficiente. Uno de dos. Un porcentaje inaceptable para ella.

Joey Higgins. ¿Cómo iba a tratar al chico si ya no podía hablar con él? La madre se había plantado. Joey no bebía, por lo tanto estaba bien, y no tenía la vergonzosa necesidad de ir al psiquiatra. Había sido una conversación de besugos de la que no había obtenido nada. Pero aún le quedaba una oportunidad. Tenía que aprovecharla.

Se reincorporó y llamó a su secretaria.

—Kate, ¿cuánto tiempo me queda antes de la siguiente cita?

—Diez minutos.

—Perfecto. Ponme en línea con Donald Monroe, por favor.

—Enseguida.

Mientras esperaba, Tess ojeó la ficha de Joey. Recordaba la última sesión perfectamente.

—La muerte no es para tanto.

—¿Por qué dices eso, Joey?

—Porque no lo es. Todos morimos, es nuestro destino.

—La muerte es inevitable, pero eso no la convierte en respuesta. Incluso las personas muy mayores y las que están muy enfermas se aferran a la vida, porque es preciosa.

—Cuando alguien muere, se suele decir que está en paz.

—Sí, y la mayoría de nosotros creemos que hay algo más después de la vida. Pero todos estamos aquí por alguna razón. Nuestra vida es un regalo, no siempre sencillo, y por descontado no siempre perfecto. Hacer que valga la pena para nosotros y para los que nos rodean requiere algo de esfuerzo. ¿Cuál es tu comida favorita?

Él chico la miró perplejo.

—Supongo que los espaguetis.

—¿Con albóndigas o con salsa boloñesa?

Joey esbozó una sonrisa, aunque fuera fugaz.

—Con albóndigas.

—Supongamos que nunca has probado los espaguetis con albóndigas. Seguramente el cielo seguiría siendo azul y celebrarías la Navidad como todos los años, pero te habrías perdido algo fantástico. Pues imagina que nunca hubieras nacido y no estuvieras aquí, seguiríamos teniendo el cielo y la Navidad, pero nos faltaría algo fantástico.

El sonido del teléfono la devolvió al presente.

—El señor Monroe en la línea uno.

—Gracias, Kate. Señor Monroe.

—¿Algún problema, doctora Court?

—Sí, señor Monroe, creo que tenemos un gran problema. Me opongo tajantemente a que Joey deje el tratamiento.

—¿Dejarlo? ¿Qué quiere decir?

—Señor Monroe, ¿no sabe que Joey no vino a la última sesión?

Hubo una pausa antes de que Tess oyera un suspiro de agobio.

—No. Supongo que ha decidido saltársela por su cuenta. Hablaré de esto con Lois.

—Señor Monroe, yo ya he hablado con su mujer. Ha decidido que Joey deje la terapia. Al parecer, usted no estaba informado.

—No, no lo estaba. —Hizo una pausa de nuevo y dio otro largo suspiro—. Doctora Court, Lois quiere que Joey retome su vida normal, y parece que ahora está mucho mejor. Le dijimos lo del bebé y su reacción fue alentadora. Va a ayudarme a pintar la habitación del niño.

—Me alegra oír eso, señor Monroe. No obstante, mi opinión es que aún no está preparado para dejar la terapia. De hecho, sigo creyendo que le ayudaría mucho pasar un tiempo en la clínica de la que hablamos.

—Lois está totalmente en contra de la clínica. Lo siento, doctora Court, y aprecio mucho que se preocupe, pero en esto debo respaldarla a ella.

Apenas pudo controlar su enfado. ¿Acaso no veía que era al chico a quien se debía respaldar? ¿Que los dos tenían que respaldarlo?

—Comprendo que su intención sea mostrar a Joey un frente unido. Pero, señor Monroe, vuelvo a insistirle en que es de vital importancia que continúe recibiendo la ayuda profesional adecuada.

—Además, doctora Court, también existe un riesgo por exceso de análisis. Joey no bebe y ha dejado de frecuentar a los chicos con los que bebía. Ni siquiera ha mencionado a su padre en estas dos últimas semanas.

Esa última frase activó todas las alarmas en la cabeza de Tess.

—El hecho de que no haya mencionado a su padre solo significa que reprime sus sentimientos. Su estado emocional actual es muy frágil. ¿Entiende que cuando la autoestima es baja el suicidio puede ser una salida fácil? Me da miedo lo que pueda hacer, me aterra.

—Doctora Court, me da la impresión de que está usted exagerando.

—Le aseguro que no es una exageración. Señor Monroe, no quiero ver cómo Joey se convierte en una estadística más. Lo que más deseo en el mundo es que deje la terapia cuando esté preparado. Y tanto mi opinión profesional como mi instinto me dicen que todavía no lo está.

—Intentaré convencer a Lois para que lo acompañe a una nueva sesión.

Pero por su forma de hablar Tess supo que no lo aceptaba. Otro chico tal vez se cortaría las venas o se tragaría un frasco de pastillas, pero no Joey.

—Señor Monroe, ¿alguien le ha preguntado a Joey si quiere seguir viéndome?

—Doctora Court, lo único que puedo prometerle es que me ocuparé de esto —dijo con un deje de molestia que denotaba impaciencia—. Haré todo lo posible para que Joey acuda al menos a una sesión más. Así usted misma verá lo que ha mejorado. Nos ha ayudado mucho, doctora, pero si a nosotros nos parece que Joey está bien, debería dejar de asistir a las sesiones.

—Por favor, antes de hacer nada, ¿no podrían pedir una segunda opinión? Tienen derecho a no creer en mis palabras, pero puedo recomendarles varios psiquiatras excelentes en esta especialidad.

—Hablaré con Lois. Lo pensaremos. Gracias, doctora Court, sé que ha ayudado mucho a Joey.

No lo suficiente, pensó Tess cuando se cortó la comunicación. Ni mucho menos.

—Doctora Court, el señor Grossman ya está aquí.

—Gracias, Kate. Dile que entre.

Cogió la ficha de Joey, pero no la guardó en ninguna parte, sino que la dejó a un lado del escritorio para tenerla a mano.

Cuando se fue el último paciente del día eran casi las cinco. Kate asomó la cabeza por la puerta.

—Doctora Court, el señor Scott no ha concertado una nueva cita.

—No necesita ninguna más.

—¿En serio? —Kate se apoyó en el umbral, relajada—. Entonces ha hecho un buen trabajo con él, doctora Court.

—Espero que sí. Puedes retirar su ficha del archivo de los pacientes en activo.

—Encantada.

—Hazlo mañana, Kate. Si te das prisa, podrás salir exactamente un minuto antes de la hora.

—No me lo diga dos veces. Buenas noches, doctora Court.

—Buenas noches, Kate.

Sonó el teléfono y lo cogió ella misma.

—No te preocupes. Vete a casa, Kate. —Respiró profundamente, ya con el auricular en la mano—. Doctora Court.

—Hola, doctora.

—Ben. —Se le destensó el rostro. Se oían ruidos de teléfonos, voces y máquinas de escribir de fondo—. ¿Trabajando todavía?

—Sí. Llamo para decirte que me queda un rato.

—Pareces cansado. ¿Ocurre algo?

Ben pensó en todo lo sucedido aquel día y en ese hedor que parecía imperecedero.

—Ha sido un día largo. Mira, ¿por qué no voy a buscar una pizza o algo? En teoría acabaré dentro una hora, más o menos.

—De acuerdo. Ben, se me da bien escuchar.

—Lo tendré en cuenta. Ve directa a casa y cierra la puerta con llave.

—Sí, señor.

—Nos vemos luego, sabelotodo.

No se percató de lo silencioso que estaba el despacho hasta que colgó el teléfono. Normalmente se habría quedado allí sola durante una hora más. Ordenar el escritorio, acabar con el papeleo pendiente... Pero aquel silencio le parecía demasiado claustrofóbico y opresivo. Se dijo que no eran más que tonterías, y cogió la ficha de Scott para archivarla. El éxito era satisfactorio.

Recogió las fichas y las cintas de los pacientes de última hora de la tarde y las guardó. El historial de Joey Higgins seguía sobre su escritorio. Lo metió en el maletín para llevárselo a casa, consciente de que no dejaría de comerse la cabeza.

Se sorprendió tres veces mirando la puerta y sintiendo los latidos de su corazón.

Era ridículo. Estaba decidida a mantener la calma, así que revisó las citas del día siguiente. Se recordó a sí misma que había dos policías fuera y otro en el vestíbulo. Estaba completamente a salvo.

Pero cada vez que oía el zumbido del ascensor desde el pasillo daba un respingo.

Si se marchaba a casa encontraría su apartamento vacío, y ahora que lo compartía con Ben no quería sentirse sola. ¿Dónde se estaba metiendo? Empezó a recoger el resto de sus cosas entre suspiros. La situación con Ben la superaba. ¿Cómo lidiaba la eminente doctora Court con los problemas de amor? Con muy poca gracia, se dijo yendo al armario para coger su abrigo.

Si fuera primavera, tendría excusa para soñar despierta y sonreír sin motivo aparente. Pensó que las personas inteligentes se enamoran en primavera, cuando todo está vivo y parece que vaya a permanecer así eternamente.

Se detuvo frente a la ventana. Los árboles que flanqueaban los edificios se veían oscuros y despojados de sus hojas. Las extensiones de césped visibles estaban amarillentas y mustias. Los viandantes se refugiaban en sus abrigos y agachaban la cabeza contra el viento. Se sintió estúpida al pensar que no era primavera y que todo el mundo se apresuraba por llegar a casa.

Entonces lo vio. Estaba muy quieto, con un abrigo negro, justo detrás de un grupo de pequeños árboles. Se le cortó la respiración. Empezaron a flaquearle las rodillas. Vigilando. Estaba esperando y vigilando. Se dio la vuelta instintivamente para coger el teléfono que estaba sobre el escritorio. Llamaré a recepción, pensó mientras pulsaba los botones. Llamaré y le diré a la policía que está fuera, vigilándome. Y después bajaría ella. Bajaría porque se lo había prometido a sí misma.

Pero cuando se volvió para mirarlo de nuevo había desaparecido.

Se quedó inmóvil un momento, con el auricular en la mano y el número de teléfono a medio marcar. Se había esfumado.

Se dijo que debía de ser alguien que iba de camino a casa. Un médico, un abogado o un directivo de banco que iba andando a casa para mantenerse en forma. Se obligó a volver al escritorio y a colgar el teléfono con calma. Veía fantasmas donde no los había. Todavía le temblaban las piernas, así que se apoyó en el borde del escritorio. Poco a poco, fue recuperando el control.

Diagnóstico: paranoia aguda.

Receta: un baño caliente y una noche tranquila con Ben Paris.

Una vez recuperada se puso el abrigo de cachemira, cogió el maletín y se echó el bolso al hombro. Después de cerrar con llave la consulta, se dio la vuelta y vio girar el pomo de la puerta del recibidor.

Las llaves resbalaron de sus dedos inertes. Se apoyó en la puerta que acababa de cerrar. La otra se abrió un centímetro. El grito se le cortó y quedó atascado, quemándole la garganta. Se quedó petrificada viendo cómo la puerta se abría un poco más. No había laberinto por el que correr, ningún lugar al que escapar. Respiró profundamente, consciente de que estaba sola.

—¿Hay alguien en casa?

—Por el amor de Dios, Frank —dijo descansando en la puerta de la consulta, con las rodillas de gelatina—. ¿Qué haces andando como un fantasma por los pasillos?

—Iba al ascensor y he visto luz bajo la puerta. —Sonrió, encantado de estar a solas con ella—. No me digas que vuelves a llevarte trabajo a casa —continuó, entrando y cerrando la puerta estratégicamente.

—No, lo que llevo aquí es la ropa sucia. —Tess se agachó para recoger las llaves, enfadada consigo misma por dejarle ver su reacción—. Mira, Frank, he tenido un día muy largo, y no estoy de humor para tus torpes juegos de seducción.

—Vaya, Tess —repuso él abriendo los ojos y ensanchando la sonrisa—. No sabía que pudieras ser tan... tan agresiva.

—Si no te quitas de en medio vas a ver muy de cerca la trama de la moqueta.

—¿Y si tomamos algo?

—Oh, por el amor de Dio... —Tess pasó ante él y le tiró de la manga recién planchada de su abrigo para sacarlo al pasillo.

—¿Una cena en mi casa?

Tess se mordió la lengua, apagó la luz y cerró la puerta con llave.

—Frank, ¿por qué no aprovechas tus fantasías sexuales y escribes un libro? Eso evitará que te metas en problemas —le espetó mientras lo esquivaba y pulsaba el botón del ascensor.

—Tú podrías ser mi primer capítulo.

Inspiró profundamente, contó de diez a cero, y se sorprendió al descubrir que no lograba calmarse. Cuando se abrieron las puertas entró en el ascensor y bloqueó el paso.

—Frank, si te gusta la forma de tu nariz no intentes meterte en este ascensor conmigo.

—¿Qué tal una cena y un baño caliente? —preguntó mientras se cerraban las puertas—. Conozco un lugar donde hacen un delicioso pollo Kiev.

—Pues métetelo por donde te quepa —murmuró al tiempo que se pegaba a la pared del ascensor.

No empezó a reír prácticamente hasta que llegó a casa. Si se lo proponía, podía olvidar que la escoltaba un coche de policía, ignorar que en la tercera planta de su edificio había agentes bebiendo café y mirando las noticias de la tarde. Un accidente en la Veintitrés la retuvo durante quince minutos, pero no evitó que cada vez estuviera de mejor humor.

Abrió la puerta del apartamento tarareando. Tras lamentarse fugazmente por no haber comprado flores, fue directa al dormitorio y se desnudó. Eligió de nuevo el quimono de seda, y después puso una ración doble de espuma de baño bajo el chorro de agua que llenaba la bañera. Se entretuvo escogiendo algo de música. Al cabo apareció Phil Collins, encantado de estar vivo y enamorado.

Así me siento yo, se dijo Tess al sumergirse en el agua humeante. Y pensaba disfrutar cada minuto de esa noche.

Cuando Ben entró con su propia llave, se sintió como en casa. No tenía sus muebles, ni había elegido los cuadros, pero aquel era su hogar. Estaba quemándose con la caja de cartón, así que la dejó sobre la mesa del comedor, sobre un bordado de lino que imaginó que habría llevado una semana de trabajo a alguna monja francesa, y deseó poder meterse en la cama y dormir veinticuatro horas de una tacada.

Dejó la bolsa que llevaba cerca de la pizza, se quitó el abrigo y lo colgó del respaldo de una silla. Por último, se sacó la pistolera y la dejó sobre el asiento.

Olía a Tess. Podía olerla apenas traspasado el umbral de la puerta. Suave, sutil, elegante. Aspiró su fragancia mientras su interior se debatía entre el cansancio y una necesidad que aún no sabía cómo podría frenar.

—¿Tess?

—Estoy aquí, en la bañera. Salgo en un minuto.

Siguió el rastro del perfume y el sonido del agua.

—Hola.

A Ben le pareció que ella se sonrojaba al mirarlo. Extraña mujer, pensó mientras se sentaba en el borde de la bañera. Te hacía enloquecer en la cama y luego se abochornaba cuando la sorprendías dándose un baño de espuma.

—No sabía cuánto tardarías —dijo procurando evitar hundirse más bajo las burbujas.

—Tenía que solucionar un par de asuntos.

Su vergüenza se esfumó tan rápido como había aparecido.

—Ha sido duro, ¿verdad? Pareces exhausto.

—Digamos que ha sido uno de los días menos agradables.

—¿Quieres hablar de ello?

Ben se quedó pensando en la sangre. Ni tan siquiera en su trabajo solía verse tanta.

—No, ahora no.

Tess se reincorporó para acariciarle la cara.

—Aquí hay lugar para dos, si te apetece. ¿Por qué no sigues los sabios consejos de la doctora Court para paliar el exceso de trabajo?

—Se va a enfriar la pizza.

—Me encanta la pizza fría —respondió mientras empezaba a desabrocharle la camisa—. La verdad es que yo también he tenido un día bastante raro, y como colofón me han invitado a comer pollo Kiev y a tomar un baño caliente.

—¿Ah, sí? —Ben se levantó para desabrocharse los pantalones. Se vio invadido por un sentimiento mezquino, algo irreconocible para un hombre que nunca antes había sentido celos—. No parece muy inteligente rechazar esa invitación por una pizza fría y un poco de espuma.

—Y mucho menos si se trataba de pasar la noche con el guapo, exitoso e insoportablemente aburrido doctor Fuller.

—Es tu tipo. —Ben se había sentado en el váter para quitarse los zapatos.

—¿Los hombres aburridos son mi tipo? —Tess arqueó una ceja y se recostó—. Pues muchas gracias.

—Me refiero a que sea médico, lleve trajes de tres piezas y tenga una Visa oro.

—Entiendo —contestó con sorna mientras se enjabonaba una pierna.—. ¿Tú no tienes Visa oro?

—Tengo suerte de que Sears aún me deje pagar los calzoncillos.

—Bueno, en ese caso, no sé si debería invitarte a mi bañera.

Ben se quedó de pie, desnudo de cintura para arriba y con los pantalones desabrochados.

—Lo digo en serio, Tess.

—Ya me lo figuro. —Cogió un puñado de burbujas con la mano y las examinó—. Supongo que eso significa que me ves como una mujer superficial y materialista, que solo piensa en el estatus social, pero que puede olvidarse de ello con tal de echar un buen par de polvos.

—No me refiero para nada a eso. —Frustrado, se sentó de nuevo en el borde de la bañera—. Mira, en mi trabajo debo tratar con la chusma casi a diario.

Tess deslizó su mano mojada sobre la de él con mucho cariño.

—Ha sido un día asqueroso, ¿no?

—Eso no tiene nada que ver. —La cogió de la mano y se quedó observándola. Era bastante pequeña, estrecha, y muy fina a la altura de la muñeca—. Mi padre vendía coches usados en un concesionario. Tenía solo tres abrigos y conducía un DeSoto. Mi madre horneaba galletas. Hacía todo tipo de galletas imaginable. Su idea de una noche en la ciudad era ir a la cena benéfica de los Caballeros de Colón. Me abrí paso a puñetazos en el instituto, empollé dos años en la universidad y después en la academia, y desde entonces no he hecho más que ver fiambres.

—¿Estás tratando de convencerme de que no eres lo bastante bueno para mí por nuestras diferencias culturales, educativas y genealógicas?

—A mí no me vengas con eso.

—De acuerdo. Probemos un nuevo enfoque.

Tess tiró de él y lo metió en la bañera.

—¿Qué coño haces? —dijo echando espuma por la boca—. Estoy vestido.

—No es culpa mía que seas tan lento.

Se abrazó a él y lo besó antes de que pudiera recobrar el equilibrio. Hay veces en las que incluso una psiquiatra sabe que para llegar al fondo de un asunto la acción es más efectiva que las palabras. No se relajó por completo hasta que él la rodeó con sus brazos.

—¿Ben?

—¿Sí?

—¿Crees que en este momento es importante que tu padre vendiera coches y el mío no?

—No.

—Perfecto. —Se separó un poco y le limpió la espuma de la barbilla entre risas—. Y, ahora, ¿cómo te quitaremos los pantalones?

La pizza estaba completamente fría, pero no dejaron ni una migaja. Ben esperó a que volviera de tirar el cartón.

—Te he comprado un regalo.

—¿En serio? —Miró el envoltorio de papel que le ofrecía Ben, sorprendida e ilusionada como una niña—. ¿Por qué?

—Preguntas, siempre preguntas. —Cuando ella quiso cogerlo, él lo apartó—. ¿Seguro que quieres saberlo?

—Sí.

Ben se acercó lo suficiente para pasarle el brazo por la cintura. Seguían impregnados del perfume del baño. Tess tenía el pelo sujeto con horquillas, todavía húmedo.

—Bueno, creo que estoy perdiendo la cabeza por tu amor. *Yes, I think I'm going out of my head, over you.*

Tess cerró los ojos lentamente para recibir el beso.

—Little Anthony —murmuró tarareando la melodía en su cabeza—. ¿Eso fue en el sesenta y uno, en el sesenta y dos...?

—Supuse que siendo psiquiatra te encantaría la canción.

—Y acertaste.

—¿No quieres tu regalo?

—Mmm... Creo que primero tendrás que soltarme para que pueda abrir el paquete.

—Pues no tardes.

Le dio el regalo y Ben contempló su rostro mientras lo abría. No podía haber sido mejor: la expresión inocente, luego sorprendida y por último divertida.

—Un cerrojo. Por Dios, Ben, tú sí que sabes cómo volver loca a una mujer.

—Sí, la verdad es que tengo un don.

Tess sonrió mientras lo besaba.

—Lo guardaré mientras viva. Si no abultara tanto, lo llevaría siempre junto al corazón.

—Estará en la puerta en menos de una hora. Dejé mis herramientas en el armario de la cocina el otro día.

—Además eres un manitas.

—Búscate algún entretenimiento mientras lo coloco. Si no, tendrás que ver cómo lo hago.

—Ya se me ocurrirá algo—dijo a modo de promesa, dejando que él se ocupara de ello.

Mientras él colocaba el cerrojo, Tess revisó una conferencia que daría al mes siguiente en la Universidad George Washington. El ruido del taladro y de la madera contra el metal no le molestó. Empezaba a preguntarse cómo había podido aguantar ese silencio total de su vida antes de que apareciera Ben.

Cuando la conferencia estuvo lista y se hubo ocupado de los historiales que había llevado a casa, fue a ver a Ben, que estaba acabando. El cerrojo brillaba y daba sensación de seguridad.

—Esto debería bastar.

—Mi héroe.

Cerró la puerta, le mostró un par de llaves y las dejó sobre la mesa.

—Úsalas. Voy a recoger las herramientas y limpiar esto un poco. Tú podrías barrer.

—Me parece justo.

Se detuvo camino de la puerta para encender el televisor y ver las noticias. Tess barrió el serrín sin quejarse, a pesar de que estaba más sucio de lo que parecía justificar la colocación de un simple cerrojo. Pero al erguirse, con el recogedor y la escoba aún en las manos, oyó la noticia del día.

—La policía ha descubierto los cadáveres de tres personas en un apartamento del North West —informaba un reportero—. Los agentes entraron en el apartamento a última hora de esta tarde, después del aviso de un vecino. Las víctimas, atadas con una cuerda de tender, fueron acuchilladas repetidamente. Los cuerpos han sido identificados como Jonas Leery, su mujer, Kathleen, y Paulette Leery, la hija adolescente del matrimonio. Se cree que el móvil del asesinato es el robo. Conectamos con Bob Burroughs que está en el lugar de los hechos, para que nos dé más detalles.

En la pantalla, un periodista con aspecto atlético y voz aterciopelada sostenía un micrófono en la mano y señalaba el edificio de ladrillos que tenía a la espalda. Tess se volvió y vio a Ben parado en la entrada de la cocina. Supo al momento que él había estado en el interior de ese edificio.

—Oh, Ben, ha debido de ser terrible.

—Llevaban muertos diez horas, quizá doce. La chica no tendría más de dieciséis años. —El recuerdo le provocaba ardores de estómago—. La han trinchado como a un pedazo de carne.

—Lo siento. —Dejó la escoba y el recogedor, y fue a su encuentro—. Sentémonos.

—Llega un momento —dijo todavía mirando la pantalla—, llega un momento en el que casi, casi se convierte en una rutina. Después te encuentras con algo como lo de ese apartamento, entras y se te revuelve el estómago. Piensas, Dios santo, no puede ser real. Es imposible que sea real, porque una persona no puede hacerle eso a otra. Pero en el fondo, en lo más profundo de tu interior, sabes que es posible.

—Siéntate, Ben —susurró Tess, y lo ayudó a sentarse con ella en el sofá—. ¿Quieres que lo apague?

—No.

Pero se quedó agarrándose la cabeza con las manos durante un minuto y se acarició el cabello antes de incorporarse. El reportero desplazado al lugar de los hechos entrevistaba a un vecino que sollozaba.

—Paulette hacía de canguro de mi hijo pequeño. Era una chica encantadora. No me lo puedo creer. Simplemente no me lo puedo creer.

—Atraparé a esos cabrones —murmuró Ben, casi para sí mismo—. Había una colección de monedas, una jodida colección de monedas que podía valer ochocientos, quizá mil dólares. En el mercado negro seguramente no valga ni la mitad. Han masacrado a esa familia por un puñado de monedas viejas.

Tess miró de nuevo el cerrojo, ahora firmemente fijado a la puerta, y comprendió por qué lo había comprado esa noche. Acercó a Ben hacia sí y lo arrimó a su pecho, con esa forma maternal que tienen las mujeres de dar consuelo.

—Empeñarán las monedas y luego podrás seguir el rastro.

—Tenemos un par de pistas más. Los arrestaremos mañana, pasado mañana como muy tarde. Pero esa gente, Tess... Jesús, por mucho que trabaje en esto no puedo creer que un ser humano llegue a hacer algo así.

—No puedo decirte que dejes de pensar en ello, pero estoy aquí contigo.

Saber eso, sencillamente saberlo, calmó el horror que Ben había sentido aquel día. Ella estaba allí con él, y durante esa noche, durante algunas horas, podría olvidarse del resto.

—Te necesito. —Ben cambió de postura y sentó a Tess sobre su regazo para acariciarle el cuello—. Me aterroriza.

—Lo sé.

15

—No sé, Tess. No me llevo muy bien con los senadores. —Ben respondió a la sonrisa de Lowenstein soltando un gruñido y dándose la vuelta con el teléfono apoyado en el hombro.

—Es mi abuelo, Ben, y además es encantador.

—Nunca he oído decir a nadie que el senador Johnathan Writemore sea un encanto.

Pilomento lo llamó desde el otro lado de la sala, de modo que Ben asintió y alzó un dedo para pedirle que esperase un momento.

—Eso es porque yo no soy su relaciones públicas. En cualquier caso, es el día de Acción de Gracias, y no quiero desilusionarlo. Y tú me dijiste que tus padres viven en Florida.

—Ya tienen más de sesenta y cinco años. Lo normal es que cuando los padres cumplen sesenta y cinco se muden a Florida.

—Así que no tienes con quien pasar el día de Acción de Gracias. A mi abuelo le gustará conocerte.

—Claro —dijo Ben estirándose el cuello del jersey—. Mira, siempre he tenido una política respecto a conocer familiares.

—¿Cuál?

—Negarme a hacerlo.

—Ah, ¿y eso?

—Más preguntas —murmuró entre dientes—. Cuando era joven mi madre siempre quería que trajera a casa a la chica con la que salía. Luego se hacían ilusiones.

—Entiendo.

Ben percibió la sonrisa en su voz.

—En cualquier caso, me impuse esta política: las mujeres no conocen a mi madre y yo no conozco a su familia. Así nadie empieza a elegir cuberterías de plata.

—Estoy segura de que no te falta razón. Pero te prometo que si vienes a cenar con nosotros ni yo ni mi abuelo hablaremos de cuberterías de plata. La señorita Bette hace un pastel de calabaza delicioso.

—¿Casero?

—Totalmente. —Una mujer inteligente sabe cuándo desistir, y Tess lo hizo—. Bueno, piénsatelo. No quería llamarte para esta tontería, pero, con todo lo que está ocurriendo, lo había olvidado por completo hasta que mi abuelo me ha telefoneado hace unos minutos.

—Sí, deja que me lo piense.

—Y no te preocupes. Si prefieres no venir, te traeré una porción de pastel. Me está esperando un paciente.

—Tess...

—¿Sí?

—No, nada, nada. Nos vemos luego.

—Paris.

—Perdona —dijo colgando el teléfono y volviéndose hacia Pilomento—. ¿Qué tenemos?

—Al final hemos podido investigar el nombre que nos dio la vecina —contestó Pilomento, y le entregó una hoja de papel.

—¿El tipo aquel que rondaba a la chica de los Leery?

—Exacto. Amos Reeder. No tenemos una descripción muy precisa porque la vecina solo lo vio una vez. El resumen es que tenía mala pinta, aunque reconoció que solo lo vio entrar en casa de los Leery una vez y que no hubo ningún jaleo.

Ben ya estaba cogiendo la chaqueta.

—Siempre hay que hacer una visita a los que tienen mala pinta.

—Tengo la dirección y sus antecedentes.

Ben guardó el paquete de cigarrillos en el bolsillo y comprobó con disgusto que solo le quedaban dos.

—¿Qué ha tenido tiempo de hacer?

—A los diecisiete apuñaló a otro chaval para robarle calderilla. Le encontraron una bolsita de hierba y el brazo picado de arriba abajo. El otro chico se recuperó de las heridas, Reeder fue juzgado como menor y pasó por un programa de rehabilitación. Harris ha dicho que tú y Jackson deberíais hacerle una visita.

—Gracias. —Cogió el informe y se dirigió a la sala de reuniones, donde Ed y Bigsy hablaban sobre el caso Sacerdote—. En marcha —dijo Ben, y se dirigieron a la salida.

Ed lo alcanzó torpemente mientras se ponía el abrigo.

—¿Qué hay?

—Tenemos una pista en el caso Leery. La hija se veía con un joven indeseable aficionado a los cuchillos. He pensado que podríamos tener una charla con él.

—Suena bien. —Ed se acomodó en el coche—. ¿Qué te parece si ponemos Tammy Wynette?

—Anda ya —contestó Ben, que puso el casete de *Goat's Head Soup*—. Tess me ha llamado hace un momento.

Ed abrió un ojo. Le resultaba más fácil aguantar a los Rolling Stones con los ojos cerrados.

—¿Algún problema?

—No. Bueno, sí, supongo. Quiere que hagamos la cena de Acción de Gracias con su abuelo.

—Oh, pavo con el senador Writemore. ¿Crees que necesitará una votación para decidir entre salsa de ostras o de castañas?

—Sabía que eso me traería problemas.

Ben sacó otro cigarrillo, más por fastidio que por ganas.

—Vale, vale... Basta de bromas. Así que el día de Acción de Gracias cenarás con Tess y su abuelo. ¿Cuál es el problema?

—Se empieza con el día de Acción de Gracias y, antes de que te des cuenta, llega la comida de los domingos. Después viene la tía Mabel de visita sorpresa para ver qué tal estamos por casa.

Ed metió la mano en el bolsillo, decidió reservarse las pasas con yogur para más tarde, y cogió el chicle sin azúcar.

—¿Tess tiene una tía que se llama Mabel?

—Ed, a ver si sigues el hilo. —Redujo la velocidad y se detuvo frente a una señal de stop—. En menos que canta un gallo te invitan a la boda de la prima Laurie, y el tío Joe te da un codazo y te pregunta cuándo daréis vosotros el paso.

—Todo esto por culpa de un puré de patatas y un poco de asado en su salsa —dijo Ed negando con la cabeza—. Es increíble.

—Lo he visto con mis propios ojos. Fíate de mí; acojona.

—Ben, hay cosas más importantes que la supuesta tía Mabel de Tess. Cosas que dan mucho más miedo.

—¿Ah, sí? ¿Cómo qué?

—¿Sabes la cantidad de carne roja sin digerir que tienes pudriéndose en los intestinos?

—Joder, qué asco.

—Ni que lo digas. La historia, Ben, es que puedes preocuparte por los residuos nucleares, la lluvia ácida o tus niveles de colesterol. Hay muchas cosas de las que preocuparse; tú ve a cenar con el senador. Si empieza a mirarte como si fueras candidato a entrar en la familia, haz algo para que se lo quite de la cabeza.

—¿Como qué?

—Comerte la salsa de arándanos con las manos, por ejemplo. Es aquí.

Ben paró en la curva y tiró el cigarrillo por la rendija de la ventana.

—Me has ayudado mucho, Ed. Gracias.

—No hay de qué. ¿Cómo quieres que hagamos esto?

Ben observó el edificio desde el coche. Había conocido mejores días, mucho mejores. Se veían un par de ventanas rotas tapadas con diarios. Una de las paredes estaba repleta de pintadas, y el césped tenía más latas y cristales de botellas que hierba propiamente dicha.

—Está en el trescientos tres. Hay una salida de incendios en la tercera planta. Si escapa, preferiría no tener que perseguirlo por su propio terreno.

Ed sacó una moneda del bolsillo.

—Cara o cruz para ver quién entra y quién cubre la retaguardia.

—De acuerdo. Si sale cara entro, y si sale cruz subo la escalera de incendios y cubro la ventana. Espera, aquí no —dijo Ben sosteniéndole el brazo antes de que tirara la moneda—. La última vez que la tiraste aquí tuve que comer brotes de soja. Hagámoslo fuera del coche, que hay más espacio.

Salieron a la acera de mutuo acuerdo. Ed se quitó los guantes y los guardó en su bolsillo antes de lanzar la moneda.

—Cara —dijo, y la mostró a Ben—. Dame un momento para tomar posición.

—Vamos.

Ben pateó una botella para quitarla de en medio y entró en el edifico. En el interior olía a vómito de bebé y a whisky rancio. Ben se bajó la cremallera del abrigo y subió a la tercera planta. Antes de llamar al 303 observó atentamente el pasillo.

Un adolescente con el cabello apelmazado al que le faltaba un diente entreabrió la puerta. Ben se dio cuenta de que estaba colocado antes de sentir el olorcillo a hierba.

—¿Amos Reeder?

—¿Quién lo busca?

Ben le mostró la placa.

—Amos no está aquí. Está fuera, buscando trabajo.

—De acuerdo, entonces hablaré contigo.

—Tío, ¿tenéis una orden o algo?

—Podemos hablar en el pasillo, dentro de tu casa o en la comisaría. ¿Tienes nombre?

—No tengo por qué decirte nada. Estoy en mi casa sin molestar a nadie.

—Sí, y desde aquí puedo oler suficiente hierba para empapelarte. ¿Quieres que entre y eche un vistazo? Antivicio tiene una oferta especial esta semana. Por cada veinticinco gramos de hierba que decomiso me regalan una camiseta.

—Kevin Danneville. —Ben percibió que la frente del chaval empezaba a sudar—. Colega, tengo mis derechos. No estoy obligado a hablar con la pasma.

—Pareces nervioso, Kevin. —Ben apoyó una mano en la puerta para que no se cerrara—. ¿Cuántos años tienes?

—Tengo dieciocho, ¿qué coño te importa?

—¿Dieciocho? A mí me parece más bien que tienes dieciséis, y no estás en el colegio. Quizá deba llevarte al reformatorio. ¿Por qué no me hablas de la hija del coleccionista de monedas?

Percibir el movimiento de sus ojos le salvó la vida. Al ver que le cambiaba la excepción de cara, Ben se echó a un lado instintivamente. Un cuchillo cayó sobre él, pero en lugar de seccionarle la yugular, le abrió una brecha en el brazo que lo hizo caer contra la puerta y derrumbarse dentro del apartamento.

—Por Dios, Amos, es un poli. No puedes matar a un poli.

Kevin, en su intento por escapar, se estampó contra una mesa y tiró una lámpara que se hizo añicos en el suelo.

Reeder, colocado con el polvo de ángel que acababa de comprar, se limitaba a sonreír.

—Voy a sacarle el corazón a este hijo de puta.

Cuando volvió a abalanzarse sobre Ben, este vio que su agresor era un chaval con edad de estar en el instituto. Lo esquivó y trató de arrebatarle el cuchillo con la mano izquierda, ya que la derecha le sangraba. Kevin se escabulló por el suelo como un cangrejo y se puso a gimotear. Entonces la ventana que tenían a la espalda saltó en pedazos.

—¡Policía! —gritó Ed desde fuera, apuntando con la pistola con las piernas separadas—. Tira el cuchillo o disparo.

Amos, con un hilillo de baba cayéndole por la comisura de los labios, clavó su mirada en Ben. Lo más sorprendente era que se puso a reír como un loco.

—Voy a cortarte en rodajas, tío, te voy a hacer pedacitos.

Tomó impulso para saltar sobre Ben con el cuchillo en alto. La bala de cabeza plana del calibre 38 impactó en el torso de Amos y detuvo su movimiento de golpe. Se quedó de pie mirando con expresión sorprendida durante unos instantes, mientras la sangre manaba del agujero de su pecho. Ed mantuvo el dedo en el gatillo. Luego Reeder se desplomó, llevándose por delante una mesa plegable. El cuchillo resbaló de su mano y repicó levemente en el suelo. Murió sin decir palabra.

Ben se tambaleó y cayó de rodillas. Antes de que Ed cruzara la ventana ya había sacado la pistola.

—Parpadea —le advirtió Ben con los dientes apretados mientras apuntaba a Kevin con el arma reglamentaria—. Un solo parpadeo ya se considera resistencia a la autoridad.

—¡Fue Amos! Amos se los cargó a todos —dijo Kevin con voz entrecortada—. Yo solo miré, lo juro, yo me limité a mirar y no hice nada.

—Solo un parpadeo, pequeño hijo de puta, y te reviento las pelotas antes de que hayas aprendido a usarlas.

Ed le hizo un cacheo rutinario e innecesario a Amos antes de agacharse junto a Ben.

—¿Cómo tienes el brazo?

La herida era muy dolorosa y empezaba a sentir náuseas.

—Tenía que tocarme cara. La próxima vez tiro yo la moneda.

—Vale. Déjame echar un vistazo.

—Tú llama para que limpien este desastre y llévame al hospital.

—Si hubiera dañado alguna arteria, estarías chorreando de A positiva.

—Ah, entonces ni me preocupo. —Se mordió los labios cuando Ed le descubrió la herida—. ¿Jugamos un partido de golf?

—Aguanta esto sobre la herida, con presión constante —dijo Ed cogiéndole la pistola y colocándole la mano sobre el pañuelo que acababa de aplicarle.

Le llegó el olor de su propia sangre. Había quedado postrado a escasos centímetros del cuerpo de Amos.

—Gracias.

—No te preocupes, es un pañuelo viejo.

—Ed. —Ben miró hacia Kevin, que estaba acurrucado en posición fetal con las manos sobre las orejas—. Tiene una foto de Charles Manson sobre la cama.

—Ya la he visto.

Ben estaba sentado al borde de una mesa en la sala de urgencias y contaba enfermeras para abstraerse de la aguja que entraba y salía de su carne. El médico que le estaba cosiendo la herida charlaba despreocupadamente de las opciones de los

Redskins frente a los Cowboys el domingo siguiente. Al lado, tras unas cortinas, un médico y dos enfermeras se ocupaban de una chica de diecinueve años que trataba de superar una sobredosis de crack. Ben oía sus sollozos y deseaba poder fumarse un cigarrillo.

—Odio los hospitales —susurró.

—La mayoría de la gente siente lo mismo. —El médico cosía con el esmero de una vieja costurera—. La línea defensiva es como un muro de piedra. Si se mantiene firme, para el tercer cuarto tendremos a los Dallas más aburridos que una ostra.

—Pues mejor no verlo. —Ben perdió la concentración un momento y sintió los tirones en la carne. Procuró centrar su atención en los sonidos del otro lado de la cortina. La chica estaba hiperventilando. Una voz autoritaria y severa le ordenó que respirara dentro de la bolsa de papel—. ¿Os llegan muchos como ella?

—Cada día más —repondió el médico al tiempo que cerraba otra sutura—. Los ponemos de nuevo en pie, si tienen suerte, y ellos van a la primera esquina que encuentran y compran otra dosis. Ahí está. Una costura de lujo, aunque esté mal que yo lo diga. ¿Qué le parece?

—Confiaré en su criterio.

Tess cruzó a toda prisa las puertas automáticas del servicio de urgencias. Echó un vistazo a la sala de espera y se dirigió a las salas de reconocimiento. Se topó con un enfermero que empujaba una camilla en la que había un cuerpo cubierto con una sábana. Se le heló la sangre. Una enfermera apareció tras unas cortinas y la cogió del brazo.

—Lo siento, señorita, pero no puede estar aquí.

—Detective Paris. Apuñalamiento.

—Le están cosiendo la herida del brazo aquí al lado. —La enfermera seguía sujetándola firmemente—. Lo mejor será que vuelva a la sala de espera y...

—Soy su médico —logró decir, consiguiendo que la soltara.

No se puso a correr. Se controló lo suficiente para pasar sin alterarse por delante de una fractura de brazo, una quemadura de segundo grado y una conmoción cerebral leve. Había una mujer mayor tratando de dormir como podía en una camilla del pasillo. Tess llegó a la última zona separada con cortinas y encontró a Ben.

—¡Vaya, Tess! —El médico alzó la vista, contento y sorprendido—. ¿Qué haces aquí?

—Ah, John. Hola.

—Cuánto tiempo. No suelen venir a mi consulta mujeres tan guapas —empezó a decir, y luego se percató de cómo miraba a su paciente—. Ah, ya veo. —Su considerable ego sufrió un leve revés—. Parece que vosotros dos ya os conocéis.

Ben quiso bajar de la mesa de operaciones, y se habría levantado si el médico no se lo hubiera impedido.

—¿Qué haces aquí?

—Ed me llamó a la clínica.

—No tenía que haberlo hecho.

Ahora que desaparecían las imágenes de Ben desangrándose empezaban a temblarle las rodillas.

—Creyó que debía saberlo, y no quería que lo viera en el telediario. John, ¿es muy grave?

—No es nada —respondió Ben.

—Diez puntos —añadió el médico al mismo tiempo que fijaba el vendaje—. En principio no ha dañado el tejido muscular, y ha perdido sangre, pero no es preocupante. Como dice el Duque: es solo un arañazo.

—El tipo tenía un puto cuchillo de carnicero —dijo Ben, molesto por que otro restara importancia a su herida.

—Por suerte —continuó John mientras se volvía hacia la bandeja que tenía a la espalda—, la chaqueta del detective y su ágil juego de pies han evitado que la herida sea más profunda. Gracias a eso, no he tenido que coserle ambos lados del brazo. Esto le va a picar un poco.

—¿El qué?

Ben agarró automáticamente al médico por la muñeca.

—Es solo la inyección del tétanos —repuso John para calmarlo—. Al fin y al cabo, no sabemos en qué lugar pudo haber estado ese cuchillo. Vamos, apriete los dientes.

Ben intentó protestar de nuevo, pero Tess le cogió la mano. Sintió escozor en el brazo, pero pronto disminuyó.

—Así está bien. —John le dio la bandeja a una enfermera para que se ocupara de ella—. Esto lo deja todo bien atado. Discúlpeme el juego de palabras. Detective, durante un par de semanas absténgase de jugar al tenis o de hacer luchas de sumo. Mantenga el área seca y vuelva al final de la semana que viene para una revisión. Le quitaré los puntos.

—Muchas gracias.

—Su buena salud y su seguro médico son suficiente agradecimiento. Me alegro de verte, Tess. Llámame la próxima vez que tengas ganas de tomar sake y erizos de mar.

—Adiós, John.

—John, ¿eh? —Ben se bajó de la mesa—. ¿Alguna vez has tenido un ligue que no sea médico?

—¿Para qué? —Una vez vista esa tela empapada de sangre en la bandeja una respuesta suave parecía lo mejor—. Aquí está la camisa. Déjame que te ayude.

—Puedo hacerlo yo solo.

Ben consiguió meter el brazo sano en la manga, pero el otro estaba rígido y le dolía.

—De acuerdo. Tienes derecho a estar malhumorado después de que te pongan diez puntos.

—¿Malhumorado? —Cerró los ojos mientras acababa de ponerse la camisa—. Dios santo. Los niños de cuatro años están malhumorados si no hacen la siesta.

—Sí, ya lo sé. Ven, yo te la abrocho.

Esa era su intención. Se dijo a sí misma que le abotonaría la camisa y que mantendría una conversación tranquila. Ya casi llevaba dos botones cuando dejó caer la frente sobre el pecho de Ben.

—¿Tess? —Le pasó la mano por el cabello—. ¿Qué ocurre?

—Nada.

Se apartó de él y acabó de abotonarle la camisa con la cabeza gacha.

—Tess —dijo cogiéndola por la barbilla para mirarla. De sus ojos brotaban lágrimas. Ben le secó una que tenía en los párpados con el pulgar—. No llores.

—No voy a hacerlo. —Pero se le cortó la respiración y tuvo que pegar su cara a la de él—. Solo un momento, ¿vale?

Sí. —La rodeó con el brazo sano y se regodeó en el placer primario de tener alguien a quien le importaba. A algunas mujeres les había excitado su trabajo, a otras les había repugnado, pero no estaba seguro de haber tenido una mujer a quien le importase realmente.

—Tenía miedo —reconoció Tess con una voz que se apagó en el pecho de Ben.

—Yo también.

—¿Me explicarás después lo que ha pasado?

—Si te empeñas... Cualquier hombre odia reconocer ante su mujer que ha sido un idiota.

—¿Lo has sido?

—Estaba seguro de que ese pequeño hijo de puta estaba ahí dentro. Ed cubría la ventana y yo la puerta. Era muy sencillo. —Cuando la apartó de sí vio que ella dirigía la mirada hacia su camisa ensangrentada y hecha jirones—. Si esto te asusta, deberías ver la chaqueta. La compré hace un par de meses.

Tess recobró el control, lo cogió del brazo y se dirigieron al vestíbulo.

—Bueno, quizá Papá Noel te traiga una nueva esta Navidad. ¿Quieres que te lleve a casa?

—No, gracias, tengo que hacer el informe. Y quiero estar en el interrogatorio en caso de que el otro chaval aún no haya cantado todo lo que sabe.

—Así que eran dos.

—Ya solo queda uno.

Tess pensó en el cuerpo cubierto con una sábana sobre la camilla. Todavía olía la sangre seca en la camisa de Ben, así que prefirió no decir nada.

—Allí está Ed.

—Oh, no, está leyendo.

Ed alzó la mirada, escrutó rápida y concienzudamente a su compañero y sonrió a Tess.

—Hola, doctora Court. No te he visto entrar —dijo omitiendo que cuando ella llegó él estaba donando un litro de sangre. Ambos eran de factor Rh positivo. Ed dejó la revista a un lado y dio a Ben su chaqueta y la pistolera—. Es una lástima lo de la chaqueta. Seguramente para abril, cuando el departamento haya procesado la petición, te la restituirán.

—Claro.

Con ayuda de Ed, Ben se puso la pistolera y la chaqueta rota.

—¿Sabes? Acabo de leer un artículo fascinante sobre los riñones.

—Ahórratelo —le ordenó Ben, y se volvió hacia Tess—. ¿Vuelves a la clínica?

—Sí, me he ido en mitad de una sesión. —En ese instante Tess se dio cuenta de que había dado preferencia a Ben sobre un paciente—. Como médico, te recomiendo que vuelvas a casa y descanses después de hacer el informe. Llegaré hacia las seis y media, y seguramente podrás convencerme para que te mime un poco.

—Define mimar.

Tess lo ignoró y se volvió hacia Ed.

—¿Por qué no vienes a cenar?

Al principio se le veía desconcertado por la invitación, y después encantado.

—Bueno, pues... gracias.

—Ed no está acostumbrado a interactuar con mujeres. Te esperamos. Tess te preparará un poco de tofu. —Salieron del hospital, y Ben agradeció la brisa fresca. Ya no tenía el brazo adormecido y empezaba a molestarle como un dolor de muelas—. ¿Dónde has aparcado?

Ed repasó el aparcamiento en busca del coche patrulla.

—Ahí mismo.

—Acompaña a la dama a su coche, Ed. —Ben cogió a Tess por la solapa del abrigo y le dio un beso apasionado—. Gracias por venir.

—No hay de qué.

Tess esperó a que Ben se dirigiera hacia el Mustang para volverse hacia Ed.

—¿Me lo cuidarás?

—Claro.

Tess asintió y sacó las llaves del bolsillo.

—¿El hombre que lo apuñaló está muerto?

—Sí. —Ed le arrebató las llaves y abrió la puerta del coche para ella con un gesto que le pareció muy cortés. Tess lo miró a los ojos y supo, tan claramente como si se lo dijera, quién había disparado. Sus valores, el código según el cual vivía, libraron una fugaz batalla con un sentimiento nuevo. Tiró del cuello de la camisa de Ed, lo acercó y le dio un beso en la mejilla—. Gracias por salvarle la vida. —Se metió en el coche y sonrió antes de cerrar la puerta—. Nos vemos para cenar.

Ed, prácticamente enamorado de ella, volvió junto a su compañero.

—Si no vas a la cena de Acción de Gracias, eres un estúpido hijo de perra.

Ben salió de su aturdimiento cuando Ed cerró el coche de un portazo.

—¿Qué?

—Y a lo mejor no necesitas al tío Joe para que te suelte un codazo en las costillas.

Ed encendió el motor del coche con estruendo.

—Ed, ¿te has tomado una barrita de granola caducada?

—Será mejor que empieces a ver lo que tienes ante las narices, colega, antes de tropezar y caer sobre la sierra.

—¿Sierra? ¿Qué sierra?

—El granjero está serrando madera —empezó Ed conduciendo el coche hacia la salida del aparcamiento—. Un urbanita lo observa. Se oyen las campanas de la hora de comer y el granjero se dispone a ir a la mesa, pero se tropieza con la sierra. El tipo se levanta y empieza a cortar madera de nuevo. El urbanita le pregunta por qué no va a comer, y el granjero le dice que si ha tropezado con la sierra no tiene sentido ir. Ya no quedará nada de comida.

Ben se quedó en silencio durante unos buenos diez segundos.

—Claro, eso lo explica todo. ¿Por qué no das la vuelta y vamos al hospital para que te examinen a fondo?

—La cuestión es que si haces el idiota cuando tienes una oportunidad delante, la pierdes. Esa mujer es increíble, Ben.

—Creo que eso ya lo sé.

—Pues mejor será que estés bien atento y no tropieces con la sierra.

16

Acababa de empezar a nevar cuando Joey salió por la puerta de atrás. Como sabía que chirriaba, la acompañó con cuidado hasta oír que se cerraba. Se había acordado de coger los guantes, e incluso de ponerse el gorro de esquí azul. En lugar de las botas, se calzó las zapatillas de baloncesto. Eran sus favoritas.

Nadie lo vio salir.

La madre y el padrastro estaban en el estudio. Sabía que discutían por él, porque siempre que lo hacían hablaban en voz baja y usaban ese mismo tono nervioso y susurrante.

Creían que él no se daba cuenta.

Su madre había horneado un pavo con guarniciones de todo tipo. Durante la cena estuvo hablando con alegría, con demasiada alegría, de lo bonito que era pasar Acción de Gracias solo con la familia. Donald bromeó sobre los restos de la cena y se jactó de la tarta de calabaza que él mismo había preparado. También habían tomado salsa de arándanos y mantequilla de la buena, con unos cruasanes pequeños y esponjosos que doraron al horno.

Había sido la peor comida de su vida.

Su madre no quería que tuviera problemas. Quería que fuera feliz, que le fuera bien en el colegio y que saliera a jugar al baloncesto. En definitiva, que fuera normal. Esa era la expresión que su madre le había dicho en voz baja y angustiada a su padrastro. «Solo quiero que sea normal.»

Pero él no era normal. Joey suponía que su padrastro de alguna forma lo entendía, y por eso discutía con su madre. No era normal. Era un alcohólico, igual que su padre.

Y su madre decía que el padre era un indeseable.

Joey comprendía que el alcoholismo era una enfermedad. Comprendía lo que era la adicción y que no tenía cura, solo un período de recuperación continuo. También sabía que había millones de alcohólicos, y que era posible ser uno de ellos y llevar la vida normal que tanto quería su madre para él. Requería aceptarlo, esforzarse y cambiar. Pero a veces se cansaba de hacer el esfuerzo. Y si le decía a su madre que estaba cansado, ella se enfadaría.

También sabía que el alcoholismo podía heredarse. Él lo había heredado de su padre, como también había heredado aquello de ser un indeseable.

Salió de su pulcro y agradable barrio, donde las calles permanecían tranquilas. Los copos de nieve ondeaban en los haces de luz de las farolas como las hadas de los cuentos que su madre le leía años atrás. Se veían las ventanas iluminadas donde las familias compartían la cena de Acción de Gracias o descansaban frente al televisor después del copioso banquete.

Su padre no había ido a verle.

Tampoco había llamado.

Joey pensó que entendía por qué su padre ya no lo quería. Él le recordaba a la bebida, a las peleas, a los malos tiempos.

La doctora Court le dijo que él no era el culpable de la enfermedad de su padre. Pero Joey imaginaba que si este le había transmitido la enfermedad a él, también era probable que él se la hubiera pasado a su padre.

Recordó estar estirado en la cama, sabiendo que era tarde, y oír a su padre gritar con esa voz espesa y grotesca que se le ponía cuando bebía mucho.

—En lo único que piensas es en el niño. Nunca piensas en mí. Desde que lo tuvimos ya nada es lo mismo.

Luego lo oía llorar, sollozos estentóreos que de alguna manera eran peor que la cólera.

—Lo siento, Lois. Te quiero, te quiero tanto... Es que estoy muy agobiado. Esos cabrones del trabajo nunca me dejan en paz. Si Joey no necesitara unos zapatos nuevos cada dos por tres, mañana mismo los mandaría a la mierda.

Joey esperó a que pasara un coche a toda velocidad, luego cruzó la calzada y se dirigió al parque. La nieve caía en copos gruesos, como una cortina blanca zarandeada por el viento. El aire helado le había enrojecido las mejillas.

Antes pensaba que si no hubiera necesitado zapatos nuevos, su padre no habría tenido que emborracharse. Luego se dio cuenta de que sería más fácil para todos sin él. Así que a los nueve años escapó. Pasó miedo porque se perdió, oscureció y se oían ruidos. La policía lo encontró al cabo de unas horas, pero a Joey le parecieron días.

Su madre lloraba y su padre lo estrechó entre sus brazos. Todos hicieron promesas con la intención de cumplirlas. Y las cosas mejoraron, durante un tiempo. Su padre fue a Alcohólicos Anónimos y su madre reía más a menudo. Esa fue la Navidad que a Joey le regalaron la bicicleta y pasó horas con su padre corriendo al lado, agarrándole el sillín con la mano. No lo dejó caer ni una sola vez.

Sin embargo, justo antes de Pascua su padre empezó otra vez a volver tarde a casa. Su madre siempre tenía los ojos enrojecidos y ya no reía. Una noche, su padre viró demasiado al aparcar el coche en la entrada y no vio la bicicleta. Entró en casa gritando, y Joey se despertó entre improperios y acusaciones.

Quería levantarlo y sacarlo a la calle para que viera lo que había provocado con su negligencia. Pero su madre se interpuso.

Aquella fue la primera noche en que oyó cómo le pegaba.

Si hubiera dejado la bicicleta a un lado en vez de soltarla en el césped, al lado de la entrada, su padre no la habría arrollado. Y entonces no se habría enfadado tanto. No habría pegado a su madre ni le habría dejado un ojo morado que ella trataba de ocultar con maquillaje.

Aquella también fue la primera noche que Joey probó el alcohol.

No le gustó el sabor. Le quemó los labios y le revolvió el estómago. Pero después de darle tres o cuatro tragos a la botella, se sentía protegido por una fina pantalla de plástico. Ya no tenía ganas de llorar. Volvió a la cama con un zumbido agradable y tranquilizador en la cabeza. Y se durmió al instante, sin soñar nada.

Desde aquella noche, siempre que sus padres se peleaban, Joey utilizaba el alcohol como anestésico.

Luego llegó el divorcio como terrible culminación de la escalada de peleas, gritos e insultos. Un buen día su madre fue a buscarlo al colegio y lo llevó en coche a un apartamento pequeño. Allí le explicó, con tanta tranquilidad como pudo, por qué dejaban de vivir con el padre.

Joey se avergonzó, se avergonzó horriblemente, porque se alegraba.

Empezaron una nueva vida. Su madre volvió a trabajar. Se cortó el pelo y dejó de llevar el anillo de casada. Pero Joey seguía advirtiendo el delgado círculo de piel blanca que la alianza había cubierto durante más de una década.

Aún recordaba la mirada ansiosa y suplicante de su madre mientras le explicaba lo del divorcio. Tenía tanto miedo de que él la hiciera responsable que justificó aquella decisión que la sumía en la culpa y la incertidumbre diciéndole aquello que ya sabía. Pero oírlo de su boca hizo añicos la única y débil defensa que a Joey le quedaba.

También recordaba perfectamente el llanto desesperado de su madre la primera vez que encontró a su hijo de once años borracho al llegar del trabajo.

El parque estaba en silencio. La nieve había cuajado en una capa blanca, fina y consistente. En una hora sus huellas habrían desaparecido. Joey pensó que era mejor así. Copos grandes y suaves se descolgaban de las ramas de los árboles y reposaban sobre los arbustos, frescos y brillantes. También se derretían en su rostro y le dejaban la piel húmeda, pero no le importaba. Se preguntó, aunque solo fugazmente, si su madre habría ido ya a la habitación y descubierto su ausencia. Le daba pena decepcionarla, pero sabía que así facilitaría las cosas a todo el mundo. Empezando por él mismo.

Esa vez no tenía nueve años. Y tampoco tenía miedo.

Había asistido a las reuniones de Alateen y Alanon con su madre. Pero no tuvieron ningún efecto sobre él. No lo permitió, porque no quería admitir que le avergonzaba ser como su padre.

Luego apareció Donald Monroe. Joey quería alegrarse de que su madre volviera a ser feliz, pero se sentía culpable por aceptar tan fácilmente un sustituto del padre. Su madre volvía a ser feliz y él se alegraba, porque la quería mucho. En cambio su padre estaba cada vez más amargado, y eso le entristecía, porque también a él lo quería mucho.

Su madre se casó, cambió de nombre, y Joey y ella dejaron de llevar el mismo. Se mudaron a una casa de un barrio acomodado. La habitación de Joey daba al patio trasero. El padre se quejaba del pago de la manutención.

Cuando empezó la terapia con Tess, Joey tenía como misión emborracharse todos los días y empezaba a contemplar la idea del suicidio.

Al principio no le gustaba ir. Pero ella no lo atosigaba, ni lo presionaba, ni tampoco fingía comprenderlo. Se limitaba a hablar. Cuando Joey dejó de beber, ella le regaló un calendario que llamó «el calendario eterno», uno que podría utilizar siempre.

—Hay algo de lo que puedes estar orgulloso hoy, Joey. Y cada día, cuando te levantes por la mañana, tendrás algo de lo que estar orgulloso.

A veces, la creía.

Ella nunca le dirigía esa fugaz mirada de recelo cuando entraba en la consulta, esa mirada típica de su madre. La doctora Court le había dado el calendario y confiaba en él. Su madre, no obstante, aún parecía esperar que la decepcionara. Por eso lo había cambiado de colegio. Y también por eso no le dejaba salir con sus amigos.

«Harás nuevos amigos, Joey. Solo quiero lo mejor para ti.»

Lo único que quería era que no fuera como su padre.

Pero sí lo era.

Y si algún día, cuando fuera mayor, tuviera un hijo, sería igual que él; una historia de nunca acabar. Era como una maldición. Había leído algo sobre las maldiciones. Pasaban de generación en generación. A veces podían exorcizarse. Uno de los libros que guardaba bajo el colchón explicaba la ceremonia para exorcizar al demonio. Una noche que su madre y Donald habían ido a una cena de negocios la llevó a cabo paso a paso. Al acabar, sintió que nada había cambiado. Aquello fue la prueba de que la maldad, el indeseable que albergaba en su interior, era más fuerte que la bondad.

A partir de ese momento empezó a soñar con el puente.

La doctora Court quería llevarlo a un lugar donde comprendían a las personas que tenían sueños sobre la muerte. Encontró los folletos que su madre había tirado; parecía un lugar agradable y tranquilo. Joey los guardó, porque le consideró mejor que ese colegio nuevo que tanto odiaba. Casi se había armado de valor para hablar de ello con la doctora Court cuando su madre le anunció que ya no era necesario que fuera a verla.

Él quería ver a la doctora Court, pero su madre le respondía con esa sonrisa nerviosa y resplandeciente.

Ahora estaban en casa discutiendo por eso, discutiendo por él. Siempre era por su culpa.

Su madre iba a tener un bebé. Ya estaba eligiendo los colores para la habitación del niño y decidiendo el nombre. Joey pensó que sería divertido tener a un bebé en casa. Se alegró cuando Donald le pidió ayuda para pintar la habitación.

Más tarde, una noche, soñó que el niño estaba muerto.

Quería explicárselo a la doctora Court, pero su madre le dijo que ya no necesitaba verla.

La superficie del puente resbalaba a causa de la capa de nieve. Las huellas de Joey eran agujeros largos e indefinidos. Oía el ruido del tráfico bajo el puente, pero se dirigió al lado que daba al arroyo y a los árboles. Llegar a esa altura, por encima de los árboles, con el cielo tan oscuro en lo alto, era una sensación eufórica y estimulante. El viento estaba helado, pero la caminata lo había mantenido en calor.

Pensó en su padre. Esa noche, esa última noche de Acción de Gracias, había sido una prueba. Si hubiera ido su padre, si hubiera estado sobrio y hubieran ido juntos a cenar, Joey se habría dado otra oportunidad. Pero no había ido, porque ya era demasiado tarde para ambos.

Además, estaba cansado de intentarlo, cansado de ver esas miradas inquisidoras y desconfiadas en el rostro de su madre, de ver lo angustiado y preocupado que estaba Donald. No podía soportar que lo culparan de nada más. Cuando hubiera acabado con todo eso, ya no habría razón alguna para que Donald y su madre discutieran por él. No tendría que preocuparse por que Donald abandonara a su madre y al bebé por su culpa.

Y su padre ya no tendría que pagar la manutención.

La barandilla del puente de Calvert Street era resbaladiza, pero los guantes que Joey llevaba habían sido una compra excelente.

Todo lo que deseaba era estar en paz. La muerte era un descanso. Había leído mucho sobre la reencarnación, sobre la posibilidad de volver siendo algo mejor, una persona mejor. Lo esperaba con impaciencia.

Sentía la nieve empujada por el viento, copos fríos, casi cortantes, como un azote en la cara. Veía la vaharada de su aliento saliendo con lentitud y regularidad en la oscuridad. Bajo él, los árboles con las copas blancas y la corriente helada del Rock Creek.

Había sopesado con tranquilidad otras formas de suicidio. Si se cortaba las venas, tal vez se asustara al ver la sangre y no se atreviera a terminar. Por otro lado, había leído que los que tomaban una sobredosis de pastillas a menudo las vomitaban y solo conseguían enfermar.

Además, el puente estaba bien. Era limpio. Por un momento, por un largo momento, creería estar volando.

Se tranquilizó un instante y rezó. Deseaba que Dios le comprendiera. Sabía que a Dios no le gustaban las personas que decidían matarse. Quería que esperasen hasta que Él estuviera listo.

Pues bien, Joey no podía esperar, y confiaba en que Dios y todos los demás lo comprendieran.

Pensó en la doctora Court y le supo mal no cumplir sus expectativas. Joey sabía que su madre se iba a entristecer, pero aún le quedaban Donald y el bebé. Pronto se daría cuenta de que era lo mejor para todos. Y su padre... su padre simplemente se emborracharía de nuevo.

Joey mantuvo los ojos abiertos. Quería ver pasar los árboles a toda velocidad. Respiró profundamente, contuvo el aire y saltó.

—La señorita Bette se ha vuelto a superar. —Tess probó el jugoso trozo de asado que su abuelo acababa de trinchar—. Todo está buenísimo, como siempre.

—No hay nada que le guste más a una mujer que liarse con una comida. —El senador añadió un poco de la humeante salsa a su ración de cremosas patatas blancas—. Me ha prohibido el paso a mi propia cocina durante dos días.

—¿Te ha vuelto a sorprender picando?

—Me amenazó con hacerme pelar patatas. —Se zampó un buen bocado y luego sonrió—. La señorita Bette nunca tiene en cuenta que la casa de un hombre es su castillo. Sírvase más salsa, detective. No todos los días puede uno permitirse esto.

—Gracias.

El senador sostenía el cuenco sobre su plato, así que Ben no tuvo más remedio que aceptarlo. Ya se había servido dos veces, pero era difícil resistirse a su gozosa insistencia. Tras una hora con el senador Writemore, a Ben le parecía un anciano con mucha energía, tanto por su aspecto como por sus palabras. Sus opiniones eran sólidas como una roca, su paciencia escasa y su nieta, indudablemente, la dueña de su corazón.

Lo que tranquilizaba a Ben era saber que durante aquella hora no había estado ni de lejos tan incómodo como había imaginado.

Al principio, la casa le había abrumado. Desde fuera era una finca más, bastante elegante y distinguida, pero por dentro le había parecido como dar una vuelta al mundo en un asiento de primera clase. Unas alfombras turcas, desgastadas por el tiempo y el uso, se extendían por el ajedrezado de baldosas negras y blancas del recibidor. Bajo la larga curva de la escalera había un armario de ébano, alto como un hombre y espléndidamente decorado con pavos reales.

En el salón, donde un silencioso hombre oriental había servido los aperitivos, dos sillas estilo Luis XV flanqueaban una larga mesa rococó. Otro armario con puertas de cristal labrado escondía un tesoro: unas copas venecianas de un cristal tintado tan fino que casi se podía leer a través de él, y un pájaro de cristal que resplandecía y reflejaba la luz del fuego. A un lado de la chimenea, a modo de guardián, había un elefante de porcelana del tamaño de un terrier.

La sala reflejaba los orígenes del senador, y obviamente los de su nieta: una riqueza placentera, conocimientos de arte, estilo. Tess llevaba un vestido color violeta con el que estaba resplandeciente y se había sentado sobre el verde bordado del sofá. La gargantilla de perlas le caía sobre el cuello, con su brillante piedra central centelleando ante la luz y el calor de su cuerpo.

A Ben nunca le había parecido tan bella.

También el comedor contaba con una chimenea, que habían alimentado convenientemente para que se consumiera y crepitara durante la cena. La luz provenía de la araña de prismas escalonados que colgaba del techo. Sobre la mesa, vajilla inglesa decorada con buen gusto, plata georgiana sólida y reluciente, copas de cristal de Baccarat prestas a ser llenadas con fresco vino blanco y agua con burbujas, lino irlandés tan suave como para dormir en él... Los cuencos y las fuentes estaban a rebosar. Ostras a la Rockefeller, pavo asado, espárragos con mantequilla, cruasanes recién hechos... sus aromas se mezclaban en un delicioso popurrí entre las velas y las flores.

Mientras el senador trinchaba el pavo, Ben se quedó pensando en los días de Acción de Gracias de cuando era pequeño.

Dado que siempre lo habían celebrado al mediodía, en lugar de por la noche, se despertaba con los tentadores olores del ave al horno, la salvia, la canela y esa salchicha que su madre doraba y después desmenuzaba para el relleno. El televisor estaba encendido, y se emitía el desfile de Macy y el fútbol. Era uno de los pocos días en que él y su hermano no tenían obligación de poner la mesa. Ese placer se reservaba para su madre.

Ella sacaba los mejores platos, esos que solo utilizaba cuando los visitaba la tía Jo de Chicago o cuando iba a cenar el jefe de su padre. La cubertería no era de plata, sino de un acero inoxidable bastante recargado. Siempre le había enorgullecido doblar las servilletas con forma de triángulo. Luego llegaba la hermana de su padre con su marido y sus tres hijos detrás. La casa se llenaba entonces de ruidos, discusiones y el olor al pan de miel de su madre.

Bendecían la mesa mientras Ben trataba de ignorar a su prima Marcie, que cada año era más insoportable, y que, por razones que desconocía, su madre insistía en sentar siempre al lado de él.

«Bendícenos, Señor, y bendice estos alimentos que por tu bondad vamos a recibir. Por Jesucristonuestroseñoramén.»

La última parte de la plegaria se decía del tirón porque la gula era abrumadora. Justo después de finalizar el signo de la cruz, las manos se abalanzaban en busca del manjar más cercano.

Nunca hubo un servidor oriental silencioso que se ocupara de que las copas estuvieran llenas de Pouilly-Fuissé.

—Me alegro de que haya venido esta noche, detective —dijo Writemore, sirviéndose otra ración de espárragos—. A menudo me siento culpable por tener a Tess solo para mí durante las fiestas.

—Aprecio mucho la invitación. Si no, lo más probable es que estuviera comiendo tacos frente al televisor.

—Me imagino que una profesión como la suya no le deja mucho tiempo para tener una comida tranquila. He oído que es usted un bicho raro, detective, que se toma en serio su trabajo. —Ben se limitó a alzar una ceja, y el senador esbozó una media sonrisa e hizo un gesto con la copa de vino—. El alcalde me mantiene informado de los progresos del caso, dado que mi nieta está involucrada.

—Lo que quiere decir mi abuelo es que chismorrea con el alcalde.

—Eso también es cierto —admitió Writemore—. Al parecer, usted no aprobó que acudieran a Tess para que les asesorara.

A una declaración directa, pensó Ben, lo mejor es responder de igual forma.

—Y sigo sin aprobarlo.

—Pruebe una de estas peras en conserva con un panecillo. —añadió pasándole el plato afablemente—. Las prepara la señorita Bette. ¿Le importa que le pregunte si no aprobaba consultar con un psiquiatra o era específicamente por Tess?

—Abuelo, no me parece que la cena de Acción de Gracias sea el momento adecuado para un interrogatorio.

—Tonterías, no lo estoy interrogando, solo trato de saber cuál es su opinión.

Ben se tomó su tiempo en esparcir las peras en conserva por el panecillo.

—No le veía sentido a hacer un perfil psiquiátrico que comportaría más tiempo y papeleo. Prefiero el trabajo policial básico, las entrevistas, las pesquisas, la lógica. —Miró a Tess y vio que observaba su copa de vino—. En lo que respecta a la aplicación de la ley, no me importa si el delincuente es un psicótico o simplemente perverso. Esto está buenísimo.

—Sí, a la señorita Bette se le da muy bien. —Como si

quisiera corroborarlo, Writemore cogió un poco más—. Comprendo su opinión, detective, aunque no esté del todo de acuerdo con usted. Eso es lo que en política llamamos una chorrada diplomática.

—En la policía lo llamamos igual.

—Entonces nos entendemos. Verá, soy de la opinión de que siempre es sabio entender la mente del oponente.

—En la medida en que le ayude a uno a estar un paso por delante de él.

Ben observó más detenidamente a Writemore. Estaba sentado a la cabeza de la mesa, vestido con un traje negro y una camisa blanca y almidonada. La corbata oscura estaba fijada en su lugar gracias a una única y sencilla aguja. Las manos, grandes y gruesas, contrastaban con la elegancia del cristal. A Ben le sorprendió advertir que las manos de su abuelo, esas viejas manos de carnicero, eran muy parecidas a las de Writemore: labradas, con nudillos gruesos y un dorso ancho. Llevaba un sencillo anillo de oro en la mano izquierda, el símbolo de compromiso con una mujer que había muerto más de treinta años atrás.

—Entonces ¿usted no cree que la labor de Tess como psiquiatra le haya ayudado en este caso en particular?

Tess seguía comiendo como si no le preocupara lo más mínimo.

—Ojalá pudiera negarlo —respondió Ben un momento después—. Porque entonces sería más fácil convencerla, o convencerle a usted para que la convenza a ella, de que se quede al margen del caso. Pero la verdad es que nos ha ayudado a establecer un patrón y un móvil.

—¿Puedes pasarme la sal? —Tess sonrió mientras Ben le acercaba un recipiente de vidrio de plomo—. Gracias.

—De nada —repuso Ben malhumorado—. Eso no significa que apruebe su participación en el caso.

—Así pues, debo inferir que ya es consciente de que mi nieta es una mujer tozuda y obstinada.

—Sí, me he dado cuenta.

—Es algo heredado —dijo Tess, que cogió una mano al senador—. De mi abuelo —añadió.

—Gracias a Dios no heredaste también mi físico. —Y, luego, con el mismo tono afable, dijo—: He oído que se ha mudado a vivir con mi nieta, detective.

—Es cierto.

Ben volvió a servirse peras en conserva, preparándose para el interrogatorio que había estado esperando toda la noche.

—Me pregunto si le estará cobrando horas extras a la administración.

Tess se echó a reír y se recostó en la silla.

—El abuelo está intentando hacerte confesar. Ten, querido —dijo ofreciéndole al senador más pavo—. Un día es un día. La próxima vez que chismorrees con el alcalde, dile que estoy disfrutando de una protección policial inigualable.

—¿De qué más debería decirle que estás disfrutando? —Writemore se sirvió otro pedazo de pavo antes de acercarse la salsa—. Y supongo que vas a decirme que no es de mi incumbencia.

—No es necesario. —Tess se sirvió una cucharada de salsa de arándanos—. Ya lo acabas de decir tú mismo.

La señorita Bette, con su metro cincuenta de altura y sesenta y cuatro kilos de peso, entró en el salón y comprobó satisfecha cómo había menguado el festín. Después secó sus manos pequeñas y regordetas en el delantal.

—Doctora Court, hay una llamada para usted.

—Ah, gracias señorita Bette. La atenderé en la biblioteca. —Se levantó y luego se inclinó para besar la mejilla del senador—. Pórtate bien, abuelo. Y guardadme una porción del pastel.

Writemore esperó a que su nieta saliera del comedor.

—Un hermosa mujer.

—Sí, sin duda.

—¿Sabe? cuándo era más joven solían subestimarla por su apariencia, su altura y por ser mujer. No obstante, después de vivir más de medio siglo uno no da mucha importancia a una cara bonita. Cuando vino a vivir conmigo era una renacuaja. Solo nos teníamos el uno al otro. La gente pensó que yo la ayudaría a superar aquella mala época. Pero la verdad, Ben, es que fue Tess quien me ayudó a mí. Creo que sin ella habría acabado desmoronándome y muriendo. Sin embargo, ya casi estoy llegando a los tres cuartos de siglo. —Writemore sonrió como si ese pensamiento lo reconfortara—. A estas alturas, prestas una atención especial a cada uno de los días que vives, y empiezas a valorar algunas pequeñas cosas.

—Como sentir la tierra bajo los pies cada mañana —murmuró Ben, que luego vio cómo lo miraba el senador y se sintió incómodo—. Es lo que solía decir mi abuelo.

—Sin duda era un hombre inteligente. Sí, como sentirse vivo cada mañana. —Observó a Ben mientras se reclinaba con la copa de vino en la mano. Le reconfortaba estar contento con lo que veía—. La naturaleza fuerza a un hombre a valorar estas cosas, incluso después de perder a su mujer y a su único hijo. Aparte de algunos placeres contados, Tess es lo único que tengo.

Ben se dio cuenta de que ya no estaba incómodo ni esperaba que lo acorralaran entre la espada y la pared.

—No voy a permitir que le ocurra nada. No solo porque sea policía y mi obligación sea protegerla y ampararla, sino porque me importa.

Al alejarse un poco de la mesa, el diamante de la corbata de Writemore destelló ante la luz.

—¿Sigue el fútbol?

—Algo.

—Cuando ya no tengamos que preocuparnos de Tess, le invito a venir a un partido conmigo. Tengo unos abonos de temporada. Tomaremos unas cervezas y podrá contarme algo de usted, cosas que no salgan en las copias de los archivos de su departamento. —Sonrió mostrando una hilera de dientes blancos que, en su mayoría, eran naturales—. Comprenda que ella es todo lo que tengo, detective. Podría decirle qué puntuación obtuvo usted la semana pasada en las prácticas de tiro.

Divertido, Ben dio un último sorbo a la copa.

—¿Qué tal lo hice?

—Bastante bien —respondió Writemore—. Bastante, bastante bien.

Los dos hombres, en inesperada sintonía, se volvieron cuando Tess entró en el comedor. Ben solo tuvo que verle la expresión para levantarse de la silla.

—¿Qué ocurre?

—Lo siento. —Su voz era calmada, sin temblor alguno, pero sus mejillas estaban pálidas. Extendió una mano mientras avanzaba hacia su abuelo—. Debo irme, abuelo. Hay una emergencia en el hospital. No sé si me dará tiempo de volver.

La mano de Tess estaba tan fría que Writemore tuvo que cubrirla con las suyas. Él entendía mejor que nadie que la procesión iba por dentro.

—¿Un paciente?

—Sí, intento de suicidio. Lo han llevado a Georgetown, pero no tiene buena pinta. —Su voz era fría e impersonal, la voz de un médico. Ben la observó con atención, pero, aparte de la palidez, no pudo percibir ningún sentimiento—. Lamento dejaros así.

—No te preocupes por mí. —El senador ya se había levantado. Le había pasado un brazo por los hombros y la

336

acompañaba para salir del comedor—. Llámame mañana y dime cómo estás.

Por dentro Tess temblaba y se agitaba, pero se mantuvo impertérrita. Juntó su mejilla a la del abuelo en un intento de obtener fuerzas.

—Te quiero.

—Yo también te quiero, pequeña.

Fuera, la nieve cuajaba en la oscuridad de la noche, y Ben la cogió del brazo para que no resbalara por la escalera.

—¿Puedes decirme qué ha ocurrido?

—Un chico de catorce años ha decidido que ya no podía soportar la vida. Se ha tirado del puente de Calvert Street.

17

La planta de cirugía del hospital olía a antiséptico y a recién pintado. La mitad del personal estaba de vacaciones, así que no había prácticamente nadie en los pasillos. Alguien había dejado un pastel de carne envuelto con film plástico en la sala de enfermeras. Daba una apariencia festiva aunque estaba tristemente fuera de lugar. Tess se detuvo frente a una enfermera que rellenaba un informe.

—Soy la doctora Court. Acaban de ingresar a Joseph Higgins hijo.

—Sí, doctora. Está en el quirófano.

—¿Cuál es su estado?

—Politraumatismo y hemorragia masiva. Ha llegado en coma. El doctor Bitterman lo está operando.

—¿Y los padres de Joey?

—Vaya al final del pasillo y luego a la izquierda, en la sala de espera, doctora.

—Gracias. —Tess se volvió hacia Ben, reuniendo fuerzas—. No sé cuánto va a durar, y no será agradable. Puedo arreglarlo para que esperes en la sala de médicos. Estarás más cómodo.

—Voy contigo.

—De acuerdo.

Tess se dirigió al final del pasillo, desabrochándose el abrigo a medida que caminaba. Sus pasos resonaban como detonaciones en el silencio embaldosado del pasillo. Al llegar a la sala de espera oyó los sollozos sofocados.

Lois Monroe se abrazaba con fuerza a su marido. A pesar del calor que hacía dentro no se habían quitado los abrigos. Ella lloraba silenciosamente, con los ojos abiertos y absortos en la lejanía. En el televisor que colgaba de la pared danzaban las imágenes sin sonido del especial de Acción de Gracias. Tess hizo señas a Ben para que se quedara atrás.

—Señor Monroe.

Sus ojos, activados por la voz, pasaron de la pared a la puerta. Durante un instante se quedó mirándola como si no supiera quién era, luego le embargó un dolor que se reflejó breve y penetrantemente en sus ojos. Casi se podían oír sus pensamientos: No la creí. No lo comprendí. No supe.

Más conmovida por eso incluso que por el llanto, Tess se acercó a ellos y tomó asiento junto a Lois Monroe.

—Subió a la habitación para ver si quería más tarta —empezó a explicar el marido—. Pero él... no estaba. Había dejado una nota. —Tess comprendió que necesitaba consuelo y le cogió la mano. Él la apretó, tragó saliva y continuó—: Decía que lo sentía. Que... que ojalá pudiera cambiar. Que ahora todo sería mejor, que volvería convertido en otra forma de vida. Alguien lo vio... —Los dedos de Monroe se aferraron a la mano de Tess mientras cerraba los ojos y trataba de controlarse—. Alguien lo vio saltar y llamó a la policía. Cuando llegaron... cuando llegaron a casa acabábamos de darnos cuenta de que se había ido. No sabía qué hacer, por eso la llamé.

—Joey se pondrá bien —dijo Lois, retorciéndose las manos y apartándose de Tess—. Yo siempre me he preocupado por él. Se pondrá bien, y luego nos lo llevaremos a casa —añadió volviéndose hacia ella—. Ya le dije que no la necesitaba más. Joey no la necesita a usted, ni ninguna clínica, ni ningún tratamiento. Solo necesita que lo dejen en paz un tiempo. Se pondrá bien. Él sabe que lo quiero.

—Sí, él sabe que usted lo quiere —murmuró Tess, y le cogió una mano. Tenía el pulso acelerado y débil—. Joey sabe lo mucho que usted ha intentado ayudarlo.

—Es cierto. Todo lo que he hecho ha sido para protegerlo, para que las cosas fueran mejor. Lo único que siempre he querido es que Joey sea feliz.

—Lo sé.

—Entonces ¿por qué? Dígame por qué ha ocurrido esto. —Dejó de llorar. Pasó de hablar entrecortadamente a la inquina. Lois se desembarazó de su marido para agarrar a Tess por los hombros—. Se suponía que usted debía curarlo, usted debía lograr que estuviera bien. Ahora, dígame por qué mi niño está allí desangrándose en la mesa de operaciones. Dígame por qué.

—No, Lois, no. —Incapaz de contener las lágrimas, Monroe trató de acercarla a sí, pero su esposa se levantó de un salto y arrastró a Tess consigo.

Instintivamente, Ben dio un paso al frente, pero ella lo vio y negó enérgicamente con la cabeza.

—Quiero una respuesta. ¡Maldita sea, quiero que usted me dé una respuesta!

En lugar de intentar tranquilizarla, Tess aceptó su furia.

—Estaba sufriendo, señora Monroe. Y el sufrimiento era demasiado profundo, tan profundo que yo no podía llegar a él.

—Yo hice todo lo que pude. —Aunque el tono de voz de Lois Monroe era prácticamente normal estaba clavándole las uñas en los hombros a Tess. Al día siguiente se verían los moratones—. Lo hice todo. Ya no bebía —dijo con dificultad—. Hacía meses que no bebía.

—No, ya no bebía. Debería sentarse, Lois. —Tess intentó llevarla de nuevo al sofá.

—¡No quiero sentarme! —La furia, miedo en realidad, se desató hasta convertir sus palabras en proyectiles—. Lo que quiero es a mi hijo. A mi niño. Usted solo se dedicó a hablar y hablar, una semana tras otra, hablando y hablando. ¿Y hacer? ¿No podía hacer nada? Se supone que usted tenía que hacer que mejorase, que fuera feliz. ¿Por qué no lo hizo?

—No pude. —Una punzada de dolor recorrió su cuerpo—. No pude.

—Lois, siéntate. —Al verla tan conmocionada, Donald Monroe la cogió de los hombros y la llevó al sofá. La abrazó de nuevo y miró a Tess—. Usted nos avisó de que esto podía ocurrir. No la creímos. No quisimos creerlo. Podemos volver a intentarlo, si no es demasiado tarde. Podemos...

Justo en ese momento se abrió la puerta y todos supieron que era demasiado tarde.

El doctor Bitterman todavía llevaba la ropa de quirófano. Se había quitado la mascarilla, que colgaba de sus tiras elásticas. Aún se distinguían las marcas del sudor. Aunque la operación había sido relativamente corta, el esfuerzo y el cansancio se hacían patentes en las comisuras de los ojos y la boca. Tess supo que ambos habían perdido a un paciente antes de que pronunciara una sola palabra, antes de que se dirigiera hacia ellos.

—Señora Monroe, lo siento mucho. No hemos podido hacer nada.

—¿Joey? —Alternó su mirada ausente del médico al marido, asiéndose con fuerza al hombro de este.

—Joey se nos ha ido, señora Monroe. —Bitterman, mareado y derrotado después de una hora tratando de salvar la vida al chico, se sentó junto a ella—. En ningún momento ha recuperado la consciencia. Tenía politraumatismo encefálico. No se podía hacer nada.

—¿Joey? ¿Joey ha muerto?

—Lo siento.

Sus sollozos, bruscos y guturales, inundaron la sala. Lloraba con la boca abierta y la cabeza echada atrás, en un dolor agónico; Tess sintió que se le rompía el corazón. Nadie puede entender como una madre la alegría de tener un hijo. Nadie puede entender como una madre la devastación que se siente al perderlo.

Un error de criterio, el deseo de mantener a la familia unida por sus propios medios, le había costado un hijo. Ahora Tess no podía hacer nada por ella. Y tampoco por Joey. Dio media vuelta y abandonó la sala con el pecho henchido de dolor.

—Tess... —Ben la cogió del brazo cuando se dirigía hacia el vestíbulo—. ¿No te quedas?

—No —contestó con una voz categórica y fría, siguiendo su camino—. Verme solo puede provocarle más dolor, si cabe. —Llamó al ascensor y metió las manos en los bolsillos con los puños apretados.

—¿Eso es todo? —La indignación latente que Ben alojaba en las entrañas se expandió por todo su ser—. ¿Te olvidas de ello y ya está?

—No puedo hacer nada más.

Tess entró en el ascensor y se esforzó por respirar hondo.

Regresaron a casa bajo una copiosa nieve. Tess no habló. Ben, enmudecido por el resentimiento, se mostró tan frío y silencioso como ella. La calefacción estaba encendida, pero Tess hacía esfuerzos por no temblar. El fracaso, el dolor y la ira se unían en un áspero nudo que aprisionaba su garganta y dejaba un horrible sabor. Nunca le resultaba fácil mantenerse entera, pero en ese momento le parecía de una importancia vital.

Para cuando llegaron al apartamento sentía tal presión en

el pecho que tuvo que obligarse a controlar la respiración.

—Siento haberte metido en esto —dijo Tess con suavidad. Tenía que alejarse, alejarse de él y de todos, hasta que recobrara el control. Tenía la cabeza a punto de estallar—. Sé que ha sido una situación complicada.

—Parece que te lo estás tomando muy bien. —Ben se quitó la chaqueta y la dejó sobre la silla—. No tienes que disculparte conmigo. Mi trabajo tampoco es un camino de rosas, ¿recuerdas?

—Claro, lo sé. Escucha —dijo tragándose el nudo que tenía en la garganta—, voy a tomarme un baño.

—Por supuesto, adelante. —Se dirigió al mueble bar y cogió la botella de vodka que guardaba—. Yo voy a tomarme una copa.

Tess no se molestó en ir al dormitorio para cambiarse. Ben oyó el agua caer sobre la porcelana en cuanto cerró la puerta del baño.

Ben pensó mientras se servía la copa que él tan siquiera había conocido al chico. No había razón para que lo embargara ese feo resentimiento. Era normal estar triste o apenado, incluso enfadarse por la pérdida inútil de una vida, pero no sabía de dónde salía esa turbadora rabia de impotencia.

La había visto tan indiferente, tan poco afectada...

Igual que el médico de Josh.

Empezó a atragantársele toda esa animosidad reprimida durante años. Ben cogió la copa de vodka para quitarse el mal sabor de boca, pero luego la dejó de nuevo sobre el aparador y lo cerró de un portazo, sin beber un sorbo. Se dirigió al pasillo, sin saber muy bien que hacer, y abrió la puerta.

Tess no estaba en la bañera.

El agua tronaba sobre la porcelana con toda su presión y desaparecía directamente por el desagüe, que Tess no se había preocupado de tapar. El vapor suspendido en el aire se condensaba sobre el espejo. Tess, de espaldas al lavabo y todavía vestida, lloraba desconsoladamente con las manos en la cara.

Ben se quedó un momento en el umbral de la puerta, demasiado sobrecogido para entrar y demasiado impresionado para cerrar la puerta y dejarla en la soledad que parecía desear.

Nunca la había visto sucumbir a sus propias emociones. En la cama, había momentos en que parecía dejarse llevar completamente por la pasión. A veces, perdía los estribos y parecía que fuera a estallar. Pero luego se contenía, siempre. Sin embargo, en ese momento se trataba de dolor, de un dolor absoluto.

Tess, que no había oído abrirse la puerta, se mecía de delante a atrás en un compás de duelo. Autoconsuelo. Ben intentó tragarse el resentimiento. Pensó en acariciarla y luego vaciló. Se dio cuenta de que consolar a alguien que de verdad le importaba era más difícil, muchísimo más difícil.

—Tess. —Cuando se decidió a tocarla ella dio un respingo. La abrazó, pero advirtió que se ponía rígida. Percibía su lucha por reprimir las lágrimas y mantener la distancia—. Venga, deberías sentarte.

—No. —Su debilitado organismo se vió invadido por la humillación. La había sorprendido en su momento más bajo e íntimo, totalmente desnuda y sin fuerzas para defenderse. Lo único que quería era soledad y tiempo para recomponerse—. Por favor, déjame sola un momento.

A Ben le dolió su resistencia, el rechazo al consuelo que necesitaba ofrecerle. Le dolió tanto que empezó a retroceder. Luego sintió cómo el cuerpo de Tess se estremecía de una forma más conmovedora y dolorosa incluso que las lágrimas. Se separó de ella en silencio y fue a cerrar el grifo.

Tess se apartó las manos de la cara y se agarró al borde del lavabo. Tenía la espalda recta como una vara, como si se dispusiera a repeler un golpe o una mano tendida. Lo miró con el rostro enrojecido y compungido por las lágrimas. Ben no dijo palabra, sino que la cogió en brazos y la sacó del baño sin pensarlo dos veces.

Esperaba que se resistiera, que le gritara o le insultara, pero en lugar de eso simplemente relajó los músculos, acurrucó la cara contra su cuello y rompió a llorar.

—Era solo un niño.

Ben se sentó al borde de la cama y la acercó más a sí. Sentía las lágrimas calientes en su piel, como si hubieran estado ardiendo en sus ojos durante demasiado tiempo.

—Lo sé.

—No pude llegar a él. Tenía que haber podido. Con toda mi cultura, mi formación, mis autoanálisis, los libros y las conferencias, y no pude llegar a él.

—Lo intentaste.

—Eso no es suficiente. —La rabia salía con toda su fuerza y fiereza, pero a Ben no le sorprendió. Eso era precisamente lo que esperaba—. Se supone que yo debo curar, que debo ayudar, no solo hablar de ayudar. No es que no haya logrado que complete el tratamiento, es que ni siquiera he conseguido mantenerlo con vida.

—¿También han de tener los psiquiatras el ego de un dios?

Sus palabras la alejaron de él como una bofetada en la cara. Se puso en pie de un salto. Las lágrimas seguían secándose en su cara, su cuerpo aún temblaba, pero ya no daba la impresión de que fuera a derrumbarse.

—¿Cómo te atreves a decirme eso? Ha muerto un chico. Nunca tuvo la oportunidad de conducir un coche, de enamorarse, de crear una familia. Está muerto, y el hecho de que yo sea responsable no tiene nada que ver con el ego.

—¿Ah, no? —Ben también se levantó, y antes de que Tess pudiera volverse la cogió de los hombros—. ¿Siempre tienes que ser perfecta, controlarlo todo y tener todas las respuestas y soluciones? Esta vez no las has tenido y no has sido invulnerable. Dime, ¿podías haber evitado que se tirara del puente?

—Tendría que haber podido —dijo presionándose la frente con la base de una mano entre sollozos secos y entrecortados—. No, no fui lo suficientemente buena para él.

La rodeó con un brazo y la llevó de nuevo a la cama. Era la primera vez que Ben sentía que ella lo necesitaba y se apoyaba en él. En una situación normal esa habría sido la señal para largarse de allí. Pero en lugar de eso se sentó con ella, le cogió la mano y dejó que reposara la cabeza sobre su hombro. Sentirse completo. Sentirse completo era extraño y daba un poco de miedo.

—Tess, este es el chico del que me habías hablado antes, ¿verdad?

Ella recordó la noche del sueño, la noche que se había levantado y Ben estaba allí para consolarla y escucharla.

—Sí, llevo semanas pensando que podría hacerlo.

—Y ¿se lo dijiste a sus padres?

—Sí, se lo dije, pero...

—No quisieron escucharte.

—Eso no tendría que haber importado. Yo debería ser capaz de... —Ben le volvió la cabeza para mirarla a los ojos y Tess se contuvo—. No —dijo con un largo suspiro—. No quisieron escucharme. Su madre lo sacó de la terapia.

—Y él se quedó sin apoyo.

—Puede que eso le hundiera un poco más, pero no creo que fuera la razón que lo llevó al suicidio. —Seguía sintiendo el mismo frío y duro dolor, pero ya no lo veía todo como fruto de su propio fracaso—. Esta noche ha debido de pasar algo más.

—¿Y sabes lo que es?

—Quizá. —Tess se levantó de nuevo, incapaz de permanecer sentada—. Llevo dos semanas intentado contactar con el padre de Joey; su teléfono está apagado. Incluso pasé por su apartamento hace unos días, pero se había mudado sin dejar otra dirección. En principio, este fin de semana tenía que recoger a Joey. —Tess se secó las lágrimas de las mejillas con el dorso de una mano—. Joey había puesto muchas esperanzas en ese encuentro. Cuando su padre no iba, a Joey se le caía el mundo encima. Quizá ya no pudo soportarlo más. Era un niño maravilloso, un hombrecito en realidad. —Empezaron a brotar nuevas lágrimas, pero esta vez Tess no se resistió y dio rienda suelta a su dolor—. Había pasado una época durísima, pero en el fondo era un chico muy cariñoso, con una gran necesidad de sentirse amado. Sencillamente, no se creía digno de que se preocuparan por él.

—Y tú te preocupabas por él.

—Sí, quizá demasiado.

Resultaba extraño, pero esa pequeña y dura bola de resentimiento recubierta con una fina capa de amargura que Ben había llevado en las entrañas desde la muerte de su hermano empezaba a disolverse. La miró a ella, a la psiquiatra distante y objetiva, la instigadora, la estimuladora de mentes, y vio las cicatrices reales y humanas que dejaba el dolor, no solo por perder a un paciente, sino por el chico.

—Tess, lo que ha dicho su madre en el hospital...

—No tiene importancia.

—Sí, sí que la tiene. Estaba equivocada.

Tess se dio la vuelta y vio su reflejo en el espejo del vestidor ante la tenue luz del pasillo.

—Solo en parte. En realidad, nunca sabré qué habría pasado si hubiera probado con otro método o si lo hubiese enfocado desde otra perspectiva.

—Se equivocaba —repitió Ben—. Yo también dije algo parecido hace años. Seguramente también me equivocaba.

Sus miradas se cruzaron en el espejo. Él seguía sentado en la cama, entre sombras. Parecía sentirse solo. Era raro, porque Tess siempre lo había visto como un hombre rodeado de amigos, que se sentía a gusto, que confiaba en sí mismo. Se volvió hacia él, pero como no estaba segura de que quisiera consuelo, se quedó inmóvil.

—Nunca te he hablado de Josh, mi hermano.

—No. Nunca has hablado mucho de tu familia. No sabía que tuvieras un hermano.

—Era casi cuatro años mayor que yo. —No hacía falta que usara el verbo en pasado para saber que Josh estaba muerto. Tess se percató en cuanto Ben pronunció su nombre—. Era ese tipo de personas a quienes la vida siempre les sonríe. No importaba qué hiciera, siempre lo hacía mejor que los demás. De niños teníamos una colección de Tinker Toys. Si yo construía un coche, él hacía un camión de dieciséis ruedas. En la escuela, si estudiaba hasta que me escocían los ojos, podía llegar a sacar un notable. Y Josh hacía un examen perfecto sin necesidad de abrir el libro. Lo absorbía todo. Mi madre decía que tenía un don divino. Su máxima aspiración era que se hiciera sacerdote, porque una vez ordenado seguramente podría obrar milagros.

No lo dijo con el resentimiento propio de algunos hermanos, sino con humor y con una profunda admiración.

—Debiste de quererlo mucho.

—A veces lo odiaba. —Ben se encogió de hombros, como si comprendiera que el odio era el calor que temperaba el verdadero amor—. Pero normalmente sí, me parecía tremendo. Nunca se aprovechó de mí, y no porque no pudiera. Era muchísimo más grande, pero su manera de ser no era esa. Tampoco es que fuera un santo, ni nada parecido. Simplemente era bueno, bondadoso de la cabeza a los pies.

»De pequeños compartíamos habitación. Una vez mi madre encontró todos mis *Playboy*. Estaba a punto de darme una buena zurra para castigarme por lujurioso, pero Josh le dijo que aquellas revistas eran suyas, que estaba haciendo un trabajo sobre la pornografía y sus efectos sociológicos en los adolescentes.

Tess se echó a reír sin poder controlarse.

—¿Y ella se lo creyó?

—Sí, totalmente. —Bastaba recordarlo para sacarle una sonrisa—. Josh nunca mentía para salvar el pellejo, solo cuando creía que era la mejor opción. Formaba parte del equipo de fútbol americano del instituto, y las chicas casi se le tiraban a los pies. Tuvo la suficiente cordura para disfrutarlo un poco, pero enseguida se enamoró perdidamente de una chica. Por su forma de ser, él no iba de flor en flor, sino que quería dedicarse a una sola. Aun así, creo que ella fue el único gran error que cometió en su vida. Era guapa, inteligente, y de una de las mejores familias. Pero también superficial. Él estaba loco por ella, y el último año le compró un anillo de diamantes con todos sus ahorros. No una baratija, sino una gema auténtica. Ella solía pavonearse con el anillo para envidia de las demás chicas.

»Más tarde se pelearon. Él nunca dijo por qué, pero fue una auténtica hecatombe. A Josh le habían dado una beca para ir a Notre Dame, y sin embargo, el día después de graduarse, se alistó en el ejército. Los jóvenes protestaban contra Vietnam, fumaban porros y llevaban símbolos de la paz, pero Josh decidió ofrecer al país los mejores años de su vida.

Ben rebuscó en su bolsillo y encendió el primer pitillo desde que empezara a hablar. Su punta roja resplandecía bajo la tenue luz que caía sobre él.

—Mi madre lloró como una Magdalena, pero mi padre estaba ilusionadísimo. Su hijo no era un insumiso, ni un fumeta universitario, sino un auténtico estadounidense. Mi padre es un hombre sencillo, y así era como pensaba. Yo, por mi parte, siempre he sido más de izquierdas. Empezaba el instituto ese otoño, y creía que ya lo sabía todo. Pasé una noche entera intentando quitarle esa idea de la cabeza. Obviamente los papeles ya estaban firmados y era demasiado tarde, pero yo esperaba que pudiera revocarlo de algún modo. Le dije que era estúpido tirar tres años de su vida por una chica. El problema es que ya no se trataba de eso. Tan pronto como se alistó, decidió que sería el mejor soldado del ejército estadounidense. Ya le habían hablado de la Escuela de Oficiales. Con la que estaba montando Johnson allí, necesitábamos oficiales inteligentes y capaces para liderar las tropas. Así es como se veía Josh a sí mismo.

Fue entonces cuando Tess lo advirtió, esa espina clavada que se abría paso a través de su voz. Abandonó la luz para adentrarse en las sombras junto a él. Ben no se daba cuenta de que lo necesitaba, pero en cuanto Tess lo tocó se aferró a su mano.

—Así que allí se marchó. —Ben dio una profunda calada al cigarrillo y sacó el humo con un suspiro—. Subió al autobús, joven, bello, supongo que podríamos decir, idealista, seguro de sí mismo. Por sus cartas se diría que lo pasaba en grande con la formación básica: la disciplina, el desafío, la camaradería. Hizo amigos fácilmente, como en todas partes. En menos de un año ya lo habían destinado a Vietnam. Yo estaba en el instituto, aprobando los exámenes de álgebra a duras penas y tratando de ligarme a todas las animadoras que podía. Josh se embarcó hacia Vietnam como subteniente.

Ben guardó silencio durante un instante. Tess se sentó a su lado, le cogió una mano y esperó a que continuara.

—Mi madre fue a la iglesia todos los días mientras Josh estuvo allí. Solía entrar, encender una vela y rezar a la Virgen María para que su hijo mantuviera a Josh a salvo. Cada vez que recibía una carta la leía hasta sabérsela de memoria. Pero poco después empezaron a ser más breves y a cambiar de tono. Josh ya no hablaba de sus amigos. Hasta más tarde no supimos que los cuerpos de dos de ellos habían quedado diseminados por la selva. No supimos nada de eso hasta que volvió y empezó a tener pesadillas. No lo mataron allí. Mi madre encendió suficientes velas para que eso no ocurriera, pero murió de todas formas. Ya no era él mismo, sino otro. Necesito una copa.

Tess lo cogió del brazo antes de que pudiera levantarse.

—Ya voy yo.

Lo dejó allí sentado, y como quería que tuviera todo el tiempo que necesitara, sirvió dos copas de coñac. Al volver a su lado, Ben había encendido otro pitillo, pero seguía en el mismo sitio.

—Gracias. —Bebió y, aunque el coñac no ocupó el agujero que había dejado el dolor, la amargura empezó a desaparecer—. Por entonces, ya nadie daba bienvenidas a los héroes. La guerra se había convertido en algo incómodo. Josh volvió con medallas y condecoraciones, y con una bomba de relojería en la cabeza. Al principio parecía estar bien. Demasiado tranquilo, demasiado reservado, pero imaginábamos que nadie regresaba de allí sin cambiar de algún modo. Volvió a vivir en casa y encontró un trabajo. No quería ni oír hablar de los estudios. Todos pensamos, bueno, necesita un poco de tiempo.

»Pasó casi un año antes de que empezaran las pesadillas. Se despertaba gritando y con sudores. Lo echaron del trabajo. Nos dijo que lo había dejado, pero mi padre se enteró de que se había peleado y lo habían despedido. Casi un año después, las cosas comenzaron a deteriorarse en serio. Los empleos apenas le duraban unas semanas. Empezó a llegar a casa borracho, a veces ni tan siquiera venía a dormir. Las pesadillas tomaron un cariz violento. Una noche que se despertó gritando traté de calmarlo y me mandó al otro lado de la habitación de un golpe.

Se puso a gritar que había emboscadas y francotiradores. Me levanté de nuevo para intentar calmarlo y se me echó encima. Cuando entró mi padre Josh estaba estrangulándome.

—Por Dios, Ben.

—Mi padre logró separarlo de mí, y cuando Josh se dio cuenta de lo que había hecho, de lo que había estado a punto de hacer, se sentó en el suelo y empezó a llorar. Nunca he visto a nadie llorar así. No podía parar. Lo llevamos al Departamento de Veteranos. Le asignaron un psiquiatra.

Más de la mitad del cigarrillo ya era ceniza. Ben lo apagó y dio un trago al coñac.

—Por entonces yo estudiaba en la universidad, así que lo llevaba en mi coche cuando no tenía la tarde muy ocupada. Odiaba aquella consulta; me parecía una auténtica tumba. Pero Josh tenía que entrar allí. A veces lo oía llorar. Otras veces no se oía absolutamente nada. Cincuenta minutos después, salía. Yo siempre esperaba que saliera siendo el Josh que todos recordábamos.

—A veces es difícil, más difícil incluso para la familia que para quien sufre la enfermedad —dijo Tess, acercando su mano para que Ben decidiera si quería tocarla o no—. Cuando tenemos tanta necesidad de ayudar, nos sentimos impotentes... Queremos pensar con tanta claridad que quedamos desorientados.

—Un día mi madre se vino abajo. Era domingo. Había estado preparando un guiso de carne y, sin comerlo ni beberlo, acabó tirándolo en el fregadero. «Si fuera cáncer —dijo—, encontrarían una forma de extirpárselo. ¿Es que no pueden ver qué lo devora por dentro? ¿Por qué no encuentran la forma de quitárselo?»

Ben bajó la vista al coñac y vio en él la imagen de su madre frente al fregadero, sollozando, tan real como si hubiera sucedido el día anterior.

—Durante un tiempo pareció que Josh mejoraba. Como estaba bajo tratamiento psiquiátrico y su historia laboral era irregular, le resultaba difícil encontrar trabajo. El sacerdote de la iglesia movió algunos hilos, tiró de la sempiterna culpa católica y le consiguió un empleo de mecánico en una gasolinera. Cinco años antes tenía una beca para Notre Dame y luego estaba cambiando bujías. Aun así, era algo. Ya no tenía tantas pesadillas. Lo que nadie sabía era que tomaba barbitúricos para mitigarlas. Luego fue heroína. De eso tampoco nos enteramos. Quizá si yo hubiera estado más por casa... Pero estudiaba en la universidad, y por primera vez en mi vida estaba tomándomelo en serio. Mis padres no sabían nada de drogas. El médico tampoco se enteró. Este era un comandante del ejército, que había estado en Corea y en Vietnam, pero no se dio cuenta de que Josh estaba metiéndose toda esa mierda para poder dormir por las noches.

Ben se pasó una mano por el cabello antes de dar cuenta del coñac.

—No lo sé. Quizá estaba quemado y ya no pudo más. En cualquier caso, el resultado fue que después de dos años de terapia y miles de velas a la Virgen María, Josh subió a su habitación, se puso el uniforme de combate y las medallas y, en lugar de coger la jeringuilla, cargó su revólver reglamentario y acabó con todo.

—Ben, decir que lo siento no es suficiente, no es ni de lejos suficiente, pero no puedo decir nada más.

—Solo tenía veinticuatro años.

Y tú solo veinte, pensó Tess, pero, en lugar de decirlo, se limitó a rodearlo con el brazo.

—Al principio culpé al ejército estadounidense... de hecho, a todo el sistema militar. Pero me pareció más sencillo echarle la culpa al médico que lo estaba tratando. Recuerdo que cuando los policías estaban en el piso de arriba yo me quedé sentado en la habitación que compartía con Josh, pensando que ese cabrón tendría que haberlo ayudado. Su obligación era curarlo. Por un momento, incluso pensé en matarlo, pero luego llegó el sacerdote y tuve que centrarme en otras cosas. No quería darle la extremaunción.

—No lo entiendo.

—No era nuestro pastor, sino un chaval recién salido del seminario que se mareaba con solo pensar que debía subir a ver a Josh. Nos dijo que se había quitado la vida con conocimiento de causa y voluntariamente, de modo que había muerto en pecado mortal. No le dio la absolución.

—Eso está mal. Peor aún, es cruel.

—Lo eché de casa. Mi madre se quedó allí de pie, frunciendo los labios, sin derramar una lágrima, y luego subió a la habitación donde estaban esparcidos los sesos de su hijo y rezó ella misma por su absolución.

—Tu madre es fuerte. Debe de tener una fe inquebrantable.

—Lo único que ha hecho en su vida es cocinar —dijo acercando a Tess; necesitaba sentir su perfume femenino y reconfortante—. Yo no sé si hubiera podido subir esa escalera una segunda vez, pero ella lo hizo. Y cuando la vi, me di cuenta de que no importaba cuánto le doliese, cuánta pena sintiera; ella creía que lo que le había pasado a Josh había sido voluntad del Señor y siempre seguirá creyéndolo.

—Pero tú no lo creías.

—No. Tenía que ser culpa de alguien. Josh nunca hizo daño a nadie, no hasta que lo destinaron a Vietnam. Se suponía que lo que hizo allí era justo, porque luchaba por su país. Pero no lo era, y él no pudo vivir con eso. El psiquiatra tendría que haberle demostrado que era una persona decente, que valía la pena, a pesar de lo que hubiera hecho en Vietnam.

Igual que ella tendía que haber demostrado a Joey Higgins que valía la pena.

—Después de eso, ¿alguna vez hablaste con el médico de Josh?

—Una vez. Creo que aún no me había sacado de la cabeza que quería matarlo. El tipo estaba allí sentado ante su escritorio, asido de manos —dijo Ben mirando las suyas y viendo cómo se cerraban en un puño—. No se sentía responsable de nada. Me dijo que lo sentía, me explicó lo grave que podía ser el trastorno por estrés postraumático. Luego me explicó, con las manos aún entrelazadas y una voz distante, que Josh no había podido superar su experiencia en Vietnam, que volver a casa e intentar llevar la misma vida que antes significaba una presión tan grande que acabó reventándole la cabeza.

—Lo siento, Ben. Seguramente gran parte de lo que te dijo era cierto, pero podría haberlo dicho de otra manera.

—A ese le importaba todo una mierda.

—Ben, no lo estoy defendiendo, pero muchos médicos, psiquiatras o no, siempre mantienen la distancia, no se permiten implicarse demasiado, porque cuando pierdes a alguien, cuando no eres capaz de salvarlo, duele demasiado.

—Igual que a ti te ha dolido la muerte de Joey.

—Es un tipo de dolor que te rompe por dentro, y si lo sientes demasiado a menudo, al final ya no te queda nada, ni para ti ni para el próximo paciente.

Puede que lo comprendiera; cuando menos, lo intentaba. Pero era incapaz de imaginar al loquero del ejército llorando encerrado en el lavabo.

—¿Por qué lo haces?

—Supongo que necesito las respuestas, igual que tú. —Se volvió hacia él y le tocó la cara—. Es duro cuando sientes que no has hecho los suficiente o que has llegado tarde. —Recordó el abatimiento de Ben al narrarle el asesinato de esas tres personas por un puñado de monedas—. No somos tan diferentes como pensé al principio.

Llevó la mano de Tess hacia sus labios, reconfortado por su tacto.

—Quizá no. Al verte esta noche, sentí lo mismo que cuando te quedaste mirando a Anne Reasoner en aquel callejón. Parecías tan distanciada de esa tragedia, tan controlada... Exactamente igual que aquel comandante, cogido de manos ante al escritorio, diciéndome por qué mi hermano había muerto.

—No por mantener el control estás menos afectado. Tú eres poli, deberías saberlo.

—Quería estar seguro de que sentías algo —dijo Ben, y deslizó la mano hasta la muñeca de Tess para cogerla y mirarla a los ojos—. Supongo que lo que realmente quería es que me necesitaras. —Y esa era quizá una de las confesiones más difíciles de su vida—. Luego, cuando he entrado en el lavabo y te he visto llorando, he sabido que me necesitabas y me he cagado de miedo.

—No quería que me vieras así.

—¿Por qué?

—Porque no confiaba lo suficiente en ti.

Ben bajó la vista para contemplar el contraste entre su mano y la delicada y esbelta muñeca de Tess.

—Yo solo había hablado de esto con Ed. Hasta ahora, era el único en quien confiaba —dijo llevándose sus dedos a los labios para besarlos con ternura—. ¿Y ahora qué? ¿Dónde nos deja esto ahora?

—¿Dónde quieres que nos deje?

La risa, aunque salga floja y a regañadientes, es curativa.

—Evasivas de psiquiatra —respondió, acariciando con aire pensativo las perlas que Tess llevaba al cuello. Le quitó la gargantilla. Olió la fragancia de su sedoso cuello—. Tess, cuando acabe todo esto, si te pidiera que te tomaras unos días libres, una semana para irnos a alguna parte, ¿aceptarías?

—Sí.

Se quedó mirándola, divertido y algo más que sorprendido.

—¿Así de fácil?

—Puede que te pregunte adónde cuando llegue el momento, para saber si me llevo un biquini o un abrigo de pieles.

Tess le quitó la gargantilla de la mano y la dejó sobre la mesita de noche.

—Hay que ponerlas en un lugar seguro.

—Duermo con un policía —dijo ella con despreocupación, pero luego vio que Ben estaba absorto en algo y creyó entender qué pensamientos lo turbaban—. Ben, todo esto acabará pronto.

—Ya.

Pero cuando la acercó más a él y sus sentidos se llenaron de ella, le entró miedo.

Estaban a día 28 de noviembre.

18

—No saldrás del apartamento hasta que te diga que puedes.

—Por supuesto —aceptó Tess mientras se recogía el pelo—. Tengo suficiente trabajo en casa para quedarme pegada al escritorio todo el día.

—Ni siquiera a sacar la basura.

—Ni aunque los vecinos me lo pidan por escrito.

—Tess, quiero que te tomes esto en serio.

—Me lo estoy tomando en serio. —Escogió unos pendientes de oro en forma de pirámide escalonada y se los puso—. Hoy no pasaré ni un minuto sola. El agente Pilomento estará aquí a las ocho.

Ben miró los pantalones grises y el suéter con cuello vuelto que llevaba Tess.

—¿Así de guapa te pones para él?

—Por supuesto. —Ben se le acercó por la espalda, y Tess sonrió al ver a ambos en el espejo—. Últimamente tengo debilidad por la policía, y tiene toda la pinta de convertirse en una obsesión.

—¿Eso es cierto? —dijo Ben, inclinándose para besarle la nuca.

—Me temo que sí.

Posó las manos sobre sus hombros. Quería continuar a su lado, tocándola.

—¿Te preocupa?

—No —contestó ella. Sonrió y se dio la vuelta para abrazarlo—. No me preocupa lo más mínimo. Ni eso, ni ninguna otra cosa. —Ben tenía el entrecejo fruncido, y Tess quiso alisarlo con un dedo—. Ojalá tú tampoco lo estuvieras.

—Mi trabajo consiste en preocuparme. —Siguió abrazado a ella un momento, consciente de que sería duro salir por la puerta esa mañana y confiarle la vigilancia a otro—. Pilomento es un buen policía —dijo, tanto para calmarla a ella como a sí mismo—. Es joven, pero sigue las reglas a rajatabla. Nadie entrará por esa puerta mientras él esté aquí.

—Lo sé. Venga, vamos a tomar café. Solo tenemos unos minutos.

—Lowenstein lo relevará a las cuatro. —Ben repasó el horario camino de la cocina, aunque ambos lo conocían al dedillo—. Es la mejor. Puede que parezca una agradable esposa de barrio residencial, pero yo no la cambiaría por ningún otro poli en una situación peliaguda.

—Estaré bien acompañada —repuso Tess mientras sacaba dos tazas—. Los policías siguen turnándose en la tercera planta, el teléfono está pinchado, habrá una unidad aparcada al otro lado de la calle en todo momento.

—No será un coche patrulla. No queremos asustarlo, en caso de que se decida a actuar. Bigsby, Roderick y Mullendore se turnaran con Ed y conmigo en la vigilancia.

—Ben, no estoy preocupada —dijo Tess. Dio a Ben una taza de café y asió su brazo para ir al comedor—. He reflexionado a conciencia sobre esto. Créeme, lo he pensado mucho. Mientras esté en un lugar cerrado e inaccesible no puede ocurrirme nada.

—Él no sabrá que tienes protección policial. Cuando

vuelva, sobre la medianoche, entraré por detrás y subiré por la escalera.

—Tiene que hacer un movimiento esta noche, de eso estoy segura. Y, cuando lo haga, tú estarás allí.

—Agradezco la confianza, pero la verdad es que estaría menos nervioso si no te lo tomaras con esa calma. No hace falta que exageres. —La cogió del brazo para darle énfasis, sin que ella pudiera alzar la taza de café—. Cuando lo atrapemos, lo interrogaremos en la comisaría, pero tú no vendrás.

—Ben, ya sabes lo importante que es para mí hablar con él, tratar de comprenderlo.

—No.

—No podrás evitarlo por mucho tiempo.

—Por tanto como te dure.

Tess desistió y adoptó otra táctica, una que la había despertado de buena mañana y la había mantenido en vela.

—Ben, creo que comprendes a ese hombre mejor de lo que crees. Sabes lo que es perder a alguien que forma parte indispensable de tu vida. Tú perdiste a Josh, él perdió a Laura. No sabemos quién era, pero es evidente que fue muy importante para él. Tú me dijiste que cuando murió Josh pensaste en matar a su médico. Espera —dijo antes de que la interrumpiera—. Querías culpar a alguien, herir a alguien. Si no hubieras sido una persona emocionalmente fuerte, podrías haberlo hecho. Y con todo, no lograste deshacerte del resentimiento y el dolor.

La verdad que se ocultaba tras aquellas palabras incomodó a Ben.

—Tal vez sea cierto, pero yo no he optado por matar a gente.

—No, tú te convertiste en policía. Quizá en parte lo hiciste por Josh, porque necesitabas encontrar respuestas, hacer las cosas bien. Eres una persona equilibrada, segura de sí misma, y fuiste capaz de transformar lo que tal vez sea la mayor tragedia de tu vida en algo constructivo. Pero si no estuvieras en tu sano juicio, Ben, si no hubieras tenido una imagen sólida de ti mismo, si no diferenciaras el bien y el mal, puede que algo se hubiera resquebrajado en tu interior. Tú perdiste la fe cuando murió Josh. Creo que ese hombre perdió la suya tras la muerte de Laura. No sabemos cuánto tiempo hace de esto, quizá un año, cinco o veinte, pero ha recogido los fragmentos de su fe y los ha recompuesto. Solo que esos fragmentos, como tienen bordes irregulares, en realidad no encajan. Asesina, hace sacrificios para salvar a Laura. Su alma. Lo que me contaste anoche me hizo reflexionar. Quizá ella murió en lo que la Iglesia considera pecado mortal y le negó la absolución. Y a él, siempre le enseñaron que sin absolución el alma está perdida. Su psicosis le hace asesinar, sacrificar a mujeres que le recuerdan a Laura. Pero sigue salvándoles el alma.

—Puede que todo lo que dices sea verdad. Sin embargo, eso no altera el hecho de que haya matado a cuatro mujeres y que ahora vaya a por ti.

—¿Tiene que ser blanco o negro, Ben?

—A veces no hay más opciones. —Resultaba más frustrante por cuanto en parte empezaba a comprender, incluso a sentir, lo que ella decía. Y él quería seguir viéndolo claro, sin medias tintas—. ¿Es que tú no crees que algunas personas sencillamente nacen malvadas? ¿Acaso un hombre dice a su mujer que va a salir a cazar humanos y luego va a un McDonald's y empieza a disparar a niños simplemente porque su madre le pegó cuando tenía seis años? ¿O decide ir a un campus para hacer prácticas de tiro porque su padre engañaba a su madre?

—No, pero ese hombre no es el tipo de asesino de masas al que te refieres. —Tess estaba en su propio terreno y sabía por dónde pisaba—. No está matando de forma aleatoria y sin motivos. Un niño que ha sufrido abusos tiene las mismas posibilidades de ser presidente de banco que de ser psicópata. Y tampoco creo en la maldad congénita. Estamos hablando de una enfermedad, Ben, algo que cada vez más médicos ven como una reacción química del cerebro que anula el pensamiento racional. Hemos recorrido mucho camino desde las posesiones demoníacas, pero hace sesenta años todavía se trataba la esquizofrenia mediante la extracción de dientes. Luego llegaron las inyecciones con suero de caballo, los enemas. Estamos en el último cuarto del siglo veinte y seguimos tanteando. Fuera lo que fuese lo que ha desencadenado su psicosis, necesita ayuda. Igual que la necesitaba Josh. Igual que la necesitaba Joey.

—No durante las primeras veinticuatro horas —contestó Ben con rotundidad—. Y no hasta que se solucione el papeleo. Puede que él no quiera verte.

—Ya lo he pensado, pero creo que sí querrá.

—Todo esto carece de importancia hasta que lo cojamos.

Llamaron a la puerta y Ben se llevó la mano a la pistola lentamente. Aún tenía el brazo entumecido, pero podía usarlo. No tendría problemas para usar su arma reglamentaria. Se dirigió hacia la puerta, aunque se quedó a un lado.

—Pregunta quién es. —Tess se acercó, pero Ben la detuvo con un gesto—. No. Pregunta desde ahí. No debes ponerte delante de la puerta.

Dudaba de que cambiara del amito a las balas, pero no quería arriesgarse.

—¿Quién es?

—Detective Pilomento, señora.

Al reconocer la voz, Ben se volvió y abrió.

—Paris —saludó Pilomento al tiempo que restregaba los zapatos en el felpudo para quitarse la nieve—. Las carreteras siguen hechas un desastre. Hay casi veinte centímetros de nieve. Buenos días, doctora Court.

—Buenos días. Deme el abrigo, por favor.

—Gracias, hace un frío del demonio fuera —dijo a Ben—.

Mullendore está en su posición frente al edificio. Espero que lleve calzones largos.

—No te distraigas demasiado mirando los concursos de la tele. —Ben cogió el abrigo y echó un último vistazo al apartamento. Solo había una entrada, y Pilomento nunca estaría a más de ocho metros de Tess. Pero todo eso lo dejaba frío, incluso con el abrigo puesto—. Estaré en contacto regular con los equipos de vigilancia. ¿Por qué no vas a la cocina y te sirves una taza de café?

—Gracias, acabo de tomarme una en el coche de camino aquí.

—Tómate otra.

—Ah... —Pilomento miró a Ben y luego a Tess—. Sí, claro.

Y se fue a la cocina silbando.

—Tienes muy poca vergüenza, pero no me importa —dijo Tess riendo por lo bajo para después agarrar a Ben por la cintura—. Ve con cuidado.

—Es mi costumbre. Tú haz lo mismo.

La acercó más, y se dieron un largo y apasionado beso.

—¿Va a esperarme esta noche, doctora?

—Cuente con ello, inspector. ¿Me llamarás si... bueno, si ocurre cualquier cosa?

—Cuente con ello, doctora. —Se quedó sosteniendo su cara un momento y le dio un beso en la frente—. Eres preciosa. —La sorpresa que advirtó en los ojos de Tess le hizo darse cuenta de que con ella no utilizaba esos cumplidos elegantes y seductores que solía decir a otras mujeres. Percatarse de esto lo dejó desorientado. Para disimularlo, le pasó el cabello por detrás de la oreja y se apartó de ella—. Cierra la puerta con llave.

Así lo hizo ella en cuanto él salió. Ben deseaba poder desprenderse de la incómoda sensación de que no todo saldría tan bien como lo habían planeado.

Horas después Ben estaba en el interior del Mustang, observando el edificio de Tess. Dos niñas daban los últimos retoques a un recargado muñeco de nieve. Ben se preguntó si el padre sabría que le habían puesto su sombrero. El día había pasado más lentamente incluso de lo que había imaginado.

—Los días se acortan —comentó Ed.

Estaba recostado en el asiento del acompañante, caliente como un oso con pijama, con sus pantalones de pana, la camisa de franela, el jersey y su parka L. L. Bean. A Ben hacía ya rato que el frío le calaba las botas y entumecía sus pies.

—Ahí está Pilomento.

El detective salió del edificio, se detuvo un momento en la acera y se tiró del cuello del abrigo. Esa señal significaba que Lowenstein estaba dentro y que no había novedad. Los músculos de Ben se relajaron mínimamente.

—Tess está bien, no te preocupes. —Ed estiró las piernas y empezó a hacer ejercicios para evitar calambres—. Lowenstein puede contra todo un ejército.

—El asesino no saldrá hasta que sea de noche.

Se le congelaba la cara cuando tenía la ventana abierta durante mucho tiempo, así que sustituyó el cigarrillo que le apetecía por un Milky Way.

—¿Sabes lo que le hace el azúcar al esmalte de tus dientes? —Ed, que no se rendía nunca, sacó una tartera de plástico con una mezcla casera de pasas, dátiles, frutos secos sin sal y germinados de trigo. Había suficiente para dos—. Deberías empezar a reeducar tu alimentación.

Ben dio un bocado grande a su chocolatina adrede.

—Cuando Roderick nos releve, de vuelta pasaremos por el Burger King. Me apetece un Whopper.

—Por favor, no mientras yo esté comiendo. Si Roderick,

Bigsby y la mitad de la comisaría llevaran una dieta adecuada, no habrían cogido la gripe.

—Yo no la he cogido —dijo Ben con la boca llena de chocolate.

—De milagro. Cuando llegues a los cuarenta, tu organismo va a reventar. No será algo agradable. ¿Qué es eso?

Ed se incorporó para mirar a un hombre al otro lado de la acera. Llevaba un abrigo negro y largo abotonado hasta arriba. Caminaba lentamente, demasiado despacio y con excesiva prudencia.

Ambos estaban con una mano en el arma y la otra en la puerta cuando el hombre echó a correr de repente. Ben ya había abierto la puerta, pero el hombre cogió a una de las niñas que jugaban en la nieve y la lanzó al aire. Ella soltó una carcajada corta y escandalosa, y gritó: «¡Papá!».

Ben volvió a recostarse, tratando de calmar la respiración. Se sintió un poco tonto.

—Estás igual de alterado que yo.

—Me gusta esa chica. Me alegro de que te arriesgaras a comer pavo con su abuelo.

—Le conté lo de Josh.

Las cejas de Ed se alzaron y desaparecieron bajo su gorro de marinero. Representaba un compromiso que incluso a él le sorprendía.

—¿Y?

—Supongo que me alegro de haberlo hecho. Ella es lo mejor que me ha pasado en la vida. Dios, eso suena un poco cursi.

—Sí. — Ed, satisfecho, se puso a masticar un dátil—. Las personas enamoradas suelen sonar un poco cursi.

—Yo no he dicho que estuviera enamorado. —Lo soltó rápidamente, como si reaccionara de manera instintiva al caer en la trampa—. Solo quiero decir que ella es especial.

—A algunas personas les cuesta admitir un compromiso emocional porque a la larga temen fracasar. Para ellas, pronunciar la palabra «amor» es atarse una cadena que las priva de su intimidad, de su soltería, y las obliga a considerarse a sí mismas como la mitad de una pareja.

Ben tiró al suelo el envoltorio de la chocolatina.

—¿Eso es de la revista *Redbook*?

—No, es mío. Quizá debería escribir un artículo.

—Mira, si estuviera enamorado de Tess, o de cualquier otra, no tendría ningún problema en decirlo.

—¿Entonces...? ¿Lo estás?

—Le tengo cariño. Mucho.

—Eufemismo.

—Es importante para mí.

—Evasiva.

—Vale, estoy loco por ella.

—Sigues sin decirlo, Paris.

Esa vez sí que abrió la ventana para encenderse un pitillo.

—De acuerdo, estoy enamorado de ella. ¿Contento?

—Sal con otra. Te sentirás mejor.

Ben soltó un improperio y al final acabó riéndose. Tiró el cigarrillo por la ventana y aceptó el dátil que Ed le daba.

—Eres peor que mi madre.

—Para eso están los amigos.

En el apartamento de Tess el tiempo pasaba igual de lentamente. A las siete cenó con Lowenstein una sopa de lata y unos sándwiches de rosbif. Por mucho que dijera que no estaba preocupada, Tess no hizo mucho más que jugar con los trozos de ternera y de verduras de su plato. Era una noche fría y triste. Nadie habría salido, a no ser que estuviera obligado a ello. Pero como ella no podía ir más allá de su propia puerta se sentía enjaulada.

—¿Juegas a la canasta? —preguntó Lowenstein.

—Perdona, ¿qué has dicho?

—La canasta.

Lowenstein miró el reloj y se figuró que su marido estaría dándoles un baño a los niños. Roderick se hallaría apostado delante del edificio, Ben y Ed peinarían la zona antes de volver a comisaría, y su hija mayor estaría quejándose porque tenía que lavar los platos.

—No soy una gran compañía.

Lowenstein devolvió su medio bocadillo al plato de cristal de color verde claro que tanto le había gustado.

—Doctora Court, usted no tiene por qué entretenerme.

No obstante, Tess apartó su plato e hizo un esfuerzo.

—Tiene familia, ¿verdad?

—Un equipo de fútbol, prácticamente.

—Supongo que no es fácil conciliar un trabajo exigente con el cuidado de la familia.

—Yo me crezco en la dificultad.

—Me aprece admirable. Yo siempre las evito. ¿Puedo hacerle una pregunta personal?

—Vale. Pero si yo puedo hacerle una después.

—Me parece justo. —Tess se inclinó hacia delante con los codos sobre la mesa—. ¿Le resulta difícil a su marido estar casado con alguien cuyo trabajo no solo es exigente, sino además peligroso?

—Supongo que no es fácil. Sé que no lo es —se corrigió Lowenstein. Dio un trago a la Diet Pepsi que Tess había servido en unos vasos finos y labrados que ella jamás habría sacado de la vitrina—. Hemos tenido que luchar mucho. Hace un par de años pasamos por un proceso de separación. Duró treinta y cuatro horas y media. La cuestión es que estamos locos el uno por el otro. Normalmente, eso puede con todo.

—Eres afortunada.

—Soy consciente de ello. Lo sé, incluso cuando me entran ganas de meterle la cabeza en el váter. Me toca.

—De acuerdo.

Lowenstein le dedicó una mirada larga y escrutadora.

—¿Dónde compras la ropa?

La cogió tan desprevenida que durante los primeros segundos ni tan siquiera pudo reír. Por primera vez en el día, Tess conseguía relajarse.

Fuera, Roderick compartía un termo de café con un corpulento detective negro al que llamaban Pudge. Este tenía un resfriado que lo traía de cabeza, y no paraba de cambiar de postura y de quejarse.

—No creo que le veamos el pelo a ese tipo. Mullendore tiene el último turno. Si alguien acaba cogiéndolo, será él. Nosotros no vamos más que a congelarnos el culo.

—Tiene que ser esta noche.

Roderick le sirvió otra taza de café y luego volvió a observar las ventanas de Tess.

—¿Por qué?

Pudge soltó un enorme bostezo y maldijo los antiestamínicos que obstruían su nariz y sus pensamientos.

—Porque todo apunta a que será esta noche.

—Joder, Roderick, podrían ponerte a quitar mierda a paladas y no te quejarías. —Dio otro bostezo y se recostó en la puerta dando un golpe—. Jesús, se me cierran los ojos. Esta maldita medicación me deja molido.

Roderick barrió la calle con la mirada de arriba abajo. No había ni un alma.

—¿Por qué no te echas una cabezadita? Yo vigilaré.

—Es un detalle. —Ya casi dormido, Pudge cerró los

ojos—. Con diez minutos, estoy listo. De todas formas Mullendore llegará en una hora.

Roderick siguió vigilando ante los suaves ronquidos de su compañero.

Lowenstein estaba enseñando a Tess las sutilezas de la canasta cuando sonó el teléfono. La charla relajada entre chicas acabó de golpe.

—Vale, responde. Si es él, mantén la calma. Entretenlo todo lo que puedas y queda con él, si es necesario. Trata de que sea en algún local.

—De acuerdo. —Tess cogió el auricular y habló con naturalidad, a pesar de que se le había secado la garganta—. Doctora Court.

—Doctora, soy el detective Roderick.

—Ah, detective. —Su cuerpo en tensión se relajó, al tiempo que se volvía hacia Lowenstein y negaba con la cabeza—. Diga. ¿Alguna novedad?

—Lo hemos cogido, doctora Court. Ben lo ha arrestado a menos de dos manzanas de aquí.

—¿Ben? ¿Está bien?

—Sí, no se preocupe. No es nada grave. Unos arañazos en el hombro durante el arresto. Me ha pedido que la llame para que lo sepa y se tranquilice. Ed lo está llevando al hospital.

—Hospital. —Se acordó de la bandeja con los vendajes empapados de sangre—. ¿A cuál? Quiero ir.

—Lo está llevando a Georgetown, doctora, pero él no quería que usted se preocupara.

—No, no me preocupo. Voy hacia allí enseguida. —Tess sintió el aliento de Lowenstein en la nuca, así que se volvió—. La detective Lowenstein quiere hablar con usted. Gracias por la llamada.

—A todos nos alegra que haya acabado.

—Sí. —Tess cerró los ojos con fuerza y pasó el teléfono a Lowenstein—. Lo han cogido.

Tras esto corrió hacia el dormitorio, en busca del bolso y las llaves del coche. Cuando volvió al salón para ponerse el abrigo, Lowenstein seguía pidiendo detalles a Roderick. Tess se echó el abrigo al hombro y esperó con impaciencia.

—Parece que ha sido una captura limpia —dijo Lowenstein al colgar—. Ben y Ed decidieron peinar el área a fondo, y vieron a un hombre salir de un callejón y dirigirse hacia aquí. Llevaba el abrigo abierto, de modo que vieron la sotana. Le dieron el alto y el tipo no se resistió, pero cuando Ben encontró el amito en su bolsillo parece que perdió la cabeza y empezó a forcejear y a llamarla a gritos.

—Por Dios.

Tess quería verlo, hablar con él. Pero Ben estaba camino del hospital, y él era lo más importante.

—Lou me ha dicho que Ben tiene algunas contusiones, pero que no parece grave.

—Me sentiré mejor cuando lo vea por mí misma.

—Te entiendo. ¿Quieres que te lleve al hospital?

—No, seguro que estás deseando volver a la comisaría y aclarar todos los detalles. Ya no parece que necesite más protección policial.

—No, pero te acompañaré al coche de todas formas. Di a Ben de mi parte que ha hecho un gran trabajo.

Ben estaba a escasos metros de la entrada de la comisaría cuando Logan aparcó el coche y se apresuró a salir de él.

—¡Ben! —Lo alcanzó junto a Ed en la escalera de entrada, sin sombrero ni guantes, vestido con una sotana que rara vez llevaba—. Esperaba encontraros aquí.

—No es la mejor noche para que los sacerdotes salgan de paseo, Tim. Hay un montón de polis nerviosos ahí fuera, y podrías acabar esposado.

—He oficiado una misa de noche para las hermanas y no he tenido tiempo de cambiarme. Creo que tengo algo.

—Dentro —dijo Ed abriendo la puerta—. Se te van a congelar los dedos.

—Era muy urgente —repuso Logan, y se frotó las manos distraídamente para calentarse—. Llevo días dando vueltas a todo esto. Sabía que os intrigaba el uso del nombre del reverendo Francis Moore y que lo estabais investigando, pero yo no he podido quitarme de la cabeza al Frank Moore que conocí en el seminario.

—Seguimos investigándolo. —Ben miró su reloj con impaciencia.

—Lo sé, pero yo lo traté, ¿comprendes?, y sabía que rayaba entre la santidad y el fanatismo. Luego me acordé de un seminarista que había sido su discípulo y que se marchó tras una sonora discusión con Moore. Me acuerdo de él porque se ha convertido en un escritor muy conocido: Stephen Mathias.

—He oído hablar de él. —Ben no podía contener la emoción, así que tiró del hilo—. Crees que Mathias...

—No, no. — Logan respiró profundamente, frustrado por su incapacidad para explicarse con rapidez y coherencia—. Yo ni siquiera conocí a Mathias en persona. Ya tenía un puesto en la universidad cuando ocurrió todo eso. Pero recuerdo que se decía que Mathias estaba al tanto de todo lo que sucedía en el seminario. De hecho, utilizó un montón de historias para sus dos primeros libros. Cuanto más pensaba en ello, más cosas encajaban. Recordé haber leído una novela en particular que mencionaba a un joven estudiante que tuvo una depresión y que dejó el seminario justo después de que su hermana, su gemela, muriera a causa de un aborto ilegal. Al parecer, aquello causó un escándalo tremendo. Luego descubrieron que la madre del chico estaba internada en un psiquiátrico y que a él lo habían tratado por esquizofrenia.

—Localicemos a Mathias.

Ben se dispuso a cruzar el vestíbulo cuando Logan lo detuvo.

—Ya lo he hecho. He conseguido localizarlo con unas pocas llamadas. Vive en Connecticut y recuerda el episodio a la perfección. El seminarista era inusualmente devoto, tanto de Moore como de la Iglesia. De hecho, fue su secretario. Mathias me dijo que su nombre era Louis Roderick.

A Ben se le heló la sangre, su corazón dejó de palpitar, pero seguía con vida.

—¿Estás seguro?

—Sí, Mathias estaba seguro, pero le insistí y lo corroboró con las notas que tomó en su momento. Está dispuesto a venir hasta aquí para darte una descripción. Con eso y el nombre, deberías ser capaz de encontrarlo.

—Sé dónde está.

Ben salió disparado, miró a su alrededor y cogió el primer teléfono que tenía al alcance.

—¿Lo conocéis? —preguntó Logan, que trataba de retener a Ed antes de que también se marchara corriendo.

—Es policía. Forma parte del equipo, y ahora mismo está a cargo de la vigilancia exterior del edificio de Tess.

—¡Cielo santo!

La comisaría bulló con una actividad frenética, y Logan se puso a rezar.

Enviaron patrullas al domicilio de Roderick y refuerzos al apartamento de Tess. Logan siguió los pasos de Ben cuando se dirigían a la salida.

—Quiero ir con vosotros.

—Es un asunto policial.

—Puede que ver a un sacerdote lo calme.

—No te metas en esto.

Estaban ya cruzando las puertas de cristal y casi pasaron por encima de Lowenstein.

—¿Qué diablos ocurre aquí?

Ben la cogió por las solapas del abrigo, enloquecido por el miedo.

—¿Por qué no estás con ella? ¿Por qué la has dejado sola?

—Pero ¿qué te pasa? ¿Qué sentido tenía quedarme allí después de que Lou llamara diciendo que lo habíais atrapado?

—¿Cuánto hace que llamó?

—Unos veinte minutos. Pero me dijo que vosotros estabais camino de... —Se resistía a aceptarlo, pero la expresión de Ben se lo dijo todo—. Por Dios, Lou no... Pero si él es... —Policía, pensó Lowenstein. Era su amigo. Trató de calmarse—. Llamó hace veinte minutos y me dijo que había sido un arresto limpio, que podía dar por terminada la vigilancia y volver a la comisaría. No lo puse en duda. Por Dios, Ben, no se me ocurrió verificarlo con la comisaría. ¡Era Lou!

—Tenemos que encontrarlo.

Lo cogió del brazo antes de que se alejara de ella.

—Hospital Georgetown. Le dijo a Tess que te habían llevado a urgencias.

No necesitaba nada más para bajar como un relámpago la escalera y llegar al coche.

Tess aparcó después de un frustrante viaje de veinte minutos. Apenas había tráfico, pero eso no impedía que hubiera accidentes. Se dijo que lo bueno era que a Ben ya lo habrían atendido y que estaría esperándola.

Cerró el coche de un portazo y se guardó las llaves en el bolsillo. Pensó que de camino a casa podían comprar una botella de champán. No, mejor dos botellas. Y después pasarían el resto del fin de semana bebiéndoselas en la cama.

La idea era tan agradable que no percibió la figura que salía de entre las sombras.

—Doctora Court.

Primero se alarmó y se llevó la mano al cuello. Luego, riéndose, se la quitó y siguió caminando.

—Detective Roderick, no sabía que usted...

La luz resplandeció sobre su alzacuellos blanco. Justamente como en el sueño, pensó Tess en un momento de auténtico pánico. Cuando creía que estaba a un paso de salvarse se confirmaba la peor de sus pesadillas. Podía volverse y echar a correr, pero Roderick estaba a un palmo de ella y acabaría cogiéndola. Igualmente podía gritar, pero no tenía duda alguna de que él la haría callar. Para siempre. Solo le quedaba una posibilidad: enfrentarse a él.

—Querías hablar conmigo. —No, así no funcionaría, pensó con desesperación, no con aquella voz temblorosa y el eco ensordecedor de su propio miedo zumbando en la cabeza—. Yo también quería hablar contigo. Deseo ayudarte.

—En su momento pensé que podría. Tiene una mirada comprensiva. Al leer sus informes, me di cuenta de que entendía que yo no era un asesino. Luego supe que usted era una enviada. Usted sería la última, la más importante. Fue la única a quien la Voz llamó por su nombre.

—Háblame de esa voz, Lou. —Quería retroceder, dar un lento paso hacia atrás, pero percibió en sus ojos que el más leve movimiento desencadenaría la violencia—. ¿Cuándo la oíste por primera vez?

—Cuando era un niño. Dijeron que estaba loco, como mi madre. Me dio miedo, así que la bloqueé. Más tarde, comprendí que era la llamada del Señor, para que dirigiera mi vocación al sacerdocio. Me hizo feliz ser elegido. El padre Moore decía que solo unos pocos son elegidos para llevar a cabo la obra de Dios y celebrar los sacramentos. Pero incluso los elegidos podemos sucumbir a la tentación del pecado. Incluso los elegidos son débiles, así que hacemos sacrificios, cumplimos penitencia. Me enseñó cómo preparar mi cuerpo para luchar contra la tentación. Flagelación, ayuno.

Y con esto encajaba otra pieza del rompecabezas. Un joven emocionalmente inestable entra en el seminario para que lo forme otro hombre emocionalmente inestable. La mataría. Si seguía el camino que veía frente a él, la mataría. El aparcamiento estaba desierto y las puertas de urgencias se hallaban a casi doscientos metros.

—¿Qué significaba para ti ordenarte sacerdote, Lou?

—Lo era todo para mí. Toda mi vida estaba predestinada a ello, ¿comprende? Predestinada. A convertirme en sacerdote.

—Pero lo dejaste.

—No. —Alzó la cabeza como si saboreara el aire, o escuchara algo dentro de su cabeza—. Eso fue como un agujero negro en mi vida. En realidad por entonces yo ni tan siquiera existía. Un hombre no puede existir sin fe. Un sacerdote no puede existir sin una razón de ser.

Roderick se llevó la mano al bolsillo, y Tess vio el trozo de tela blanca. Cuando volvieron a mirarse, ella tenía los ojos casi tan desorbitados como los de él.

—Háblame de Laura.

Roderick había dado un paso al frente, pero al oír ese nombre se detuvo.

—Laura —repitió—. ¿Conociste a Laura?

—No, no la conocí. —Tess vio que había sacado el amito, pero parecía que se hubiera olvidado de él. Conversa, se dijo Tess para contener el grito. Conversa, habla, escucha—. Háblame de ella.

—Era hermosa. Ese tipo de hermosura tan frágil que te

planteas si puede perdurar. A nuestra madre no le gustaba que Laura pasara horas mirándose en el espejo, cepillándose el pelo, ni que llevara vestidos bonitos. Mi madre sentía que el diablo la empujaba, que siempre la empujaba hacia el pecado y los pensamientos impuros. Pero Laura simplemente reía y decía que la penitencia no era para ella. Laura reía mucho.

—Y tú la querías mucho.

—Éramos almas gemelas. Compartimos una vida antes de nacer. Eso es lo que decía nuestra madre. Estábamos unidos por Dios. Mi tarea consistía en evitar que Laura rechazara la Iglesia y todo lo que nos habían enseñado. Era mi obligación, pero le fallé.

—¿Por qué le fallaste?

—Solo tenía dieciocho años. Seguía bella y delicada, pero ya no reía. —Las lágrimas afloraron en sus ojos, sin sollozos, reluciendo en sus mejillas—. Había sido débil. Fue débil, y yo no estaba allí para ayudarla. Un aborto ilegal. Dios juzga. Pero ¿por qué el juicio de Dios tuvo que ser tan severo? —Se llevó una mano a la frente a medida que se le aceleraba la respiración hasta hacerse audible y penetrante—. Una vida por otra vida. Es justo y necesario. Una vida por otra vida. Me rogó que no la dejara morir, que no la dejara morir en un pecado mortal que la enviaría al infierno. Pero yo no tenía poder alguno para absolverla. Por más que estuviera muriendo en mis brazos, yo no tenía ningún poder. El poder llegó luego, después de la desesperación, después de todo ese tiempo oscuro y vacío. Puedo mostrárselo. Debo mostrárselo.

Avanzó hacia ella y consiguió pasarle el pañuelo por el cuello, a pesar de que Tess había retrocedido por instinto.

—Lou, eres un agente de policía. Tu trabajo es proteger. Te dedicas a proteger.

—Proteger —dijo con sus dedos temblorosos en el pañuelo. Era un policía. Había tenido que poner un somnífero en el café de Pudge. Hacer más, herir a otro agente, habría estado mal. Proteger. Los pastores protegen a su rebaño—. No protegí a Laura.

—No, fue una pérdida terrible. Pero ahora has intentado compensarla, ¿verdad? ¿No te convertiste en agente de policía por eso? ¿Para compensarla de alguna manera? ¿Para proteger a los demás?

—Tuve que mentir, pero después de lo de Laura ya no me importaba. Pensé que quizá en la policía podría encontrar lo que había estado buscando en el seminario. Una razón de ser. Un apostolado por la ley del hombre, no por la ley de Dios.

—Sí, juraste defender la ley.

—Después, muchos años después, volvió la Voz. Era real.

—Sí, para ti era real.

—No siempre está dentro de mi cabeza. A veces es un susurro en la habitación de al lado, o la oigo como un trueno que llega del techo del dormitorio. Me contó cómo salvar a Laura y cómo salvarme a mí mismo. Nuestro destino es estar juntos. Siempre hemos estado juntos.

Tess cogió las llaves que tenía en el bolsillo. Si Roderick tensaba el pañuelo, las usaría para sacarle un ojo. Para sobrevivir. El instinto de supervivencia había despertado en su interior.

—La absolveré por sus pecados —murmuró—. Y se irá con Dios.

—Acabar con una vida es un pecado.

Esto le hizo vacilar.

—Una vida por otra vida. Es un sacrificio sagrado —dijo él con un dolor que se extendía a su voz.

—Acabar con una vida es un pecado —repitió Tess al tiempo que sentía palpitar la sangre en sus orejas—. Matar va en contra de la ley de Dios, y también de la de los hombres. Tú conoces ambas leyes, puesto que eres policía y sacerdote. —Se oyó una sirena, pero Tess pensó que era un ambulancia de camino a urgencias. No apartó los ojos de él—. Puedo ayudarte.

—Ayuda —susurró, entre la pregunta y la súplica.

—Sí.

Tess estaba temblando, pero se atrevió a cogerle una mano. Sus dedos rozaron el pañuelo de seda.

Aunque oyeron portazos a sus espaldas, ninguno de los dos se movió.

—¡Quítale las manos de encima, Roderick! ¡Quítale las manos de encima y hazte a un lado!

Tess se volvió, con la mano todavía sobre la de Lou, y vio a Ben apenas a tres metros de ellos, con las piernas separadas y sujetando la pistola con ambas manos. A su izquierda, Ed mantenía la misma posición. Se oyeron más sirenas y aparecieron más coches con luces intermitentes en el aparcamiento.

—Ben, no me ha hecho nada.

Pero él no la miró. No le quitaba los ojos de encima a Roderick, y Tess advirtió en ellos el fondo de violencia que Ben trataba de controlar. Sabía que si se apartaba, él se dejaría ir.

—Ben, he dicho que no me ha hecho nada. Quiere ayuda.

—Apártate.—Si hubiera estado seguro de que Roderick no llevaba un arma, se habría abalanzado sobre él. Pero Tess se interponía entre ellos como un escudo.

—Ya se ha acabado todo, Ben.

Ed hizo una rápida señal con la mano y avanzó unos pasos.

—Tengo que registrarte, Lou. Luego te esposaré y te meteré en el coche.

—Sí. —Aturdido y dócil, levantó los brazos para hacerlo más fácil—. Es lo que dicta la ley. ¿Doctora?

—Dime. Nadie va a hacerte daño.

—Tienes derecho a permanecer en silencio —empezó a

decir Ed una vez le hubo quitado la placa de policía que llevaba bajo el abrigo.

—Está bien, lo entiendo. —Ed le ajustó las esposas, y Roderick fijó su atención en Logan—. Padre, ¿ha venido a oír mi confesión?

—Sí. ¿Te gustaría que te acompañara? —preguntó Logan apretándole la mano a Tess.

—Sí, estoy muy cansado.

—Pronto podrás descansar. Ven con nosotros y me quedaré contigo.

Con la cabeza gacha, Roderick empezó a caminar entre Ed y Logan.

—Perdóname, Padre, porque he pecado.

Ben esperó a que pasaran de largo. Tess permanecía inmóvil, observándolo, pensando que sus piernas no responderían si trataba de avanzar. Le vio guardar la pistola y recorrer de tres zancadas la distancia que los separaba.

—Estoy bien, estoy bien —repitió Tess una y otra vez cuando se derrumbó en sus brazos—. No iba a hacerme nada. No podía.

Ben le quitó el pañuelo y lo lanzó sobre un montón de nieve. Luego le pasó las manos por el cuello para asegurarse de que no tenía ningun rasguño.

—He estado a punto de perderte.

—No. —Tess juntó su cuerpo al de Ben—. Él lo sabía. Creo que durante todo este tiempo sabía que yo podría detenerlo. —Empezó a llorar y lo abrazó con más fuerza—. El problema, Ben, es que no podía. Nunca en la vida he estado tan asustada.

—Te has puesto en medio para que no le disparase.

Sollozando, se apartó un poco para darle un beso.

—Estaba protegiendo a un paciente.

—Él no es tu paciente.

Tentó a la suerte sin saber si sus piernas la mantendrían en pie durante más tiempo. Retrocedió un paso para mirarlo a los ojos.

—Sí, sí que lo es. Y en cuanto acabe el papeleo, empezaré a tratarlo.

Ben la cogió de las solapas del abrigo, pero cuando ella le acarició la cara con la mano, no pudo más que dejar caer la frente sobre su pecho.

—Joder, estoy temblando.

—Yo también.

—Vámonos a casa.

—Sí, por favor.

Caminaron hacia el coche, agarrándose fuertemente por la cintura. Tess vio que había aparcado sobre la acera, aunque no se lo comentó. Dentro del coche, volvió a acurrucarse a su lado. Nunca antes se había sentido tan protegida y querida.

—Era policía.

—Está enfermo —dijo Tess, y entrelazó sus dedos con los de Ben.

—Siempre ha estado un paso por delante de nosotros.

—Ha estado sufriendo. —Cerró los ojos un momento. Estaba viva. Esa vez no había fracasado—. Y estoy segura de que podré ayudarle.

Ben no dijo nada en ese momento. Tendría que vivir con ello, con la necesidad de Tess de entregarse a los demás. Tal vez algún día llegara incluso a creer que las palabras podían hacer tanta justicia como la espada.

—Oye, doctora.

—¿Sí?

—¿Recuerdas que hablamos de tomarnos unas vacaciones?

—Sí. —Suspiró y se imaginó en una isla rodeada de palmeras y hermosas flores de azahar—. Oh, sí.

—Voy a tener algunos días libres.

—¿Cuándo quieres que haga las maletas?

Ben rió, pero seguía moviendo nerviosamente las llaves en la mano.

—Estaba pensando que podríamos pasar unos días en Florida. Quiero que conozcas a mi madre.

Lentamente, sin querer dar un salto cuando se trataba de un paso, Tess alzó la cabeza desde el pecho de Ben para mirarlo. Luego él sonrió, y esa sonrisa le dijo todo lo que necesitaba saber.

—Me muero de ganas por conocerla.

El papel utilizado para la impresión de este libro
ha sido fabricado a partir de madera
procedente de bosques y plantaciones
gestionados con los más altos estándares ambientales,
garantizando una explotación de los recursos
sostenible con el medio ambiente
y beneficiosa para las personas.
Por este motivo, Greenpeace acredita que
este libro cumple los requisitos ambientales y sociales
necesarios para ser considerado
un libro «amigo de los bosques».
El proyecto «Libros amigos de los bosques» promueve
la conservación y el uso sostenible de los bosques,
en especial de los Bosques Primarios,
los últimos bosques vírgenes del planeta.

Papel certificado por el Forest Stewardship Council®